MR CHRISTMAS IS NOT IN LOVE

ROMAN

LIV MAXX

W0211841

»A Thousand Dreams within me softly burn ...«

Arthur Rimbaud

KAPITEL 1

17. DEZEMBER

JOHN

»IST WEIHNACHTEN SCHON VORBEI?« Mein Schädel dröhnte wie die Hölle. Gleißendes Licht schmerzte in meinen Augen, mit einem Aufstöhnen schloss ich sie wieder. Warum fror ich so? Wo war ich überhaupt?

O Gott, bitte. Lass Weihnachten vorbei sein.

»Zum Glück nicht. Das wäre doch jammerschade, Sir.« Nur Caspar nannte mich *Sir*. Selbst in meinem betrunkenen Zustand erkannte ich die Ironie in seiner Stimme. Er trat an mich heran, die Bügelfalten seiner schwarzen Hose wie üblich gestochen scharf, die Schuhe so blank poliert, dass ich mich fast darin spiegelte.

»Verfluchter Mist. Ich habe es befürchtet.« Mit beiden Händen hielt ich meinen Kopf fest, der jeden Moment explodieren konnte. Neben mir auf dem Boden stand ein Glas. Leer. »Verdammte Hacke, wo ist mein Whisky?«

»Alle, Sir.« Caspar sah auf mich herab.

»Nenn mich nicht *Sir*. Du hast mir als Kind schon den Popo abgewischt.« Das war mehr, als ich im Augenblick ertragen konnte. Ich hatte keine Lust auf sein Butler-Sir-Spielchen, das er immer in den unpassendsten Momenten mit mir trieb.

»Eine Erinnerung, die ich bisher erfolgreich verdrängt hatte.« Caspar verzog keine Miene.

Und das, obwohl ich nackt und blutend vor ihm lag. Auf dem Perserteppich in meinem Arbeitszimmer, wie ich unschwer an der hölzernen Deckenverkleidung erkennen konnte. Warum blutete ich überhaupt? Ach ja, ich war in der Nacht mit dem gläsernen Briefbeschwerer in der Hand gestürzt. Warum war ich nackt? Hatte ich gerade vergessen.

»Wer hat diese Unordnung veranstaltet?« Mit dem Kinn nickte ich zu den aufgerissenen Schreibtischschubladen und halb aus den Regalen hängenden Büchern.

»Nun, ich war es nicht.« Er hüstelte.

»Aha.« Vage konnte ich mich daran erinnern, dass ich überall Pflaster gesucht hatte. Nur nicht, dass ich dabei das Zimmer verwüstete.

»Vielleicht suchten Sie Ihre Hose?« Caspar besaß die Fähigkeit, durch mich hindurch zu sehen, als wäre ich aus Glas und nicht etwa nackt. Wofür ich ihm gerade sehr dankbar war.

»Nein. Es ging um Pflaster.« Ich hob die Hand, an der tatsächlich eins klebte. Wenn auch an der falschen Stelle. »Was für ein weißes Zeug flattert da im Sekundentakt am Fenster vorbei?«

»Schnee. Wir sollten uns auf weiße Weihnachten einstellen. *Merry Christmas*.« Seine Stimme ließ es eher wie *Herzliches Beileid* klingen. Und damit lag er richtig.

Mir wurde schlecht. Der Schnee machte alles noch

schlimmer, auch wenn ich nicht wusste, warum. Am besten sollte ich weiter trinken. Ich griff nach meinem Glas wie nach einem Rettungsanker, dann sah ich die leere Karaffe auf dem Schreibtisch. »Warum ist der Whisky alle? Wozu verdiene ich all diese Millionen, wenn ich mir nicht einmal einen Whisky kaufen kann?« Ich nölte wie ein kleines Kind.

»Weil wir uns seit gestern Mittag in den Cotswolds befinden, in Snowhill Manor, und weil hier strenges Alkoholverbot herrscht. Zumindest in der Woche vor Weihnachten, an Weihnachten und auch an Silvester.«

»Pah!« Ich stieß ein verächtliches Prusten aus. »Welcher Idiot denkt sich so einen blöden Scheiß aus?«

»Sie selbst, Sir.«

»Ach, du Schande. Und warum?« Mir dämmerte, dass die Antwort mir nicht gefallen würde. Caspar öffnete den Mund und schloss ihn wieder. »Schon gut, nicht weiter wichtig. Warum bin ich überhaupt betrunken, wenn es hier keinen Alkohol gibt?« Eine verdammt kluge Frage, wie ich fand.

»Restalkohol«, sagte er lapidar.

»Wir sind gestern Mittag aus London hergekommen und ich habe jetzt noch Restalkohol?« Ein Zittern überlief mich. Ich schlang die Arme um meinen Körper, um mich zu wärmen.

»Exakt. Zuzüglich des letzten Glases Scotch, das Sie gleich nach der Ankunft auf ex tranken, bevor Sie feierlich die Karaffe in die Toilette leerten.«

Dreißig Jahre alter Scotch? Verdammt.

»Das tut weh«, murmelte ich. Und damit meinte ich nicht nur den vernichteten Scotch.

»Medizinisch betrachtet«, dozierte er, »baut der Körper pro Stunde ungefähr null Komma ein Promille Alkohol ab, was bedeutet …«

»Nein, nicht.« Mit einer kraftlosen Handbewegung schnitt ich den Beginn seines womöglich stundenlangen Vortrags ab. »Ich sollte mich besser anziehen.« Mit einem Aufstöhnen rappelte ich mich vom Boden auf und kroch auf allen vieren zum nächsten Stuhl, um mich daran hochzuziehen.

Gegen das Schwindelgefühl ankämpfend, stützte ich mich auf den Schreibtisch. Da legte er mir etwas um die Schultern, warm, weich und gemütlich.

»Dein Morgenmantel, John.« Mit einem Klirren stellte er eine Tasse vor mir ab. »Ein Kaffee wird dir guttun. Schwarz und ohne Zucker, so wie du ihn magst.« Wenigstens nannte er mich wieder John.

»Danke, Caspar.« Mein Alkoholspiegel sank ein wenig und mir wurde bewusst, wie peinlich ich mich aufführte. »Sorry«, fügte ich leise hinzu.

»Schon gut. Es liegt an dieser Jahreszeit.« Seine Schritte entfernten sich. Die Tür schloss sich hinter ihm.

Ja, die Jahreszeit, die ich am meisten hasste. Ich schlüpfte in den Morgenmantel und band den Gürtel zu. Welcher Tag war heute? Eine Woche vor Weihnachten, hatte Caspar gesagt, also der 17. Dezember. Zwei Wochen, die ich irgendwie überleben musste. Wenn ich nur wüsste, wie?

Im angrenzenden Bad warf ich mir so lange kaltes Wasser ins Gesicht, bis ich mich halbwegs menschenähnlich fühlte. Zurück im Arbeitszimmer ließ ich mich auf den Stuhl an meinem Schreibtisch fallen.

Weihnachten in Snowhill. Es war mal wieder soweit.

Das Jahr über lebte ich in London. Dort leitete ich meine IT-Firma *Xendros* und das Familienunternehmen, das mein Vater mir übertrug, bevor er mit Mum vor fünfeinhalb Jahren in die Karibik verschwand. *Christmas Decorations,* Weihnachtsdekoration aller Art, spezialisiert auf nostalgische Christbaumkugeln. Der Klotz an meinem Bein, den ich am liebsten loswerden würde. Leider unmöglich, denn in einem Anfall grenzenloser Dummheit hatte ich die Firma zur Hälfte verschenkt.

Was für eine Ironie. Mr Christmas, Inhaber von *Christmas,* der selbst nie Weihnachten feierte. Kleine Korrektur: der seit fünf Jahren kein Weihnachten mehr feierte.

In London soff ich herum und trieb es richtig wild. Doch in der Woche vor Weihnachten zog ich mich auf das Familienanwesen zurück. Kein Alkohol, keine Frauen, die reinste Askese. Nur ich und meine engsten Vertrauten, die bereits für meinen Vater arbeiteten. Caspar, der Butler, vielmehr Berater, Melanie, die Köchin und Bailey, mein Chauffeur.

Natürlich war auch der Schmerz anwesend, der an diesem Ort besonders stark ausgeprägt war. Vor dem ich, wenn ich ehrlich war, das ganze Jahr über flüchtete.

Warum ich ausgerechnet hierher kam, noch dazu um die Zeit, zu der *es* passiert war? Vermutlich um mich zu bestrafen, für meine Vertrauensseligkeit, und um den Schmerz tiefer in die Wunde zu stoßen wie ein scharfes Messer. Ich trank einen Schluck Kaffee und verbrannte mir prompt die Zunge.

Nein, so einfach war es nicht.

Vielleicht konnte der Schmerz auch das glühende Eisen sein, das man auf eine vereiterte Wunde presste, um sie auszubrennen, bevor sie den Körper vergiftete. Ein letztes Mal würde es wehtun, dann würde sie endlich heilen.

Zumindest hoffte ich das jedes Jahr. Funktioniert hatte es allerdings noch nie.

Eigentlich liebte ich das Landleben mit seiner Ruhe und Abgeschiedenheit. Die sanfte Schönheit der Landschaft, in der ich Atem schöpfte. Die klare Luft, die meinen

Kopf freimachte. Fast mein ganzes Leben hatte ich in den Cotswolds verbracht und eine wunderbare Kindheit genossen. Doch seit fünf Jahren schnürte mir dieser Ort die Kehle zu. Länger als zwei Wochen hielt ich es hier nicht aus, dann trieb mich meine innere Unruhe nach London zurück. In diese Wüste aus Glas und Stein.

Wenn ich dort von meinem Penthouse im siebzigsten Stock über die Stadt blickte, berührte mich nichts. Weder mein beruflicher Erfolg, noch mein Kontostand. Mit stumpfem Herzen betrachtete ich die Glasfenster, in denen die Sonne sich kaum fahlgelb spiegelte, und die stählernen Türme, die hoch in den Himmel ragten. Ähnlich eines Königs in seinem Kristallpalast, der seinen gesamten Reichtum vor sich ausgebreitet sah und nichts fand, was sein Herz erfreute.

Einen Kristallpalast aus Eis hatte ich auch um mein Herz gebaut. Und nichts auf der Welt würde mich dazu bringen, ihn jemals wieder zu verlassen.

Der Kaffeebecher wärmte meine Hände und ich trat ans Fenster. Aus dem ersten Stock hatte man eine wunderbare Aussicht, bei gutem Wetter meilenweit, doch jetzt reichte sie nur wenige hundert Meter. Windböen peitschten über die Landschaft und trieben dichtes Schneegestöber vor sich her. Sanfte Hügel waren unter dicken Schneebergen begraben. Die lange Auffahrt, die vom Haus zum Tor führte, war bereits völlig zugeschneit.

Bailey, dick eingemummt in einen olivgrünen Parka, kämpfte mit einer winzig kleinen roten Schneeschaufel gegen die Schneemassen an und versuchte, einen Weg freizuschaufeln. Vergeblich. Kaum hatte er ein paar Meter geräumt, blies der Wind den Schnee wieder auf die freie Fläche.

Ich klopfte ans Fenster und sein Kopf ruckte hoch.

»Sinnlos, geh lieber rein.« Ich gestikulierte zum Eingang. Mit einem Achselzucken trottete er ins Haus zurück.

Bei diesem Wetter würde man nicht einmal einen Hund vor die Tür jagen.

Was war das? In einiger Entfernung kämpfte sich ein Mensch durch das dichte Schneetreiben. Eine Frau. Gebückt, mit unzähligen Taschen beladen und – mit einer Puppe auf dem Arm? Was wollte sie hier? Weit und breit gab es nur dieses Haus, das nächste Dorf lag meilenweit entfernt in entgegengesetzter Richtung.

Ich betätigte am Haustelefon die Durchwahl, die mich direkt mit der Küche verband.

»Was gibt's, John?«, fragte Mel. »Möchtest du noch einen Kaffee?«

»Danke, nein. Da kommt eine Frau zum Haus. Hast du sie bestellt?« Manchmal lud sie Freundinnen aus dem Dorf zu sich ein und sie schnatterten in der Küche. So lange sie mich in Ruhe ließen, hatte ich nichts dagegen.

»Oh, das ist das neue Küchenmädchen. Nein, Caspar, Bailey und ich.«

»Ein Küchenmädchen, warum denn das?«, fragte ich verdutzt.

»Ich brauche Hilfe, langsam werde ich alt.« Sie atmete mit einem Mal ganz schwer. »Sehr, sehr alt. Allein schaffe ich das alles nicht mehr.«

Sie war Mitte fünfzig. So alt war das auch wieder nicht. Aber gerade klang sie wie fünfundachtzig.

»Hm, wenn du meinst. Wenn Bailey reinkommt, schick ihn ihr entgegen. Sie klappt ja fast zusammen.«

❄

KAPITEL 2

Marian

Mühsam stapfte ich durch den Schnee. Immer dichter wirbelten die tellergroßen Flocken herab, so dass ich meine Hand kaum mehr vor den Augen erkennen konnte.

Dieser blöde Taxifahrer! *»Dahinten kann ich nicht wenden«*, hatte er behauptet und mich gezwungen, auszusteigen. Praktisch mitten in der Wildnis. Dabei waren es noch mehrere hundert Meter zu dem Anwesen, wo ich mich vorstellen sollte. Ob ich den Job bekäme, war auch nicht sicher. Es musste klappen! Falls nicht, wie sollte ich wieder in die Stadt zurückkommen? Ohne Geld? Mir wurde beklommen zumute. Wie sollte es überhaupt weitergehen?

Bereits in einer Woche war Weihnachten, und ich hatte noch kein einziges Geschenk besorgt. Nein, dieser Job war meine letzte Hoffnung.

Gabriel jammerte auf meinem Arm. Wahrscheinlich fror er, obwohl er in einem dicken Daunen-Schneeanzug steckte und mit Pelz gefütterte Schuhe trug. Ich presste ihn fester an mich und barg sein Gesicht an meiner Brust. »Schscht, wir sind gleich da. Mama macht dir dann eine heiße Milch.« Ich hoffte inständig, dass das möglich wäre. Hoffentlich waren die Leute nett.

Ich drückte dicke Küsse auf seine niedlichen Pausbacken und verstrubbelte seine blonden Locken, die aus der Kapuze hervorschauten. Sofort lachte er wieder. Er war so goldig, ein richtiger Sonnenschein und mein größter Schatz. Auch wenn meine Lage seit seiner Geburt etwas komplizierter geworden war.

Als ich seinem Erzeuger erzählte, dass ich schwanger wäre, fiel diesem urplötzlich ein, dass er verheiratet war und er hatte sich aus dem Staub gemacht. Bisher hatte er keinen Penny für Gabriel bezahlt und auch sonst null Interesse für ihn gezeigt. Mittlerweile würde ich sein Geld auch nicht mehr annehmen, obwohl unsere finanzielle Lage geradezu katastrophal war.

Als Alleinerziehende mit einem kleinen Kind war es mehr als schwierig, einen Job zu ergattern. Geradezu unmöglich. Wenn mein Bruder Nicolas mir nicht dauernd unter die Arme greifen würde, wären wir schon längst auf der Straße gelandet. Nach dem Unfalltod unserer Eltern vor zehn Jahren, hatte er als sieben Jahre Älterer die Verantwortung für mich übernommen. Dabei war er selbst erst 24, als es passierte und ich siebzehn. Wir schlugen uns durch, aber es war nicht immer leicht. An Tagen wie heute vermisste ich die beiden unbändig.

»Bald sind wir da.« Ich presste Gabriel noch fester an mich, damit der Wind ihm nicht den Schnee in die Augen trieb, denn das pikste wie tausend winzige Eisnadeln. Er war ganz schön schwer mit seinen elf Monaten.

Zusätzlich hatte ich all diese Taschen umhängen und war beladen wie ein Packesel. Ich keuchte, denn jetzt ging es sogar ein Stück bergan. Da vorne konnte ich ein großes schmiedeeisernes Tor erkennen, wenn der Wind etwas nachließ und die Schneeschauer weniger stark ausfielen.

Meine Schauspielagentur hatte die Jobanfrage an mich weitergeleitet, seltsam genug, denn ich bekam fast nie Anfragen. Was noch seltsamer war: Ich sollte eine Küchenhilfe spielen, allerdings nicht auf der Bühne, sondern in einem privaten Haushalt. Mindestens eine Woche lang, eventuell sogar über Silvester. Das klang wirklich ungewöhnlich. Grundsätzlich hatte ich kein Problem damit, in irgendwelche Rollen zu schlüpfen, immerhin war ich Schauspielerin. Wenn auch ziemlich erfolglos. Und als Küchenhilfe hatte ich auch schon mal gearbeitet. Wenn auch nicht sehr lange.

In meinen Ohren klang das Scheppern des riesigen Tellerstapels, den ich in der Küche des luxuriösen Restaurants von einem Raum zum anderen tragen sollte. Dann war ich über meine Füße gestolpert. Weil ich hochschwanger war und diese eben nicht sehen konnte. Ich war sofort im hohen Bogen rausgeflogen.

Nur mit Rücksicht auf meinen Zustand hatte man darauf verzichtet, dass ich für die Kosten aufkam. Angeblich. Ich vermutete eher, dass sie Schiss hatten, ich könnte sie anzeigen, weil sie eine im neunten Monat Schwangere so schwere Sachen schleppen ließen. Elende Ausbeuter.

Bloß zu welchem Zweck sollte man eine Küchenhilfe spielen? Irgendwie verstand ich das nicht. Andererseits war das auch völlig egal. In meiner momentanen Lage würde ich mir auch eine Möhre ins Gesicht kleben und einen Schneemann spielen. Oder eine Schneeflocke, bekleidet mit einem bescheuerten Kostüm. Ich brauchte diesen Job so dringend. Hoffentlich klappte es.

»Die Auftraggeber sind sehr an dir interessiert«, hatte mein Agenturchef Arthur am Telefon gesagt.

»Eine verbindliche Zusage ist das aber nicht? Ich muss

von London mit dem Zug dorthin und dann mit dem Taxi in diesen abgelegenen Ort fahren. Total umständlich, teuer ist es auch noch. Was, wenn die mich nicht nehmen?«

»Dein Risiko«, sagte Arthur. »Deine Chancen stehen gut. Sie waren von deinen Fotos total begeistert, aber eine Garantie gibt es natürlich nicht. Bloß wenn du gar nicht erst hinfährst … Ah, hier habe ich mir notiert, sie erstatten die Reisekosten. Na also. Bei diesem hohen Tagessatz ist es auf alle Fälle eine Reise wert, oder? Andere Angebote liegen mir für dich nicht vor. Bis auf die Krippenspiel-Sache.«

500 Pfund pro Tag. Nein, das konnte ich nicht ausschlagen. Einen Versuch war es wert. *Nicht versuchen. Machen.* Für die Zugfahrt musste ich mir schon wieder von Nicolas Geld leihen. »Zum letzten Mal, Nic. Ich verspreche es.«

»Ach, schon gut, Schwesterchen. Willst du Gabriel wirklich mitnehmen? Ich halte das für keine gute Idee. Lass ihn lieber bei Lena und mir, wir passen gern auf ihn auf.«

Das lehnte ich entschieden ab, auch wenn die beiden schon öfter als Babysitter eingesprungen waren. Eine Woche ohne Gabriel, vielleicht sogar zwei? Noch dazu über Weihnachten? Nie und nimmer. »Danke dir. Nein, es ist okay, dass ich ihn mitbringe.«

Das hoffte ich zumindest, denn niemand wusste bisher von seiner Existenz. Wie ich das meinem Auftraggeber erklären sollte, wusste ich auch noch nicht. *Das kriege ich schon irgendwie hin,* sprach ich mir selbst Mut zu. Bisher reihte sich allerdings eine Pleite an die andere.

Der Zug hatte eine Stunde Verspätung, war zudem überfüllt und ich musste die ganze Zeit stehen, mit Gabriel auf dem Arm. Zwei Stunden lang! Immerhin hatte ich es geschafft, das Vorstellungsgespräch für das Krippenspiel mit diesem hier zu kombinieren, denn der Ort lag auf der Strecke. Nur zwanzig Meilen entfernt, in Burford.

Auch wenn es gefloppt war, vor ungefähr einer Stunde. Einer der Theaterchefs hatte genau das ausgesprochen, was bei meinem Anblick wohl alle dachten: »Habt ihr schon mal eine Maria mit kupferroten Locken gesehen? Ich nicht. Dazu dieser üppige Mund und diese grünen Augen? Nein, sie ist viel zu sexy. Sie sieht aus wie ein Pin-up Girl!«

»Ich könnte eine Perücke …«

»Vielen Dank, wir melden uns. Schönen Tag noch, Mary.«

»Ich heiße Marian.« Das hatte vermutlich niemand mehr gehört. Draußen wartete das Taxi. Die Uhr tickte unerbittlich und mein Geld für die Rückfahrkarte rieselte dahin. Also war ich grußlos davongerannt.

Es musste einfach klappen mit diesem Job. Ich schickte ein Stoßgebet zum Himmel. *Bitte, lieber Gott. Ich brauche diesen Job. So dringend.*

Ich keuchte, endlich war ich am Tor angekommen. Kurz wechselte ich Gabriel auf die andere Hüfte. Ein paar Sekunden wartete ich, bis ich wieder normal atmen konnte. Dann drückte ich auf den goldenen Klingelknopf am Tor.

Es knackte in der Leitung. »Ja?«

»Ich bin's, Marian Star.«

»Prima! Kommen Sie herein, Miss Star. Wir erwarten Sie schon.« Der Türöffner summte, das große Tor glitt zur Seite und ich trat ein.

DOCH WAS WAR DAS? Eine lange schnurgerade Auffahrt tat sich hinter dem Tor auf. Es ging noch mal mehrere hundert Meter weiter durch den Schnee?

»Oh Mann, ich kann nicht mehr.« Ich fühlte mich, als würde ich jeden Moment zusammenklappen. Aber mir blieb nichts anderes übrig, also stapfte ich weiter.

In der Ferne trat eine Gestalt in einem olivgrünen Parka aus dem Haus und kämpfte sich durch den Sturm auf uns zu. Links und rechts neben der Auffahrt lagen endlose Beete mit dichtverschneiten Buchsbäumen und Lorbeerhecken, dahinter taten sich schier endlose Rasenflächen mit riesigen Bäumen auf. Fast wie in einem Park eines verwunschenen Schlosses.

Es war bestimmt schön hier im Sommer, wenn man auf den Rasenflächen Feste feierte und dabei bunte Tücher in den Ästen wehten. Man tanzte zu leiser Musik, barfuß bei Sonnenuntergang, in warmer Umarmung. Und jemand flüsterte einem zärtliche Worte ins Ohr …

Aber jetzt war Winter. Der eisige Wind peitschte mir ins Gesicht und holte mich in die Gegenwart zurück. Ich spürte kaum mehr meine rot gefrorenen Hände und meine eiskalten Füße, die in durchnässten Schuhen steckten. Mein Mantel war auch viel zu dünn für dieses Wetter.

»Hallo, Miss!« Der Mann, groß und breitschultrig, stoppte vor mir. Über Mund und Nase hatte er einen Schal gebunden, sodass nur seine braunen Augen hervorschauten. Ohne zu zögern, nahm er mir alle Taschen ab und hängte sie sich um. Verwundert sah er auf Gabriel, der inzwischen eingeschlafen war. Kurz stutzte er, dann streckte er die Hände aus, um ihn ebenfalls zu tragen.

Ich drückte Gabriel an mich. »Danke, das mache ich lieber selbst.«

Er nickte und wir stapften gemeinsam zum Haus. Eine Unterhaltung war bei dem starken Wind unmöglich. Er riss einem förmlich jedes Wort vom Mund, außerdem bekam ich ohnehin fast keine Luft mehr.

»Ah, da sind Sie ja endlich. Wir haben Sie schon früher

erwartet. Was für ein Wetter! Kommen Sie schnell herein.« Eine Frau mit kurzem, blonden Haar und Schürze winkte aus dem überdachten Hauseingang. Ich stieg die fünf Stufen hoch, dort fiel wenigstens kein Schnee.

Sie war klein und von zierlicher Statur, schätzungsweise Mitte fünfzig. Winzige Lachfältchen kräuselten sich um ihre blauen Augen. Sie war mir sofort sympathisch. Neben ihr stand ein Butler mit exakt gescheitelten grauen Haaren, akkuratem Oberlippenbart und in der für Butler typischen Uniform. Schwarze Hose, schwarzes Sakko, gestreifte Weste. Ein Butler? Gab es die wirklich und nicht nur in Fernsehserien?

»Guten Tag, Marian Star mein Name.« Beinahe hätte ich einen Knicks gemacht. »Entschuldigung, der Zug hatte Verspätung.«

»Wunderbar!«, rief sie. »Ich bin Melanie Fisher, die Köchin. Nennen Sie mich Mel.«

Der Butler deutete eine kleine Verbeugung an. »Caspar Miller. Schön, Sie kennenzulernen, Miss Star.« Er wirkte ein wenig strenger als die beiden, vermutlich durch seine Uniform. Doch auch ihn fand ich nett. Er hatte kluge Augen, grau und klar.

»Entschuldigung, ich habe mich noch gar nicht vorgestellt«, sagte der Mann, der mich am Tor abgeholt hatte und zog seine Kapuze herunter. Er wirkte wie ein Teddybär mit seinen runden braunen Augen und seinem gutmütigen Gesicht, das von einem schwarzen Dreitagebart mit silbernen Einsprengseln bedeckt war. »Bailey Donovan. Chauffeur, Hausmeister, Mädchen für alles.« Er grinste, zog eine graue Strickmütze hervor und stülpte sie über seinen mit grauschwarzen Stoppeln bedeckten Schädel. »Es zieht mir sonst zu viel.«

»Sehr angenehm.« Ein wenig ließ meine Anspannung nach und ein kleines Lächeln stahl sich auf mein Gesicht.

Sie benahmen sich alle sehr freundlich und schienen sich wirklich über mein Kommen zu freuen. Bestimmt klappte es mit dem Job! Doch da schwenkte die Stimmung um.

»Wer ist das?«, fragte der Butler und starrte entsetzt auf Gabriel.

»Das ist mein Sohn. Er heißt Gabriel.« Ich lächelte weiter tapfer in die Runde, aber ihre Gesichter wirkten plötzlich wie erstarrt.

»Ein Kind?« Sie wechselten erstaunte Blicke miteinander.

»Das war aber so nicht abgesprochen, Miss Star«, sagte der Butler streng.

Ich wäre fast in Tränen ausgebrochen. Nach diesem bisher schrecklichen Tag und meinem Marsch durch die Eishölle, hatten sie etwas dagegen, dass ich mein Baby mitgebracht hatte? Ich konnte nicht mehr.

Das erkannte wohl auch Mrs Fisher. »Kommen Sie doch erst mal herein, Kindchen. Sie sehen ja völlig durchgefroren aus.« Sie zog mich am Arm in die riesige Eingangshalle und schloss hinter uns die Tür. Endlich, diesem furchtbaren Schneetreiben waren wir entkommen.

Warme Luft schlug mir entgegen. Ein wunderbarer schwarz-weißer Steinboden war ausgelegt und zahlreiche Türen führten in unzählige Zimmer. Im hinteren Bereich der Halle konnte man einen wunderschönen antiken Kamin erkennen. Eine breite, graue Steintreppe, mit roten Teppichen belegt, führte nach oben in eine mit einem Holzgeländer eingefasste Galerie. Was für ein schönes Haus, wenn es auch etwas kahl wirkte und unbewohnt. Oder war das schon ein Schloss?

»Ich wollte es Ihnen sagen, ehrlich«, murmelte ich. »Ich hatte keinen Babysitter.« Das war gelogen und ich war doch so eine miserable Lügnerin. Bei nächster Gelegenheit würde ich mich bestimmt verplappern, außerdem wollte ich meinen Job nicht mit einer Lüge beginnen. Auch wenn ich ihn dadurch nicht bekäme? Nicht sehr logisch. »Doch, ich hätte einen bekommen können, aber er ist noch so klein. Ich kann ihn nicht so lange allein lassen. Schon mal gar nicht über Weihnachten.«

»Ja, vor allem ist er so niedlich«, murmelte die Köchin und strich Gabriel vorsichtig über die Wange. »Was für süße Bäckchen. Zum Anbeißen. Und so schöne blaue Augen hat er. Und diese Locken.« Sie schmunzelte.

»Melanie, konzentriere dich jetzt bitte«, wies Mr Miller sie zurecht. »Du weißt, worum es geht.«

»Du hast recht.« Sie riss sich von Gabriels Anblick los. »So, es kann losgehen.« Die drei wendeten sich mir zu und musterten mich eingehend.

»Das Gesicht ist auf jeden Fall perfekt«, murmelte Bailey. »Diese Ähnlichkeit.«

»Ja, frappierend«, sagte der Butler. »Obwohl die Ähnlichkeit, wenn man genauer hinsieht …«

»Praktisch gegen null geht«, sagte Bailey. Sie lächelten sich an.

»Sehr schön«, sagte Caspar. »Dass man den Unterschied so deutlich sieht, nicht wahr?«

»Ja. Und wie«, stimmte Bailey zu. »Finde ich noch besser, oder?«

»In der Tat«, meinte Caspar.

»Und so hübsch!« Die Köchin schlug begeistert die Hände zusammen und rollte die Augen an die Decke. »Viel schöner als …«

»Ja, viel wärmer.« Bailey nickte. »Und liebevoller.«

»Um einiges«, stimmte der Butler zu. »Eine gänzlich andere Ausstrahlung.«

»Genau, du sagst es. Die Ausstrahlung ist es, nicht wahr?« Bailey sah die Köchin fragend an. Sie murmelte ein leises »Ja«.

Erstaunt ließ ich ihre Bemerkungen über mich ergehen. Nicht nur, dass sie taten, als hörte ich ihre Kommentare nicht. Warum spielte mein Aussehen eine so große Rolle, wenn ich nur eine Küchenhilfe spielen sollte? War das Aussehen nicht zweitrangig? Außerdem: Durften wir jetzt bleiben oder nicht?

Ich beschloss, die Flucht nach vorne anzutreten. »Wenn das mit Gabriel ein Problem ist, dann gehen wir eben wieder.« Auch wenn es mir davor graute, wieder hinaus in diese Schneehölle zu müssen.

»Nein, Sie bleiben«, sagte der Butler bestimmt. »Oder?« Er schaute fragend in die Runde.

»Ich bin einverstanden. Und wie!« Bailey nickte mehrmals hintereinander.

»Ich auch. Auf jeden Fall!« Die Köchin trat einen Schritt näher. »Darf ich ihn mal halten, Marian?«

»Oh ja, gerne. Mir fallen gleich die Arme ab.« Ich reichte ihr Gabriel und lockerte mit einem Aufstöhnen meine verkrampften Muskeln. Dann öffnete ich meinen Mantel und auf einmal ploppte dieser Riesenbauch hervor. O Gott, der Bauch für die schwangere Maria! Bei meinem eiligen Abgang hatte ich ihn aus Versehen mitgenommen. Heute lief auch alles schief. Jetzt hatte ich auch noch Marias Bauch gestohlen!

»Sie sind schwanger?« Caspars Gesicht nahm eine graue Farbe an, Melanies wurde knallrot. Bailey machte vor Schreck geradezu kugelrunde Augen.

»Aber nein!« Ich lachte auf. »Keine Panik, ich kann das erklären. Das ist nur eine Attrappe. Ich komme direkt von einer Probe für ein Krippenspiel. Da musste ich mir einen falschen Bauch umschnallen. Nein, schwanger bin ich nun wirklich nicht. Sehen Sie?« Ich lupfte meinen Pulli ein Stück und zeigte den Kunstbauch aus Silikon, der sogar einen nach vorne ausgestülpten

Bauchnabel aufwies. Dann klopfte ich mit der Faust dagegen.

»Darf ich mal?« Mel stupste mit der Fingerspitze vorsichtig an den Nabel. »Stimmt, künstlich. Aber er sieht täuschend echt aus.«

»Es ist hautfarbenes Silikon. Also bitte, ich und schwanger!« Den letzten Satz hatte ich laut ausgerufen, dass es durch die ganze Halle schallte. Seit der Enttäuschung mit Gabriels Erzeuger hielt ich meilenweiten Abstand zu Männern und sie zu mir.

Ein Baby wirkte auf Männer ziemlich abschreckend – und das war auch gut so. Die Wahrscheinlichkeit den Lotto-Jackpot zu knacken, lag vermutlich höher, als dass ich jemals wieder so einen Bauch bekäme.

»Puh, Gott sei Dank«, murmelte Bailey.

»Wer ist schwanger?«, dröhnte es auf einmal von der Galerie. Ein Mann stand dort oben. Er trug einen dunkelroten Morgenmantel, verwunderlich für diese Tageszeit. Immerhin war es fast drei Uhr nachmittags.

Ich schüttelte heftig den Kopf. »Nein! Ich bin doch gar nicht …«

»Pst, leise bitte«, zischte Caspar.

Die drei wechselten seltsame Blicke miteinander, richtig verstohlen, als hätten sie ein schlechtes Gewissen. Allmählich beunruhigte mich ihr Verhalten. Warum durfte ich nicht laut aussprechen, dass ich nicht schwanger war? Dennoch dämpfte ich meine Stimme.

»Ich kann das sofort aufklären«, flüsterte ich. »Wie ich gerade sagte, es ist nur ein Theaterbauch. Eine Attrappe, weil ich soeben dieses Vorstellungsgespräch für die Maria im Krippenspiel hatte. In der Eile habe ich den Bauch versehentlich mitgenommen.«

Caspar schloss entnervt die Augen und murmelte:

»Verflixt und zugenäht. Doch, Sie sind schwanger, denn jetzt ist es zu spät.«

»Warum denn?«, setzte Mrs Fisher an.

Caspar drehte sich zu ihr hin. »Weil er sonst weiß, dass sie eine Schauspielerin ist. Theaterbauch, Krippenspiel. Darum.«

»Ich verstehe nur Bahnhof«, murmelte ich. »Was sonst bin ich?«

»Die Küchenhilfe!«, sagte der Butler eindringlich. »Und nur die Küchenhilfe. Verstehen Sie?«

»Nein!« Verständnislos hob ich die Schultern, sein Gesicht verdüsterte sich. Schnell fügte ich hinzu: »Doch. So irgendwie?«

»Was steckt ihr denn alle die Köpfe zusammen?«, rief der Mann, dann kam er langsam die Treppe herunter. Irgendwie wirkte er betrunken, denn er schwankte und seine Stimme klang verwaschen.

»Nein, das ist alles zu kompliziert«, murmelte der Butler. »Ich befürchte, wir müssen die ganze Sache abblasen.«

»Nein, bitte nicht. Ich brauche diesen Job!« Ich rang flehend die Hände.

»Och, nein.« Mrs Fisher drückte Gabriel an sich. »Der Kleine ist doch so goldig.«

»Melanie, das ist gerade kein Entscheidungskriterium«, sagte Caspar. »Es ist zu problematisch. Dann noch diese Schwangerschaft. Ich habe mir das alles etwas einfacher vorgestellt.«

»Es war doch deine Idee«, protestierte Bailey. »Du willst ausgerechnet jetzt einen Rückzieher machen? Aber warum denn?«

»Die Schwangerschaft. Und überhaupt.« Caspar kniff den Mund zusammen und machte ein abweisendes Gesicht. »Ich denke, eher nein.«

»Ich bin doch gar nicht schwanger!«, raunte ich. »Ich hab's schon drei Mal erklärt! Nur wegen meinem Kind geht es nicht? Das ist jetzt nicht nett.«

»Ich bin dafür, dass sie bleibt«, sagte Mel leise. »Dass beide bleiben. Von mir kommt ein eindeutiges Ja.«

Caspar legte den Finger ans Kinn. »Hm, tja«, brummte er und schüttelte den Kopf.

»Ja, was denn jetzt?«, zischte ich.

»Wir haben noch gar nicht ihre Haare gesehen«, flüsterte Bailey in die Runde und machte die Verwirrung komplett. »Könnten Sie bitte einmal die Kapuze herunterziehen, Marian?«

»Hallo? Redet keiner mehr mit mir?«, rief der Mann. »Ich fragte, wer schwanger ist.« Er schritt weiter die Treppe herunter. Man konnte erkennen, dass er kurzes blondes Haar hatte und dass er sehr groß und breitschultrig war.

»Hier, meine Haare.« Entnervt schlug ich die Kapuze zurück, meine kupferroten Locken purzelten hervor. Wahrscheinlich würde es jetzt an meinen Haaren scheitern. Da es nur beinahe an Gabriel und an meinem Fake-Bauch gescheitert war, wären die Haare dann eben das K.o.-Kriterium. Wie so oft. »Bitte sehr. Ich habe langsam die Nase voll! Und jetzt?«

Doch niemand sagte etwas, alle starrten mich nur wie gebannt an.

»Heilige Scheiße!«, drang es auf einmal von der Treppe. Der Mann geriet ins Straucheln, stolperte und polterte mindestens fünf Stufen herab. Als er unten am Treppenfuß landete, hielt er immer noch seine Kaffeetasse in der Hand. Tja, vielleicht hätte er sich besser am Geländer festgekrallt? Oder zumindest seinen Morgenmantel zugehalten. Denn dieser hatte sich durch den Fall umgeschlagen und da der Mann keine Unterwäsche trug, konnte man alles sehen. Alles. Und es gab sehr viel zu sehen. Ich machte richtige Stielaugen.

»Oh Gott!« Mrs Fisher schlug die Hand vor den Mund.

»Heiliger Bimbam!«, murmelte Bailey und verbiss sich ein Lachen.

Nur Caspar verzog keine Miene. »Ich glaube, ich habe soeben meine Meinung geändert. Sie haben den Job, Marian.« Er rückte ein Stück zur Seite und stellte sich vor mich, so dass ich gar nichts mehr erkennen konnte.

»Wie schön! Vielen Dank!« Ich lugte um Caspar herum, sofort versperrte er mir wieder die Sicht. Mist!

»Oh, verflixt!«, murmelte der Mann und zerrte hastig seinen Morgenmantel nach unten. Dann erhob er sich stöhnend vom Boden. »Vielen Dank für die Hilfe, bloß nicht so viele auf einmal. Nein, ich habe mir nicht das Genick gebrochen. Nur ein paar andere Knochen, aber macht euch bloß keine Sorgen um mich.« Er humpelte auf uns zu und hielt sich den Rücken.

Caspar zerrte mit entschlossener Geste den Pulli über den falschen Bauch und flüsterte: »Schwanger, achter Monat. Und kein Wort zu …« Seine Augen wanderten verstohlen zu dem sich nähernden Mann. »Versprochen?«

»Ja, ich verspreche es.« Ich nickte. Auch wenn ich nicht einmal ansatzweise verstand, was hier gespielt wurde. Sie waren meine Auftraggeber und ich brauchte diesen Job dringend. Ob ich jetzt die schwangere Maria spielte oder die schwangere Marian, das war kein großer Unterschied.

»Gut, danke. Bis mindestens 27. Dezember, eventuell bis zweiten Januar. Geht das?«

»Perfekt. Vielen Dank, Mr Miller.« Wir schüttelten uns die Hände und ich jubelte insgeheim. Mindestens zehn Tage, das wären 5000 Pfund! Gabriel und ich wären gerettet und ein Polster für die nächsten Monate bliebe uns auch. Das war die beste Nachricht seit Langem.

Der Mann trat an uns heran. Eine wahnsinnige Alkoholfahne umwehte ihn, so stark, dass sie mich benommen machte. Er stank wie tausend besoffene Russen. Wenn er Gabriel anhauchte, würde ich ihn umbringen!

Diesen Gedanken hatte wohl auch Mel, denn sie flüchtete mit ihm durch die Eingangshalle zu einer der zahlreichen Türen. »Wir gehen mal eben in die Küche, eine heiße Milch zubereiten. Der Arme hat ganz kalte Händchen. In Ordnung, Marian? Sie kommen gleich nach, wenn Sie Mr Christmas begrüßt haben?«

Mr … wie? Wiederum nickte ich. War das etwa *dieser* Christmas? Dieser betrunkene und verlotterte Kerl war der Eigentümer der berühmten Traditionsfirma, die wunderschöne Christbaumkugeln herstellte und auch nostalgischen Weihnachtsschmuck? Alles, was das Herz begehrte, wenn man ein Weihnachtsfan war. Und ich war ein riesiger Weihnachtsfan!

Aber wenn er dieser gewisse Mr Christmas war, warum hing dann hier keine einzige Kugel? Auch sonst war es überhaupt nicht weihnachtlich geschmückt. Es gab nicht einmal einen Mistelzweig.

»Alles in Ordnung, Sir?«, fragte Caspar. »Wie ich sehe, haben Sie Ihren Sturz überlebt. Darf ich Ihnen unsere neue Küchenhilfe und Servicekraft vorstellen, Miss Marian Star.«

»Ja, alles in bester …« Mr Christmas musterte mich eingehend von Kopf bis Fuß, dann schaute er mir lange in die Augen. So lange, dass es mir fast unangenehm wurde.

Mein Gesicht wurde richtig heiß und mein Herzschlag beschleunigte sich, aber ich konnte den Blick nicht von ihm abwenden. Er war fast einen Kopf größer als ich, bestimmt weit über ein Meter neunzig groß. Wie alt mochte er sein? Schwer zu sagen. 36 oder 37?

Sein Gesicht war unrasiert und total verquollen. Sein

blondes Haar stand wirr nach allen Seiten ab und seine Augen wiesen rote Ränder auf, als hätte er drei Tage am Stück durchgemacht. Aber sie waren von einem wunderbaren Blau. *Himmelblau. Sommerhimmelblau.* Unter den dunkelblonden Bartstoppeln zeigten sich kantige und attraktive Züge mit einer geraden Nase und einem energischen Kinn. Wobei sein Mund weich und geschwungen war. Ein schöner Mund, auch wenn er gerade kein bisschen lächelte, sondern sich eher grimmig verzog.

Wenn er nüchtern war, sah er bestimmt sehr attraktiv aus.

»Eine schwangere Küchenhilfe mit Kind?«, fragte Mr Christmas und seine Stimme klang seltsam belegt. »Wir müssen wirklich ziemlich verzweifelt sein, Caspar. Sind wir das?«

»Wir sind auf jede Hilfe angewiesen«, sagte Caspar. »Dabei muss man manchmal auch unkonventionelle Wege gehen.«

Irgendwie beschlich mich der Verdacht, dass hinter seiner Bemerkung mehr steckte. *Was meinte er damit?*

Die Frage zeichnete sich wohl auf meinem Gesicht ab, denn ein kleines Schmunzeln zeigte sich um seine Augen. Nur für einen Sekundenbruchteil, dann war es wieder weg.

»Willkommen, Miss Star.« Mr Christmas wandte sich brüsk ab, bevor ich seine Begrüßung erwidern konnte. »Ich gehe mich rasieren. Und anziehen. Entschuldigung für meinen etwas seltsamen Aufprall. Äh, Auftritt.«

❄

KAPITEL 3

John

»Verdammt, das gibt's doch nicht.« Eine halbe Ewigkeit stand ich bereits unter der Dusche. Das Wasser prasselte auf meine pochende Schädeldecke, und ich kam langsam zu mir. Trotzdem konnte ich es nicht begreifen.

Da schneite eine Frau während eines mittleren Schneesturms in mein Haus, als wäre sie wie eine Sternschnuppe vom Himmel gefallen, um eine Stelle als Küchenhilfe anzutreten. Und dann sah sie aus wie sie?! *Sybil.* Was für ein unglaublicher Zufall!

Kurz ließ ich die Gefühle zu, die ihr Name in mir auslöste, dann schob ich alles weg. Den Schmerz und die damit verbundene tiefe Enttäuschung. Und dass ich wegen ihr fast draufgegangen war. Was nicht das Schlimmste war.

Viel schlimmer war, dass ich vor fünf Jahren etwas unschätzbar Wertvolles verloren hatte, was ich seitdem täglich vermisste. Und damit meinte ich ganz bestimmt nicht sie. Ich drehte das mittlerweile lauwarme Wasser ab, trat aus der Dusche und wickelte mich in ein Handtuch.

Sondern mich selbst. Der Mann, der ich war, bevor ich sie traf. Meinen Seelenfrieden, meine Gutmütigkeit und mein Vertrauen. Die Fähigkeit, diese Gefühle jemals wieder zu empfinden. All das hatte Sybil mir geraubt, so wie es schien für immer. Ich stapfte ins Schlafzimmer und trocknete mich ab.

Unsinn, Marian sah nicht aus wie Sybil, auch wenn sie die gleiche hochgewachsene und schlanke Statur hatte. Marian war sogar ein Stückchen größer, bestimmt ein Meter achtzig groß. Die frappierende Ähnlichkeit beschränkte sich auf die Haare, diese kupferrot gelockte Mähne.

Marian war eindeutig die Hübschere von beiden, eine wahre Schönheit mit ihren klassischen Gesichtszügen, den hohen Wangenknochen und den wundervollen grünen Augen. Außerdem hatte sie lustige Sommersprossen auf ihrer Nase und den Wangen, Sybil nicht.

Sybil wirkte immer kühl, mit diesem spöttischen, fast schon zynischen Zug um den Mund. Wohingegen Marian Warmherzigkeit ausstrahlte und etwas Liebevolles.

Warmherzigkeit. Vielleicht bildete ich mir das auch nur ein?

So grundlegend wie ich mich in Sybil getäuscht hatte, wie konnte ich jemals meinem Urteil wieder vertrauen? Das Vertrauen in die eigene Urteilskraft zu verlieren, nicht mehr auf sein Bauchgefühl hören zu können, das war das Allerschlimmste.

Bauchgefühl? Am Ende führte es einen nur in die Irre und man lag wieder halb tot am Boden. Nein, danke.

Danach hatte ich mir Gefühle abgewöhnt. Die Fähigkeit zu lieben – abtrainiert. Mein Herz seitdem aus Eis.

Besonders an den Weihnachtstagen versteinerte es zu einem Eisklotz, Jahr für Jahr.

Ausgerechnet jetzt sendete mir das Schicksal jemanden, der all diese quälenden Erinnerungen in mir aufwirbelte, als würde ein verdammter Schneesturm in mir toben? Aber so, dass ich nicht innerlich fror, sondern leise glühte?

Wie hypnotisiert blickte ich ins anheimelnde Kaminfeuer, das in orangeroten Zungen aufloderte. Ich mochte es, denn das gab es in meinem Penthouse in London nicht. Caspar zündete es deshalb für mich an, auch wenn es hier eine hochmoderne Heizung gab. Diese orangeroten Zungen. Eine Vision tauchte in mir auf. Ihr rotes Haar, auf mir ausgebreitet wie ein purpurner Mantel, versengte meinen Körper und setzte ihn in Flammen. Bis er loderte.

Himmel! War das ein Déjà-vu?

Ich stand auf und schob am Kamin die eiserne Sichtschutzplatte vors Feuer. Jetzt blieb nur noch ein kleines Guckloch übrig.

Ein süßes Lächeln hatte Marian. Wunderbare Augen, grün und aufrichtig. Ihr üppig geschwungener Mund war wie zum Küssen gemacht.

Als ich ihr Haar sah, diese wundervolle rotglänzende Mähne, fiel ich die Treppe herunter wie ein besoffener Trampel. Ja, ich war auch noch besoffen, aber ein Trampel war ich normalerweise nicht. Laut Caspar *»Stilsicher, selbst bei drei Promille.«* Heute mit Sicherheit nicht.

Wie ein Blitzschlag traf mich ihr Anblick. Kurz dachte ich: *Sybil ist zurück?!* Vor Jahren hätte mein Herz höher geschlagen, eben fühlte ich nur Erschrecken. *Bloß nicht!*, schoss es durch meinen Kopf. Dann setzte eine tiefe Erleichterung ein. *Nein, sie ist jemand anders. Zum Glück. Wie schön sie ist, die Fremde.*

Warum ich trotzdem gestürzt war und mir beinahe das Genick gebrochen hatte? Keine Ahnung. Vielleicht weil ich mir einen Sekundenbruchteil zu lange vorstellte, wie ich hinter ihr kniete, ihr Haar eng um meine Faust gewickelt … Und ich neben die Stufe trat. Oh ja, ich legte einen geradezu glanzvollen Auftritt hin und zeigte mich von meiner besten Seite. Volle Kanne. Ich stöhnte dumpf auf. Der Kreis der Personen, die meinen nackten Penis gesehen hatten, erweiterte sich schlagartig um vier. Ach nein, nur drei. Caspar hatte schon vorher das zweifelhafte Vergnügen gehabt.

Wie auch immer. Auch wenn das neue Mädchen einen netten und lieben Eindruck machte, ich wollte mit ihr nichts zu tun haben.

Wie alt mochte sie sein? 27 oder 28 Jahre? Und ich war 36. Warum machte ich mir überhaupt darüber Gedanken? Es war doch völlig egal, wie alt sie war.

Caspar sollte sie wegschicken, am besten heute Abend noch. Ich trat ans Fenster und fluchte leise. Mittlerweile war es stockdunkel draußen und es schneite unablässig. Sogar viel heftiger als den ganzen Tag über. Dann eben morgen. Morgen musste sie weg.

Nicht gerade nett von mir, immerhin war sie hochschwanger. Außerdem hatte sie ein Baby und das Wetter war saumäßig. Wenn sie in diesem Zustand arbeitete, brauchte sie bestimmt das Geld. Na gut, Caspar sollte sie für die vollen zwei Wochen bezahlen und Bailey könnte sie zum Bahnhof bringen.

Dann wäre sie wieder weg und ich hätte meine Ruhe. Ich würde nicht über die Farbe ihrer Augen nachdenken oder über ihre Sommersprossen. Ob sie im Sommer noch mehr bekam? Auch an anderen Stellen?

Herrgott, es hörte nicht auf! Ich presste meine heiße Stirn ans kühlende Fensterglas. Nein, ich wollte das nicht.

Weder wollte ich Kontakt zu ihr, noch dass sie überhaupt hier war oder dass sie mich anlächelte.

Eine rothaarige Frau in meiner Nähe war das Letzte auf der Welt, was ich mir wünschte!

Es wäre nicht herzlos, sie wegzuschicken. Da sie das zweite Kind erwartete, gab es einen Mr Star, der zu Hause auf sie wartete und sich um sie kümmerte. Kein Wunder, so hübsch wie sie aussah.

Meine Stimmung lag jenseits von Gut und Böse, eine Mischung aus Aufgewühltheit und Abwehr. Das war das Allerletzte, was ich hier gebrauchen konnte.

Diese wirren Gedankengänge, die meine Abgeklärtheit störten, die mich ruhelos machten und etwas in mir in Bewegung setzten. Die vielleicht sogar mein Projekt ›Warten bis Weihnachten vorbei ist, nach London zurückkehren und so weitermachen wie die Jahre zuvor‹ irgendwie gefährden könnten. Verdammt, ich wusste nicht einmal, warum ich das alles dachte?!

Ich war fest entschlossen, den Abend in meinem Zimmer zu verbringen und auch allein zu essen. Warum ich mich dann komplett angezogen hatte und die Türklinke schon in der Hand hielt, um nach unten zu gehen, war mir völlig schleierhaft.

❄

KAPITEL 4

Marian

»Ich bin mir nicht sicher, ob ich das kann.« Mit einem beklommenen Gefühl im Magen betrachtete ich das silberne Serviertablett, auf dem eine Maronensuppe in einem edlen Teller mit Goldrand dampfte.

Wir befanden uns in der riesigen und hochmodernen Landhausküche des Hauses. Sie war nicht nur wunderschön, mit edlen weißen Fronten und silbernen Geräten, sondern verfügte über allen möglichen technischen Schnickschnack wie einen Dampfgarer und vieles mehr.

»Sicher können Sie das, Marian.« Mel streute mit einer Hand Croûtons über die Suppe, während sie mit der anderen Gabriel auf ihrer Hüfte hielt. »Sie haben mir eben so toll geholfen. Fürs Kochen haben Sie ein Händchen, das erkenne ich sofort. Sie sind ein richtiges Talent.«

»Ja, das macht auch Spaß. Aber Dinge hin und her zu tragen ist nicht so meine Stärke.« Mit Schaudern dachte ich an den klirrenden Tellerstapel zurück.

»Alles ganz einfach, Kindchen.« Mel klopfte mir

aufmunternd auf den Arm. »John wartet bereits im Esszimmer. In der Eingangshalle gehen Sie links in den Gang, dort nehmen Sie die erste Tür auf der linken Seite. Schneller wäre man eigentlich durch diese hier. Das ist der direkte Durchgang.« Sie deutete zu einer Tür in der Zimmerecke. »Leider ist sie abgeschlossen und Bailey hat den Schlüssel verlegt. Ich hoffe, er findet ihn bald wieder.« Sie rollte demonstrativ mit den Augen. »Aber kein Problem. Sie tragen das Essen für ihn auf, da ist doch nichts dabei. Ich kümmere mich solange um Gabriel. Nicht wahr, Schatz?« Sie gurrte wie eine Taube und trug ihn an den runden Küchentisch, der sich im vorderen Bereich des Raumes befand. Vorsichtig setzte sie ihn in den Hochstuhl.

Er patschte sofort in seinem Kartoffelpüree. »Da!«, rief er und schleuderte mit dem Löffel ein bisschen Püree in ihre Richtung.

»Haben Sie das gesehen?« Sie klatschte begeistert in die Hände. »Ist er nicht süß? Ich glaube, er mag mein Püree.«

»Oh ja, das tut er.« Ich musste lächeln. Es war toll, wie sie sich um ihn kümmerte und ihn verwöhnte.

Überhaupt benahmen sich alle sehr liebevoll und fürsorglich. Bailey brachte unsere Sachen oben in unser Zimmer und hängte unsere Jacken auf. Mel kramte Spielsachen und Bilderbücher hervor, mit denen Mr Christmas früher gespielt hatte. Auch seinen alten Hochstuhl. Mr Miller, den ich ab jetzt Caspar nennen durfte, unterhielt sich länger mit mir. Ich erzählte ihm vom Unfalltod unserer Eltern und dass Nicolas und ich seitdem auf uns allein gestellt waren. Das interessierte ihn alles.

Alle, abgesehen von Mr Christmas. Er war als Einziger nicht nett zu mir gewesen und hatte mich bei der Begrüßung kalt, fast schon unhöflich behandelt. Ausgerechnet ihn musste ich jetzt bedienen? Wie unangenehm. Hoffentlich klappte alles. Dazu trug ich diesen komischen Bauch, der mich behinderte und mit dem ich dauernd anstieß. Eben war ich volle Kanne an den Küchenschrank geprallt, weil ich ihn vergessen hatte. So gerne hätte ich ihn abgelegt, denn dann könnte man meine schmale Taille sehen und dass ich nicht unförmig war wie eine monströse Seekuh. Aber Caspar hatte mich ein zweites Mal darum gebeten, bei meiner Geschichte zu bleiben. Darum musste der Bauch sein.

Jemanden anzulügen gefiel mir ganz und gar nicht. Doch erstens hatte ich es versprochen. Zweitens war es nur für eine, höchstens zwei Wochen. Drittens war mir Mr Christmas nicht sonderlich sympathisch, ihn anzulügen fühlte sich darum weniger schlimm an.

»Okay, dann werde ich mal mein Glück versuchen.« Ich atmete tief ein und machte mich auf den Weg.

Vorsichtig balancierte ich das Tablett durch den Gang ins Esszimmer, das nur spärlich beleuchtet war. Dort saß mein neuer Boss am Kopf der elend langen Tafel, gegenüber der Eingangstür, mindestens zehn Meter entfernt. Jetzt musste ich auch noch durch den kompletten Raum? Hilfe, ich war jetzt schon schweißgebadet. Meine Schritte hallten auf dem Parkettboden, der zudem rutschig war. War da nicht eben eine Teppichkante? Wo war die Teppichkante? Ah, da. Mein Fuß ertastete sie, zum Glück, bevor ich darüber stolperte. Verflixt, warum saß der Mann auch im Dunkeln?

Beschwörend sah ich auf den Teller, der auf dem riesigen Tablett ins Rutschen kam und langsam von rechts nach links wanderte. »Bleib da, beweg dich nicht«, murmelte ich. Doch er schob sich störrisch weiter an den Tablettrand und schwupps – schwappte etwas Suppe über. Mist, was sollte ich tun? Wenn ich den Teller auf den Tisch stellte, wäre die Tischdecke klebrig. Zurück in die Küche, ihn abwischen und dann wieder hierher? Nein, bloß nicht.

Egal, das würde Mr Christmas in der Dunkelheit bestimmt nicht auffallen. Zentimeterweise schob ich mich an den Tisch heran. Nur noch fünf Meter, das blöde Ding hinstellen, dann hätte ich es geschafft.

Seine Blicke ruhten auf mir, das machte mich noch nervöser. Er trommelte ungeduldig mit den Fingern auf dem Tisch.

»Wenn Sie weiter so langsam daher schleichen, bin ich verhungert, bevor Sie angekommen sind.« Er hob die Augenbrauen und verschränkte die Arme vor der breiten Brust. »Ist das eine neue Variante von Slow Food? Wenn ja, ist es sehr, sehr slow.«

Was hatte er gerade gesagt? Wie gemein! Mein Kopf ruckte vor Empörung hoch, mein Arm ebenfalls und zack, floss der gesamte Tellerinhalt aufs Tablett. »Oh! Ich glaube, ich habe soeben Ihre Suppe verschüttet.«

»Aha«, machte er und sah für einen Moment belustigt aus.

»Ich hole mal schnell eine neue«, flüsterte ich und verließ eilig das Esszimmer. Stumm vor mich hin fluchend betrat ich die Küche.

»Na, wie hat es ihm geschmeckt?« Mel fütterte Gabriel mit Spinat und Kartoffelpüree.

»Gar nicht.«

»Wie bitte? Gibt's ja wohl nicht.« Sie erhob sich und stemmte beide Hände in die Hüften. »Na, er kann was erleben!« Mit finsterem Gesicht machte sie ein paar Schritte zur Tür.

Ich musste beinahe lachen bei der Vorstellung, dass sie diesem blöden Typen eine Strafpredigt hielt. »Nein, nicht so. Ich hab's nicht geschafft.«

»Wie, nicht geschafft?« Sie trat an mich heran und besah sich das Desaster auf dem Tablett. »Ach so, verstehe.

Kein Problem, Marian.« Sie zeigte auf den riesigen Topf. »Wir haben jede Menge Suppe.«

Zweiter Anlauf. Ich atmete tief durch.

Mr Megagenervt wartete mit abweisend verschränkten Armen und strengem Gesichtsausdruck, während ich mich ihm langsam, aber sicher näherte. Langsamer als vorhin, nach der schlechten Erfahrung, die ich gemacht hatte. Da fiel mein Blick auf den geleerten Brotkorb.

»Ich bringe Ihnen gleich noch etwas Brot, Mr Christmas.« Nur wenige Meter, beinahe hatte ich es geschafft. Mir fiel auf, dass er sich rasiert und gekämmt hatte. Und dass er sehr attraktiv aussah, in seinem grauen Strickpulli, der seine breiten Schultern betonte.

»Danke, ich habe bereits ungefähr ein Kilo Brot gegessen, mehr geht beim besten Willen nicht rein.« Er verzog das Gesicht, das sollte wohl ein Lächeln darstellen.

Ich ignorierte seine blöde Bemerkung, vielmehr ließ ich mich dadurch nicht aus der Fassung bringen und ging tapfer weiter. Mel hatte den Teller von allen Seiten mit Servietten gesichert, er konnte nicht mehr verrutschen. Zuversichtlich überschritt ich die Stelle, an der ich eben gescheitert war. Da pfiff Mr Christmas eine kleine Melodie. Ich erkannte das Lied sofort. *Slow Down* von Bobby Valentino.

Ich sollte noch langsamer machen? Was für eine gemeine Anspielung auf meine Schleicherei! Vor Empörung vergaß ich die Teppichkante, stolperte darüber und geriet ins Fallen. Mich selbst konnte ich abfangen – das Tablett mit der Suppe jedoch nicht. Ich kippte die Suppe mitten auf den Tisch. Und den Teller auch.

Mr Christmas sprang erschrocken auf. »Meine Güte, können Sie nicht aufpassen!«

»Entschuldigung.«

Er knüllte die Tischdecke mitsamt Teller zusammen

und schob sie ein paar Meter von seinem Platz weg. »So, das kann man später wegräumen. Könnte ich jetzt endlich etwas zu essen bekommen?« Entnervt fügte er hinzu: »Bitte.«

Mit hängendem Kopf schlurfte ich in die Küche. Mels Lächeln gefror bei meinem Anblick. »Wieder nichts?«

»Nein.«

»Na, der Topf ist voll.« Sie sah hinein. »Halb voll.«

»Er ist so ein Blödmann«, flüsterte ich. Erschrocken schlug ich mir die Hand vor den Mund. Ich hatte gerade meinen Boss beleidigt. Wie sie das wohl finden würde? »Entschuldigung, das ist mir so rausgerutscht.«

Sie grinste vielsagend. »Oh ja, manchmal benimmt er sich so.« Gelassen nahm sie einen neuen Teller vom Stapel und schöpfte ihn voll. »Aber eigentlich ist er keiner. Er kann ganz anders sein. Lieb, gutmütig und lustig.«

»Wie bitte?« Ich stieß ein spöttisches, wenn auch sehr leises Lachen aus. Nicht, dass er mich noch hörte. Diese Beschreibung passte nicht einmal annähernd zu Mr Christmas. »Wir reden von ein und derselben Person? Das kann ich mir absolut nicht vorstellen.«

»Doch, wirklich.« Sie überreichte mir das neu präparierte Tablett und ich nahm es mit einem unguten Gefühl entgegen.

»Ach ja?«, knurrte ich. »Warum ist er es dann nicht einfach? Was hält ihn davon ab?«

Ein paar gescheiterte Versuche später. Schuld daran waren: ein Stuhl, der plötzlich im Weg war. Mr Christmas' süffisantes Husten, mit dem er mich aus dem Konzept brachte. Und beim dritten Versuch seine Bemerkung: »Sie kommen dem Ziel immer näher, Marian. Sie werden mir nicht tatsächlich eine Suppe servieren? In diesem Leben?«

»So, das ist jetzt der letzte Teller, Marian. Wenn es dann nicht klappt, gehen wir zum Hauptgang über. Also machen Sie sich keinen Stress.« Mel lächelte tapfer, obwohl sie bestimmt auch mit den Nerven am Ende war. So wie ich.

Ich war hundemüde, Gabriel quengelte und ich müsste ihn dringend ins Bett bringen. Zudem hatte ich den ganzen Tag nichts gegessen.

Warum holte Mr Christmas sich seine blöde Suppe nicht selber wie ein erwachsener Mann? Denn er *war* ein erwachsener Mann, oder? Warum musste ich diesen gemeinen Kerl überhaupt bedienen? Ach so, ja. Weil ich dafür 500 Pfund am Tag bekam.

Okay, also los. Ich straffte die Schultern und ging zügig ins Esszimmer. Er stützte den Kopf auf den Ellenbogen und malte mit der Gabel Muster auf seine Serviette wie ein verzogenes Kleinkind. Als ich eintrat, hob er sofort den Kopf und ein kleines Lächeln spielte um seine Augen. Wahrscheinlich freute er sich schon auf die nächste Gelegenheit, mich aus der Fassung zu bringen.

»Spät kommt sie, doch sie kommt. Und so schnell. Meine Güte, Miss Marian. Sie überraschen mich.«

Normalerweise hätte ich über seine Sprüche bestimmt gelacht. Nach diesem beschissenen Abend eines total anstrengenden Tages blieb mir das Lachen allerdings im Hals stecken.

»Wie ein Eilzug kommen Sie herangerauscht.« Seine Augen funkelten spöttisch. »Ist so schnelles Servieren überhaupt erlaubt? Haben Sie gerade einen neuen Geschwindigkeitsrekord aufgestellt? Kann das sein? Nicht, dass Sie noch in eine Radarfalle geraten.«

Ein Kloß bildete sich in meiner Kehle. Vielmehr steckte er dort schon seit dem ersten missglückten Versuch. Doch ich ließ mich von Mr Christmas nicht irritieren, dieses Mal nicht! Mit zitternden Händen stellte ich zuerst das Tablett auf dem Tisch ab. Ja, so wäre es einfacher. Dann nahm ich den Teller und reichte ihn vorsichtig zu seinem Platz hinüber. Beinahe geschafft! Ich lächelte ihn triumphierend an, aber auf den letzten zwei Zentimetern rutschte mir der Teller aus der Hand und die Suppe landete auf dem Tischtuch. Wieder einmal.

»Herrgott!«, rief er. »Ist das denn zu fassen?«

Ein Schluchzen drang aus meiner Kehle. Zu meinem Entsetzen kullerten sofort Tränen über meine Wangen.

»Das wollte ich nicht«, schluchzte ich. »Sie machen mich ganz … ungeschickt.«

Er sah mich erschrocken an, dann wurde sein strenges Gesicht weich. »Ach, wissen Sie. Eigentlich mag ich Maronensuppe nicht besonders. Und überhaupt …« Sein Blick glitt über meinen Bauch und für einen Moment wirkte er richtig schuldbewusst. »Ich glaube, ich esse lieber in der Küche. Da ist es sowieso gemütlicher. Was denken Sie?«

Er erhob sich und nahm mir das Tablett aus den Händen. »Sie sehen aus, als würden Sie jeden Moment umkippen. Möchten Sie vielleicht auch etwas? Wir essen immer zusammen, wenn wir hier sind. Ich weiß auch nicht, warum Mel hier gedeckt hat. Ich bin schließlich kein Gutsherr aus dem neunzehnten Jahrhundert. Kommen Sie mit?«

Ich nickte und wischte mir mit dem Handrücken die Tränen aus dem Gesicht. Er ging voraus, ich trottete hinter ihm her.

»Ah, endlich«, rief Mel überschwänglich. »Es hat funktioniert?«

»Fast«, sagte Mr Christmas. Verwundert sah er auf Gabriel. »Wer ist denn dieser junge Mann?«

Er sagte tatsächlich *junger Mann*. Wie so ein Opa.

»Mein Sohn, Gabriel. Sie haben ihn heute Mittag schon kennengelernt, als Sie …« Vor meinem inneren Auge stieg die Vision auf, wie er halb nackt am Fuß der Treppe lag.

Mir wurde heiß. Das lag bestimmt an diesem blöden Bauch, denn er hielt enorm warm.

»Ah, ich erinnere mich dunkel daran. Das hatte ich wohl verdrängt.« Er lachte ein bisschen verlegen und setzte sich Gabriel gegenüber. »Heute scheint der Tag der Unfälle zu sein. Nehmen Sie bitte Platz, Marian.« Er deutete neben sich, und ich fiel erschöpft auf den Stuhl.

Gabriel lächelte breit mit seinen vier Zähnen, zeigte auf Mr Christmas und sagte: »Da-Da.«

»Was hat er gerade gesagt?«, fragte Mr Christmas.

O Gott, Gabriel hatte soeben ein neues Wort gesprochen. Vor Freude wollte ich am liebsten aufspringen und um den Tisch herumtanzen, denn so viele kannte er bisher nicht. Eigentlich nur drei: Mama, Da, ein Allzweckwort, das alles Mögliche bedeutete von ›Ja‹ bis ›Ich will sofort diesen Pudding essen‹, und Nein.

»Ach, ich glaube, das hat nichts zu bedeuten.« Ich glühte innerlich vor Freude und Mutterstolz, aber ich winkte nur lässig ab. Denn es bedeutete sehr wohl etwas. Wenn ich mit meiner Vermutung richtig lag, dann hatte Gabriel den mürrischen Mr Christmas soeben *Daddy* genannt. Peinlich hoch zehn! Woher kannte er das Wort überhaupt? Vielleicht aus seiner Krabbelgruppe, da waren manchmal auch Väter dabei.

»Ich glaube, das bedeutet …«, begann Mel.

»Nein, ganz bestimmt nicht«, fiel ich ihr schnell ins Wort.

»Hat er mich gerade Daddy genannt?« Mr Christmas sah Gabriel irritiert an.

»Nein.« Ich schüttelte stur den Kopf.

»Es klingt aber haargenau so«, beharrte Mel.

»Wenn, dann höchstens aus Versehen«, murmelte ich.

Doch Gabriel rief erneut »Dada!« und bot Mr Christmas die Reste von seinem Püree an. Das heißt, er warf ihm mit Schwung eine Handvoll über. Ein paar Kleckse landeten mitten in seinem Gesicht.

»Mit Essen zu werfen muss wohl in der Familie liegen.« Mr Christmas wischte sich das Püree mit einer Serviette ab. Er lächelte.

Hilfe, das wurde ja immer peinlicher! Wenn das so weiterging, konnte ich bald meine Koffer wieder packen. »Entschuldigung, Mr Christmas. Er wollte Ihnen nur zeigen, dass er Sie mag.«

»Hab's schon verstanden, bin ja kein Idiot«, sagte er plötzlich barsch.

Vor Schreck zuckte ich zusammen. Gabriel starrte Mr Christmas entgeistert an, seine Mundwinkel bogen sich im Zeitlupentempo nach unten. Jetzt zitterte seine Unterlippe und Tränen stiegen in seine Augen. O Mann, eine Heulattacke im Anmarsch. Meine Nerven lagen blank. Ich heulte auch gleich, zum zweiten Mal für heute. Dieser unhöfliche Klotz!

»Er guckt so komisch«, sagte Mr Christmas entgeistert. »Hat er Schmerzen? Bekommt er gerade einen Zahn?«

Tja, er hatte so wenig Ahnung von Babys wie ich vom Speisen Auftragen.

»Babys bekommen Zähne nicht innerhalb von Sekunden, denn Zähne schießen nicht wie Raketen in ihre kleinen Münder«, sagte ich. »Sondern sie wachsen quälend langsam, über Monate. Vor allem nachts.«

»Was dann? Was hat er denn? Schnell, tun Sie etwas!«

»Er mag Ihren Ton nicht«, sagte ich bestimmt. Ich kitzelte ihn zur Ablenkung am Kinn. Gabriel natürlich, nicht etwa Mr Christmas. Sofort kicherte er wieder und matschte weiter in seinem Püree.

»Ach so, verstehe. Ich werde es mir merken. Es tut mir leid, ich wollte ihn nicht erschrecken.« Mr Christmas räusperte sich. »Nennen Sie mich John«, sagte er unvermittelt.

»Mein Nachname ist so lang und wir nennen uns alle beim Vornamen.« Seine Stimme wurde düster. »Außerdem ist er schrecklich nervig.«

Christmas. Ich fand ihn wunderschön. »Gerne. Marian.«

»Lasst uns etwas essen.« Mel stellte große Platten mit Fleisch, Kartoffeln und Gemüse auf den Tisch. Endlich, ich wäre fast vom Stuhl gekippt.

»Dankeschön, Mel. Ich könnte ein ganzes Pferd aufessen«, murmelte ich und nahm den Teller entgegen, auf den sie bereits wahre Berge gehäuft hatte.

»Das sieht mir eher nach Rinderbraten aus?« Mr Christmas, vielmehr John, lächelte mich an und mir wurde seltsam zumute. Er hatte ein wunderschönes Lächeln und seine Augen lachten mit.

»Ja, ist es. Rinderbraten in Rotweinsoße. Eines deiner Lieblingsessen, John.« Mel sah zufrieden über den Tisch und wischte sich die Hände an einem Geschirrtuch ab. »Wo stecken denn Caspar und Bailey? Sie brauchen auch immer eine Extraeinladung.«

»Rotwein? Haben wir nicht abgemacht, dass keinerlei Alkohol …«

»Herrgott, der Alkohol wird komplett verkocht. Oder denkst du, zwei Stunden bei 230 Grad überlebt ein einziges Alkoholmolekül?« Mel verdrehte genervt die Augen. »Rede mir nicht in meine Sachen rein, ich rede dir auch nicht in deine. Ist das klar?« Sie sprach so energisch mit Mr Christmas, dass ich mir ein leises Kichern nicht verkneifen konnte. Sie stapfte zurück zum Herd, um die Sauce zu holen.

»Das finden Sie wohl lustig?«, raunte er mir zu. In seiner Stimme schwang ein Lächeln.

»Vielleicht.« Ich zuckte mit den Schultern und grinste in mich hinein.

Mel sagte per Haustelefon Bailey und Caspar Bescheid, die kurz darauf eintrudelten.

»Ihr habt ja schon angefangen.« Bailey nahm schräg gegenüber von mir Platz. »Guten Appetit!«

»Mütze aus beim Essen.« Mel zupfte im Vorbeigehen an seiner grauen Strickmütze.

Im letzten Moment legte er seine Hand darauf und hielt ihre fest. »Die bleibt an. Du weißt genau, dass ich im Winter auf dem Kopf so friere.« Sie lächelten sich an. Wie ich fand, sehr innig.

»Tja, nicht jeder ist mit vollem Haupthaar gesegnet.« Caspar ließ sich neben Bailey nieder und tupfte sich demonstrativ an seinen akkurat frisierten Kopf. »Dennoch zieht ein Gentleman beim Essen seine Mütze aus, vor allem in Anwesenheit so reizender Damen.«

»Vielleicht bin ich keiner?«, murmelte Bailey und nahm von Mel seinen gefüllten Teller entgegen. »Danke, Mel. Es sieht köstlich aus.«

»Na, komm, schwache Ausrede. Ein wahrer Gentleman …« Caspar legte die Hände über seinem Teller zusammen und holte tief Luft.

Bailey und John stöhnten dumpf auf. »Deinen Vortrag über Gentleman-Benehmen haben wir ja schon ewig nicht mehr gehört.«

»Ja, bestimmt schon zwei Tage nicht mehr.« John feixte.

»Ich fahre damit fort, bis es endlich Früchte trägt. Ein wahrer Gentleman«, begann Caspar wiederum.

»… hat immer eine Hose an?« Bailey lachte in sein Kartoffelpüree und warf John einen verschmitzten Blick zu.

»Ich glaube es nicht«, murmelte John. »Kann man hier nichts machen, ohne dass gleich alle Bescheid wissen?«

Mel schmunzelte. Vermutlich ging es um die bei seinem Treppensturz nicht vorhandene Hose? Ich fand es lustig, wie sie miteinander redeten. Nicht wie Angestellte mit ihrem Boss, sondern wie eine Familie, in der man sich neckte und gegenseitig auf den Arm nahm.

EINE STUNDE später brachte John den schlafenden Gabriel mit mir nach oben. Es hatte ihn verwundert, dass unser Schlafzimmer im gleichen Gang lag wie seins. Genau genommen direkt gegenüber von seinem Zimmer.

Auf Mels Auskunft, die anderen Räume wären alle in einem »furchtbaren und grauenhaften Zustand«, hatte er nur erstaunt geguckt und gemurmelt: »Das ist mir neu.«

»Auf keinen Fall tragen Sie das Kind heute noch mal. In Ihrem Zustand. Sie haben sich schon genug abgerackert.« Vorsichtig schritt er mit ihm die Treppe hoch. »Ich habe ein richtig schlechtes Gewissen.« Als er das sagte, bekam *ich* ein schlechtes Gewissen. Denn ich war ja in keinem Zustand. »Ich weiß wirklich nicht, wie Caspar auf die Idee kam, Sie als Küchenhilfe einzustellen.«

Das fand ich ein bisschen gemein von ihm. Wünschte er sich gerade, ich wäre nicht hier? Klang irgendwie so. Mit kühler Stimme sagte ich: »Ich bin froh, dass er es getan hat, denn ich brauchte dringend einen Job.«

»Aha.« Er stapfte weiter. »Warum müssen Sie überhaupt arbeiten? Mutterschutz, wurde der irgendwie abgeschafft? In meiner Firma arbeiten Schwangere nicht bis kurz vor der Geburt.« Er musterte meinen Bauch mit einem eingehenden Blick.

»Ich bin auch erst im siebten Monat«, behauptete ich. »Oder im sechsten.« Das klang komisch. Schnell fügte ich hinzu: »In einem Übergangsstadium vom sechsten zum siebten.« Was hatte ich mit Caspar abgesprochen? Achter Monat, fiel mir siedend heiß ein. Verdammt, nie merkte ich mir meinen Text.

»Und was sagt Ihr Mann dazu, dass Sie an Weihnachten nicht zu Hause sind?« Er redete in beiläufigem Ton.

»Ich habe keinen Mann.« Das zumindest entsprach der Wahrheit.

»Es muss doch einen Daddy geben für die beiden?«

»Nein, den gibt es nicht. Gabriels Erzeuger kennt ihn nicht und hat ihn noch nie gesehen.«

»Aha, zwei Väter«, murmelte er. »Und der zweite Vater ist ebenso … abgetaucht?«

»Den kenne ich auch nicht.« O Gott, was für eine selten blöde Antwort! »Äh, ich meine, er kennt das Ungeborene auch nicht.«

»Logisch, es ist ja noch nicht geboren.« Er lächelte breit, ich stolperte beinahe über meine Füße. Er besaß ein wirklich charmantes Lächeln, das dachte ich jetzt schon zum zweiten Mal.

»Stimmt!« Ich lachte nervös. Wir waren mittlerweile vor der Zimmertür angekommen.

»Soll ich ihn in sein Bett legen?«, fragte er.

Irgendwie machte mich die Vorstellung noch nervöser, mit ihm allein in einem Zimmer zu sein. Richtig kribbelig. »Lieber nicht, ich mache das schon.«

Er legte ihn vorsichtig in meine Arme. »Ein lustiger kleiner Kerl.«

»Ja, das ist er.«

Er steckte die Hände in seine Hosentaschen und wirkte auf einmal jung und richtig charmant. »Tut mir leid, dass ich heute fast die gesamte Familie zum Weinen gebracht habe.«

»Die gesamte«, sagte ich. »Schon gut, nicht weiter schlimm.«

»Sie haben das Ungeborene vergessen.« Er lächelte.

»Oh ja, stimmt. Wie konnte ich nur!« Ich lachte etwas gezwungen und rieb über meinen Bauch.

»Bis morgen, Marian.«

»Bis morgen, John.«

Mit einem Stoßseufzer schloss ich die Tür hinter mir und ließ meine Blicke über das wunderbar gemütliche Zimmer schweifen. Schöne kuschelige Teppiche bedeckten das Parkett und dezente Vorhänge machten es gemütlich. Es gab ein großes, breites Bett für mich und ein kleines Gitterbettchen, extra für Gabriel. In einem Bereich befand sich eine behagliche Sitzecke mit Sesseln und einem Fernseher. Im Nebenzimmer gab es sogar ein Bad ganz für mich allein.

Mr Christmas hatte, so unfreundlich er auch sein konnte, etwas enorm Anziehendes an sich. Was mir durchaus gefährlich werden konnte. Irgendwie löste er in mir ein Kribbeln aus, wenn auch nur ein sanftes, kaum wahrnehmbares. Lag es daran, dass er so groß und breitschultrig war, und ich total auf diesen Typ Mann stand? Oder an seinem attraktiven Gesicht und seinem schönen Mund? Auch wenn er manchmal so traurig und verschlossen wirkte, er besaß definitiv etwas sehr Verführerisches.

»Ausgeschlossen, Marian«, flüsterte ich und legte Gabriel in sein Bett. »Denk nicht einmal darüber nach.«

Was für ein Glück, dass ich ein für alle Mal mit der Männerwelt abgeschlossen hatte, nach der großen Enttäuschung mit Gabriels Erzeuger. Monatelang hatten wir uns getroffen, sogar übers Zusammenziehen gesprochen. Und dann, als ich ihm gestand, dass ich schwanger war, rückte er damit heraus, dass er verheiratet wäre. Nie im Leben hätte ich mich auf eine Affäre mit einem verheirateten Mann eingelassen! Wie konnte er mich nur so belügen? Das war auch das letzte Mal, dass wir uns überhaupt gesehen hatten. Danach war er auf wundersame Weise verschwunden oder nicht mehr erreichbar. Als er mich dann ein paar Wochen vor der Geburt anrief, wahrscheinlich aus schlechtem Gewissen, nahm ich das Gespräch nicht mehr entgegen.

Gabriel jammerte leise im Schlaf, und ich strich ihm beruhigend über sein Köpfchen. Drei Tage lag ich mit ihm in den Wehen, stand kurz vor einem Kaiserschnitt. Damals schwor ich mir, niemals wieder etwas mit einem Mann anzufangen, in hundert Jahren nicht.

Auch wenn das bedeutete, dass ich keinen Sex mehr hätte, für den Rest meines Lebens. Was für mich einen echten Verzicht bedeutete, denn ich mochte Sex. Sehr, sehr sogar. Aber lieber würde ich von nun an wie eine Nonne leben, als wieder auf so einen Betrüger hereinzufallen. Die einzige Möglichkeit Sex zu bekommen, bestünde darin, dass ich mir einen Callboy bestellte. Doch leider hatte ich dafür kein Geld. Ich stieß einen tiefen Seufzer aus. Also lebte ich sexlos seit genau achtzehn Monaten. Manchmal kam es mir vor wie achtzehn Jahre. Oder achthundert?

Ich zog mich aus, dann löste ich mit einem Ruck den Klettverschluss vom falschen Bauch, der im Rücken saß. Was für eine Erleichterung. Das blöde Ding war schwer wie Blei, außerdem bekäme ich bei meiner empfindlichen Haut bestimmt Pickelchen, wenn ich es jeden Tag tragen müsste. Im angrenzenden Bad nahm ich nur eine schnelle Katzenwäsche vor. Ich war dermaßen erledigt, ich konnte mich kaum mehr bewegen.

Mit einem erleichterten Seufzen fiel ich in das wunderbar weiche Bett und kuschelte mich ein. So viele Decken, ich liebte es. Diese eine hier war bestimmt aus Kaschmir, so schön wärmte sie.

So lästig der falsche Bauch war, er hatte auch etwas Gutes an sich. Er würde mir Mr Christmas vom Leib halten. Kein Mann würde etwas mit einer Schwangeren anfangen, noch dazu im siebten Monat. Oder im neunten?

Man musste schon ganz schön verzweifelt sein, wenn man auf die Idee käme, zu einer Schwangeren ins Bett zu steigen.

❄

KAPITEL 5

JOHN

ES WAR WEIT NACH MITTERNACHT, als ich todmüde ins Bett fiel. Ich hatte unzählige E-Mails beantwortet und ein paar Dinge veranlasst, damit die Festtage störungsfrei abliefen. Vielleicht graute mir auch davor, mich schlafen zu legen und ich arbeitete deshalb so viel.

Dabei war ich platt, wohl zusätzlich geschwächt von meiner letzten Alkoholeskapade. Das sollte für lange Zeit die letzte gewesen sein, ich vertrug das Zeug immer schlechter. Es war kein Wunder, ich trieb dieses Spielchen schon seit Jahren. Irgendwann musste der Zeitpunkt kommen, an dem mein Körper laut Stopp rief. So wie jetzt.

Dabei machte mir die Trinkerei nicht einmal mehr Spaß. Genauso wenig wie all diese Frauengeschichten. Seelenloses Herumgeficke. Es ödete mich an, machte mich zynisch und leer, aber es betäubte mich auch. Im Rausch, ob alkoholbedingt oder sexuell, stoppten diese endlosen Gedankengänge, die mich sonst quälten. Was sonst sollte ich tun?

Generervt knuffte ich mein Kissen zusammen. Die Aussicht auf einen weiteren Albtraum war nicht gerade verlockend. Über die Jahre hatte ich immer wieder welche gehabt, mal schlimme, mal weniger schlimme. Aber aufgehört hatten sie nie. Seit fünf Jahren nicht.

Es war ein schöner Abend. Wir saßen alle zusammen und aßen miteinander wie eine Familie. Ich mochte es.

Wegen Marian hatte ich immer noch ein schlechtes Gewissen, weil ich sie wie ein ignoranter Blödmann die ganze Zeit das schwere Tablett schleppen ließ. Irgendwie hatte ich verdrängt, dass sie schwanger war. Warum auch immer.

Vielleicht war ich auch zu sehr damit beschäftigt, bei ihrem Anblick nicht seltsamen Gedanken nachzuhängen. Die sich um Sommersprossen an gewissen Körperstellen drehten. Dazu war es im Zimmer so schummrig, und ich fragte mich, welche Panne sie als Nächstes verursachen würde. Meine Witze gingen alle auf ihre Kosten, trotzdem dachte ich, sie würde es ein bisschen lustig finden. Auch als ich immer zynischer wurde. Aber als sie dann weinte …

Meine Güte, ich fühlte mich jetzt noch mies deswegen. Es war nicht in Ordnung, dass ich meine schlechte Stimmung und meine Verbitterung an ihr ausließ.

Kurz bevor ich einschlief, tauchten ihre grünen Augen vor mir auf. Als sie voller Tränen standen, wirkten sie noch intensiver grün, und ihr Blick ging mir durch Mark und Bein. Als würde sie bis auf den Grund meiner Seele schauen. Das war natürlich kompletter Blödsinn. Niemand, der mich erst einen Tag kannte, konnte mich durchschauen. Die meisten Menschen konnten es selbst nach Jahren nicht, einfach aus dem Grund, weil ich das nicht wollte.

Sybil hatte graue, farblose Augen, die manchmal leblos

und stumpf wirkten. Wie Beton. Wenn sie einen ansah, spürte man Kälte in sich hochkriechen. Selbst in der kurzen Zeit, als wir glücklich zusammen waren, hatte ich das oft gedacht.

Dagegen wirkten Marians Augen warm und feurig, voller Leidenschaft.

Herrgott, was machte ich mir überhaupt so viele Gedanken über diese Frau? Schöne Hände besaß sie übrigens auch. Mit eleganten Fingern, die wie ihre gesamte Gestalt feingliedrig und schmal waren. Lange, schlanke Beine. Eine üppige Oberweite. Wie sie wohl ohne Bauch aussehen würde?

Herrgott, John, lass es jetzt! So viel hatte ich seit Jahren nicht über eine Frau nachgedacht. Noch dazu über eine Frau, die ihr zweites Kind bekam und für mich arbeitete. Tatsächlich war sie von zwei Männern sitzengelassen worden? Das konnte ich gerade absolut nicht nachvollziehen. Es ging mich auch nichts an. Ich mochte ihre Sommersprossen, aber auch die gingen mich nichts an.

Noch lange wälzte ich mich schlaflos in den Kissen. Und ihr smaragdgrüner Blick verfolgte mich bis in meine Träume.

DA WAR WIEDER das eiskalte Wasser, das über meine Füße lief. Das Krachen der Eisschollen. Das Scheppern des Radios. Die Melodie, die durch das eindringende Wasser verschluckt wurde und seltsam verzerrt klang. Immer langsamer wurde sie, als hielte jemand die Zeit an. Der Schrei einer Frau, durchdringend und schrill.

Die eisig kalte Winternacht. Mein Atem gefror vor meinem Mund zu einer Eissäule. Meine Panik, als ich sie nicht mehr fand. Und als ich mich, gegen jede Vernunft, kopfüber in das pechschwarze Wasser stürzte, um sie aus der Tiefe hervorzuholen.

Ich tauchte tief hinab, wieder und immer wieder. Unermüdlich. Meine Brust tat weh, so oft war ich schon getaucht. Das Gefühl, dass meine Lunge platzte. Der Druck auf meine Ohren war kaum auszuhalten, aber ich musste es schaffen.

Der letzte Tauchgang, meine Kräfte schwanden. Ich wusste, ich konnte es nur noch ein einziges Mal versuchen, dann müsste ich aufgeben. Auf dem Grund fand ich sie dann, geheimnisvoll lächelnd. Ihr rotes Haar umspielte sie in fließenden Bewegungen, als wäre es lebendig.

Sie küsste mich mit ihren weichen Lippen. Kurz fühlte ich überschäumende Freude, das pure Glück. Doch anstatt mir ihren Atem einzuhauchen, lebendig und warm, saugte sie meinen ein. Immer tiefer zog sie mich ins Wasser hinab, dorthin, wo es dunkel war und eiskalt. Ihre roten Haare umschwebten mich, umfingen mich wie lebende Schlangen und schnürten mir den Atem ab. Es tat so weh. Ich wollte nach oben tauchen, zu der Stelle, an der ein kleines Licht durch die Eisdecke schimmerte und mir den Weg zeigte. Unerbittlich umklammerte sie mich und wir sanken auf den Grund. Ihr Kuss ließ nicht nach, sie sog mir den letzten Sauerstoff aus den Lungen.

Der Druck wurde stärker, meine Trommelfelle rissen. Ein entsetzlicher Schmerz. Wasser strömte in meine Lunge und ließ sie bersten. Mein Herz schlug langsamer, hielt an. Ein letzter Schlag. Und ich starb.

»Nein!« Mit einem markerschütternden Schrei schnellte ich aus dem Bett hoch. Schweiß stand auf meiner Stirn, mein ganzer Körper war schweißnass. Mein Herz raste, als würde es kollabieren, und meine Lungenflügel taten weh. Minutenlang saß ich keuchend da, wischte mir immer wieder übers Gesicht, bis ich einen klaren Gedanken fassen konnte.

So schlimm war es lange nicht mehr gewesen. Meistens hörte der Traum an einer Stelle davor auf, gestorben war ich seit Jahren nicht mehr. Ich schaltete die Nachttischlampe an. Drei Uhr früh. Vermutlich hatte ich mit meinem Schrei das ganze Haus aufgeweckt.

Im Zimmer gegenüber rumorte es, dann weinte der Kleine kurz auf. Ihre Stimme sprach auf ihn ein, beruhigend und sanft. Stille trat wieder ein. Seltsamerweise fühlte ich mich getröstet, auch wenn ihre Worte nicht mir gegolten hatten.

Dennoch, dass dieser Traum so schrecklich gewesen war, lag an ihr. Marian. Mein Herz jagte immer noch und die Kälte war mir tief in die Knochen gezogen. Minutenlang saß ich bewegungsunfähig da, bis ich mir die nassen Sachen vom Körper zerrte, mit klammen Fingern. Zum Anziehen brauchte ich eine halbe Ewigkeit, zitternd vor Kälte. Einschlafen könnte ich bestimmt für Stunden nicht. Wollte ich das in den nächsten zwei Wochen jede Nacht durchmachen? Ganz bestimmt nicht.

Sie musste weg. Anders ging es nicht.

❄

KAPITEL 6

18. DEZEMBER

JOHN

DEN HALBEN MORGEN hatte ich hin und her überlegt. Sollte ich? Sollte ich nicht? Doch als ich an den Traum zurückdachte, fiel mir die Entscheidung leichter. Mir blieb keine andere Wahl und mein Entschluss war unumstößlich.

Ich zitierte Caspar, Mel und Bailey in die Bibliothek im Erdgeschoss, mein zweites Arbeitszimmer.

»Marian muss weg. Tut mir leid, wenn das schroff klingt. Es geht nicht anders. Da ihr sie eingestellt habt, werdet ihr sie auch wieder entlassen, ganz einfach.« So, jetzt war es raus. Ich atmete auf. In Wahrheit drückte ich mich bloß davor, ihr das selbst zu sagen.

Es war bestimmt nicht lustig für sie, nach einem Tag schon wieder ihren Job zu verlieren. Mit einem Baby, für das es keinen Vater gab. So kurz vor Weihnachten. Hochschwanger. Und für dieses Baby war auch kein Vater in

Sicht. Mein Gott, ich fühlte mich wie der gemeinste Kerl auf der Welt. »Sie bekommt natürlich das Geld für die vollen zwei Wochen. Von mir aus auch einen Zuschlag für die beschwerliche Reise und die kompletten Reisekosten natürlich. Und eine Art Weihnachtsgratifikation. Wir werden großzügig nach oben aufrunden. Was für einen Stundensatz habt ihr abgemacht?«

Betroffenes Schweigen war die Antwort.

»Ich dachte, du findest sie nett?« Bailey nahm seine Mütze ab und kratzte sich am Kopf.

»Darum geht es nicht, das ist nicht das Problem.«

Sie tauschten vielsagende Blicke miteinander aus. Natürlich hatten sie meine Schreie gehört, ich konnte es an ihren Gesichtern ablesen.

»*Das* ist auch nicht das Problem«, behauptete ich. Obwohl es einen großen Teil des Problems darstellte. »Ich will es nicht. Ich habe in London schon genug um die Ohren, da brauche ich hier meine Ruhe. Wenigstens zwei Wochen im Jahr.«

»Och, der Kleine ist doch so süß.« Mel verzog das Gesicht. Dass sie total verliebt in den Knirps war, war mir gestern Abend schon aufgefallen. »John, überlege es dir bitte noch mal.«

Entschlossen schüttelte ich den Kopf. »Nein, sie muss gehen.« Auch wenn ich sie mochte. So irgendwie. Sie war lustig und tollpatschig und brachte mich zum Lachen. Und der kleine Kerl war auch witzig. Aber noch eine Nacht wie die vorhergehende? Nein, danke.

»Ich befürchte, das wird nicht möglich sein.« Caspar deutete zum Fenster. Dichtes Schneetreiben hatte eingesetzt, noch schlimmer als gestern. Die ganze Nacht hatte es unaufhörlich geschneit. Doch was sich jetzt draußen abspielte, war ein richtiger Schneesturm.

»Bei dem Wetter jagt man nicht einmal einen Hund vor die Tür.« Mel stützte entrüstet die Hände in die Hüften.

»Geschweige denn eine Mutter mit Kind. Also echt, John.« Bailey hob die Augenbrauen.

»Hochschwanger«, fügte Caspar hinzu.

»Ach, das bisschen Schnee«, sagte ich. »Wenn du aufs Gas drückst, Bailey, seid ihr in einer halben Stunde am Bahnhof.« Da verdunkelte sich der Himmel lilaschwarz und öffnete alle Schleusen. Ich schob den Stuhl zurück und trat ans Fenster. Wie aus Eimern schneite es! Dazu setzte ein Wind ein, der in Minutenschnelle für riesige Schneeverwehungen sorgte. Das Tor am Ende der Auffahrt war nicht mehr zu erkennen. »Was ist das denn für ein Mist?«

»Nö, so fahre ich nicht. Auf keinen Fall.« Bailey setzte seine Mütze wieder auf. »Vergiss es, ich bin doch kein Selbstmörder. Und bevor ich noch einen Unfall baue … Nö!« Er drehte sich auf dem Absatz um und stiefelte aus der Bibliothek.

»Es wäre eh nicht gegangen. Ich habe Plätzchenteig angerührt und wir wollten später zusammen backen.« Auch Mel entfernte sich und murmelte im Hinausgehen: »Macht nichts, wenn wir eingeschneit sind. Ich habe genug Vorräte und jede Menge Sachen eingefroren. Keine Sorge.«

Verblüfft sah ich ihnen hinterher.

»Unglaublich! Warum hört hier niemand auf mich? Wenn meine Angestellten in London sich so benehmen würden, könnte ich einpacken. Was hat das mit Plätzchenteig zu tun?« Ich war fassungslos über diesen Ungehorsam, in Verbindung mit diesen entfesselten Naturgewalten, die gegen mich arbeiteten. Hatte sich denn alles gegen mich verschworen?

»Das liegt vielleicht daran, dass wir dich kennen,

seitdem du ein Baby warst.« Etwas leiser fügte Caspar hinzu: »Und dass uns dein Wohlergehen am Herzen liegt. Was du von deinen Londoner Angestellten bestimmt nicht behaupten kannst.«

Ich setzte zu einer Antwort an, da drang Plappern durch den Gang. Kurz darauf krabbelte Gabriel durch die Tür. Er hielt an, zeigte auf mich und krähte: »Dada!« Dann lächelte er mit seinen vier Zähnen.

O Gott. Jetzt fühlte ich mich wirklich wie der gemeinste Mensch auf diesem Planeten.

»Entschuldigung, er ist mir entwischt!« Marian kam eilig hinterher und balancierte eine Tasse, so vorsichtig als enthielte sie ein rohes Ei. »Ich wollte Ihnen auch einen Kaffee bringen. Mr Christmas. Ich meine, John.« Vorsichtig trat sie an meinen Schreibtisch und stellte die Tasse vor mir ab.

»Danke.« Es befand sich nur noch eine kleine braune Pfütze darin. »Wo ist denn der Kaffee?«

»Oh ja, sorry.« Sie lachte ein bisschen. »Der Rest liegt im Gang, ich habe unterwegs ein wenig verschüttet.« Sie lächelte verlegen und klemmte sich eine Haarsträhne hinters Ohr. Auf einmal wirkte sie unsicher. »Ich hoffe, Sie sind mit meinen Diensten zufrieden?« Sie sah von mir zu Caspar und zog skeptisch die Nase kraus. Ihre Sommersprossen wackelten.

In diesem Moment fand ich sie einfach nur zauberhaft. Ich trank den Kaffeerest, der noch dazu eiskalt war.

Dann sagte eine Stimme: »Ja, total zufrieden.« Verflixt, das war ja meine!

»Schön. Das freut mich.« Sie hob Gabriel vom Boden auf und setzte ihn auf ihre Hüfte.

Komisch, hatte sich ihr Bauch irgendwie verschoben? Nicht nur ein wenig ausgebeult, wie schwangere Bäuche das so an sich hatten, sondern er hatte sich in einem Ruck von links nach rechts bewegt. Ach, bestimmt war es nur eine optische Täuschung.

»Bis später dann.« Sie lächelte mir noch einmal zu und ging.

»Die Entlassung ist somit endgültig vom Tisch. Eine gute Entscheidung, geradezu weise.« Auch Caspar verließ den Raum.

Wie bitte? Ich hatte überhaupt nichts entschieden. Vor allem nicht endgültig. Das war über meinen Kopf hinweg entschieden worden, wie auch immer die vier das angestellt hatten.

❄

KAPITEL 7

John

Ein paar Stunden später trat ich in Gedanken versunken in den Gang, um mir in der Küche einen Kaffee zu holen. Da stieß ich mit dem Fuß gegen einen Widerstand und geriet ins Stolpern. Eine Teppichkante?! Was zur Hölle! Ein paar schnelle Schritte – im letzten Moment fing ich mich ab, aber beinahe wäre ich der Länge nach hingeschlagen.

Herrgott, das zweite Mal innerhalb von zwei Tagen, dass ich mir fast das Genick brach!

»Oh, Vorsicht!« Marian, die mitten im Gang stand, hielt sich erschrocken die Hand vor ihren Mund. Zu ihren Füßen krabbelte Gabriel, der bei meinem Anblick erfreut grinste und sofort auf mich zu krabbelte.

»Warum liegt hier auf einmal ein Teppich?«, knurrte ich. »Ich lebe schon seit sechsunddreißig Jahren in diesem Haus und da lag noch nie ein Teppich. Vielmehr so viele Teppiche, dass ich mir vorkomme wie in einem orientalischen Basar.« Überall lagen diese Dinger herum!

»Das war ich«, sagte sie und lächelte schüchtern. »Vielmehr Bailey. Ich habe ihn darum gebeten, dass er ein paar Teppiche ausrollt.«

»Aha, und warum?«, sagte ich streng. Gabriel schoss förmlich auf mich zu und krallte sich an mein Hosenbein. »Was tut er da? Was will er denn von mir? Werde ich nicht mehr informiert oder um meine Zustimmung gebeten? Das ist immerhin mein Haus.« Ich bemühte mich, meine Stimme zu dämpfen. Er hatte gestern schon fast geheult wegen mir. Offensichtlich mochte er mich dennoch und das wollte ich mir nicht verderben. Dennoch klang ich barsch.

»Er will auf Ihren Arm.« Sie kam auf mich zu, bückte sich geschmeidig und hob ihn hoch. »Wir wollten Sie nicht beim Arbeiten stören, deswegen hat keiner Sie gefragt.« Sie drehte sich auf dem Absatz um und schritt mit ihm zur Treppe.

»Warum liegen jetzt diese Teppiche herum?«, rief ich ihr nach. Es ärgerte mich, dass sie mich einfach stehen ließ und auch, dass sie ihn mir weggenommen hatte. Wir hätten in der Küche ein paar Kekse zusammen essen können.

»Wegen Gabriel. Er bekommt eiskalte Händchen auf dem kalten Steinboden.« Sie warf ihre lodernde Mähne in den Nacken und lief flink wie ein Reh die Treppe hoch.

Ich sah ihr nach. Auf einmal war diese Vision in meinem Kopf, wie sie in einem flatternden weißen Sommerkleid die Treppe hochlief, mit einem Lachen, und nicht mit einem grimmigen Gesicht so wie jetzt. Sie war sauer auf mich.

»Und warum wollte er auf meinen Arm?«, rief ich ihr hinterher.

»*Er* findet Sie wohl sympathisch.«

Für einen Moment war ich zu verblüfft, um zu antworten. Ganz schön frech. Dann musste ich leise lachen. Sie mich etwa nicht? Hm, das wagte ich zu bezweifeln. Wenn ich meinen Charme spielen ließ, würde sie dahinschmelzen … Äh. Nicht, dass ich das wollte! Aber sie hatte recht, ich sollte freundlicher sein. In den letzten Jahren hatte ich mir ein unwirsches Benehmen angewöhnt und benahm mich manchmal rücksichtslos. Außerdem waren die Teppiche eine klare Verbesserung. Die Eingangshalle wirkte viel gemütlicher und nicht mehr so kahl.

Aus der Küche drang verlockender Plätzchenduft, nach Vanille, Zimt und Schokolade, und ich folgte ihm. Wie schnell sie eben gerannt war. Gar nicht wie eine Schwangere. Vor allem Hochschwangere watschelten, hielten sich den Bauch oder den Rücken und stöhnten laut bei jedem Schritt. An einer der Weihnachtsfeiern im Büro hatte eine Schwangere teilgenommen, die exakt so ging. Sie hatte zehn Minuten gebraucht, um den Raum zu durchqueren, weil sie so viele Pausen einlegen musste.

Marian hingegen war wie eine Rakete die Treppe hochgezischt. Und dann der verrutschte Bauch heute Morgen? Ein untrügliches Gefühl wisperte mir zu, dass etwas mit ihrer Schwangerschaft nicht stimmte. Mehr noch, ich bezweifelte gerade, dass sie überhaupt schwanger war.

Je länger ich darüber nachdachte, desto mehr kam ich zum Schluss: Sie und schwanger? Im Leben nicht. Auch wenn ich keinen eindeutigen Beweis dafür hatte. Aber es gab viele Kleinigkeiten, die nicht zu einer Schwangeren passten. Sie trank Unmengen von Kaffee, sie rannte Gabriel im Sprint hinterher, sie bückte sich ansatzlos und geschmeidig zu Boden. Alles Dinge, die meine im September in den Mutterschaftsurlaub gewechselte Sekretärin Kirsten nicht getan hatte.

Ich sollte Marian im Auge behalten, um der Sache auf den Grund zu gehen. Auch wenn sie in spätestens vierzehn Tagen wieder aus meinem Leben verschwunden wäre. Sie interessierte mich, und das nicht nur, weil sie Sybil ähnlich sah, zumindest was die Haare betraf. Ihre ganze Art übte eine starke Anziehung auf mich aus, obwohl sie eine Mama war und vielleicht schwanger. Na ja, Letzteres vermutlich nicht.

Marian war total anders als die Frauen, mit denen ich sonst in London ins Bett ging. Die jeden Abend in den Clubs feierten, sich nur mit Mode und Styling beschäftigten und auch keine Babys hatten. Marian umgab etwas Faszinierendes, das mich auf verwirrende Weise zu ihr hinzog. Moment mal, dachte ich an sie im Zusammenhang mit *ins Bett gehen*? Auf keinen Fall! Das konnte ich zu hundert Prozent ausschließen. Versonnen lehnte ich am Küchenschrank und aß einen Keks nach dem anderen.

»Magst du die Kekse?« Mel lächelte und bearbeitete einen Teigklumpen, bis er geschmeidig war.

»Ja, sie sind sehr lecker. Danke.« Ich stieß mich vom Schrank ab. Warum dachte ich überhaupt über sie nach? »Muss arbeiten. Kann ich einen Kaffee haben?«

»Sicher, da ist noch etwas in der Kanne.« Sie rollte den Teig zu einem riesigen Lappen aus und deutete mit dem Ellenbogen zur Kaffeemaschine. »Sorry, meine Hände sind voll Mehl.«

Ich goss mir einen Kaffee ein und erinnerte mich daran, wie Marian mir heute Morgen eine kalte Kaffeepfütze serviert hatte. Mit ihrem schönen Lächeln, bei dem ihre Augen lachten und ihre Sommersprossen tanzten. Irgendwie süß. »Ich nehme mir ein paar Kekse mit. Gibt es auch Kokosmakronen?«

»Bisher noch nicht.« Mel bearbeitete weiter den Teig, dann hob sie mit einem Lächeln den Kopf. »Wenn du magst, mache ich gleich welche.«

»Oh ja, das wäre toll.« Ich war fast durch die Tür, da kam mir ein Gedanke. Ruckartig blieb ich stehen. »Sag mal, haben wir nicht abgemacht, dass wir überhaupt keine Plätzchen backen? An Weihnachten?« Ich wandte mich zu Mel um. Meine Erkenntnis kam ein wenig spät. Ja, weil ich pausenlos über schwangere Mamas nachgedacht hatte.

»Ach ja?« Sie stach konzentriert ein paar Sterne aus.

»Oh ja, das haben wir.« Ich nickte bestätigend. »Es gibt seit Jahren keine Plätzchen hier im Haus. Das gehört zum großen ›Wir feiern hier kein Weihnachten, weil wir unsere Gründe dafür haben‹-Paket.«

»Na komm, er ist noch so klein.« Sie strich eine weiße schaumige Masse auf die Sterne. »Es ist sein erstes Weihnachten.«

»Die Kekse sind alle für Gabriel?« Ich deutete auf die meterhohen Keksberge, die sich überall stapelten.

»Ja, natürlich. Für wen denn sonst?«

Kopfschüttelnd stapfte ich in mein Arbeitszimmer. Irgendetwas ging hier vor. Ich konnte es nur nicht genau benennen. Als Revolution würde ich es nicht gerade bezeichnen, dafür lief es zu sanft und zu leise ab. Aber es geschahen Dinge, obwohl ich sie verboten hatte und andere passierten nicht, obwohl ich sie anordnete. Alles hatte mit ihrem Kommen begonnen. Mit Marian.

Und ich hatte das dumpfe Gefühl, dass dies erst der Anfang war.

❄

KAPITEL 8

Marian

Der erste Tag meines Küchenmädchen-Engagements war fast geschafft. Nachdem der Start gestern eher rumpelig verlaufen war, mit diversen Missgeschicken, klappte es heute besser.

Abgesehen von der Teppich-Affäre, wie ich es stillschweigend nannte. John stürzte beinahe in der Diele und stand plötzlich vor mir, mit überraschtem Gesicht. Ich dachte nur, wie ungemein attraktiv er doch aussah, und dass sich unter seinem legeren Sweater seine Muskeln abzeichneten. Doch dann öffnete er den Mund und begann zu sprechen. Leider. Denn er redete nur dummes Zeug. Ich ließ ihn einfach stehen und ging nach oben.

Ansonsten war der Job bisher kinderleicht. Überarbeiten würde ich mich nicht, das stand fest. Ich durfte Mel beim Kochen helfen, schwere Arbeiten brauchte ich nicht zu verrichten. Leicht verdiente 5000 Pfund. Vielleicht sogar mehr, wenn ich bis nach Silvester bleiben konnte? Das wäre zu schön, um wahr zu sein.

Gleich wollten wir wieder gemeinsam in der Küche zu Abend essen. Mel hatte mir auch erzählt, dass Caspar kein Butler im klassischen Sinne war und dass er seine Uniform nur manchmal anzog, um John zu veralbern.

»Wieso denn veralbern?« Ich schmunzelte über diesen Ausdruck.

»Na, wir leben nicht mehr im neunzehnten Jahrhundert. John braucht bestimmt niemanden, der ihm beim Anziehen hilft.«

Bailey, der schon frühzeitig vor den anderen am Tisch saß, grinste. »Das würde ich so nicht sagen. Manchmal schon.« Sie lachten beide. Aha, vermutlich ging es wieder um die Hose, die John nicht angehabt hatte, als ich ankam. »Manchmal braucht er sogar mehr als einen Butler.« Er zwinkerte mir zu. »Eher zwei.«

Mel fügte hinzu: »Oder drei? Kannst du bitte den Tisch decken, Bailey?«

»Aber sicher, Melly. Für dich mache ich das glatt.« Sie lächelten sich an.

Ich verstand ihre Anspielungen nicht. Sie kümmerten sich um John, das war offensichtlich. Mehr als er mitbekam, hatte ich das Gefühl. »Und warum macht Caspar das?«, fragte ich.

»Er will ihn damit ein wenig anstacheln. Manchmal auch aufheitern.« Bailey verteilte die Teller auf dem Tisch, dann das Besteck.

»Ja, wenn es John nicht so gut geht. Weil er mal wieder …« Mels Augen sahen auf einmal glasig aus. Die Stimmung schlug um.

Bailey schaute erschrocken, dann ging er mit wenigen Schritten zu ihr hin. »Mel, nicht.«

Sie wandte ihm den Rücken zu, langsam drehte er sie zu sich um. »Ich … nein.« Sie schüttelte den Kopf, aber er zog sie an sich.

»Doch«, sagte er leise, aber bestimmt und nahm sie in die Arme. Er war zwei Köpfe größer als sie, groß und breit wie ein Bär, und sie verschwand geradezu in seinen Armen. Er hielt sie fest und sprach beruhigend auf sie ein. Wie eine rein freundschaftliche Umarmung wirkte das aber nicht, eher so intim, dass ich beinahe aus der Küche geflüchtet wäre.

»Nicht, Bailey«, murmelte sie. »Ich will nicht, dass die anderen …«

»Das ist mir egal«, brummte er. »Ich halte dich trotzdem fest.« Er strich über ihr Haar.

»Ich werde bestimmt nichts verraten.« Verlegen schob ich mein Besteck neben den Teller. Am liebsten hätte ich mich in Luft aufgelöst, damit sie sich in Ruhe umarmen und trösten konnten.

»Ich weiß. Es ist kein Geheimnis«, sagte Bailey.

»Doch, irgendwie schon.« Sie stupste ihn sanft vor die Brust.

»Ja, vielleicht doch«, gab er zu. »Wobei es offensichtlich ist. Nur ein Volltrottel bemerkt es nicht. Oder jemand, der nur mit sich selbst beschäftigt ist.«

»Mir fiel es gestern schon auf«, flüsterte ich. Ohne zu wissen, warum ich flüsterte.

»Die Entfernung hat es hervorgebracht«, erklärte er. »Dabei kennen wir uns schon ewig. Über dreißig Jahre. Vorher, als wir uns jeden Tag gesehen haben, merkten wir nicht, dass wir Gefühle füreinander hatten. Aber dann war ich plötzlich weg und fing an, sie fürchterlich zu vermissen. Sie mich auch. Vor zwei Jahren haben wir uns das gegenseitig gestanden, seitdem sind wir zusammen. Leider können wir uns nur am Wochenende treffen und auch nicht an jedem. Wenn es mal wieder Vorfälle gibt, dann nicht.« Er seufzte leise.

Welche Vorfälle? Und warum war er plötzlich weg?

»Ich verstehe«, sagte ich. Obwohl ich es nicht wirklich verstand. Bailey war mit John und Caspar in London. Aber Mel nicht?

»Es ist … es *war* wegen meiner Mutter«, erklärte Mel. »Sie ist vor einem halben Jahr verstorben, mit weit über neunzig Jahren. Aber davor habe ich mich um sie gekümmert und wollte sie nicht allein lassen. Nach London wollte ich eh nicht mit. Als sich vor fünf Jahren alles veränderte, blieb ich als Einzige hier zurück. Das Jahr über lebe ich allein in meinem Cottage im Dorf, nur über Weihnachten sind wir alle in Snowhill zusammen.«

Das klang traurig. Es bedeutete auch, dass Snowhill das ganze Jahr über leerstand, abgesehen von diesen zwei Wochen. So ein großes und schönes Haus. Wie schade, dass es so wenig genutzt wurde. Aber was meinte sie damit: Als sich vor fünf Jahren alles veränderte?

»Na, komm.« Er sprach mit liebevoller Stimme. »Ich besuche dich, so oft es geht. Oder, Melly?«

»Ja, das stimmt.« Sie lächelte ihm zu. »Auch wenn es stressig für dich ist.«

»Aber es wäre schon schön, wenn wir beide …« Er ließ den Satz unvollendet.

»Ja, das wäre es. Danke, es geht wieder, Bailey.« Sie löste sich aus seiner Umarmung und wandte sich mir zu: »Wir möchten nicht, dass John es erfährt. Es würde ihm ein schlechtes Gewissen machen.«

»Genau. Er hat schon genug mit sich herumzuschleppen«, murmelte Bailey. »Aber irgendwann muss er es erfahren. Zwanzig Jahre lang wird das hoffentlich nicht noch so weitergehen. Vielleicht ändert sich bald alles?« Er sprach mehr zu sich selbst: »Das *muss* es einfach.«

Was bedeutete das alles? Es klang immer mysteriöser. In einer diffusen Vorahnung sträubten sich meine Nackenhaare.

»Ich schweige.« Mehr sagte ich nicht.

❄

KAPITEL 9

19. Dezember

Marian

Sechs Uhr morgens. Total gerädert schlurfte ich mit Gabriel auf dem Arm die Treppe hinab. Wie in der Nacht zuvor hatte John laut geschrien. Wieder gegen drei Uhr. Gabriel war zwar nicht aufgewacht, aber ich lag stundenlang mit fürchterlichem Herzrasen wach. Am liebsten wäre ich zu John gegangen, um ihn zu beruhigen. Das hatte ich mich nicht getraut, immerhin kannten wir uns kaum. Als ich dann früh am Morgen einschlief, wurde kurz darauf Gabriel wach und wollte seine Milch.

Diese Schreie. Mir lief es jetzt noch kalt den Rücken hinunter. Es klang, als hätte er furchtbare Albträume. Der Arme, er tat mir leid. Auch wenn seine Reaktion gestern Nachmittag mich immer noch ärgerte. Nur wegen dieser blöden Teppiche machte er einen Aufstand und hatte mich geradezu verhört. »Nänänä, was sollen all diese Teppiche hier? Überall Teppiche.« Leise äffte ich ihn nach und Gabriel kicherte. Er hob seinen Zeigefinger und sagte: »Dada.«

»John, das ist John«, flüsterte ich.

Doch er setzte ein entschlossenes Gesicht auf. »Dada!« Unverbesserlich.

Beim Abendessen war John dann wieder freundlich und charmant gewesen. Er nahm Gabriel auf den Schoß, schäkerte mit ihm und brachte ihn zum Lachen. Dieser Mann war undurchschaubar. Als hätte er zwei Gesichter, ein warmes und ein kaltes.

Aber das war nicht mein Problem. Spätestens am zweiten Januar würde ich von hier weggehen und ihn nie mehr wiedersehen. Was mir in diesem Moment seltsamerweise leid tat, fast ein bisschen weh. Wenn er herzlich lachte, lachten seine schönen blauen Augen mit, und er sah dann umwerfend gut aus. Meine Knie wurden weich, als ich daran dachte.

Wenn ich nur wüsste, was es mit diesen Albträumen auf sich hatte? Er musste etwas Schlimmes erlebt haben. Bloß was?

Etwas stimmte hier nicht, das spürte ich von Anfang an. Seltsame Dinge gingen hier vor. Dass sie mich als Küchenhilfe eingestellt hatten, ohne sein Wissen. Dass sie ihm verheimlichten, dass ich eine Schauspielerin war. Die Stimmung, die manchmal über allem lag, dunkel und bedrohlich. Die unverständlichen Andeutungen von Mel und Bailey gestern Abend. *Als sich vor fünf Jahren alles veränderte.* Also gab es vor Jahren einen Einschnitt. Was war passiert? *Etwas Schlimmes,* sagte mir mein Gefühl. All das hatte auch mit mir zu tun, denn auf rätselhafte Weise war ich in alles verwickelt worden. Mit einem Mal wurde mir beklommen zumute.

Die Küchentür war einen Spalt geöffnet, als ich in die

Halle trat. Caspar, Bailey und Mel unterhielten sich mit gedämpften Stimmen. Aus einem Impuls heraus stieß ich die Tür nicht auf, sondern blieb dahinter stehen.

»… wird ja immer schlimmer. Ich stand senkrecht im Bett«, sagte Mel.

»Ja, ich auch«, sagte Bailey. »Mir lief es eiskalt den Rücken hinab. Ob das wirklich eine gute Idee war?«

»Doch, ich denke schon«, meinte Caspar. »Es handelt sich vermutlich um eine Erstverschlimmerung.«

»Na, ich weiß nicht«, murmelte Mel.

»Wir sollten das Experiment lieber abbrechen«, meinte Bailey. »Er wird sowieso fuchsteufelswild, wenn er das erfährt.«

»Oh ja, das wird er. Und wie«, bestätigte Mel. »Aber andererseits, gleich abbrechen? Nach zwei Tagen?«

»Haben wir denn einen Plan B?«, fragte Caspar.

»Nein.«

»Also dann bleibt uns nichts anderes übrig. Wir müssen weitermachen wie besprochen«, sagte Caspar.

»Es wird etwas passieren, ich spüre es. Es liegt in der Luft.« Bailey sprach mit düsterer Stimme.

»Ob es gut oder schlecht ist, spürst du das auch?«, fragte Mel.

»Nein, ich weiß nur, dass es so nicht weitergehen kann, Mel. Du bist in London nicht dabei, aber wir beide sehen das Elend jeden Tag. Seit fünf Jahren. Nicht wahr, Caspar?«

»Oh, ja. Es gibt Dinge, Mel, die willst du gar nicht erfahren«, sagte Caspar.

»Ja, ich weiß.« Jetzt sprach Mel wieder. »Bin auch froh, dass ich das Meiste davon nicht mitbekomme. Mir reicht schon das, was Bailey mir erzählt.« Sie putzte sich geräuschvoll die Nase. Weinte sie?

»Darum werden wir das Projekt nicht abbrechen«,

schnarrte Caspar. »Wir müssen etwas tun. Und sie wird uns dabei helfen. Marian.«

Ich stieß beinahe einen Schrei aus. Wobei sollte ich ihnen helfen? War ich ohne mein Wissen in kriminelle Machenschaften verwickelt?

Oh Mann, ich geriet auch immer in irgendwelche Klemmen! Nein, Unsinn. Nur die Ruhe. Ich zwang mich zu rationalem Denken. Die drei wirkten doch nicht wie brutale Mafia-Bosse oder skrupellose Verbrecher. Sie mochten John, nein, sie liebten ihn. Das merkte man an so vielen kleinen Gesten. Dass Mel sein Lieblingsessen kochte und ihm manchmal über den Arm strich. Dass Caspar und er sich gegenseitig veralberten. Die Art, wie Bailey ihn ansah, liebevoll und treu ergeben. Sie würden alles für ihn tun, aber sie würden ihm bestimmt nichts Böses zufügen.

Dennoch hatte ich Angst, nicht in erster Linie um mich, sondern um Gabriel. Ich trug die Verantwortung dafür, dass es ihm gut ging. Am besten sollte ich sofort mit ihm von hier verschwinden! Da heulte eine Windbö so stark ums Haus, dass sogar die stabile Eingangstür im Rahmen ächzte. Der Schneesturm tobte immer noch. Ich konnte nicht weg. Fieberhaft überlegte ich, was ich tun sollte. Meinen Bruder Nicolas anrufen und ihn um Rat fragen? Auf jeden Fall durften sie nicht wissen, dass ich gelauscht hatte. Auf Zehenspitzen wollte ich mich zur Treppe wegschleichen, um kurz darauf lautstark trampelnd zurückzukehren, doch da brabbelte Gabriel. Schritte näherten sich, die Tür wurde aufgerissen.

»Marian!« Caspar machte ein entsetztes Gesicht. »Haben Sie etwa gelauscht?«

»Nein. Doch«, flüsterte ich. »Das wollte ich nicht.«

»Kommen Sie herein.« Er zog mich am Arm in die Küche und sah verstohlen zur Treppe. »Wo ist John? Hat er etwas mitbekommen?«

Ich folgte ihm. »Nein, er schläft noch. Es ist auch gut, dass Sie mich erwischt haben. Ich muss wissen, was hier gespielt wird. Ich habe Dinge gehört, die mir Angst machen. Ich kann nicht bleiben, wenn etwas Böses im Schilde geführt wird.«

»Oh, das tun wir ganz bestimmt nicht, etwas Böses im Schilde führen.« Caspar schüttelte den Kopf.

»Du musst keine Angst haben, Kindchen.« Mel nahm Gabriel, der die Arme nach ihr ausstreckte. »Wir möchten John nur helfen.«

»Ich verstehe nicht, worum geht es denn überhaupt?«

»Das hätten wir von Anfang an tun sollen.« Bailey öffnete eine Schublade, kramte darin herum und zog etwas hervor. Ein Foto. Er hielt es mir unter die Nase. »Hier. Es geht um sie.«

Ich stieß einen spitzen Schrei aus. Das Foto zeigte eine Frau mit langen roten Haaren. »Sie sieht ja aus wie ich?!« Dann sah ich sie mir genauer an. »Nein, doch nicht. Die Gesichtszüge sind irgendwie …«

»Kälter.«

»Gemeiner.«

»Abgezockter.«

Oh, beliebt war diese Frau bei den dreien offensichtlich nicht. »Wer ist das?«

»Sybil. Johns Ex«, sagte Bailey knapp.

»Und was hat es mit ihr auf sich?« Ich sank auf einen Stuhl. Abgesehen von den Haaren hatten wir nicht viel Ähnlichkeit miteinander, aber ihr Anblick hatte mich erschreckt. Denn ich war wegen ihr hier, das war klar. Als ihr Double. Bloß zu welchem Zweck?

Sie warfen einander beredete Blicke zu, als würden sie miteinander verhandeln, wer die Geschichte erzählen sollte.

Caspar ergriff das Wort. »Sie hat ihn verlassen. Sie ist

vor fünf Jahren mit dem Yogatrainer in einen Ashram nach Indien verschwunden. Auf Nimmerwiedersehen. Ohne ein Wort, als keiner zu Hause war. Sie nahm den gesamten Schmuck mit, auch den von Johns Mutter. Bis auf einige Stücke, die ich zuvor versteckt hatte. An Weihnachten. In den frühen Morgenstunden des 25. Dezembers, um es präzise auszudrücken.«

»Oh, wie gemein von ihr. Ausgerechnet an Weihnachten.« Das war eine üble Sache, so Knall auf Fall sitzengelassen zu werden. Eine wirklich schlimme Geschichte. Auch wenn ich das dumpfe Gefühl hatte, sie würden mir etwas Wichtiges verschweigen. Und ihre Gesichter bestätigten mir, dass sie mir etwas verheimlichten. Aber ich wollte nicht nachfragen, denn *das* klang schon schlimm genug. Jetzt fand ich die Ähnlichkeit zwischen ihr und mir noch übler.

»Danach war er am Boden«, murmelte Mel. »Und fing dieses unstete Leben an.«

»Wildes Partyleben. Mit viel Alkohol und Frauen.« Bailey verzog das Gesicht.

»Frauen?« Meine Stimme kiekste.

»Oh ja. Sehr, sehr viele. Puh.« Er winkte ab und rollte vielsagend mit den Augen. Als ob es Tausende gewesen wären.

Ich musste schlucken. Warum machte mich das auf einmal eifersüchtig? Und was noch unverständlicher war: Es tat mir weh.

»Er war seitdem nicht mehr richtig glücklich.« Mel wirkte total niedergeschlagen. »Wir wollen, dass er das alles hinter sich lässt.«

»Und was habe ich damit zu tun, was erwarten Sie denn von mir?«

»Nichts. Einfach nur da sein.« Caspar betrachtete mich

forschend, so als würde er überlegen, ob man mir vertrauen könnte.

Man konnte mir vertrauen. Doch von dieser anderen Frau hätte ich gern früher gewusst.

»Manchmal kommt es mir vor, als würde er immer noch darauf warten, dass sie zu ihm zurückkommt.« Mel führte ihr Taschentuch an die Augen, dann wandte sie sich ab und hantierte am Kühlschrank.

Er hoffte, dass sie zu ihm zurückkäme? Obwohl sie ihm so weh getan hatte? Oh, das schmerzte mich. Noch mehr als die Bemerkung mit den vielen Frauen. Auch wenn ich nicht wusste, warum. Mein Herz fing an zu rasen. Niemals sollte man hoffen, dass so jemand zu einem zurückkehrte!

»Glaube ich nicht«, meinte Bailey. »Aber mit Sicherheit weiß man es nicht.«

»Er wirkt seitdem wie gefangen.« Mel nahm die Milchflasche aus dem Schrank, dann setzte sie Gabriel auf meinen Schoß. »Ich wärme ihm mal seine Milch auf.«

»Danke, das wäre nett.« Ich schlang die Arme um ihn, er lehnte sich an mich. In mir tobten die widersprüchlichsten Gefühle. Angst, das Falsche zu tun. Der Wunsch, John zu helfen. Eifersucht auf all die Frauen. Auf diese eine besonders. Enorme Wut, fast schon Hass. Wie konnte sie so etwas Schäbiges tun?

»Wenn er dich jeden Tag sieht, bringt das vielleicht etwas in ihm in Gang?« Bailey sah mich fragend an, als wüsste ich die Antwort.

»Ja, etwas, das seit langer Zeit in ihm erstarrt ist.« Caspar sprach neutral, aber ich spürte, dass er ebenso aufgewühlt war wie die beiden anderen.

»Das ist der Plan?« Ich schüttelte zweifelnd den Kopf. »Das klingt nicht nach einem richtigen Plan.«

»Ja, das stimmt.« Caspar nickte. »Und daran können Sie erkennen, wie verzweifelt wir sind.«

»Wir hoffen, dass irgendetwas passiert. Fast schon egal was.« Bailey sah mich eindringlich an.

»Ich weiß auch nicht, wie ich da helfen soll.« In einer fahrigen Geste strich ich Gabriel über seine Locken. »Die Situation überfordert mich gerade. Vielleicht sollten wir doch besser abreisen.«

»Nein, bitte nicht. Bitte bleiben Sie die zwei Wochen.« Bailey zog in einer rührenden Geste seine graue Strickmütze vom Kopf und hielt sie in den Händen. Ich musste schlucken.

»Ja, bleib hier mit dem Kleinen«, sagte Mel. »Es gefällt ihm doch so gut.« Der Timer an der Mikrowelle piepste. Sie nahm die Flasche hervor. Gewissenhaft prüfte sie die Temperatur an ihrem Handgelenk, dann reichte sie ihm die Flasche. »Hier, Schatz, deine Morgenmilch.« Sie strich ihm über die Wange und er trank.

»Außerdem können Sie nicht weg. Der Sturm.« Wiederum fügte Bailey hinzu: »Bitte.«

»Ich bitte Sie auch inständig, dass Sie bleiben, liebe Marian«, sagte Caspar.

»Ich sowieso.« Mel lächelte, doch ihr Lächeln wirkte verzweifelt.

Fieberhaft dachte ich nach. Gehen oder bleiben?

So flehend wie mich alle ansahen, brachte ich es nicht übers Herz, Nein zu sagen. Mir gefiel es hier auch gut. Alle waren um uns besorgt und kümmerten sich so lieb um uns. Bald war Weihnachten. Was blieb mir denn für eine Alternative, außer allein mit Gabriel in der klammen Wohnung zu sitzen oder meinen Bruder zu besuchen? Sie waren so nett zu mir. Und da war auch Johns schlechte Verfassung. Dass er so panisch geschrien hatte, tat mir in der Seele weh, selbst jetzt noch. Wenn ich dazu beitragen könnte, dass seine Albträume aufhörten, wäre das doch etwas Gutes, oder? Auch wenn wir ihn irgendwie belogen? Nein, wir belogen ihn nicht, wir sagten ihm nur nicht die ganze Wahrheit.

Zögernd begann ich: »Ich mag ihn, auch wenn er manchmal so aufbrausend ist. Gabriel mag ihn auch. Selbst wenn es vielleicht falsch ist, ihm nicht zu sagen, dass Sie mich engagiert haben. Ich habe das Gefühl, es wäre gut für ihn, wenn wir bleiben und dass es ihm durch unsere Anwesenheit besser geht.«

Ich seufzte, dann holte ich tief Luft. »Wenn ich irgendwie helfen kann, will ich das gerne tun. Also gut, ich bleibe. Auch wenn er bestimmt verärgert sein wird, wenn er die Wahrheit herausfindet.« Leise fügte ich hinzu: »Ich hoffe, ich bin dann weit, weit weg.«

»Oh, danke. Du hilfst uns so sehr. Und überhaupt ...« Mel schnäuzte sich. »Ich bin so froh, dass ihr an Weihnachten da seid.«

»Danke, Marian. Du bist so ein liebes Mädchen. Ich wünschte ...« Bailey hatte auf einmal glasige Augen. Brüsk wendete er sich ab und machte sich an der Kaffeemaschine zu schaffen.

»Ja, das stimmt. Das denke ich auch.« Caspar räusperte sich.

»Pst, er kommt!« Mel legte den Finger über die Lippen.

Schritte drangen aus der Diele. Nur mit Shirt und Boxershorts bekleidet, trat John in die Küche. Er erschrak bei unserem Anblick. Ich erschrak ebenfalls, denn dunkle, fast schwarze Ringe lagen unter seinen Augen. Er sah furchtbar aus.

»Gott, was ist das für eine Versammlung um sechs Uhr morgens? Sorry, wenn ich das gewusst hätte, hätte ich mich angezogen.« Er sah an sich herunter und verzog das Gesicht. »Nehme mir nur schnell einen Saft.« Er stapfte zum Kühlschrank, griff sich eine Flasche Orangensaft und ging wieder Richtung Tür. Doch dann hielt er genau vor mir an, und da ich saß und er stand, hatte ich beste Aussichten. Auf das volle Paket. »Na, Buddy?« Er wuschelte Gabriel durch die Haare und dieser gluckste. Während ich mal wieder Stielaugen machte. Und dieses Mal trat Caspar nicht dazwischen. »Sorry noch mal, die Damen.« John grinste breit. Und schon war er wieder weg.

Huiuiui. Versonnen sah ich ihm hinterher. Was für ein Body. Lange muskulöse Beine, breite Schultern, der flache Bauch. Bestimmt hatte er einen sexy Sixpack. Und diese gut gefüllten Boxershorts … *Mmh, sehr ansprechend.* Mr Christmas könnte jederzeit bei den Chippendales mittanzen. Zu gerne würde ich sehen, wenn er seine Boxershorts fallen ließ. Oder besser noch: Wenn er nur mit einer Weihnachtsmütze bekleidet wäre und mit einer roten Socke, die an strategisch wichtiger Stelle säße. Die Socke müsste allerdings sehr groß ausfallen und …

»Marian?«

»Wie bitte?«, stieß ich erschrocken hervor. Ich hatte überhaupt nicht zugehört. Sofort bekam ich einen knallroten Kopf. Zumindest fühlte es sich so an, denn das Blut schoss förmlich in mein Gesicht. Bei meiner blassen Haut sah ich bestimmt aus wie eine Tomate.

Mel lächelte. »Ich fragte, ob ihr schon frühstücken wollt.«

»Nein, danke. Wir gehen noch mal ins Bett. Gabriel schläft immer nach seiner Morgenmilch.« Ich erhob mich und ging mit ihm zur Tür.

»Danke noch mal, Marian«, sagte Caspar. »Wir sind dir zu großem Dank verpflichtet.«

»Ja, gern geschehen.« Das entsprach der Wahrheit, ich tat das gerne für John. Auch wenn ich das dumpfe Gefühl hatte, die ganze Sache würde viel Wirbel auslösen und mir irgendwann mit einem großen Knall um die Ohren fliegen.

In der Tür blieb ich stehen. »Diese gespielte Schwangerschaft macht mir ein schlechtes Gewissen. Kann ich nicht wenigstens den Bauch ablegen?« Ich hatte die Frage kaum gestellt, da wurde mir klar, dass es eben nicht ging. Wie sollte ich ihm das erklären? *Heute Nacht habe ich das Baby geboren und mal eben zu Verwandten gebracht, die sich darum kümmern?* »Schon gut, ich weiß. Aber ich vergesse immer, in welchem Monat ich bin. Im fünften?«

»Nein, im achten«, sagte Bailey. »Wir haben achter Monat gesagt, oder?«

»Ja, genau«, stimmten Caspar und Mel einhellig zu.

»Okay, ich werde es mir merken. Es gibt ein weiteres Problem. Ich habe nichts anzuziehen.«

»Oh, das ist nicht gut«, sagte Mel. »Von mir passt dir mit Sicherheit nichts. Bin ja nur ein Meter sechzig groß.«

»Sonst habe ich auch nicht viele Anziehsachen, aber weite Pullis besitze ich nur einen. Die anderen Sachen sind viel zu eng, der Bauch passt nicht darunter. Ich konnte ja nicht ahnen, dass ich Umstandssachen brauche.«

»Das ist in der Tat ein Problem«, sagte Caspar. »Wir könnten Kleidung im Internet bestellen. Bei dem Sturm liefern die allerdings nicht aus.«

»Sie hatte bestimmt auch weite Sachen«, sinnierte Mel. »Vor Jahren waren doch diese Hemdblusenkleider modern. Sie besaß unzählige davon und trug sie immer mit einem schmalen Gürtel.«

»Wer? Sybil?«, fragte Bailey. Er bekam einen mittelschweren Hustenanfall.

»Ganz genau.« Sie nickte. »Sie hat zwar fast alles mitgenommen. Aber die Wintergarderobe nicht. Braucht man wohl nicht in Indien.«

»Unmöglich. Ich kann doch nicht ihre Sachen anziehen.

Was wird John dazu sagen?« Die Vorstellung, ich sollte ausgerechnet Sybils Sachen tragen, fand ich unangenehm. John wäre bestimmt nicht begeistert.

»Ach, das fällt ihm bestimmt nicht auf.« Sie winkte ab. »Er ist ein Mann. Denkst du, er erinnert sich an ein Kleid, das sie vor Jahren anhatte?«

»Na, ich weiß nicht.« Andererseits müffelte mein Pulli. Einen weiteren Tag konnte ich ihn nicht anziehen. Da ich eben meine Zustimmung gegeben hatte, blieb mir wohl nichts anderes übrig. »Ja, okay, einverstanden.«

»Ich suche auch etwas Neutrales aus, versprochen.«

Mit einem Nicken trottete ich aus der Küche. Siebter Monat also. Oder hatten wir acht gesagt? Verdammt, nie konnte ich mir meinen Text merken. Deprimiert schlich ich die Treppe hoch.

Das alles bedrückte mich. Dass wir ihn belogen. Dass er sie anscheinend so geliebt hatte, dass er ihretwegen völlig aus dem Gleichgewicht geraten war. Ich wünschte ihm, dass es ihm wieder gut ginge. Von Herzen. So gerne würde ich dazu beitragen, dass er das alles hinter sich lassen könnte. Wenn ich ihm helfen wollte, durfte er nicht mitbekommen, dass ich eine Schauspielerin war, wenn auch eine grottenschlechte. Und dass meine dürftige schauspielerische Begabung der wahre Grund dafür war, dass ich kaum Jobs bekam. Das deprimierte mich noch mehr.

Nicht einmal mein Werbespot für Risotto wurde ausgestrahlt, den ich im Oktober gedreht hatte. 2000 Pfund brachte er ein, und ich erhoffte mir den großen Durchbruch damit. Doch was war passiert? Nichts. Wahrscheinlich verrottete er in irgendeinem Archiv, weil er so mies war.

Fünfzig Takes hatten wir gebraucht. Mindestens. Vielleicht auch fünfhundert? Ich musste nur einen einzigen

Satz aufsagen und in einem Topf mit Risotto rühren. Dann sollte ich einen Löffel vom Risotto essen, genüsslich die Augen verdrehen und ein bisschen schmatzen. Danach dieses *Alles ist super*-Zeichen machen, mit Zeigefinger und Daumen einen Kreis bilden, die anderen Finger abspreizen und laut rufen: *Perfetto!*

»In meiner bella Cucchina gibt es nur Risotto von Rositelli.« Pah, jetzt konnte ich den Satz fehlerfrei. Ich schmatzte, machte das Zeichen und sagte: »Perfetto!«

Gabriel kicherte und ich musste auch lachen. Es war so einfach, geradezu kinderleicht.

Nur im Oktober nicht, da war es grauenhaft gewesen. Ich sagte so etwas wie ›Rosinen von Rosetti‹ oder ›Roselotti von bella Risotta‹ oder ›Roseletto von Risotti‹. Das Zeichen machte ich falsch herum oder an der falschen Stelle, dann zwinkerte ich, anstatt zu schmatzen – es war zum Mäusemelken.

Die Kameraleute waren irgendwann schweißgebadet, der Risotto-Topf musste drei Mal nachgefüllt werden und mir war vor lauter Risotto schon ganz schlecht. Schließlich brachen alle in haltloses Gelächter aus, und der Regisseur, dem die Lachtränen über die Wangen liefen, sagte: »Ich kann nicht mehr, ich schneide es irgendwie zusammen. Danke, Marian.«

Tja, kein Wunder, dass ich nichts mehr von ihnen gehört hatte. Wahrscheinlich war er beim Schneiden des Films an einem Wutanfall gestorben.

Leise öffnete ich die Zimmertür und legte Gabriel in sein Bett. Er trank den Rest seiner Flasche leer, die Augen fielen ihm zu. Weil ich so verschwitzt war, beschloss ich, mich kurz abzuduschen und dann noch ein Stündchen zu schlafen.

❄

KAPITEL 10

John

Mit einem Aufstöhnen fiel ich zurück ins Bett. Hinter mir lag mal wieder eine üble Nacht. Dieses Mal war ich nicht ertrunken, sondern hatte zur Abwechslung mit der Nixe gekämpft. Am Schluss wollte sie mich wieder in die Tiefe ziehen, und ich war mit einem gellenden Schrei schweißüberströmt aufgewacht.

Noch stundenlang lag ich schlaflos wach, meine Gedanken drehten sich im Kreis. Warum meine Träume so intensiv waren, warum ich so oft an Marian denken musste, und dass das Eine mit dem Anderen zusammenhing.

Der kühle Saft tat gut. Ich trank die Flasche fast auf einen Zug leer, dann zog ich mir die Decke über die Ohren. Ich sehnte mich nach Ruhe und ein bisschen traumlosen Schlaf. Wenigstens ein paar Stunden.

Da hörte ich, wie sie hochkam und gegenüber in ihr Zimmer ging. Sie und Gabriel. Süß und verschlafen hatte sie eben ausgesehen, mit total verwuscheltem Haar, aber auch übernächtigt. Bestimmt hatte ich sie geweckt mit meinem Geschrei.

Sie hatte mich ganz schön angestarrt. Auch wenn ich todmüde war, das war mir nicht entgangen. Sie hatte mich förmlich mit ihren Augen verschlungen und wie weggetreten auf mein bestes Stück gestarrt. *Sehr, sehr unartig, Miss Marian. Dafür müsste der Weihnachtsmann dich mit seiner Rute züchtigen.* Wie bitte? Hatte ich das gerade wirklich gedacht? Himmel! Dabei hasste ich diese blöden Weihnachtsmann-Ruten-Sprüche. Es gab nur einen Spruch, der mir noch mehr auf den Sack ging: eben der mit dem dicken Sack. Wie oft hatte ich den in meinem Leben schon gehört? Mindestens eine Million Mal. *»Hast du auch deinen dicken Sack dabei, Christmas?«* Haha.

Vielleicht lag es an meiner Müdigkeit oder an dem Prickeln, das ihre Blicke in mir ausgelöst hatten, ich tat etwas völlig Irrationales. Ich schwang die Füße aus dem Bett und ging zur Tür. Mal sehen, ob ich hinter ihr kleines Geheimnis kommen würde. War sie jetzt schwanger oder nicht?

Leise öffnete ich die Tür und trat in den Gang. Verstohlen sah ich mich nach allen Seiten um, dann machte ich etwas, was ich zum letzten Mal vor dreißig Jahren getan hatte. Durchs Schlüsselloch gucken. Und ich sah: nichts.

Mist, verdammter. Das Zimmer lag im Halbdunkel, logisch, um halb sieben Uhr morgens. Es war ja auch stockdunkel draußen. Man sah nur ihr leeres Bett mit den zerwühlten Decken. Was machte ich hier? *Du spinnst doch echt.* Ich wollte mich gerade wieder zurückziehen, denn so etwas tat man nicht, Frauen durchs Schlüsselloch zu beobachten wie ein Spanner. Aber die Neugier ließ mich weiter starren. Wo war sie denn, wenn sie nicht im Bett lag? Kam ja nur das Bad in Frage. Vielleicht, wenn ich noch kurz wartete … In diesem Moment trat sie ins Zimmer. Splitterfasernackt!

Ich fiel fast um. Wunderschöne, wippende Brüste. Ein strammer, kleiner Po. Lange, schlanke Beine. Mit einem Satz sprang sie ins Bett und ließ sich mit einem genüsslichen Aufstöhnen in die Kissen fallen.

Ah, gut. So konnte ich sie in aller Ruhe anschauen. Das Herz schlug mir bis zum Hals, als meine Blicke über sie wanderten. Ha, wusste ich es doch! Kein Bauch, weit und breit. Nicht die Spur davon. Eher im Gegenteil. Sie war total schlank, fast schon dünn. Ich äugte ein wenig um die Ecke. Zu gerne hätte ich gewusst, ob sie da unten auch rote Haare hatte, aber ein blödes Kissen versperrte mir die Sicht.

Schieb das Kissen weg, versuchte ich, sie zu hypnotisieren. Klappte leider nicht. Mir wurde immer heißer. *Nur ein Stückchen, Marian. Ein klein wenig nach links mit dem Kissen.* Und da tatsächlich wanderte ihre Hand abwärts und – verschwand zwischen ihren Beinen!

Maria und Josef, was machte sie da?! Na, was wohl! Jetzt gab sie ein kehliges Stöhnen von sich, das mir durch Mark und Bein ging und geradewegs in meine Lenden schoss. Oh Gott! Mit einem Ruck schnellte mein Kopf hoch und knallte an den Türgriff.

Autsch! Verdammt! Eine Hand an meinen schmerzenden Schädel gepresst, stürzte ich über den Gang in mein Zimmer und schloss die Tür, so schnell und so leise wie möglich. Mit einem Hechtsprung landete ich in meinem Bett und zog mir die Decke über den Kopf. Wenn sie mir jetzt folgte … Nichts passierte. Ihre Tür blieb geschlossen. Puh, hoffentlich hatte sie mich nicht gehört.

Noch Minuten später raste mein Herz wie verrückt. In meinem Bauch flatterte es so heftig, als hätte ein Sturm einen riesigen Schmetterlingsschwarm aufgescheucht.

Über den Zustand meiner Rute wollte ich nicht einmal nachdenken.

Na, John Christmas, sind wir jetzt wieder in der Pubertät angekommen? Ich kämpfte gegen einen unerklärlichen Lachanfall an und prustete in mein Kissen wie ein Teenager, der zum ersten Mal in seinem Leben eine nackte Frau gesehen hatte. Worüber freute ich mich denn so? Dass sie nicht schwanger war? Dass sie wunderschön aussah? Oder dass das Bild ihres verführerischen Körpers die Schmetterlinge so stark flattern ließ, dass sie einen winzigen Riss im Eispalast verursachten, den ich um mein Herz herum gebaut hatte?

Vermutlich über alles zusammen.

GEGEN ZWÖLF KROCH ich aus dem Bett, duschte und ging nach unten in die Küche für ein verspätetes Frühstück.

»Na, geht's dir besser?« Mel stellte einen Teller mit Schinken, Rührei und Toast vor mir auf den Tisch.

»Danke, habe noch ein bisschen geschlafen. Bin aber noch müde.« Der fehlende nächtliche Schlaf hatte sich bleiern über meinen Körper gelegt. Vor Müdigkeit tat mir jedes Haar auf dem Kopf weh, außerdem graute mir schon vor der nächsten Nacht. »Wo sind denn die anderen?«

»Bailey schraubt in der Garage an den Autos. Caspar liest im kleinen Salon die *Times*. Gabriel und Marian spielen im Zimmer gegenüber der Bibliothek.«

Ich ließ die Gabel sinken. »Sie sind wo? In *ihrem* Zimmer?«

Mel schürzte die Lippen und sagte kühl: »Es ist nicht mehr ihr Zimmer. Sie wohnt nicht mehr hier.«

»Ja, aber …«

»Gabriel braucht ein Spielzimmer. Er kann nicht immer

in der Halle spielen, es ist viel zu kalt dort und so richtig zugig. Er wird sich noch erkälten.«

Kalt? Die Halle war wunderbar beheizt. Die Heizung funktionierte prächtig, denn sie war nagelneu und hatte einen Haufen Geld gekostet. Und zugig war es dort auch nicht. Dank ebenfalls neuer Fenster und Türen mit Thermoverglasung, die ebenfalls sündhaft teuer gewesen waren.

Ich brummelte etwas in mein Rührei. Wusste selbst nicht so genau was. Eine Mischung aus Aha-Mir egal-Was soll das?-Von mir aus.

Mel blieb unbeirrt. »Du kannst es dir mal ansehen, wenn du gegessen hast.«

NACH DEM FRÜHSTÜCK stapfte ich zu ihnen und blieb erstaunt im Türrahmen stehen. Sybils ehemaliges Zimmer war nicht mehr wiederzuerkennen. Caspar ließ schon vor Jahren ihre Möbel entfernen, ich hatte das Zimmer seit damals nicht mehr betreten. Ihre angebliche Bibliothek, in der es nie ein Buch gegeben hatte, weil sie nie eins las und auch keins besaß.

Sie hatte oben in ihrem Schlafzimmer einen Schminktisch gehabt. Hier stellte sie einen zweiten auf, dazu diverse Schuhschränke. Ebenfalls wie oben. Außer Schminken und Anziehen gab es für sie keine anderen Hobbys. Alles steckte voller Schuhe und Kleidung, der gesamte Raum war vollgestopft damit.

Jetzt befanden sich dort ein Sofa und zwei kleine Sessel, auf dem Parkettboden waren kuschelige Teppiche ausgelegt. Der Raum war abgedunkelt, nur von einer kleinen Lichterkette erhellt. Sie war an dem Zelt befestigt, das mitten im Raum aufgebaut war. Mein Zelt, in dem ich als Kind stundenlang gespielt hatte. Ich wusste gar nicht, dass es noch existierte. Es war aus vielen bunten Stoffbahnen zusammengenäht, groß und ausladend wie ein Indianertipi, und es passten locker drei Personen hinein. Mum hatte es für mich genäht und mir zu Weihnachten geschenkt. Oft lag sie neben mir, oder ich lag zwischen ihr und Dad, und sie lasen mir Geschichten vor. Meine halbe Kindheit hatte ich in diesem Zelt verbracht und es immer sehr gemocht.

Bauklötze lagen überall am Boden verstreut und anderes Spielzeug. Gabriel kroch herum, machte lustige Geräusche und schob ein Holzauto. War das nicht mal meins? Als er mich bemerkte, grinste er breit und krabbelte mir entgegen. Ursprünglich wollte ich mich darüber beschweren, dass mich keiner gefragt hatte. Doch das Zimmer sah so viel schöner aus. Warum sollten sie es nicht benutzen? Mir fiel kein Gegenargument mehr ein.

Ich hockte mich zu ihm hin, und er zog an meinem Arm. »Wo ist denn Mama?«

»Hier.« Marian kroch kopfüber aus dem Zelt und mir stockte der Atem. Ihre rosigen Wangen glühten, ihr glänzendes Haar fiel in weichen Wellen fast bis zu ihren Ellenbogen. Wie eine Prinzessin saß sie inmitten der Kissen. *So wunderschön.* In ihrem blasslila Kleid. Hatte Sybil nicht einmal ein ähnliches besessen? Auch blasslila und sauteuer, von irgendeinem französischen Designer. Moment mal, das *war* Sybils Kleid!

Ärger kroch in mir hoch und ich öffnete den Mund, um sie scharf zurechtzuweisen. Unerhört! Dass sie ihr Zimmer in Beschlag genommen hatten, konnte ich gerade so akzeptieren. Aber ihre Sachen sollte sie nicht anziehen. Ich wollte das nicht.

Mein Blick fiel auf ihre nackten Beine. Warum trug sie keine Strumpfhose? War ihr nicht kalt?

Sie konnte die Verärgerung wohl an meinem Gesicht

ablesen. Verlegen zupfte sie an ihrem Ausschnitt. »Meine Sachen sind in der Wäsche. Ich hoffe, das ist okay?«

Sie besaß nur einen Pulli und eine Hose? Meine scharfe Erwiderung fiel in sich zusammen wie Staub. Im gleichen Moment fühlte ich mich wie der blödeste Armleuchter aller Zeiten. War doch egal, dass sie Sybils Sachen trug. Seit Jahren schon wollte ich das Zeug wegwerfen oder zur Altkleidersammlung geben. Da fand ich diese Lösung besser. Und das Kleid stand ihr echt gut.

»Ja, schon okay«, sagte ich mit spröder Stimme. Gabriel zog wieder an meinem Arm. »Was möchte er?«

»Sie sollen mitspielen.«

Er krabbelte ins Zelt voraus, ich krabbelte hinterher. Dort legte er sich auf den Rücken und ich tat es ihm nach. Zusammen sahen wir in den Sternenhimmel. Mum hatte alle diese silbernen Sterne auf den dunkelblauen Nachthimmel aufgestickt, in stundenlanger Handarbeit. Es gab auch einen kleinen Mond und ein paar Schafe. Marian hatte die Lichterkette oben um das Gestänge geschlungen, so dass es aussah, als schimmerten die Sterne wirklich.

»Sehr hübsch mit dieser Lichterkette«, sagte ich. »Warum bin ich nicht selbst auf diese Idee gekommen?«

Sie lachte leise. »Weiß ich nicht.«

»Da!« Gabriel zeigte nach oben. Dann kuschelte er sich an mich. Innerhalb von Sekunden war er eingeschlafen.

»Und jetzt? Er schläft.«

»Müssen wir liegen bleiben.« Sie kicherte.

»Da gibt es auch einen kleinen Fuchs. Siehst du ihn?« Ich fand es albern, sie länger zu siezen, da wir in einem Zelt nebeneinander lagen.

»Ja, da neben dem Mond. Gibt es auch einen kleinen Prinzen?«

Wie wenig sie wie Sybil war. Die hätte bei einem kleinen Fuchs nur an einen sündhaft teuren Pelzmantel aus toten Tieren gedacht, den sie sich umhängen konnte, und nicht an die wunderschöne Geschichte.

»Ja, dort.« Ich deutete an die Stelle. »Und eine Rose auch.«

»Sehr schön.« Ihre Stimme wurde verwaschen. »Ich liebe diese Geschichte.«

»Ich auch.« Hier zu liegen mit den beiden. Es war friedlich und so beruhigend. Die Außenwelt war abgeschnitten. Alles war abgeschnitten. Der ganze Stress. Weihnachten. Üble Träume. Auch die Vergangenheit mit all ihrem Schmerz. Als fiele alles von mir ab. Nur weil ein kleiner Kerl seinen Körper vertrauensvoll an mich kuschelte. Und weil dort eine schöne Frau lag, die etwas Zauberhaftes an sich hatte, das ich gar nicht richtig beschreiben konnte. Der Zauber, der von ihr ausging … Ich spürte nur, dass er wirkte.

»Wir könnten alle ein bisschen schlafen«, murmelte sie schlaftrunken. »Bin ziemlich müde. Du auch, John?«

»Mmh, ja. Geht leider nicht. Habe noch mindestens zehntausend E-Mails zu beantworten.« Da döste ich auch schon ein.

Als ich aufwachte, waren Gabriel und Marian weg. Mich hatte sie zuvor mit einer kuscheligen Decke zugedeckt, als wäre ich ihr zweites Baby. Eine süße und warmherzige Geste. Es gab nur eine Sache an ihr, die ich nicht verstand und die nicht in das Bild passte, das ich mir von ihr gemacht hatte. Warum spielte sie mir etwas vor mit ihrer angeblichen Schwangerschaft?

Nein, nicht nur mir. Sie spielte allen etwas vor, auch Caspar, Mel und Bailey. Im Gegensatz zu mir glaubten die anderen allerdings ihre Geschichte. Na ja, sie hatten Marian auch nicht durchs Schlüsselloch beobachtet.

Als ich an der Garderobe vorbeiging, um mir in der Küche ein paar Kekse zu holen, fiel mir ihr Mantel auf. Er stach aus der Menge der dort hängenden anderen Wintermäntel regelrecht hervor. Denn im Gegensatz zu den molligen Daunenmänteln oder solchen aus schwerem Wollstoff, wirkte er fadenscheinig und dünn. Ihre Stiefel sahen auch nicht aus, als hielten sie besonders warm. Gabriels Schneeanzug hingegen war dick gefüttert und seine winzigen Stiefel mit flauschigem Lammfell ausgeschlagen.

Aha, daher wehte der Wind. Sie hatte wenig Geld. So wenig sogar, dass es nicht einmal für einen warmen Mantel reichte.

Was hatte sie zu mir gesagt? *»Ich brauchte dringend einen Job.«* Sie steckte offensichtlich in Geldnot und dieser Job war ihr Rettungsanker.

Das erklärte trotzdem nicht ihre gefälschte Schwangerschaft. Doch ja, natürlich.

Nur wenige Menschen würden eine Frau mit einem kleinen Kind kurz vor Weihnachten abweisen. Aber mit Sicherheit würde niemand eine Frau mit einem kleinen Kind wegschicken, die noch dazu hochschwanger war. Mit ihrem falschen Bauch wollte sie das Mitgefühl der anderen wecken, damit sie den Job auf jeden Fall bekäme. Und ihr Plan war aufgegangen. Niemand würde das übers Herz bringen.

Niemand? Außer so jemand wie ich. Jemand, der kalt und herzlos war und ein riesiger Egoist. Denn ich wollte sie trotzdem loswerden. Wenn der Schneesturm nicht gewesen wäre, hätte sie das Haus längst verlassen. Weil ich es so gewollt hatte.

Für einen Moment tat mir diese Vorstellung sehr weh.

• • •

Beim Abendessen glitt mein Blick immer wieder zu ihr hinüber. Wie liebevoll sie mit Gabriel umging. Er veranstaltete ein richtiges Massaker auf seinem Teller, weil er unbedingt selbst essen wollte. Doch sie blieb ruhig und fütterte ihn zwischendurch mit Möhren und Kartoffeln, so dass er es gar nicht mitbekam. Er legte mir eine Erbse auf den Teller und sah mich erwartungsvoll an.

»Was macht er denn da?«, fragte ich verdutzt.

»Er füttert Sie.«

»Das ist ja witzig. Und warum?«

»Vielleicht ist er der Meinung, Sie brauchen mehr Vitamine.« Sie siezte mich wieder. Dabei fand ich es schöner, als sie mich John genannt hatte.

Bailey lachte. »Ist ja nett von ihm.«

»Sieht ganz so aus, als würde sich noch jemand um Ihr Wohlergehen sorgen, Sir.« Caspar trieb wieder sein Butler-Sir-Spielchen, auch wenn er heute einen grauen Rollkragenpullover trug und nicht seine Butler-Weste.

Ich stöhnte auf. »Das heißt, da sitzt mein neuer Butler?«

»Ja, die nächste Generation.« Alle lachten.

Marian und ich griffen gleichzeitig nach dem Brotkorb. Unsere Hände berührten sich. Ihre zuckte zurück.

»Nach Ihnen«, murmelte sie und senkte den Kopf. Schon wieder!

»Nach dir.« Ich hielt ihr den Korb hin.

»Nehmen Sie doch zuerst.« Sie lachte verlegen.

»Nein, nimm *du* doch zuerst.« Ich musste ebenfalls lachen. Verstand sie nicht, was ich damit sagen wollte? Musste ich zuerst Brüderschaft mit ihr trinken, damit sie mich beim Vornamen nannte? »Bitteschön, Marian. Brot für *dich*.«

Baileys irritierter Blick traf mich. Er kniff die Augen

zusammen, dann hob er die Augenbrauen. Als wollte er sagen: *Was soll das werden, John?*

Na, komm, Bailey. Ich tue nichts.

Ich flirtete nur mit ihr. Es fühlte sich gut an, auch wenn sie nicht darauf einging. Oder vielleicht gerade deswegen?

Die Frauen in den Clubs waren nicht so zögerlich. Sie setzten sich ungefragt auf meinen Schoß, streckten mir ihre Silikonbrüste ins Gesicht und schoben mir ihre Zunge in den Mund. Ich nahm sie mit nach Hause, hatte Sex mit ihnen. Meistens brachte Bailey sie danach weg. Wenn ich aufwachte, waren sie auf jeden Fall immer verschwunden. Und das war auch gut so. Mir war schon klar, dass sie mehr an meiner Kreditkarte und an teuren Geschenken interessiert waren als an meiner Person.

»Du kannst ruhig zugreifen, wenn ich dir das Brot anbiete.« *Und das Du.* Ich lächelte sie an, wie ich hoffte, gewinnend. Sie erwiderte es und ihre Augen funkelten dabei. *Verführerisch.* Beinahe wäre mir der Korb aus der Hand gefallen. Was machte sie da? Flirtete sie mit mir?

»Okay, danke … John.« Sie nahm sich eine Scheibe Brot heraus.

»Bitte sehr, Marian.« Ich stellte den Korb wieder ab.

Gabriel klatschte in die Hände. Dann streckte er beide Arme nach mir aus und rief: »Dada!«

»Oh Gott«, murmelte Marian. Ihr Gesicht wurde krebsrot, sie verbarg es in ihren Händen. Dumpf drang es dahinter hervor: »Entschuldigung, ich weiß nicht, wie er auf diese Idee kommt. Ich habe keine Ahnung, warum er das ständig sagt.«

»Macht nichts. Ist doch süß.« Bailey grinste.

»Finde ich auch.« Mel beugte sich nach vorne und fuhr Gabriel über seine Locken.

Caspar schwieg, aber er schmunzelte. Lange sah er von

mir zu Marian, als würde ihm etwas durch den Kopf gehen.

Auch wenn ich keinen Kommentar dazu abgab, ich fand es auch süß. Richtig treuherzig. Ich nahm Gabriel aus dem Hochstuhl und setzte ihn auf meinen Schoß.

Marian protestierte. »Das geht doch nicht. So können Sie … so kannst du gar nicht in Ruhe essen.«

»Sicher. Ich esse mit einer Hand, außerdem bin ich fast fertig.« Ein seltsames Gefühl durchströmte mich, als Gabriel sein Köpfchen vertrauensvoll an mich lehnte. Er hielt still, nuckelte abwechselnd an seinem Schnuller oder lutschte an seiner Brotrinde. Wie im Zelt, da hatte er auch meine Nähe gesucht. Goldiger kleiner Kerl.

❄

KAPITEL 11

MARIAN

GERADE NOCH BEFAND ich mich in einem schönen Traum, in dem ein großer Mann mich in seine Arme schloss. Ich fühlte seinen Körper warm und fest an meinen gepresst. »Lass mich dich küssen, Marian«, flüsterte er. Zärtlich hob er mein Gesicht an. Unsere Lippen berührten sich, ich stöhnte leise auf und dann …

Ein Schrei! So laut und durchdringend, dass ich mit einem Schlag hellwach war. Er kam aus Johns Zimmer. Wieder um die gleiche Zeit, drei Uhr morgens. Doch dieses Mal blieb es nicht bei einem Schrei, dem eine fast schon unheimliche Stille folgte, sondern er stieß weitere Schreckenslaute aus. Sein Albtraum schien schlimmer als je zuvor.

Einen Moment zögerte ich, dann schwang ich die Füße aus dem Bett. Gabriel schlief fest, zur Sicherheit ließ ich die Zimmertür einen Spalt offen. Falls er aufwachte, bekäme ich es sofort mit.

Vor Johns Tür hielt ich an. Tat ich das Richtige? Es war

schon ein wenig seltsam, dass ich nachts in sein Zimmer ging, ohne dass er mich gerufen hatte. Doch dann schrie er wieder, panisch und voller Angst, und ich trat ein.

Es war stockdunkel, nur der Mond warf ein fahles Licht durch einen Spalt im Vorhang. »Nein, lass mich.« Er wälzte sich herum, als würde er mit jemandem kämpfen. »Nein!«

»Nicht erschrecken, John.« Mit leisen Schritten trat ich an sein Bett. Ja, es war seltsam, was ich tat. Vielleicht auch unangemessen, schließlich kannten wir uns kaum. Er war praktisch ein Fremder, zudem so etwas Ähnliches wie mein Boss. Da ich von den anderen wusste, was er Schlimmes erlebt hatte, hatte ich das Gefühl, ihn zu kennen. Nein, nicht erst, seit sie es mir gesagt hatten. Auch davor fühlte ich eine Vertrautheit zwischen uns und eine eigenartige Verbundenheit.

Ich fühle mich zu ihm hingezogen und darum bin ich hier. Das Erlebte hatte ihn aus der Bahn geworfen und ich spürte tiefes Mitgefühl, so intensiv, als teilte ich seinen Schmerz. Vielleicht auch etwas anderes. Der Wunsch, ihm zu helfen. Und noch etwas anderes. Der Wunsch, ihm nahe zu sein und ihn zu halten, damit es ihm besser ginge. »Ich bin's. Marian.«

Er schreckte hoch, dann sah er mich mit weit aufgerissenen Augen an. Er steckte noch tief in seinem Traum. Ich setzte mich neben ihn aufs Bett und streckte vorsichtig meine Hand nach ihm aus. Sein Shirt war schweißnass. Unter meiner Berührung zuckte er zusammen.

»Es war nur ein Traum, John.«

»Ich … Marian?« Er schaute mich verwirrt an. »Sorry, hab dich geweckt. Geht mir gleich besser.« Er sank wieder in die Kissen und starrte blicklos an die Decke. »O Gott, das war …« Er atmete ganz schnell.

»Zieh dein Shirt aus. Du bist durchgeschwitzt und wirst dich sonst erkälten. Komm, ich helfe dir.«

»Ja.« Er hob die Arme und ich half ihm, es auszuziehen.

»Hast du einen Sweater?«

»Am Stuhl hängt einer.« Zusammengekauert lag er da. Seine Atemzüge flogen.

Ich streifte ihm den Sweater über den Kopf und er steckte seine Arme in die Ärmel. Dann zog ich ihm den Sweater über.

»Danke«, murmelte er und rollte sich auf die Seite. »Kannst du kurz bleiben, bitte?«

»Ja, sicher.« Meine Hand strich tröstend über seine Schulter. So wie ich es mit Gabriel tat, wenn er schlecht geträumt hatte. Meine Füße wurden kalt und ich begann zu frieren. Ich trat ein bisschen auf der Stelle, doch ich fror immer stärker in meinem kurzen Nachthemd. Ganz schön frisch im Zimmer.

Kurz zögerte ich, dann hob ich entschlossen die Decke hoch und schlüpfte in sein Bett. Vorsichtig, ohne ihn zu berühren. Er würde meine Wärme spüren und dann wieder einschlafen. Ein wenig schob ich mich an ihn heran und schmiegte mich an seinen breiten Rücken. Nur ganz leicht, um ihn zu beruhigen. Meine Hand wanderte unter seinem Arm zu seiner Brust hin. Sein Herz schlug so schnell, dass ich erschrak. »Nur ein böser Traum, John. Schscht.«

Er ergriff meine Hand und hielt sie über seinem Herzen fest. »Nur ein paar Minuten noch.«

»Ja«, flüsterte ich. Seine Atemzüge wurden ruhiger, seine Herzschläge auch. Da war seine warme Hand, die meine festhielt. Ich rückte ein Stück näher und barg mein Gesicht an seinem Rücken, zwischen den Schulterblättern. Tief sog ich seinen Geruch in mich ein. Wie ich hoffte, unauffällig. Er roch gut. Männlich und herb. Meine Nase grub sich in seinen Sweater.

Das war das Verrückteste, was ich jemals getan hatte. Ich musste lächeln. Auch das schönste Verrückteste.

Mit einem Ohr lauschte ich nach Gabriel, alles blieb still. Gleich würde ich wieder zu ihm hinüber gehen. Nur ein paar Minütchen noch. Ich konnte wohl kaum die restliche Nacht hier schlafen, bei meinem tagsüber so strengen Boss, der gerade sehr zahm war. Es fühlte sich schön an bei ihm. Warm, vertraut und innig. Ich kämpfte gegen die überwältigende Müdigkeit an, doch meine Lider wurden immer schwerer. *Nicht einschlafen, Marian. Steh sofort auf und …*

Hatte nicht ganz funktioniert. Als ich die Augen wieder öffnete, leuchteten Sonnenstrahlen zartgelb durch den schmalen Vorhangspalt ins Zimmer. Johns nackte Beine fühlten sich muskulös und stark an. Sie schmiegten sich an meine. Unsere Füße berührten sich und waren ineinander verschränkt. Er hielt weiterhin meine Hand umklammert, während sein Atem ruhig und gleichmäßig ging.

Röte stieg mir ins Gesicht. Wir hatten die Nacht miteinander verbracht, wenn auch auf ganz unschuldige Weise? Oh, das war wirklich ein bisschen seltsam. Immerhin kannten wir uns erst so kurze Zeit. Und nicht nur das: Ich war seine Angestellte und ich hatte noch nie etwas mit meinem Boss angefangen. Wobei ich streng genommen nicht für John arbeitete, sondern für Caspar, Mel und Bailey. Und zu denen würde ich mich auf keinen Fall ins Bett legen.

Sein Rücken war durchtrainiert und straff, so wie sein ganzer Körper. *Ganz schön verführerisch.* Tief in mir setzte ein süßes Verlangen ein und mein Herz geriet auf einmal aus dem Takt. Was tun, wenn er sich jetzt zu mir umdrehen würde?

Ihn küssen, raunte meine innere Stimme. Die Flucht ergreifen natürlich! Plötzlich fiel mir auf, dass ich meinen falschen Bauch nicht umgeschnallt hatte. Oh Gott, nichts wie weg!

Ich sah auf den Wecker und erschrak wiederum. Schon sieben Uhr! Hoffentlich hatte ich Gabriel nicht überhört, der meistens gegen sechs Hunger bekam. Leise schlüpfte ich aus dem Bett und schlich aus dem Zimmer.

❄

KAPITEL 12

20. DEZEMBER

MARIAN

ALS ICH INS ZIMMER KAM, schlief Gabriel noch fest. Ich nutzte die Gelegenheit und duschte mich schnell ab. Dann band ich meine Haare zusammen und legte mir diesen blöden Bauch um. Kaum hatte ich mich angezogen, öffnete er die Augen und brabbelte leise.

»Na, Liebling, du hast aber lange geschlafen. Hast du Hunger?« Ich nahm ihn aus dem Bett und knuddelte ihn.

Er lachte, legte seine Händchen an meine Wangen und sagte: »Da.« Dann deutete er auf seinen Mund und machte kleine Schmatzgeräusche. Wie süß. Mir wurde warm ums Herz, wie jedes Mal, wenn er etwas Witziges machte.

Noch etwas erwärmte mein Herz und ließ mich lächeln. Es war schön gewesen bei John. Tief in meinem Inneren glühte es seitdem unablässig, als hätte unsere körperliche Nähe ein Licht in mir angezündet. Ein stetiges und warmes Leuchten.

Auch wenn in der Nacht nichts Sexuelles vorgefallen war, verursachte der Gedanke an seinen starken Körper ein sanftes Puckern in meinem Unterleib. Leise Erregung stieg in mir auf, zum ersten Mal seit achtzehn Monaten. Mein Herz fühlte sich mit einem Mal so leicht. Geradezu schwerelos. Am liebsten hätte ich vor Freude gesungen.

Mit Gabriel auf dem Arm hüpfte ich beschwingt die Treppe hinunter und ging in die Küche. Der kleine Fernseher lief, der in einem der Küchenschränke eingebaut war. Mel schaute sich dort manchmal Kochsendungen an, aber gerade kam Werbung.

Gebannt sahen Caspar, Bailey und Mel auf den Bildschirm. Da rührte eine Rothaarige in einem Topf und verplapperte sich andauernd. »Riselotto von Rossellini. Bella Rosetti.«

»Mama!« Gabriel deutete erfreut auf den Fernseher.

Moment mal, das war ja ich?! Wie angewurzelt blieb ich stehen.

»Mein Clip! Das ist ja klasse!« Endlich zeigten sie ihn. Doch was ich sah, trieb mir eher die Schamesröte ins Gesicht.

Dauernd machte ich Textfehler, verhaspelte mich, rollte mit den Augen oder raufte mir die Haare. Es gab auch lustige Stellen. Als ich den Topf leer aß und sagte: »Oh, alles weg. Sorry, zu lecker.« Dann lächelte ich verlegen. Unterlegt war der Spot mit einem schnellen Discobeat und der Regisseur ließ meine Worte manchmal klingen, als würde ich rappen. »Bella-bella-bella Cuccina. Ich nenne das einfach Reis. Rosetti. Rigeletto? Risotto, Herrgott!« Dann kam eine Slow Motion, in der ich den Löffel in den Mund nahm, ihn genüsslich abschleckte und den Kopf in den Nacken warf. Dazu machte ich: »Mmh, köstlich!« Das wirkte ziemlich erotisch – und auch glaubwürdig. Ich erinnerte mich daran, dass ich an dem Tag einen Bärenhunger hatte. Und das Risotto schmeckte wirklich gut.

Der Clip schloss mit meinen Worten: »Ich nenne das einfach Reis.« Dann grinste ich breit und zwinkerte. »Oh, vergessen!« Ich zeigte die Geste mit dem Zeigefinger am Daumen und rief: »Perfetto!«

Caspar, Mel und Bailey brachen in schallendes Gelächter aus.

»Zauberhaft.« Mel lächelte. »So natürlich und sympathisch, Marian!«

Bailey lachte. »Das ist echt süß. Ich glaube, ich kaufe das Zeug jetzt auch.«

»Ganz bezaubernd, meine Liebe«, meinte Caspar.

Ich stöhnte dumpf auf und hielt mir die Augen zu. »Gott, ist das peinlich. Hoffentlich sieht das keiner. Richtig grauenhaft.«

»Nein, im Gegenteil, meine Liebe. Es ist charmant.« Caspar nickte wohlwollend.

»Das sehen auf jeden Fall sehr viele Menschen«, erklärte Mel. »Der Moderator meinte eben, es wäre die beliebteste Weihnachtswerbung. Im Internet geht es gerade viral. Es liegt überall auf Platz eins.«

»Wow, toll.« Verwundert schüttelte ich den Kopf. »Es geht viral? Das hätte ich nicht gedacht, dass ich auf meine alten Tage noch berühmt werde. Auch wenn ich es wirklich peinlich finde und …«

Auf einmal herrschte eine entsetzte Stille.

Mel riss die Hand vor den Mund. »Mein Gott, wenn *er* das sieht.«

»John!« Bailey wurde kreidebleich.

»Oh Gott, ja!«, stieß Caspar hervor. »Denn dann weiß er …«

»Dass ich eine Schauspielerin bin«, sagte ich mit ersterbender Stimme. »Wenn auch eine grottenschlechte.«

»Mama!«, sagte Gabriel und zeigte begeistert auf den Fernseher.

Da drangen Schritte von der Treppe. John kam!

»Schalt sofort den Fernseher aus!«, zischte Bailey.

»Wo ist denn die Fernbedienung?« Mel hob hektisch die Zeitung hoch und durchsuchte das Chaos auf dem Küchentisch, bestehend aus Kochbüchern, Geschirrtüchern, dem Brotkorb und ungeputztem Gemüse. »Eben war sie doch noch da!«

»Warum gehen Clips viral?«, fragte der Moderator und grinste. »Ursprünglich wollten wir Ihnen ein neues Plumpudding-Rezept vorstellen, aber dieser zauberhafte Risotto-Spot der Firma Rigoletto bricht alle Rekorde.«

Seine Kollegin brach in Gelächter aus. »Jetzt hat sie dich angesteckt. Es heißt Rossellini, nein Roseletti. Risotto von Rolisetti!«

»Sicher?«

»Nein.« Sie grinsten beide und sagten unisono: »Nennen wir es einfach Reis!« Sie schütteten sich aus vor Lachen. Dann sagte der Moderator: »Weil es so zauberhaft ist, hier gleich noch mal: das lustige Risotto-Girl!« Die ersten Töne des Discobeats erklangen.

Das lustige Risotto-Girl? O Gott. Tiefer konnte man nicht sinken. Da hatte ich von einer Rolle in Downtown-Abbey geträumt, als kapriziöse Lady, die den ganzen Tag eine herrschaftliche Treppe herabschwebte. Stattdessen endete ich als albernes Risotto-Mädchen.

»Die Fernbedienung«, flüsterte Mel den Tränen nah. »Ich finde sie nicht.«

»Hat das Ding denn keinen Einschaltknopf?«, raunte Bailey.

»Natürlich!« Mel machte einen Hechtsprung zum

Regal und hieb auf besagten Knopf. Der Bildschirm wurde schwarz.

In diesem Moment trat John in die Küche. »Guten Morgen. Was ist denn hier so lustig?«

»Nichts.« Bailey verzog keine Miene.

»Habe doch Gelächter gehört. Aus dem Fernseher.« John sah fragend in die Runde.

»Nö«, machte Bailey.

»Ich … nein.« Mel schlug ein Kochbuch auf und blätterte darin.

»Wie meinen?« Caspar zwirbelte an seinem Bärtchen.

»Mama!« Gabriel deutete wiederum auf den Fernseher, dann krähte er vor Vergnügen.

»Hm, ihr seid nicht gerade gesprächig.« John goss sich einen Kaffee ein und ging mit einem Schulterzucken zur Tür. Er lächelte mir zu. »Na, geht's dir gut?« Er hielt kurz an und kitzelte Gabriel am Kinn. Ich versank in seinen Augen.

Dann fiel mir der Risotto-Spot ein und mir rutschte das Herz in die Füße. »Mmh, ja.« Mehr brachte ich nicht hervor.

»Schön. Bis später.« Er verließ die Küche, kurz darauf schloss sich die Tür der Bibliothek hinter ihm.

Ein paar Sekunden herrschte Schweigen. Dann stöhnte Bailey auf: »Oh Gott, ich brauche 'nen Schnaps.«

»Was sollen wir denn jetzt tun?« Mel plumpste auf den Stuhl.

»Wir müssen das Spiel beenden«, sagte ich. »Jetzt sofort. Denn wenn er die Wahrheit herausfindet, wird er böse sein. Da der Spot überall gezeigt wird, wird das früher oder später der Fall sein. Und dann …« Nachdem ich bei ihm geschlafen hatte, fand ich diese Heimlichtuerei noch schlimmer.

»Nein, das wird er nicht. Wir verhindern das.« Caspar

wirkte entschlossen. »Es sind doch nur noch ein paar Tage. Marian, bitte!«

Dann setzten die drei ihre flehenden Gesichter auf und ich war mal wieder Wachs in ihren Händen. Außerdem, wenn John Bescheid wüsste, würde er mich bestimmt wegschicken. Es war so schön mit ihm gewesen, letzte Nacht in seinem Bett. Ich wollte bei ihm bleiben, auch wenn das bedeutete, dass ich ihn belog. »Mein Gott, ja!«

»Dankeschön, Marian. Das ist sehr lieb von dir.« Bailey atmete auf und nickte mir zu.

»Internet!«, stieß Mel mit kreidebleichem Gesicht hervor. »Der Spot ist im Internet. Er loggt sich bestimmt gerade ein.«

»Wo ist der Router?«, fragte Caspar.

»Nebenan im Hauswirtschaftsraum. Schnell!«

Bailey rannte durch die Küche und riss die Tür zum Nebenzimmer auf. Man hörte ihn hektisch herumhantieren. »So, ausgeschaltet.«

»Und jetzt?« Mel klang mutlos. »Er merkt doch sofort, woran es liegt. Himmel, er leitet eine erfolgreiche IT-Firma. Von uns Amateuren lässt er sich bestimmt nicht an der Nase herumführen.«

»Nun, in aller Bescheidenheit, ein wenig kenne ich mich auch im Internet aus.« Caspar hakte die Daumen in seine Weste und wippte auf den Fußspitzen vor und zurück.

»Ach ja?«, machte Bailey. »Ist ja ganz was Neues. Und was schlägst du vor?«

»Marian lockt ihn nach draußen, am besten zu einem stundenlangen Spaziergang. Wir bauen in der Zeit auf seinem Laptop ein paar Kindersicherungen ein. Wir blockieren die strategisch wichtigen Seiten. Youtube. Twitter. Facebook.«

»Und wenn ihm jemand den Spot per Mail schickt?«, fragte Mel.

»Wir installieren einen E-Mail-Blocker. Er bekommt dann gar keine Mails mehr.«

»Das fällt ihm doch auf!« Bailey guckte skeptisch.

»Dann müssen wir den Blocker ab und zu mal ausschalten!«, sagte Caspar streng. »Himmel, ein wenig Mitdenken wäre nicht von Nachteil!«

»Guter Plan.« Mel und Bailey nickten einhellig.

»Okay, abgemacht. Wer ist dabei?« Caspar streckte seine Hand aus. Bailey legte seine drauf, dann kam Mels hinzu. Mit einem Seufzer legte ich meine auf ihre. Gabriel quietschte und patschte auf meine. Dann lachte er vergnügt.

»Oh Gott, wie bei einer Verschwörung«, flüsterte ich.

»Zu einem guten Zweck«, sagte Mel. »Vergiss das nicht.«

In diesem Moment ging die Tür vom Arbeitszimmer auf und John rief: »Das Internet geht nicht. Was ist da los?«

»Keine Ahnung«, brummte Bailey. »Damit kenne ich mich nicht aus.«

Sie sahen mich auffordernd an.

Ich räusperte mich und holte tief Luft: »Sollen wir nicht lieber ein bisschen spazieren gehen? Die Sonne scheint so schön.« Das stimmte auch. Zum ersten Mal seit drei Tagen hatte es mit Schneien aufgehört. Der Schneesturm war endlich vorbei.

»Ja, okay. Gute Idee.« Seine Schritte drangen durch den Gang, dann streckte er den Kopf zur Küchentür herein. »Kann auch später noch meine E-Mails checken.« Er lächelte und seine blauen Augen funkelten so verführerisch, dass mir ganz seltsam zumute wurde.

. . .

Kurz darauf, Gabriel hatte seine Milch getrunken und ich schnell einen Kaffee hinuntergestürzt, verließen wir das Haus zu einer Schneewanderung.

Wir liefen ein Stück seitlich über eine Wiese, deren Rand von Bäumen und Sträuchern gesäumt war. Gabriel steckte dick eingemummt in einem Lammfellsack auf Johns altem Schlitten. Mel hatte eine hölzerne Rückenlehne am Schlitten festgeschraubt, damit er nicht nach hinten kippte und runterfiel.

Es war klirrend kalt. Die Sonne schien, der Himmel war strahlendblau und nur Gabriels Augen schauten heraus. Durch den Fellsack war er schön warm eingepackt. Es machte ihm riesigen Spaß, durch den Schnee gezogen zu werden. Er fuchtelte mit den Ärmchen, als wollte er John antreiben, schneller zu laufen.

John stapfte voraus, zog den Schlitten und sank immer wieder tief im Schnee ein. »Ganz schön mühsam. Der Schnee ist zu tief.«

»Ja, das stimmt.« Ich stapfte ihm keuchend hinterher. Er machte immer riesigere Schritte und der Abstand zu mir vergrößerte sich. »Hey, warte! Nicht so schnell!« Warum rannte er vor mir davon? Da bückte er sich, presste etwas Schnee zusammen und warf mir einen Schneeball über. Verdutzt duckte ich mich, er flog daneben. »Was tust du da?«

»Schneeballschlacht.« Er lachte und warf einen zweiten Schneeball. Ebenfalls daneben.

»Hörst du wohl auf!« Der Dritte ging auch daneben. »Haha! Üb mal lieber ein bisschen.«

Er grinste breit und formte einen weiteren Ball. »Los, wirf zurück!«

Ich lachte spöttisch. »Trink du mal besser etwas Zielwasser.« Der Vierte traf mich mitten im Gesicht. »Autsch!« Ich ließ mich auf den Hosenboden fallen.

»Oh sorry, so fest wollte ich nicht werfen.« Mit erschrockenem Gesicht kam er angestapft und beugte sich über mich. »Tut es sehr weh?«

»Geht so.« Ich griff hinter mich und warf ihm eine große Ladung Schnee mitten ins Gesicht.

»Ganz schön kalt!« Er lachte, seine Augen blitzten. »Du hast mich angelockt? Wie fies von dir.« Mit beiden Händen packte er in den Schnee und formte eine riesige Kugel.

»Nein, das tust du jetzt nicht!«

»Und ob ich das tue.«

Ich rappelte mich auf und versuchte, vor ihm davonzulaufen, aber ich blieb in einer Schneewehe stecken. Da legte er von hinten den Arm um mich, nahm mich in den Schwitzkasten und seifte mich so richtig ein. Der Schnee erstickte meine Schreie. Endlich ließ er von mir ab, wir keuchten und lachten beide. Dieses kleine Schneespielchen war ganz schön erregend.

»Ganz schön flott für eine Schwangere. Du rennst wie der Wind.« Er schmunzelte.

Ich stutzte. Schwang in seiner Stimme etwa ein seltsamer Unterton? »Gabriel hält mich halt auf Trab.« Ich klopfte mir den Schnee von meinem Mantel ab.

»Trotzdem, Respekt. Nicht alle Schwangeren sind im neunten Monat so fit.«

Im neunten? Hatten wir nicht achter Monat gesagt? Ausgerechnet ihn sollte ich besser nicht danach fragen.

»Stimmt, ich bin noch sehr beweglich. Aber ich war immer schon elastisch, habe jahrelang Ballett trainiert und geturnt. Ich mache Verrenkungen, die kannst du dir nicht vorstellen.«

»Vielleicht ja doch.« Er grinste. Seine blonden Bartstoppeln schimmerten in der Sonne und dieses Lächeln …

Eigentümlicherweise schossen mir nur Bilder durch den Kopf, wie ich zusammen mit ihm ein paar Verrenkungen machte. Schwitzend und nackt. Für einen Moment hatte ich das Gefühl, er dachte dasselbe. Sofort stieg mir das Blut in einer heißen Woge ins Gesicht.

»Du wirst rot. Süß.« Sein Grinsen wurde noch breiter. Dann wurde er auf einmal ernst. Er zog seinen Handschuh aus und wischte bedächtig von meinen Augenbrauen über meine Wange. »Nur ein bisschen Schnee.« Er keuchte. Sein Atem stieg in einer kleinen Wolke aus seinem Mund. Aus meinem Mund stieg ebenfalls eine und vermischte sich mit seiner.

Es knisterte zwischen uns. Sehr heftig. Ich sank ein bisschen auf ihn zu und er kam mir immer näher.

Er wollte mich küssen und ich ihn auch. Doch das würde die Situation noch komplizierter machen, als sie ohnehin schon war. Vielleicht auch einfacher? Zu gerne hätte ich meine Lippen auf seine gepresst. Ich versank in seinen Augen, in denen der Himmel sich in seinem schönsten Blau spiegelte. Und er versank in meinen. Zumindest hatte es den Anschein. Die Sekunden vergingen. Doch er machte keinerlei Anstalten mich zu küssen und auf einmal fühlte ich mich befangen.

Bisher hatte er auch nicht erwähnt, dass ich letzte Nacht in sein Bett gekommen war. Vielleicht wollte er das gar nicht? Oder es war ihm sogar unangenehm? Mit einem verlegenen Lächeln wandte ich mich ab. »Wir sollten lieber nach Hause gehen. Es wird zu kalt für Gabriel.«

»Ja, du hast recht.«

Einträchtig stapften wir nebeneinander her. Er zog wieder den Schlitten und manchmal berührten sich unsere Arme und Hände. Jetzt wäre eine gute Gelegenheit für meine Bitte, da wir allein waren und er entspannt wirkte. Ich nahm meinen Mut zusammen. »Könnte ich dich um einen Gefallen bitten, John?«

»Ja, sicher.« Er warf mir einen erstaunten Blick zu. »Worum geht es denn?«

»Es ist Gabriels erstes Weihnachten und ich würde gern im Haus ein wenig weihnachtlich dekorieren.«

Er schwieg. Je länger sein Schweigen andauerte, desto verunsicherter wurde ich. Aber ich machte keinen Rückzieher. Ich tat das für Gabriel. Er sollte schöne Erinnerungen mit Weihnachten verbinden und keine seltsamen, in einem kahlen Haus. Ich wollte das auch für mich, für mich gehörte es zu Weihnachten einfach dazu. Und mal ehrlich, als Besitzer von *Christmas Decorations* sollte man wenigstens ein bisschen Weihnachtsdeko in seinem Haus haben.

»Nicht zu viel. Hier und da eine Lichterkette vielleicht? Oder ein paar schöne Kerzen? Was meinst du?« Ich sah ihn fragend von der Seite an. Er schwieg weiter. »O bitte, ich liebe Weihnachten und eine schöne Weihnachtsdekoration. Gabriel würde es bestimmt auch gefallen.« Ich schlang meine Hände um seinen Arm. »Darf ich mich bei dir unterhaken? Ich komme kaum voran.«

»Ja, sicher«, brummte er.

»Danke. Und was sagst du zum Weihnachtsschmuck?«

Nach einer längeren Pause presste er schließlich hervor: »Von mir aus.«

Er klang nicht begeistert, aber es war allemal besser als ein klares Nein. Ich hatte mir schon gedacht, dass er eher abweisend reagieren würde. Dass er so mit sich ringen musste, hatte ich allerdings nicht erwartet. Mel hatte mir sogar davon abgeraten, ihn überhaupt zu fragen. Weil das mit seiner Freundin an Weihnachten passiert war, und seine Albträume rührten auch von diesem schlimmen Erlebnis.

Bei allem Verständnis für seine verletzten Gefühle: Das war mittlerweile fünf Jahre her. Es war an der Zeit, den

Mist hinter sich zu lassen. Weihnachten konnte nichts dafür und Gabriel noch weniger.

»Danke, das ist total nett von dir.« Beinahe hätte ich ihn vor Erleichterung umarmt, in Anbetracht seiner eher muffeligen Stimmung unterließ ich es lieber. »Er wird sich freuen.«

Kurz darauf erreichten wir das Haus. John hob Gabriel vom Schlitten und trug ihn ins Haus, dann verschwand er brummelnd in der Bibliothek.

NACHDEM ICH GABRIEL aus seinem Schneeanzug gepellt und ihm seine Stiefel ausgezogen hatte, fiel mein Blick auf mein Handy. Fünfzehn Anrufe in Abwesenheit, alle von meinem Agenturchef Arthur. Was war los? Ich ließ Gabriel bei Mel in der Küche und ging nach oben in mein Zimmer, um ungestört sprechen zu können. Hoffentlich keine schlechten Nachrichten.

»Was ist, Arthur? Warum rufst du mich dauernd an?«

»Ah, endlich, Marian.« Er lachte erleichtert. »Dachte schon, du steckst in einem Funkloch und ich erreiche dich erst im Januar. Risotto Risotti. Rosetten Rigoletti. Ach, verdammt, die Reisfritzen. Sie möchten unbedingt einen zweiten Werbespot mit dir drehen.«

»Wie bitte? Sie wollen was?« Ich sank erstaunt aufs Bett. »Wirklich?«

»Ja. Einen zweiten Spot. Erst im Januar, aber sie wollen bereits jetzt eine verbindliche Zusage. Außerdem bekommst du ihr Risotto, kostenlos. Auf Lebenszeit.«

»Warum denn das?«

Er lachte. »Warum? Weil das Zeug weggeht wie warme Semmeln. Die haben Lieferengpässe und schieben zusätzliche Schichten!«

»Oh, das ist ja unglaublich.«

»Ja, und alles durch den Spot. Er ist auch verflixt niedlich.« Er kicherte. »Hast du echt gut gemacht, Marian.«

Der Spot. Ich stöhnte auf. »Nein, habe ich nicht. Ich finde ihn eher peinlich.«

»Macht nichts, Marian! Denen gefällt er und darauf kommt es an. Was erzähle ich, er gefällt jedem, der ihn sieht. Ohne Ausnahme. Es flattern auch dauernd neue Angebote herein. Einige Haar-Sachen, auch Anfragen für Dessous-Werbung. Kochtöpfe. Eine Nudelfirma hat Interesse bekundet. Eine Küchenfirma der Oberklasse möchte, dass du ihr neues Werk eröffnest, im Februar. Und vieles mehr.«

»Ist auch etwas Seriöses dabei?«

»Nein. Wobei ein Angebot von L'Oréal schon seriös ist.« Er lachte dröhnend. »Du meinst, ob etwas mit Schauspielen dabei ist?«

»Ja.« Düster fügte ich hinzu: »Ach, vergiss es. Ich bin eine miese Schauspielerin.«

Er hüstelte dezent. »Nun, deine Stärken liegen offenbar in einem anderen Bereich. Dann kann ich den Rigolettos eine Zusage geben? Über deine Gage verhandeln wir noch. Da stecken dieses Mal mehr drin als 2000 Pfund. Wesentlich mehr.«

»Wirklich? Das ist ja toll. Ja, gib ihnen meine Zusage.« Nicht, dass mich die Aussicht auf einen weiteren, vermutlich ebenso albernen Spot begeistern würde, aber ich würde Geld damit verdienen. Nur darauf kam es an.

»Super! Hab's notiert. Wie läuft es mit dem Küchenmädchen-Job? Da du dich nicht mehr gemeldet hast, gehe ich davon aus, dass es geklappt hat?«

»Ja, das hat es.« Auch wenn der Job mir Bauchschmerzen bereitete.

»Und wie sind die Leute so? Ich hoffe, sie behandeln dich gut. Es klang schon ein wenig seltsam.«

»Keine Sorge, sie sind alle nett.« Ich dachte an John. »Außerordentlich nett.«

»Fein, du hast momentan eine richtige Glückssträhne, Marian. Freut mich für dich. Wenn es jemand verdient, dann du, Mädel.« Er räusperte sich, als hätte er einen Kloß im Hals. »Wir sehen uns im Januar, ich wünsche dir schon mal frohe Weihnachten.«

»Dankeschön, dir auch frohe Weihnachten, Arthur.« Ich wollte das Gespräch gerade beenden, da rief er:

»Nein, stopp. Moment! Die Theaterleute aus Burford haben angerufen. Sie brauchen dringend ihren Bauch zurück. Vor dem Krippenspiel am Heiligabend noch. Kannst du mir mal erklären, warum du den Bauch der heiligen Maria stiehlst, mit dem kleinen Jesus drin?«

So wie er es ausdrückte, klang es, als hätte ich das Jesuskind persönlich entführt und nicht etwa einen Silikonklumpen. Oh Mann, diese Sache hatte ich komplett verdrängt. Vermutlich, weil sie so peinlich war. Der blöde Bauch behinderte mich zwar an allen Ecken, aber er gehörte mir nicht einmal.

»Sorry, das war ein Versehen. Nein, unmöglich. Ich brauche ihn und ich habe kein Geld für einen Ersatzbauch.«

Er prustete ins Telefon. »Kein Geld? Dank deines cleveren Chefs, der Tantiemen für dich ausgehandelt hat, hast du Geld. Der Reis-Clip wird rauf und runter gespielt und bei jedem Mal klingelt deine Kasse. Sind zwar immer nur kleinere Beträge, aber bei der Frequenz läppert es sich zusammen. Du solltest mal deinen Kontostand checken.«

Ich beendete das Gespräch und schaute in meinem Online-Bank-Account nach. Wahrscheinlich hatte ich damit fünfzig Pfund zusätzlich verdient, mehr brachten Tantiemen für einen albernen Spot bestimmt nicht ein. Besser als nichts. Ich könnte wenigstens ein Kuscheltier für

Gabriel kaufen und … Geplättet fiel ich zurück aufs Bett. 11.739 Pfund! Innerhalb von wenigen Tagen war mein Konto von minus 521 Pfund, einem bis zum Anschlag ausgereizten Dispo, in ein sattes Plus gestiegen. So viel Geld hatte ich noch nie besessen.

Ich war zwar eine schlechte Schauspielerin, aber ich konnte damit unseren Lebensunterhalt sichern. So wie es Arthur erzählt hatte, folgten weitere Aufträge im neuen Jahr. Gabriel und ich waren gerettet, zumindest für die nächsten Monate.

Tränen stiegen in meine Augen, es war alles so schwer gewesen in den letzten anderthalb Jahren. Doch die Durststrecke schien vorbei. Ich weinte ein bisschen, aus Erleichterung und aus Freude, weil der ganze Druck von mir abfiel. Ich schloss die Augen, da tauchte Johns Gesicht vor mir auf und sein schönes Lächeln.

Eine Glückssträhne, hatte Arthur gesagt. Ja, genau so fühlte es sich auch an. Eine tiefe innere Freude stieg in mir auf und ließ mein Herz stolpern.

Und dann bestellte ich ein paar Weihnachtsgeschenke. Endlich!

❄

KAPITEL 13

JOHN

ZEHN UHR ABENDS. Bis eben hatte ich in der Bibliothek gearbeitet. Dann sagte ich den anderen gute Nacht und dass ich mich in mein Zimmer zurückziehen wollte. Sie unterhielten sich alle noch in der Küche und wollten mich zum Bleiben überreden, aber ich war nicht zum Sprechen aufgelegt.

Müde ließ ich mich auf das Sofa in der kleinen Fernsehecke meines Zimmers fallen. Die Bewegung an der frischen Luft war ich nicht gewohnt. In London machte ich zwar jede Menge Hantel- und Laufbandtraining im Fitnessstudio, vorzugsweise um fünf Uhr morgens, aber die kalte Winterluft hatte mich geschafft. Wenn auch auf angenehme Weise, so als hätte der Sauerstoff alle meine Zellen durchgepustet und wieder zum Leben erweckt.

Auch aus anderen Gründen wollte ich meine Ruhe. Die Sache mit der Weihnachtsdekoration lag mir wie ein Klops im Magen.

Wenn Marian nicht gefragt hätte, sondern einer von

den dreien, wäre die Antwort anders ausgefallen. Ein klares Nein, unumstößlich und nicht verhandelbar. Aber sie hatte so süß gelächelt und Gabriel erwähnt, da gab ich meinem Herzen einen Stoß und erlaubte es. Ein wenig nur, sagte sie, eine Lichterkette hier und da. Damit würde ich klar kommen, auch wenn mich die Aussicht darauf nicht begeisterte.

Sie hatte auch recht. Er war ein kleiner Junge, und das sollte seine erste Erinnerung sein, die er mit Weihnachten verband? Praktisch nichts, nur kahle Wände und leere Zimmerecken? Nein, das wollte ich nicht. Von daher war meine Entscheidung richtig, aber sie kostete mich einige Überwindung.

Ich schaltete den Fernseher ein, um mich berieseln zu lassen und um auf andere Gedanken zu kommen. Den ganzen Tag hatte ich mich damit beschäftigt und unaufhörlich, fast schon zwanghaft, darüber nachgedacht.

Über den Vorfall von letzter Nacht. Als sie in mein Zimmer gekommen war und mich tröstete. Jede andere Frau hätte ich in dieser Situation in hohem Bogen rausgeworfen. Es war nicht gerade leicht, sich jemandem zitternd und schweißüberströmt vor Angst zu zeigen. Von seiner schwächsten Seite. Noch dazu war sie eine Frau, die ich erst wenige Tage kannte.

Aber, und das verwunderte mich am meisten, es hatte sich selbstverständlich angefühlt. Als wäre es die normalste Sache der Welt. Und auch so … liebevoll. Sie war in mein Bett geschlüpft, nur um mich zu trösten und meine Hand zu halten. Ohne irgendwelche Hintergedanken.

Mein Herz pochte tief und schwer in meiner Brust. Es fühlte sich schön an, an sie zu denken. Warm und zärtlich. Ich spürte jetzt noch ihre Hand, die meine hielt und ihr Gesicht, das sich an meinen Rücken presste. Ihr Körper schmiegte sich eng an mich, ihr warmer Atem hauchte in meinen Nacken.

Die Erinnerung daran ließ ein kribbelndes Wärmegefühl durch meinen Körper strömen. Pulsierende Energie breitete sich in mir aus. Wenn der Anblick ihres nackten Körpers kleine Risse in meinem Eispalast verursacht hatte, so ließ dieses Gefühl gerade ein paar Stücke aus ihm hervorbrechen. Ich atmete tief durch. Etwas passierte, was ich mir nie wieder vorstellen wollte.

Könnte es sein, dass ich mich in sie verliebte?

Vielleicht gäbe es ja doch eine Frau, die ehrlich und aufrichtig zu mir war? Die keine Spielchen mit mir trieb und mich nicht ausnehmen wollte wie eine Weihnachtsgans. Sondern eine Frau, die mich liebte.

Vielleicht war sie es, Marian?

Das Vielleicht hatte mit einem Mal wunderschöne grüne Augen und kupferrotes Haar und das schönste Lächeln der Welt, bei dem ihre Augen strahlten und ihre Sommersprossen tanzten.

Aber das Vielleicht bedeutete auch Schmerzen. Es bedeutete Gefahr und Angst. Und auch: dem Tode nah. *»Wir können nichts mehr für ihn tun. Wenn kein Wunder passiert …«*

Verlieben? Was für seltsame Ideen schossen durch meinen Kopf?! Das war völlig ausgeschlossen. In diesem Leben nicht mehr. Verlieben und ich waren so inkompatibel wie Weihnachten und ich. Aber sie begehren, das konnte ich doch. Oder?

»Oh Mann«, seufzte ich. Und wie ich sie begehrte. Ich dachte noch intensiver über sie nach. Über ihre schönen Brüste und wie weich ihre Haut wäre. Wie sich ihr kleiner Po in meinen Händen anfühlte und ob sie diese kehligen Laute ausstoßen würde, wenn ich mit ihr schlief. So richtig lange und genüsslich. Über Stunden. Jeden Zentimeter ihres Körpers würde ich mit meinen Fingern erforschen. Und mit meinem Mund. Dort, wo meine Zunge nicht hinkam, würde ich sie millimeterweise erobern. Mit meinem Penis. Bis sie mich anbetteln würde, ein wenig schneller zuzustoßen. Dann würde ich in ihr Haar greifen, es um meine Faust wickeln und sie unnachgiebig immer weiter treiben, bis sie schreien und nach mehr verlangen würde. Ich fing an zu schwitzen und …

Bumm! Der Bildschirm wurde schwarz. Im Zimmer wurde es stockdunkel.

»Was zur Hölle?« Im ersten Moment dachte ich, meine Gedanken hätten das verursacht und die damit verbundene Energie hätte einen Kurzschluss ausgelöst. Dann begriff ich, dass es nur ein simpler Stromausfall war. Äh ja, dass meine Gefühle für sie so heftig wären, dass davon die Sicherung durchschmorte, wäre auch ein wenig übertrieben. Außerdem – mit Verliebtsein hatte das hier kein bisschen zu tun.

Im Dunkeln stolperte ich zur Tür. Draußen auf dem Gang war es ebenfalls dunkel. Genau wie im ganzen Haus.

»Was ist denn da los?«, rief ich nach unten.

»Stromausfall«, kam es knapp von Bailey zurück.

»Na toll, wie soll ich so fernsehen?«

»Gar nicht.« Bailey war manchmal so herzerfrischend direkt.

»Ich gehe ins Bett. Bin eh total müde.«

»Schlaf gut, John.«

❄

KAPITEL 14

MARIAN

UNSER TRICK mit dem Stromausfall hatte funktioniert. Vielmehr drehte Bailey die Hauptsicherung heraus und John konnte kein Fernsehen schauen. Aber mein schlechtes Gewissen plagte mich heftig. Es war nicht in Ordnung, ihn zu belügen. Allein die Tatsache, dass wir ihm damit helfen wollten, machte es einigermaßen erträglich, doch das beklommene Gefühl in meinem Bauch wurde immer stärker.

Wir saßen bis weit nach Mitternacht in der Küche, um sicherzugehen, dass er auch schlief. Erst dann drehte Bailey die Sicherung wieder rein und wir schlichen alle in unsere Zimmer.

Es dauerte lange, bis ich in einen unruhigen Schlaf fiel. Immer wieder schreckte ich hoch und sah auf den Wecker, in Erwartung des Kommenden. Bestimmt würde es wieder passieren, das sagte mir mein Gefühl.

Ich sollte recht behalten: Punkt drei Uhr war es wieder

soweit. Johns Schreie ertönten, die mir einen Schauer den Rücken hinab jagten. Gabriel schlief fest, also konnte ich ihn allein lassen. Ich schnallte mir den Bauch um und huschte in Johns Zimmer.

»Ich bin's, Marian.« Langsam näherte ich mich seinem Bett.

Er wirkte verwirrt und war wieder nicht ansprechbar. Wie in der Nacht zuvor zog ich ihm das schweißnasse Shirt aus, dann half ich ihm in seinen Sweater. Mit einem Aufstöhnen ließ er sich zurück ins Bett fallen. Er räusperte sich. »Danke, lieb von dir. Kannst du noch ein bisschen bleiben?«

»Ja, kann ich.« Dieses Mal blieb ich gar nicht erst stehen, sondern schlüpfte sofort in sein Bett und schmiegte mich an seinen Rücken. Behutsam streichelte ich über seine Schulter, meine Hand wanderte zu seiner Brust. Er hielt sie fest. Sein Atem ging ruhiger als in der letzten Nacht und sein Herz raste nicht so. Wir lagen eine Zeit lang nur da. Gerade als ich dachte, er wäre eingeschlafen, rückte er ein Stückchen näher an mich heran.

»Wusste gar nicht, dass so etwas auch zu den Aufgaben von Küchenhilfen gehört.« In seiner Stimme schwang ein Lächeln.

»Gehört es auch nicht.« Ich musste auch lächeln.

»Nein?« Er presste sich noch enger an mich und beinahe hätte ich in einem Reflex mein Bein um seine Hüfte geschlungen. Oh! Ich konnte mich gerade noch beherrschen.

»Nein, natürlich nicht. Das mache ich normalerweise nicht.«

»Und warum tust du es dann?«, fragte er.

»Weil ich dich mag«, flüsterte ich. Und das war stark untertrieben. »Sehr sogar.«

»Ich mag dich auch, sehr sogar.« Seine Stimme klang rau. »Bleib noch. Geht das?«

»Ja, so lange Gabriel schläft, geht das.« Ich lehnte mein Gesicht an seinen Rücken und sog seinen Geruch tief in mich ein. Männlich, stark und betäubend. Mir wurde schwindelig, mein Herz schlug immer schneller.

»Schön«, murmelte er. Dann führte er meine Hand an seinen Mund und presste seine Lippen auf ihre Innenfläche.

»Ja.« Ohne lange nachzudenken, küsste ich seine Schulter. Es fühlte sich so selbstverständlich an.

Sein Mund wanderte zu meinem Handgelenk. Den Arm hoch, an der Innenseite entlang, bis zur Armbeuge. »Magst du das?«, flüsterte er.

»Ja. Sehr.« Seine sanften Berührungen machten mich ganz weich.

Langsam rollte er sich zu mir herum, legte den Arm um mich und zog mich an sich. Der Bauch war im Weg. Er streckte seine Hand nach ihm aus und …

»Stopp! Nicht anfassen, bitte. Er ist … hyperempfindlich.« Ich hielt den Atem an. Wenn er ihn jetzt berührte, würde er sofort merken, dass er nicht echt war. Dieser blöde Bauch! Hätte ich ihn nur nicht versehentlich angehabt, als ich das Haus betrat.

»Verstehe.« Er lächelte und nahm seine Hand wieder weg. Doch er ließ sich nicht aus der Ruhe bringen, beugte sich über mich und küsste mich sanft auf den Mund. »Ist dein Mund auch hyperempfindlich?«

»Ja. Auf gute Art.« Es kribbelte total, als seine Lippen meine berührten und das Kribbeln setzte sich in meinem ganzen Körper fort. Aber ich war angespannt, weil ich befürchtete, er würde mir an den Bauch fassen. Verflixt, gerade wünschte ich mir nichts mehr, als dass ich diesen

Bauch nicht umgebunden hätte. Auch wenn bisher noch nicht viel passiert war, stieg heiße Erregung in mir auf, dunkelrot und schwer. Achtzehn Monate Enthaltsamkeit. Ich war bereit, sie sofort zu beenden, zusammen mit ihm.

Er barg sein Gesicht an meinem Hals und sog meinen Geruch tief ein. »Mmh. Milch, Plätzchen, Zimt. Eine gute Mischung.«

»Findest du?«, keuchte ich.

»Ja, total gut. Ich mag deinen Geruch.« Seine Nase grub sich in die Kuhle an meinem Schlüsselbein.

»Das kitzelt. Mein Hals ist auch sehr empfindlich.«

»Dann kitzele ich ihn ein wenig mehr.« Er bedeckte meinen Hals mit unzähligen Küssen bis zum Kinn. Sein Mund wanderte über meine Wange und traf auf meinen Mund. Ein weiterer sanfter Kuss, bei dem seine Hand zärtlich über mein Gesicht strich.

Er schmeckte so verführerisch. Vorsichtig drang seine Zunge zwischen meine Lippen und berührte meine. Es fühlte sich an wie ein Blitzschlag, ich stöhnte dumpf auf. Das Knistern zwischen uns verstärkte sich. Unsere Zungen spielten immer heftiger und fordernder miteinander. Sein heißer Atem drang in meinen Mund. *Das war so gut.* Ich schlang meine Arme um ihn, wie von selbst legte sich mein Bein um seine Hüfte. Er rückte näher an mich heran und stieß dabei an meinen Bauch. »Oh, sorry«, murmelte er.

»Nicht schlimm.«

Wieder presste er seine weichen Lippen auf meine. Seine Zunge glitt in meinen Mund und spielte mit meiner. So genüsslich, dass ich noch lauter aufstöhnte. Sanft strich er die Haare aus meinem Gesicht, ganz vertieft in diesen einen Kuss.

Unser Atem vermischte sich und ich konnte nicht mehr

klar denken. Ich schmeckte und fühlte nur noch. Seinen Atem, seinen herrlichen Geschmack, seine Arme, die sich fest um mich legten. Sein muskulöser Körper, der sich an meinen presste. Die Hitze zwischen uns, die immer stärker und heller loderte. Ich wünschte mir so sehr, dass er mich berührte.

Wenn ich nicht mein Versprechen gegeben hätte, wäre der Bauch schon längst in die nächste Ecke geflogen. Und mein Höschen hinterher.

Er drängte sich an mich. Dann packte er meine Hand, führte sie zwischen seine Beine und ließ mich fühlen, wie hart er war. Oh Gott! Er war riesig.

Ich lenkte seine Hand zwischen meine Schenkel und zeigte ihm, wie sehr ich ihn wollte. So weich und feucht wie ich war. Er stöhnte dumpf auf, zerrte an meinem Höschen und schob es ein Stück beiseite. Unsere Zungen peitschten sich gegenseitig auf, unser Stöhnen wurde immer lauter und lustvoller. Er rutschte zwischen meine Beine, die Finger tief in meinem Höschen vergraben. Seine Fingerkuppen stießen an meinen empfindlichsten Punkt und glitten ein Stück in mich hinein. Ich antwortete mit einem kehligen Stöhnen und hob ihm mein Becken entgegen, während meine Hand zum Klettverschluss an meinem Rücken wanderte und fest daran riss …

»Himmel, ist das gut«, murmelte er. »Komm her.« Seine Augen bohrten sich tief in meine. Sein leidenschaftlicher Blick entwaffnete mich und machte mich wehrlos. Seine Hand grub sich in meine Haare, fest und besitzergreifend, und tief in meinem Unterleib setzte ein Zucken ein.

Nein, das sollte ich nicht tun. Das durfte ich nicht tun! Aber ich wollte ihn so sehr. Ihn tief in mir spüren, jede seiner Bewegungen mit meinen erwidern und ihn anstacheln bis zur wildesten Raserei. Mein Begehren war stärker. Ich zog weiter, langsam gab der Verschluss nach und lockerte sich mit einem Knirschen. Da drang ein Geräusch aus meinem Zimmer. Ein leises Aufweinen. Gabriel! Erschrocken fuhren wir auseinander.

»Ich … ich muss zu ihm«, stieß ich hervor, halb ohnmächtig vor Verlangen.

»Ja, sicher.« Keuchend rollte er sich von mir herunter und ließ sich auf den Rücken fallen.

»Tut mir leid. Ich muss …«

»Ja, geh schnell. Gute Nacht.« Er strich über meine Hand.

»Gute Nacht.« Ich sprang aus dem Bett und rannte aus dem Zimmer. Nicht nur, weil Gabriel immer schriller weinte, sondern weil ich kurz davor gewesen war, mir den Bauch vom Körper zu reißen, meine Beine um John zu schlingen und heftigen Sex mit ihm zu haben. Viel hatte nicht mehr gefehlt. Dabei kannten wir uns erst vier Tage! Na ja, fast fünf. Immerhin.

Was war nur in mich gefahren? Wie hätte ich ihm den falschen Bauch erklären sollen, ohne dass der ganze Plan aufflog? Darüber hatte ich mir in meinem Hormonrausch keinerlei Gedanken gemacht. Nicht nur, dass John darüber mehr als verwundert gewesen wäre und unser Kuss ein abruptes Ende gefunden hätte. Damit hätte ich auch die anderen verraten und ihren Plan ruiniert. Immerhin hatte ich ihnen ein Versprechen gegeben. Und ich hielt meine Versprechen. Immer!

Im Zimmer hob ich Gabriel aus seinem Bett, sein Gesicht war tränenfeucht. Er hatte seinen Schnuller verloren und ich musste das Bett komplett absuchen, bis ich ihn am Fußende fand. Sanft wiegte ich ihn in meinen Armen, während mein Herz raste und mein Unterleib sehnend pochte. Weil er weiter jammerte, nahm ich ihn zum Kuscheln mit in mein Bett. Er schmiegte sich eng an mich, seine Händchen tief in meinem Haar vergraben. Dort beruhigte er sich und schlief wieder ein.

Nur ich lag noch lange wach. An Schlaf war überhaupt nicht zu denken.

❄

KAPITEL 15

21. DEZEMBER

JOHN

SIE WAR WEG, als ich aufwachte und nach ihr tastete. Natürlich war sie weg, seit Stunden schon. Die Bettdecke roch noch nach ihr und ihr zarter Duft schwebte über allem.

Verwirrend das alles. All diese Gefühle. Eigentlich ein Grund, die Tür zu meinem Herzen wieder fest zu verschließen, die sie mit sanfter Hand aufgestoßen hatte. Das Tor verriegeln, den hölzernen Keil darüber legen. Mich hinter meine Mauern zurückziehen und den Turm besteigen, um mich im obersten Stockwerk zu verschanzen.

Doch aus irgendeinem mir unverständlichen Grund wollte ich das nicht. Ein Lächeln stahl sich auf meine Lippen. Ich wollte, dass sie zu mir kam. Und am liebsten wollte ich mit ihr schlafen. Hier und jetzt.

Schade, dass sie so überstürzt aus dem Zimmer gerannt war. Dabei hatte nicht mehr viel gefehlt und wir hätten heißen Sex gehabt. Sie wollte mich. Kurz hatte ich sogar das Gefühl gehabt, dass sie mir den Schwindel mit ihrem Bauch beichten wollte.

Nur aufgeschoben, wisperte eine Stimme in mir. *Bald …*

Ich rollte mich auf den Bauch und vergrub meine Nase an der Stelle, wo sie gelegen hatte.

Für einen Moment spürte ich ihren Körper unter meinen Händen und meine Arme umschlangen sie. Sie erwiderte meine Umarmung, genau wie letzte Nacht. Ihre Lippen pressten sich auf meine, zuerst sanft, dann immer gieriger. Eine Illusion nur, aber eine verdammt schöne. Meine Hände griffen ins Leere.

Mein pochendes Herz buchstabierte ihren Namen. Leise und vorsichtig.

Ein weiterer Körperteil pochte so stark, dass mir schwindelig wurde. Mein Schwanz buchstabierte auch ihren Namen. Gleich dahinter: S-E-X. Dann klopfte er ein komplettes Liebesgedicht in die Matratze.

Nein, natürlich nicht. Er kannte überhaupt keine Liebesgedichte. Das war klar und eindeutig ein Sexgedicht. Seine Aufforderung unmissverständlich: Sex. Marian. Sofort.

Unmöglich. Ich versuchte, mit ihm zu verhandeln. *Warte bis heute Abend.* Aber er blieb starrsinnig. Geradezu eisern.

Er würde keine Ruhe geben, das stand fest. Na gut, ich könnte es mir selbst machen. Doch da fiel mir ein: Die heißeste Frau der Welt schlief gleich gegenüber und ich wollte es mir selbst machen? Warum?

Nein, ich würde zu ihr gehen und sie verführen. Ob sie ihren Bauch trug oder nicht, war mir gerade so was von egal. Sie begehrte mich, das hatte sie mir letzte Nacht deutlich gezeigt.

Entschlossen warf ich die Decke von mir.

❄

KAPITEL 16

MARIAN

»AH, tut das gut!« Mit einem tiefen Seufzer glitt ich in das heiße Badewasser. Was für eine luxuriöse Badewanne, riesengroß und oval. Mit Schaudern dachte ich an die veraltete Wanne in meiner Wohnung zurück, die an manchen Stellen Grünspan aufwies. Sie leckte ein bisschen und das Wasser wurde auch nie richtig heiß.

Außerdem hatte Gabriel immer ein Gespür dafür, wenn ich drin lag und wollte prompt zu mir. Sogar wenn er zuvor fest schlief. Als würde er es ahnen.

Doch jetzt spielte er bei Mel unten in der Küche und ich hatte eine halbe Stunde Zeit nur für mich. Genüsslich streckte und dehnte ich mich nach allen Seiten. Ich kippte noch mehr von dem duftenden Schaumbad ins Wasser, bis ich Unmengen von Schaum produzierte, die sich über mir auftürmten.

Wiederum seufzte ich und dachte an unseren heißen Kuss von letzter Nacht. So heiß, dass meine Hand unwillkürlich zwischen meine Schenkel glitt, von dort immer tiefer. In meiner Vorstellung waren es seine Finger, die mich zärtlich berührten. Mmh.

Da drang eine Stimme von der Tür: »Marian, bist du da drin?« John!

Erschrocken zuckte ich zusammen. »Ja. Ich nehme gerade ein Bad und so …« Meine Stimme kiekste. Was wollte er in meinem Schlafzimmer?

»Kann ich reinkommen? Nur kurz.«

Äh, nein? Natürlich nicht!

»Ich … äh … nun ja«, stotterte ich.

Ohne meine Antwort abzuwarten, stieß er die Tür auf. O Gott! Ich versank bis zur Nasenspitze im Badewasser. Natürlich hatte ich meinen Bauch nicht an. Lag er nicht sogar mitten auf dem Bett?!

»Sorry, ich wollte dich nicht stören. Wollte dir nur guten Morgen sagen.« In Shirt und Boxershorts trat er an die Wanne heran, seine Augen funkelten. »Sieh an. Du bist ja nackt.« Er musterte mich eingehend, vielmehr versuchte er, durch den Schaum zu spähen.

»Guten Morgen. Äh, sich angezogen in die Wanne zu legen, macht nicht so viel Sinn, oder?« Wer von den beiden wollte mir guten Morgen sagen? Er oder sein bester Freund, der mir aus seinen Boxershorts fröhlich zuwinkte? Mit großen Augen starrte ich ihn an. Himmel!

Das entging ihm natürlich nicht. Er schürzte die Lippen zu einem Lächeln. Verführer! Er hatte es faustdick hinter den Ohren. *Und nicht nur da,* flüsterte meine innere Stimme.

»Stimmt auch wieder.« Er grinste und nahm auf dem Wannenrand Platz. »Ganz schön viel Schaum.« Sachte fuhr er durch die Schaumberge.

»Zum Glück«, murmelte ich. »Ich wollte sagen, ich mag es halt schaumig.« Ich duckte mich noch tiefer ins Wasser.

»Schade, man sieht kaum etwas von dir.« Er beugte sich nach vorne, seine Fingerspitzen berührten die Schaumkronen in Nähe meiner Brust. »Schön bauschig.«

»Oh ja.« Ich nickte und lachte nervös. Wie seine Shorts. Die waren auch enorm bauschig.

Er tastete weiter. »Oh, was haben wir denn da?« Vorsichtig fuhr er mit den Fingern kleine Bahnen durch die Schaumberge, dabei kam er mir immer näher.

»Ich … was tust du denn da?« Atemlos sah ich ihm zu. Es kribbelte immer stärker zwischen meinen Beinen.

»Nur ein bisschen herumspielen. Ich gehe auch gleich wieder.« Er nickte ernst. »Hab noch wahnsinnig viel zu tun.«

»Ja? Ach so.« Irgendwie enttäuschte mich das. Obwohl es besser wäre, er würde sofort gehen. Bevor er die Hand nach meinem Bauch ausstreckte und ins Leere griff.

»Ich kann auch noch ein bisschen bleiben, wenn du willst.« Er suchte meinen Blick, währenddessen legte sein Finger meine Brustwarze frei, ohne sie zu berühren. »Schau mal, das sieht lustig aus. Das Rosa inmitten von dem Weiß. Oder?«

»Ja. Total lustig.« Ich unterdrückte ein Stöhnen. Er feixte.

»Da muss doch irgendwo eine zweite sein.« Seine Stimme klang immer rauer.

»Vielleicht genau daneben«, schlug ich vor. »Nur ein wenig mehr nach rechts.« Das Blut schoss in einer Woge durch meinen Körper und sammelte sich in meinem Unterleib, pulsierend und schwer.

»Von dir aus gesehen rechts oder von mir aus?« Er tat so, als hätte er noch nie eine nackte Frau gesehen.

Ich kicherte. »Von mir aus gesehen. Nein, von dir aus. Vielleicht auch links?« Er verwirrte mich. Und wie.

»Soll ich sie suchen?« Er keuchte ein bisschen, mein Herz schlug schneller.

»Ja, such sie.« Ich hielt den Atem an. Mein Mund wurde trocken.

Seine Hand schob den Schaum zur Seite, dann legte er auch die andere Brustwarze frei. »Ah, da ist sie. Sehr schön.« Zufrieden betrachtete er sein Werk. »Was wohl passiert, wenn man sie anstupst?« Er sprach unbeteiligt und tat ganz ungerührt. Während ich nach Luft schnappte, angesichts all der Dinge, die er nicht tat, von denen ich mir aber wünschte, dass er sie tat.

Tu es endlich, berühre mich.

»Probier es aus, dann weißt du es«, hauchte ich.

»Okay, dann teste ich das jetzt mal.« Mit dem Zeigefinger stupste er zuerst die eine an, dann die andere. Sofort richteten sie sich auf und wurden steinhart. Unwillkürlich stöhnte ich auf. »Mmh, interessant. Gefällt dir wohl.« Seine Augen blitzten mutwillig, um seine Lippen schwang ein Lächeln. Aber auch Erregung zeichnete sich auf seinem Gesicht ab. Und nicht zu knapp.

»Ja«, seufzte ich.

»Gleich noch mal«, murmelte er. Wiederum stupste er sie an, aber dieses Mal hielt er sie zwischen seinen Fingern fest und drehte an ihnen. Zuerst an der linken, dann an der rechten. Wie von selbst öffneten sich meine Beine und meine Knie schoben sie nach oben. Ich stieß ein Keuchen aus. »Oh, habe ich eine Kettenreaktion ausgelöst? Zwei hübsche Knie.« Er musterte sie eingehend.

»Kann schon sein. Ja, findest du?« Ich schluckte schwer. Die Schaumkronen knisterten vor sich hin. Zwischen uns knisterte es auch. Gewaltig.

»Ja, sehr hübsch.« Bedächtig streichelte er sie. »Wo die Knie sind, können die Schenkel nicht weit sein.« Langsam strich er vom Knie abwärts mein Bein entlang, bis seine

Hand im Wasser verschwand. Immer tiefer geriet er zwischen meine Beine. Jetzt berührte er meine Oberschenkel und dann …

»Oh!« Ich warf den Kopf zurück und stöhnte laut.

»Magst du das?« Er beugte sich tief zu mir herab und drückte einen Kuss auf meine geöffneten Lippen.

»Ja«, keuchte ich.

Er ließ mich seine Zunge schmecken. »Ich glaube, ich komme ein wenig zu dir. Darf ich?« Er lächelte, seine Augen funkelten.

»Oh, ich …« *Nein, das ging nicht. Warum noch mal? Wusste ich gerade nicht.* Seine Hand glitt ein Stückchen tiefer und seine Finger berührten mich an empfindlichster Stelle. Meine Stimme ging in ein Stöhnen über. »Ja, komm.«

»Himmel, Marian. Mach nicht diese Geräusche.« Er wurde plötzlich ernst und erhob sich. Die Hände links und rechts auf den Wannenrand gestützt, tauchte er seinen Fuß ins Wasser. Dann ließ er sich zu mir herab. Seine Armmuskeln spannten sich an und er sah so wahnsinnig sexy dabei aus. Langsam versank sein Knie in der Wanne. Die Schaumberge wichen zur Seite und stiegen fluffig nach oben.

»Küss mich.« Meiner Kehle entrang sich ein erneutes Stöhnen. Gegen jede Vernunft streckte ich die Arme nach ihm aus und schlang sie um seinen Hals.

»Du sollst nicht so aufreizend stöhnen, sonst …« Er presste seinen Mund wieder auf meinen. Seine Zunge drang tief zwischen meine Lippen ein, dann umschlang sie meine. »Oh Baby«, seufzte er. In einem Reflex legte sich mein Bein um ihn und ich zog ihn näher heran. Das Wasser plätscherte, der Schaum fluffte.

Unser Kuss war so heiß, dass es tief in mir pochte. Er rutschte auf mich zu, seine Härte drückte sich verlangend zwischen meine Schenkel und – oh, was war das? Stoff. »Verflixt, hab ja meine Shorts noch an«, murmelte er. »Moment, muss sie …«

»Huhu Marian. Wo bist du?« Mels Stimme schallte plötzlich durch den Flur. Schritte näherten sich, dann klopfte es an der Schlafzimmertür. »Tut mir leid, dass ich dich störe. Aber Gabriel jammert nach dir. Er lässt sich nicht ablenken.«

»Was zur Hölle?« John drückte die Arme durch und stieß sich vom Wannenrand ab. Leise fluchend zog er sich mit tropfnassen Shorts aus dem Wasser zurück. »Verdammt, nicht mal fünf Minuten ist man allein!«

»Marian?« Mel konnte jeden Moment hereinkommen.

»Schnell, dahin!«, zischte ich und deutete an die gegenüberliegende Wand. Er machte einen Riesensatz und verbarg sich hinter der Tür. An seinen Füßen bildete sich eine kleine Pfütze.

Da trat Mel ins Schlafzimmer, mit direktem Blick ins Bad. Sie hielt Gabriel auf dem Arm.

»Oh, sorry, Marian. Aber alle Türen stehen sperrangelweit auf. Schau, da ist deine Mama.« Sie wandte sich Gabriel zu und deutete in meine Richtung. »Jetzt hast du sie gesehen und wir können wieder nach unten gehen. Bist du jetzt zufrieden?«

Doch er quengelte und streckte die Arme nach mir aus. »Nein!«

Unglaublich. Er hatte es schon wieder getan und mich beim Baden gestört. Als würde er es ahnen, sobald ich nur meinen Zeh in ein Schaumbad tauchte. Doch dieses Mal bedauerte ich es besonders. Ich stieß einen resignierten Seufzer aus. »Lass ihn hier.«

»Soll ich ihn zu dir bringen? Keine Angst, man sieht nichts.« Sie kniff die Augen zusammen. Vermutlich hatte sie gerade die seltsamen Löcher in den Schaumbergen erkannt. »Äh, fast nichts.«

Mit hektischen Bewegungen schob ich den Schaum wieder über meine Brüste. So, jetzt war alles wieder bedeckt. Auf keinen Fall wollte ich, dass sie ins Bad käme. Dass sie uns erwischte, musste nicht sein. »Nein, leg ihn in sein Bett. Muss eh raus aus der Wanne. Das Wasser wird kalt.« Das war die Untertreibung des Jahrhunderts. Es schlug fast Blasen vor Hitze und glich kochender Lava.

»Gut.« Sie trat zur Seite, wo Gabriels Bett stand. Sofort fing er an zu schimpfen und zu schreien. »Hm, ich glaube, er will nicht.« Immer lauter wurde sein Geschrei.

Ich stieß einen Stoßseufzer aus. Ich musste zu ihm gehen.

Bloß wie? Wie sollte ich aus der Wanne steigen, ohne dass John meinen nicht vorhandenen Bauch sähe und der ganze Schwindel aufflog? Er wirkte, als wollte er mich am liebsten anfallen, sobald Mel wieder weg wäre, und ließ mich keine Sekunde aus den Augen. Ein amüsiertes Lächeln spielte um seine Lippen, aber in seinen Augen stand Entschlossenheit. Und nicht nur dort. Seine Boxershorts wirkten so durchnässt entschlossener denn je. Meine Güte!

Jetzt zeigte er auch noch mit unmissverständlicher Geste auf mich und grinste breit. *Gleich bist du dran, Baby! Und wie.*

»Was?« Ich musste kichern, trotz meiner mehr als kritischen Lage.

Oh ja. Er nickte.

»Marian, kommst du mal bitte? Ich weiß nicht, was ich mit ihm machen soll.« Drüben stand Mel mit leicht überfordertem Gesichtsausdruck, den zappelnden und kreischenden Gabriel im Arm. Wahrscheinlich hielt sie mich gerade für eine Rabenmutter, die sich lieber in der Wanne aalte, als sich um ihr Baby zu kümmern.

»Ja, ich komme.« Fieberhaft überlegte ich. Was sollte ich bloß tun?

Völlig egal was. Hauptsache schnell.

Eins. Zwei. Drei. Wie eine Rakete schoss ich aus dem Wasser, in der Hoffnung, die Schaumkronen blieben an mir haften – vor allem an den richtigen Stellen. Mit einem Satz hüpfte ich aus der Wanne, zwei schnelle Schritte, meine Hand zielte zur Tür. John fielen fast die Augen aus dem Kopf. Mit Schwung schleuderte ich die Tür nach hinten, um ihm die Sicht zu versperren. Leider ein wenig zu schwungvoll. Es rummste.

»Autsch«, tönte es dumpf dahinter hervor.

Splitterfasernackt rannte ich an der verwirrten Mel vorbei, warf mich mit einem Hechtsprung ins Bett und stieß hervor: »Gib ihn mir, wir kuscheln noch ein bisschen.« Keuchend zerrte ich die Decke über mich.

»Meine Güte! Derartig schnell musstest du nicht aus der Wanne steigen. Ein paar Minuten hättest du schon gehabt.« Sie setzte Gabriel neben mich aufs Bett und verließ kopfschüttelnd den Raum. Auf dem Gang murmelte sie: »Und *diese* Tür steht auch auf. Seltsam.«

Hastig warf ich eine weitere Decke über den Plastikbauch. Keine Sekunde zu früh, denn da trat John aus dem Bad.

Er hielt sich mit einer Hand die Nase und sprach gedämpft: »Du hast einen Wumms wie ein Preisboxer. Warum sagst du nicht einfach, dass ich gehen soll? Musst mir nicht gleich die Nase brechen.«

»Nein, so war es nicht.« Ich unterdrückte ein Kichern. »Sorry, ich wollte nur nicht, dass sie dich sieht.«

»Ist dir gelungen«, murmelte er und stapfte an mir vorbei.

»Entschuldigung!«, rief ich ihm nach. »Es tut mir leid! War keine Absicht.«

»Schon gut, ich weiß«, murmelte er. »Tut trotzdem weh.«

Ob er etwas gesehen hatte? Nein, ganz bestimmt nicht. Sonst hätte er mich umgehend zur Rede gestellt. Noch mal Glück gehabt. Aber so ging das nicht weiter. Ich nahm mich streng ins Gebet: Marian Star, du wirst dich beim nächsten Mal nicht dazu hinreißen lassen, alle Bedenken über Bord zu werfen und nur deine Vagina sprechen zu lassen. Es gab einen Plan. Menschen vertrauten mir und ich hatte ihnen mein Versprechen gegeben.

Ab jetzt war Schluss damit!

»Herrgott, wie kann man nur so leicht verführbar sein?«, flüsterte ich. Es lag an John. Sein Lächeln genügte, dass ich mich am liebsten nackt vor ihn werfen und die Beine um seinen Hals schlingen wollte.

Und das nicht nur, weil ich ihn wie verrückt begehrte. Sondern weil er mein Herz höherschlagen ließ.

❄

KAPITEL 17

Marian

Ein paar Stunden später huschten wir auf Zehenspitzen durch die große Eingangshalle. Ich voran, Mel hinterher.

»Marian, ich weiß nicht, ob das eine gute Idee ist.« Sie schüttelte zweifelnd den Kopf, während ich hier und da eine Laterne aufstellte oder eine von diesen Holzfiguren.

»Oh doch, das ist es. John hat es mir ausdrücklich erlaubt.« Immer mehr Lichterketten zog ich aus den zahlreichen Kartons. Diese herrlichen nostalgischen Kugeln. Eine schöner als die andere. Silbern, champagnerfarben, golden. In allen Formen. Sogar kleine Vögel, die man anstecken konnte.

Bailey keuchte atemlos. Zuerst musste er die Kartons vom Dachboden schleppen, dann hatte er die Tannenbäume gebracht. »Geschenk vom Förster. Der Sturm hat sie entwurzelt. Weil du gestern nach einem gefragt hattest, hab ich sie mitgenommen. Sie sind leider sehr groß.« Er schaute prüfend an die Decke. »Könnte knapp werden.«

»Gleich zwei? Einer reicht.« Ich überlegte kurz. »Nein,

zwei sind besser. Groß? Wie herrlich. Viel Platz für all diese schönen Kugeln.« Ich rieb mir die Hände und grinste breit.

»Marian, ich sehe es genau wie Mel. Du solltest es vielleicht langsamer angehen lassen.« Zweifelnd betrachtete Bailey mich beim Schmücken.

»Nein, warum denn? John wird begeistert sein.« Nachdem er heute Morgen zu mir in die Badewanne gestiegen war, schwebte ich vor Euphorie geradezu über dem Boden. Ich konnte es kaum erwarten, sein erfreutes Gesicht zu sehen. Das Ergebnis würde ihm nicht nur gefallen, es würde ihn förmlich aus den Socken hauen. Er würde ausrasten vor Begeisterung.

»Nun, da bin ich mir nicht so sicher.« Caspar machte eine beschwichtigende Geste. »Es reicht für den Anfang, Marian. Wirklich. Die Bäume sind des Guten zu viel. Und ein paar Lichterketten weniger vielleicht?«

Ich schob ihre Bedenken beiseite. »Ach was. Ich habe noch gar nicht richtig angefangen.« Die Begeisterung ließ mich immer breiter grinsen. »Bailey, kannst du den Mistelzweig vielleicht über der Tür aufhängen? Du bist größer als ich.«

»Sicher, da ist auch noch ein Nagel«, brummte er. »Den hat Johns Dad eingeschlagen. Ist schon ewig her. Damals war Weihnachten noch schön.« Alle machten wehmütige Gesichter.

»Weihnachten wird wieder schön! Mistelzweig!« Ich deutete auf sie, wie sie alle einträchtig darunter standen. »Ihr müsst euch küssen.« Die Vorfreude ließ mich immer alberner werden.

»Äh, ich küsse Bailey mit Sicherheit nicht«, wehrte Caspar ab. »Ist nicht persönlich gemeint, aber …«

»Wie bitte?« Mel wurde verlegen.

»Dann opfere ich mich eben auf.« Bailey legte den Arm

um Mels Taille, zog sie an sich und küsste sie mitten auf den Mund. Sie stieß einen überraschten Laut aus. Dann Stille. Sie hörten gar nicht mehr auf, sich zu küssen.

»Na endlich.« Caspar hüstelte. »Auf dieses Outing warte ich seit Jahrzehnten.«

Überrascht ließen sie einander los. »Du hast es gewusst?«

»Natürlich. Mir entgeht nichts.« Caspar wippte auf den Zehenspitzen vor und zurück. »Rein gar nichts.« Er bedachte mich mit einem vielsagenden Blick und schmunzelte.

Ich hatte das Gefühl, dass er über alles Bescheid wusste. Dass ich die letzten Nächte in Johns Bett gestiegen war und was wir dort gemacht hatten. Mit hochrotem Kopf wandte ich mich ab. »Äh, ich schmücke dann mal weiter.«

❄

KAPITEL 18

JOHN

SPÄTER NACHMITTAG. Es war mittlerweile dunkel draußen. Nachdem ich über Stunden unzählige E-Mails bearbeitet hatte, trat ich in Gedanken versunken in den düsteren Flur. Ich brauchte dringend einen Kaffee und auch etwas zu essen.

Wäre nett gewesen, wenn eine von den Damen mir etwas vorbeigebracht hätte, aber sie waren wohl zu beschäftigt. Anscheinend steckten sie mitten in einer Aufräumaktion, denn man hörte Keuchen, Flüstern und Herumhuschen. Auch andere Geräusche, als würden schwere Sachen hin und her getragen.

Ich bog im Flur um die Ecke und stieß einen erschrockenen Laut aus. Ich war gegen etwas Spitzes gelaufen, das jetzt in mein Gesicht ragte. Was war das? Ich schnupperte. Tannennadeln? In meiner Halle? Als ich den Lichtschalter betätigte, schrie ich beinahe auf. Ein riesiger Weihnachtsbaum ragte neben der Treppe hoch und versperrte halb den Gang zur Küche.

»Was ist das denn? Ich fasse es nicht!« Verwirrt schaute ich mich um.

Überall war dieser Weihnachtsmist! Zahllose Lichterketten hingen von der Decke herab, befanden sich an den Fenstern und über der Eingangstür. Da hing auch ein Mistelzweig mit einer roten Schleife. Praktisch überall standen dicke rote Kerzen, silberne Laternen und Holzfiguren. Das gesamte Treppengeländer war von oben bis unten mit Tannengrün und roten Schleifen umwickelt.

Und wie der Baum erst geschmückt war! Er bog sich förmlich vor lauter Kugeln, *Christmas*-Kugeln natürlich. Die schönen alten, die ich als Kind immer so gemocht hatte. Auch dort Unmengen von Lichterketten. Am Kamin baumelten lauter Strümpfe, bunt gemusterte oder rote. Davor waren ein paar flauschige Felle drapiert, daneben standen mehrere Weihnachtslaternen und ein großer hölzerner Engel.

Es verschlug mir den Atem, drei Sekunden lang auf gute Art, dann auf ungute Art. In mir baute sich ein ungeheurer Druck auf, der immer weiter zunahm. Ja, es sah schön aus. Aber ich wollte dieses Zeug nicht.

Was hatte sie gesagt? *»Nur eine Lichterkette und ein oder zwei Kerzen.«* Dabei hatte sie so süß gelächelt und ich hatte ihr geglaubt. Stattdessen hatte sie das komplette Weihnachtsinferno angerichtet!

Es sah aus, als wäre eine verdammte Weihnachtskanone in meinem Haus explodiert. Oder als wäre ein Weihnachtspanzer durchgefahren, der mit seinem riesigen Rohr Unmengen von Weihnachtskitsch versprühte. Mir fielen nur solche martialischen Vergleiche ein, denn das Ganze machte mich, nach dem ersten Schock, ungemein wütend. Noch wütender als wütend.

In diesem Zustand sollte ich nicht mit ihr sprechen. Ich

stapfte durch die Halle in das große Wohnzimmer, das fast nie genutzt wurde, weil wir so selten hier waren. Daran schloss sich das Esszimmer an, in dem Marian mich am ersten Abend bedient hatte. Auch dieses wurde kaum genutzt, weil wir fast immer in der Küche aßen. Dort wäre ich ungestört.

Ich flüchtete dorthin, um allein zu sein und mich ein paar Minuten zu beruhigen. Bevor ich ihr in angemessenem Ton, nicht schreiend wie ein Irrer, sagen würde, dass sie diesen ganzen Mist postwendend entfernen würde. Ausgenommen exakt eine Lichterkette und eine Kerze.

Keuchend schaltete ich das Licht an. Mich traf fast der Schlag! Auch hier herrschte das komplette Weihnachtsinferno. Ein zweiter Baum war dort aufgestellt, noch größer als in der Diele. Unzählige Strümpfe hingen am Kamin und auf dem Tisch prangte ein riesengroßes Gesteck aus Tannenzweigen. In einer Ecke war eine ganze Herde von hölzernen Rentieren aufgebaut, in der anderen stand ein Schlitten mit buntverpackten Geschenken.

Das Gefühl zu ersticken wurde übermächtig. Ich griff an meinen Hals und rang nach Atem. Fehlte nur noch, dass jemand *Last Christmas* sang, das Weihnachtslied, das ich am meisten hasste auf der Welt. Wütend bis zum Anschlag fiel ich aufs Sofa. In einer unbeschreiblichen Verfassung. Da ging die Küchentür auf und jemand sang in der Halle ein Lied. Marian. Und es war wirklich *Last Christmas*.

Mir wurde innerlich eiskalt. Ich erhob mich, stakste durchs Zimmer und trat in die Diele. Wenn ich vor fünf Sekunden noch stinkwütend gewesen war, rot glühend und lodernd, fühlte ich jetzt nur noch eisigste Kälte.

Marian stellte gerade zwei große Holzfiguren unter

den Baum. Maria und Joseph, die hatte mal jemand aus dem Dorf geschnitzt. Sie drapierte ein Tuch zwischen den beiden, dann legte sie das Jesuskind dazwischen. Dazu sang sie leise. Immer noch dieses Lied.

»Stopp!« Rüde unterbrach ich ihren Gesang.

Sie zuckte zusammen und fuhr herum. Ihr Lächeln verschwand, als sie mein Gesicht sah.

»Dieses Lied. Will ich in meinem Haus nicht hören. Und dieses ganze Zeug. Ist in fünf Minuten weg.« Meine Stimme klirrte vor Kälte.

Sie machte große Augen und wirkte wie ein verschrecktes Reh. »Aber ich … ich hatte dich gefragt, was den Weihnachtsschmuck betrifft.« Sie hob die Schultern. Etwas schnippisch fügte sie hinzu: »Um die Erlaubnis das Lied zu singen, hier in deinem Haus, habe ich allerdings nicht gebeten.«

Sie schaffte es, mich mit wenigen Sätzen wie einen vollkommenen Trottel dastehen zu lassen. Ja, es war nur ein Lied, und es war nur Weihnachtsschmuck. Für sie vielleicht, aber nicht für mich.

Ich verlor die Kontrolle und schnauzte sie an: »Eine Lichterkette, du hast von einer einzigen Lichterkette gesprochen.« Nein, ich schrie.

»Ich bitte dich, was soll man mit einer einzigen Lichterkette erreichen? In diesem riesigen Haus?« Sie lachte. Aber ihr Lachen klang flach, als könnte es jeden Moment zu Weinen umschlagen. »Das war doch nur so ein Ausdruck.«

»Das war nicht nur so ein Ausdruck!«, bellte ich. Meine Stimme schallte laut durch die Halle, dass es mir selbst wehtat. Ich wollte nicht so gemein mit ihr reden, aber ich konnte gerade nicht anders.

»Sicher. Ich muss es wissen, denn ich selbst habe es gesagt. Gut, wie du meinst.« Sie tat gleichgültig, doch ihr kreidebleiches Gesicht verriet, wie sehr ihr mein Verhalten zusetzte. »Dann kommt eben alles wieder weg.« In diesem Moment krabbelte Gabriel in die Diele und setzte sich erwartungsvoll vor den Baum. »Darf ich ihn wenigstens ein Mal anschalten, bevor ich ihn abbaue?«

Ich nickte knapp.

»Pass mal auf, Schatz.« Sie drückte auf einen Schalter und die Beleuchtung flammte auf. »Tadaaa!«, rief sie gespielt fröhlich, doch ihre Stimme zitterte. Er warf die Arme hoch, dann jauchzte er verzückt und klatschte in seine Händchen. »Ich glaube, er mag Weihnachten.« Sie lächelte, ihre Sommersprossen wackelten. Dann sah sie mich an und wurde ernst. »Aber du hast gesagt, es muss alles weg.«

Ganz aufgeregt krabbelte Gabriel zu mir und zerrte an meinem Hosenbein. Immer wieder zeigte er auf den Baum, als wollte er sagen: Jetzt schau doch mal, wie toll das aussieht. Er strahlte über das ganze Gesicht.

O Mann. War ja klar, was passierte, wenn ich den Baum abbauen ließ. Endloses Geheule. Tagelang. Es wäre auch herzlos, so etwas zu tun. Er war ein kleiner Junge und er konnte am wenigsten für den ganzen Mist.

»Du arbeitest auch mit allen Tricks«, knurrte ich in ihre Richtung. Dann hob ich Gabriel auf meinen Arm und rang mir ein paar Worte ab: »Toller Baum, Buddy.« Als ich den Baum betrachtete und auch die ganze Dekoration, musste ich mir eingestehen, dass es wirklich sehr schön aussah. So wie früher, als Mum alles festlich dekoriert hatte. Ich hatte es geliebt. Heute hasste ich es. Und jetzt?

Ich fühlte mich wie ein in der Falle gefangenes Tier und sie hatte mich hineinmanövriert. Vielleicht könnte ich es schaffen, das ganze Zeug neutral zu betrachten? Es waren nur Dinge.

»Lass es so«, presste ich hervor. Sie nickte wortlos.

Ich war immer noch stinksauer auf sie. Den Rest des Abends würde ich sie ignorieren – und heute Nacht auch. Dem finsteren Blick nach zu urteilen, den sie mir gerade zuwarf, würde sie eh nicht in mein Bett kommen. Verdammt.

❄

KAPITEL 19

MARIAN

WIR FOCHTEN ein Duell mit bösen Blicken. Er war sauer, ich war sauer. Und wer schaute zuerst weg? Ich nicht.

Wortlos stapfte John auf mich zu, drückte mir Gabriel in den Arm und ging davon. Seine Schritte hallten durch den Gang, die Tür der Bibliothek flog hinter ihm ins Schloss.

Stille. Dann öffnete sich die Küchentür und Mel lugte hervor. »Oh je. Das war heftig.« Sie stieß einen tiefen Seufzer aus.

Die Eingangstür ging auf und Bailey stürzte in die Diele. »Was ist passiert? Wer hat so geschrien?«

Caspar kam aus dem kleinen Salon geeilt, die Zeitung unter den Arm geklemmt. »Was wir befürchtet haben. Tja, wer wohl?«

»Nicht weiter schlimm«, murmelte ich. »Hat ihm alles doch nicht so gut gefallen. Hab mich wohl ein bisschen getäuscht.« Ich versuchte zu lachen, es klappte leider nicht. »Vielleicht lag es an den Schleifen? Ich glaube, die dritte von oben sitzt schief.«

»Komm mit, Liebes.« Mel zog mich in die Küche und drückte mich auf den erstbesten Stuhl. »Setz dich lieber hin, bevor du umkippst.«

»Schnaps?« Bailey zog einen silbernen Flachmann aus der Innentasche seines Parkas hervor und streckte ihn mir entgegen.

Stumm schüttelte ich den Kopf. Ich war sogar zu geschockt, um zu weinen. Er hatte mich angeschrien? Ich konnte es nicht fassen. Und das, nachdem er heute Morgen so süß zu mir gewesen war. Und letzte Nacht auch. Das tat weh.

»Ich hätte auch noch einen Cognac.« Caspar sah mich mitfühlend an.

»Ich hab oben noch eine Flasche Baileys im Schrank«, murmelte Mel. »Soll ich sie holen?«

Bailey riss erstaunt die Augen auf, dann prustete er. »In deinem Schrank war ich noch nie, Mel.« Er erschrak. »Oh sorry, Marian. Dir ist bestimmt nicht nach Lachen zumute.«

Ich musste trotzdem lächeln. »Nein, danke. Ich möchte nichts trinken.« Meine ganze Freude über die gelungene Dekoration war verpufft. Wie konnte er mich so behandeln? Niemandem stand es zu, mich anzuschreien. Wegen einer blöden Lappalie führte er sich so auf? Unbegreiflich. Diese andere Frau hatte ihn so tief verletzt, dass er wegen ihr sogar fünf Jahre nach der Trennung noch ausrastete. Das tat am meisten weh.

»Was hast du vor?«, fragte Bailey.

»Wir gehen hoch. Keine Ahnung.« Ich wollte jetzt lieber allein sein, ohne ihre mitfühlenden Gesichter. Auch wenn mich ihre Fürsorge rührte.

»Du willst doch nicht etwa abreisen?« Bailey machte ein entsetztes Gesicht. »Nein, Marian, tu mir das nicht an.«

Abreisen? Darüber hatte ich im ersten Schreck nicht nachgedacht. Aber jetzt vielleicht?

»Ich muss doch sehr bitten, Bailey. Es geht hier nicht um dich.« Caspar schüttelte tadelnd den Kopf. »Marian ist angeschrien worden, nicht du.«

»Und ob mich das etwas angeht.« Bailey guckte ganz grimmig. »Wenn sie jetzt abreist? Was dann?«

»Wenn er sich nicht entschuldigt ...« Ich ließ den Satz unvollendet im Raum stehen und ging mit Gabriel zur Tür. »Bis später.«

Ich war nicht nur geschockt, sondern auch stocksauer. Am liebsten hätte ich den ganzen Krempel zusammengeräumt und in die Tonne getreten.

Als ich nach oben stapfte, wurde ich immer wütender. In erster Linie auf John, aber auch auf mich selbst. Sie hatten mich gewarnt und mich mehrmals zurückhalten wollen. Warum hatte ich alle ihre Warnungen in den Wind geschlagen? Ich hätte auf sie hören sollen.

Zähneknirschend musste ich zugeben, dass ich ihm gegenüber auch nicht fair gewesen war. Eine Lichterkette, hatte ich gesagt. Stattdessen hatte ich alles aufgeboten, was in den Kisten steckte. Ja, es war zu viel für jemanden, der ein Problem mit Weihnachten hatte.

Oben fiel ich aufs Sofa. Gabriel krabbelte auf dem Boden herum und schob eins von Johns Autos.

Die Gespenster der Vergangenheit, schoss es durch meinen Kopf.

Gegen jemanden, der nicht mehr da war, konnte man nicht ankämpfen. Und noch weniger gewinnen.

❄

KAPITEL 20

John

»Spinnst du jetzt komplett?« Ohne anzuklopfen, stürmte Bailey in mein Arbeitszimmer, dicht gefolgt von Mel und Caspar.

»Ja, kommt ruhig herein. Anklopfen wird eh überbewertet. Was gibt's?« Ich tat gleichgültig, auch wenn mich das alles über die Maßen aufregte. Die Weihnachtsdekoration. Marian. Ich selbst. Und jetzt auch noch die drei. Ich konnte mir schon denken, warum sie hier hereinstürmten, als hätte ich jemanden umgebracht.

»Marian so hart anzugehen. Das war nicht nett, John.« Mel sprach mit ruhiger Stimme, aber ihre Augen blitzten gefährlich.

»Nicht nett?« Bailey warf sich mit einem Prusten aufs Sofa. »Er hat sie richtig abgekanzelt. Ich habe ihn bis in die Garage schreien hören.«

»Ich habe nicht geschrien. Nur laut geredet«, behauptete ich. Nein, ich hatte geschrien.

»Äußerst rüpelhaft, Sir. Ihr Vater …« Caspar rollte vielsagend mit den Augen und trat an meinen Schreibtisch heran. Dann beugte er sich nach vorne und ordnete meine Stifte akkurat nebeneinander. Schnurgerade ausgerichtet, jeden einzelnen im Abstand von drei Millimeter zum anderen.

Demonstrativ brachte ich sie wieder durcheinander. »Was ist mit meinem Vater?«

»Er würde niemals mit einer Dame derartig umgehen. Ein wahrer Gentleman«, begann er.

»Schreit niemals eine Dame an!« Bailey fiel ihm mit dramatischer Geste ins Wort.

»Das stimmt.« Mel nickte. »Das arme Ding. Leichenblass.«

»Wieso? Hat sie etwas dazu gesagt?« Ich sprach betont beiläufig. Aber mein ohnehin schlechtes Gewissen verstärkte sich noch. »Wo ist sie überhaupt?«

»Nein, hat sie nicht.« Bailey verschränkte die Arme vor der Brust und schüttelte den Kopf. »Oben in ihrem Zimmer mit dem Kleinen. Und wenn sie jetzt die Koffer packt?«

»Die Koffer packt?«, stieß ich hervor. »Du denkst, das könnte sie tun?« Ein ungutes Gefühl durchströmte mich. Man könnte es auch Panik nennen.

»Würde dich das wundern, John?«, fragte Caspar.

»Ich habe zu tun«, brummte ich dumpf. »Ihr dürft jetzt bitte gehen.« Genau wie Marian! Na und, dann sollte sie eben verschwinden. Das war schließlich mein Haus. Sie konnte hier nicht einfach tun und lassen, was sie wollte. Meine süße Bettgenossin, mit den herrlichen Lippen und den hinreißenden Kurven. Verdammt, wenn sie jetzt wirklich abreiste?

»Sieh zu, dass du dich bei ihr entschuldigst. Mehr fällt mir dazu nicht ein!« Bailey, der selbst in brenzligen Situationen nie die Nerven verlor, benahm sich geradezu cholerisch. Was war nur los mit ihm?

»Ach ja?! Und wer entschuldigt sich bei mir, für diesen ganzen Deko-Mist?« Ich fand mich gerade selbst theatralisch. Dinge, es waren nur Dinge.

Mel holte tief Luft, dann stieß sie hervor: »Weißt du, ich finde es auch schöner, dass das Haus an Weihnachten weihnachtlich aussieht.«

Bailey stimmte ihr zu. »Genau. Nicht nur du allein verbringst seit Jahren beschissene Weihnachten.«

»Auch wir, John.« Mel hob die Schultern. »Tut mir leid. Ist so.«

»Ganz genau. Ich hätte es treffender nicht ausdrücken können. Vielleicht würde ich *beschissen* durch *äußerst unschön* ersetzen?« Caspar strich sich mit einer nachdenklichen Geste übers Kinn. »Wenn ich recht überlege, nein. Beschissen.«

Hatte er das gerade wirklich gesagt? In über dreißig Jahren hatte ich dieses Wort nicht aus seinem Mund vernommen.

Ja, ich hatte mich falsch verhalten. Trotzdem war ich verblüfft von ihrer massiven Einmischung. Mussten sie mich derartig in die Zange nehmen? Sie wussten doch, warum mich dieser Weihnachtskram so aufregte. »Hab zu tun, wie oft muss ich das noch erwähnen?«, knurrte ich.

»Die Schatten der Vergangenheit sollten nicht das strahlende Glück der Gegenwart dämpfen.« Caspar sprach, als hätte er zu lange an seinem Rasierwasser geschnuppert.

Ich gab ein spöttisches Lachen von mir. »Ist das ein Spruch aus deinem Butler-Kalender?«

»Nein. Manchmal schreibe ich Gedichte. Und so weiter.« Er atmete tief ein. »Genau genommen, habe ich schon mehrere Gedichtbände veröffentlicht. Unter Pseudonym. Nicht gänzlich unerfolgreich. Nur zu deiner Information.«

»Gedichte? Du? Wusste ich nicht.« Ich war verblüfft. Das war eine völlig neue Seite an ihm.

»Stell dir vor, wir alle haben ein Leben neben dem, das wir mit dir führen.« Bailey sprang plötzlich wie vom Katapult geschossen vom Sofa auf und machte ein paar Schritte auf Mel zu. Sie schaute ihn mit großen Augen erschrocken an. Was meinte er damit? Schrieb er etwa auch Gedichte? »Und darum ...« Er blieb knapp vor ihr stehen und verstummte.

»Ja? Ich höre?«

»Nichts«, brummelte er. »Sie ist keines von den Mädchen, mit denen du dich sonst gerne umgibst. Diese albernen Discoschnepfen!«

»Ach? Danke für die Belehrung.« Als hätte ich das nicht längst erkannt. Moment mal, mit denen *ich* mich gerne umgab? Das klang, als wäre ich ein selbstverliebter Idiot. Dabei hatte ich dafür völlig andere Gründe.

»Die ich immer nach Hause fahren muss. Immer ich!« Er tippte sich mehrmals mit dem Finger in die Brust. »In welchem Zustand auch immer, meistens nicht einmal angezogen. Das geht mir langsam tierisch auf die ...« Aufgebracht schnappte er nach Luft.

»Nerven?«, schlug Mel vor.

»Nüsse!«, grollte er. »So jemand wie Marian spielt in einer anderen Liga! Man sollte sie nicht ... Du solltest sie nicht ...«

»Äh.« Mehr fiel mir gerade nicht ein. Ich wusste gar nicht, dass ihn das störte. Warum regte er sich überhaupt so auf?

»Eine Frau wie Marian ...« Auch diesen Satz ließ Bailey unvollendet.

Ein ungemütliches Schweigen breitete sich aus.

Caspar räusperte sich. »Ich würde liebend gerne weiter mit euch plaudern, aber meine Korrespondenz schreit nach baldiger Erledigung. Ich schlage vor, alle beruhigen sich und denken ein wenig nach.« Er deutete eine Verbeugung an und schritt aus dem Zimmer.

Alle? Damit war doch ausschließlich ich gemeint!

»Habe einen Kuchen im Ofen«, murmelte Mel und folgte ihm.

»Bis später.« Bailey warf mir einen eindringlichen Blick zu. »Beim Abendessen.« Das klang fast wie eine Drohung. Auf jeden Fall lag eine unmissverständliche Aufforderung in seinen Worten: Bieg. Das. Wieder. Hin. Er nickte mir knapp zu, die Tür fiel mit einem Knall hinter ihm ins Schloss.

Leise fluchend knallte ich den Laptop zu – um ihn kurz darauf wieder zu öffnen.

Was für ein Auftritt! Was war das denn für eine Meuterei? So hatte ich Bailey noch nie erlebt. Nicht einmal, als wir mit 150 Meilen über die Autobahn rasten und ich ihm betrunken ins Steuer griff.

Vielleicht packte sie die Koffer? Diese Bemerkung ging mir nicht mehr aus dem Kopf. Und in meinem Inneren trudelte etwas zu Boden. Keine Ahnung, was das war. Mein Herz?

KAPITEL 21

John

Das Abendessen verlief in eher kühler Atmosphäre, wobei das nicht an Mel, Caspar und Bailey lag. Nach ihrem emotionalen Ausbruch eben hatten sie Schönwettermienen aufgesetzt, plauderten und lachten viel. Auch wenn ich hier und da einen vorwurfsvollen Blick auf mir ruhen fühlte.

Nur zwischen Marian und mir herrschte Eiszeit. Schade, denn Mel hatte eines meiner Lieblingsgerichte gekocht und die unterkühlte Stimmung verleidete mir das Essen.

»Deine Kürbissuppe schmeckt heute noch besser als sonst«, lobte ich Mel. »Kann ich bitte noch etwas haben?« Ich hielt ihr meinen Teller hin.

»Marian hat sie zubereitet und auch andere Gewürze reingetan.« Mel schöpfte den Teller voll und sah mich auffordernd an. *Mach ihr das Kompliment, nicht mir.*

Doch ich sagte nur: »Aha.« Marian schwieg.

»Marian hat auch den Kuchen gebacken, den es zum

Nachtisch gibt.« Auch Bailey warf mir einen unmissverständlichen Blick zu.

»Soso.« Mehr konnte ich mir nicht abringen. Auch wenn es mir nicht gefiel, dass sie weiß wie die Wand dasaß und fast nichts aß.

Über die weihnachtliche Dekoration machte niemand eine Bemerkung. Zum Glück. Auch wenn ich mich halbwegs daran gewöhnt hatte und keine Schweißausbrüche mehr bekam, wenn ich das Zeug sah. Man musste alle die Bäume, Kugeln und Lichterketten nicht noch erwähnen und mich daran erinnern, dass sie mich damit überrumpelt hatte.

»Dada!« Mit einem breiten Grinsen hielt Gabriel mir seinen Löffel hin.

»Hm, was möchte er denn von mir?«, fragte ich. Niemand antwortete. Dabei war Marian immer seine Übersetzerin. »Willst du mich füttern?«

Er nickte eifrig. Also tat ich so, als würde ich von seinem Löffel essen. »Mmh, lecker. Danke.«

Die anderen kicherten, sogar Caspar stieß einen kleinen Laut hervor, der ähnlich wie ein Lachen klang. Nur Marian schwieg. Sie war sauer auf mich – und wie. Ich konnte es ihr nicht einmal verübeln. Aber wenn sie böse mit mir war, hatte ich auch keine Lust mehr auf ihre Gesellschaft. So!

ALSO TROLLTE ich mich nach oben in mein Zimmer, wenn auch mit einem unguten Gefühl im Bauch. Doch kaum hatte ich mich aufs Sofa gelegt und den Fernseher eingeschaltet, machte es wieder *Bumm*. Der Bildschirm wurde schwarz und überall ging das Licht aus wie am Abend zuvor.

»Das kommt bestimmt von diesen tausend Lichterketten!«, knurrte ich und tastete mich zum Tisch vor. Dabei stieß ich mit dem kleinen Zeh an ein Tischbein. »Aua, verdammt!« Ich war mehr als genervt. Wie sollte ich im Stockdunkeln nach unten kommen, ohne mir den Hals zu brechen? Eben hatte ich doch diese Kerze gesehen, in einer Schale mit Tannengrün und alten Weihnachtskugeln. Denn auch mein Zimmer war weihnachtlich dekoriert, wenn auch sehr zurückhaltend. Für Dekorationen hatte Marian wirklich ein Händchen. Streichhölzer lagen daneben, also zündete ich die Kerze an und ging damit nach unten in die Küche.

Dort saßen alle einträchtig im Dunkeln. Nur der Adventskranz brannte.

»Was ist mit der Sicherung los? Warum fliegt die ständig raus? Liegt es vielleicht an den Lichterketten?«

»Nö«, meinte Bailey. »Die gab es hier früher auch. Sie sind alle von deiner Mum,daran liegt es nicht.«

»Woran denn?«

»Keine Ahnung, das muss ich mir morgen mal anschauen.«

»Wir könnten alle ein bisschen zusammensitzen und uns unterhalten. Bitte, John.« Mel schob mir einen Stuhl hin und ich nahm Platz. Marian saß mir gegenüber und nicht neben mir. Mit abweisendem Gesichtsausdruck, nicht lächelnd wie sonst.

»Oder wir könnten ein Spiel spielen. Wir haben doch das eine, bei dem man eine Karte mit einer Frage zieht, und alle müssen nacheinander die Frage beantworten.« Caspar, Experte für die langweiligsten Spiele der Welt, klatschte aufgeräumt in die Hände.

Ich unterdrückte ein Aufstöhnen. Das erinnerte mich an frühere Klassenfahrten, wobei es da wenigstens interessante Spiele wie Flaschendrehen gegeben hatte. Aber die einzige Person, mit der ich das gern spielen würde, machte ein Gesicht, als würde sie mir lieber die Flasche über den Schädel ziehen, als mich noch einmal zu küssen.

»Tolle Idee!« Mel ging zum Schrank, nahm eine große Blechdose mit Plätzchen hervor und stellte sie mitten auf den Tisch. Sie öffnete sie und Kokosgeruch strömte hervor. Es roch nach Zimt, Orangen und Kardamom und all den weihnachtlichen Gewürzen.

»Lasst die Spiele beginnen!« Das sagte Caspar tatsächlich. »Ich schlage die Reihenfolge Marian, Mel, Bailey, meine Wenigkeit und John vor. Ich ziehe die Karten und ihr antwortet möglichst schnell. Abgemacht?« Er mischte die Karten.

»Klingt aufregend.« Bailey schmunzelte und stellte eine kleine silberne Thermoskanne auf den Tisch. Er schraubte sie auf und goss etwas in die Verschlusskappe, die gleichzeitig als Becher diente. Sofort roch es intensiv nach Glühwein.

»Ist da etwa Alkohol drin?«, fragte ich streng. »Du weißt, dass wir die Tage vor Weihnachten und auch danach …«

»Keinen Alkohol trinken. Ja, ja.« Er winkte ab. »Schon verstanden, John. Reg dich nicht auf, es ist nur Früchtetee.«

»Es riecht sehr intensiv für Früchtetee.« Keine Sekunde glaubte ich diesem Schlitzohr.

»Das liegt wohl an den Hagebutten.« Er nahm einen Schluck und grinste.

»Gut, dann lasst uns anfangen.« Caspar mischte die Karten blitzschnell durch und deckte die oberste auf. »Lieblingsfarbe? Marian beginnt.«

»Rot«, sagte sie.

»Rosa.« Mel deutete auf ihren rosa Schal.

»Blau.« Bailey nippte an seinem angeblichen Tee.

»So ein Anthrazit, das fast schon schwarz aussieht.

Dunkel-dunkel-Anthrazit. Es hat etwas Elegantes.« Caspar geriet ins Schwärmen.

»Rot«, sagte ich. Es war glatt gelogen, ich mochte Blau viel lieber. Wobei das Rot ihrer Haare schon meine Lieblingsfarbe war. »Und grün«, fügte ich hinzu. Das Grün ihrer Augen.

Bailey merkte auf, ein kleines Lächeln umspielte seine Mundwinkel. Aber er sagte nichts.

Caspar mischte wiederum, dann hielt er mir die Karten hin. »Zieh mal eine, John.« Ich reichte sie ihm und er las vor: »Was ist dein Lieblingsfilm?«

»*Und täglich grüßt das Murmeltier*«, sagte Marian.

»*Frühstück bei Tiffany's.*« Mel verdrehte verzückt die Augen.

»*Lady Chatterley.*« Bailey lachte in seinen Becher und gab Mel einen kleinen Stoß mit dem Ellenbogen.

»Haha, sehr witzig.« Caspar lächelte sparsam. »Wobei das Buch literarisch höchst wertvoll ist. Den Film habe ich allerdings nicht gesehen. Darf ich mehrere nennen? *Das Haus am Eaton Place. Downtown Abbey. Stolz und Vorteil. Abbitte. Jenseits von Afrika.* Ach, ich könnte noch Hunderte aufzählen.«

»Ist das überhaupt erlaubt?«, fragte ich. »Das sind doch alles Serien. Und in jeder spielt Colin Firth die Hauptrolle.«

Alle lachten. Nur Marian nicht.

»Natürlich ist das erlaubt, John. Leider habe ich die Spielanweisung nicht aufgehoben, aber ich bin mir ziemlich sicher.«

»Schon gut.« Eigentlich wollte ich *Einer flog übers Kuckucksnest* nehmen oder *Shining*. Stattdessen sagte ich: »*Und täglich grüßt das Murmeltier.*«

»Oh, wirklich?«, fragte Mel erstaunt.

»Ja.« Das war ein bisschen gemogelt, obwohl ich den

Film schon mochte. Es gefiel mir irgendwie, dass sich dieser zynische Kerl für die Frau seiner Träume zu einem liebenswerten, Gedichte schreibenden und charmanten Klavierspieler entwickelte, der sogar Eisskulpturen mit ihrem Antlitz schnitzte. Was die Liebe mit einem anstellte, wenn sie einen mit voller Wucht traf. Gut, dass mir so etwas nicht passierte.

»Weiter im Text.« Caspar zückte die nächste Karte. »Was ist das Schönste, was ihr erlebt habt. In den letzten fünf Jahren. Möglichst kurz.«

»Gabriel.«

Mel zögerte lange. »Das Zweitschönste geht auch? Erster Preis für die beste Fisch-Pastete und somit die *Best British Cooks*-Plakette.«

»Windsurfen am Atlantik. Morgens früh bei Sonnenaufgang. Mit einer bezaubernden Frau an meiner Seite.« Bailey schloss verträumt die Augen. Verwundert betrachtete ich ihn. Im Sommer hatte er seinen Urlaub in Frankreich verbracht und war zwei Wochen am Stück nicht erreichbar. Angeblich steckte er in einem Funkloch. Von einer Frau hatte er mir aber nichts erzählt. Mysteriös.

»Ich gewann die Wahl zum Butler des Jahres und kam aufs Cover des Butler-Magazins.«

»Ein Kuss«, sagte ich. Sie hob erstaunt den Kopf und auch die anderen sahen mich überrascht an. »Na, so allgemein. Küssen und so.« Nein, ich sollte mich nicht herausreden. Es tat mir leid, dass ich sie angeschnauzt hatte, und ich wollte ihr das auch zeigen. Außerdem war es wirklich das Beste, was mir seit langer Zeit passiert war. »Unsinn. Ich meine schon einen ganz bestimmten Kuss.«

»Oh!«, machte Bailey.

»Wie romantisch«, hauchte Mel.

»Aha, höchst interessant.« Caspar räusperte sich.

Nur Marian sagte nichts. Allmählich gab ich auf. Sie

schien fest entschlossen, mich zu ignorieren. Vielleicht sogar, mich nicht mehr zu mögen? Dieser Gedanke brachte mich kurz aus der Fassung.

»Nächste Frage.« Caspar rückte seine Brille zurecht. »Oh, die geht ja richtig ans Eingemachte: Was ist das Dümmste, was ihr getan habt?«

Marian holte tief Luft. »Ich habe mich mit einem verheirateten Mann eingelassen, von dem ich nicht wusste, dass er verheiratet war.« Sie setzte ein kleines schiefes Lächeln auf und fuhr Gabriel über seinen Lockenkopf.

Kurz herrschte betroffenes Schweigen. Aha, das war also der Grund, warum Gabriels Erzeuger abgetaucht war. Er hatte sie angelogen und sie dann schwanger sitzengelassen. Was für ein Arsch!

»Typen gibt's«, brummelte Bailey. Wiederum öffnete er seine kleine Thermoskanne und goss etwas in seinen Becher.

»Und ob das Glühwein ist«, murmelte ich. »Ich rieche es bis hierhin.«

»Nö, Früchtetee. Das sagte ich bereits.« Bailey grinste noch breiter.

»Dann lass mich mal probieren!« Ich streckte die Hand nach seinem Getränk aus.

»Nö, alles meins.« Er legte den Arm schützend um Kanne und Becher.

Prompt rügte Caspar uns. »Pst, stört jetzt nicht den Ablauf des Spiels, John und Bailey. Das verstößt gegen die Regeln. Mel ist dran.« Wie immer führte er sich auf, als ging es um Leben und Tod. Dabei war es nur ein Spiel. »Die Regeln sollte man stets einhalten.«

»Unsinn«, murmelte ich. »Regeln sind da, um sie zu brechen. So hin und wieder.« Ich hob die Augen und sah Marian verstohlen an. *Komm, lass uns ein paar Regeln brechen,* sagte mein Blick. Für einen Moment sah sie ziemlich fassungslos aus. Und hingerissen. *Mmh.*

»Das sehe ich auch so.« Bailey nickte, dann fuhr er fort: »Darum mache ich jetzt weiter und nicht Mel.« Er zwinkerte ihr zu, sie errötete. Seltsam genug. »Ich bin mal mit kaputtem Keilriemen auf die Autobahn gefahren und prompt liegen geblieben. Damit habe ich einen riesigen Stau ausgelöst und kam sogar ins Fernsehen. Punkte habe ich auch kassiert. Selten dumm.«

Ich lachte, er stimmte mit ein.

Mel schüttelte in gespieltem Tadel den Kopf. »Es ist schon ewig her, bestimmt zwanzig Jahre. Ich bin mal zum Einkaufen gefahren und habe den Nudelauflauf im Backofen vergessen. Als ich zurückkam, öffnete die Feuerwehr mir die Tür. Zum Glück ist nichts Schlimmeres passiert.«

Caspar hüstelte. »So etwas richtig Dummes habe ich noch nie getan. Denn ich bin der Meinung, wenn man ein bisschen nachdenkt und nicht kopflos handelt, hält einen der Verstand von Dummheiten ab. Man muss nur auf ihn hören.«

Ich stöhnte auf. »Also echt, du Spielverderber.«

»Nun gut. Ich habe mal den Beleg von der Reinigung für den Lieblingsanzug deines Vaters verloren. Er denkt bis heute, die hätten das verschlampt. Dabei war ich das. Und du, John?«

Ich atmete tief ein. »Ich bin mal sturzbetrunken Auto gefahren und deswegen wäre beinahe jemand gestorben.«

Betretenes Schweigen. Keinem fiel etwas Tröstliches ein und auch kein Witz. Okay, damit hatte ich wohl gewonnen. Oder das Spiel gesprengt? Ich hätte etwas weniger Schlimmes nehmen sollen, doch es war plötzlich aus mir herausgebrochen. Weil ich wollte, dass sie es wusste. Auch wenn ich nicht wusste, warum ich das wollte.

Abrupt erhob ich mich und klopfte auf die Tischplatte.

»Genug gespielt. Ich gehe dann mal ins Bett. Bin todmüde.«

»Gute Nacht, John«, sagten alle nacheinander.

»Gute Nacht, John«, sagte auch sie. »Schlaf gut.« Sie hob die Augen und lächelte mich scheu an.

Na endlich. Mein Herz schlug höher. Für dieses Lächeln hatte ich mich ganz schön abgemüht. Umso schöner fand ich es.

»Danke, du auch, Marian.« Ich verzog mich nach oben.

❄

KAPITEL 22

John

Dennoch kroch ich in einer eher miesen Stimmung ins Bett. Dass ich unseren Kuss als das Schönste bezeichnete, was ich jemals erlebt hatte, ließ sie ungerührt. Zumindest tat sie so. Auch wenn sie mir danach ein kleines Lächeln geschenkt hatte, würde sie heute Nacht bestimmt nicht zu mir kommen. Tja, was hatte ich auch erwartet? Keine Frau mochte es, angeschnauzt zu werden.

Noch etwas lag mir wie ein Stein im Magen. Das Dümmste, was sie getan hatte, war eine Affäre mit einem verheirateten Mann, von dem sie nicht wusste, dass er verheiratet war? Ohne es zu wissen, wiederholte sie ihre Dummheit. Mit mir.

Denn ich war ebenfalls ein bisschen verheiratet, wenn auch ungewollt. Und das wusste sie auch nicht. Nach ihrer miesen Erfahrung mit Gabriels Erzeuger brauchte man kein Hellseher zu sein: Sie würde ausrasten, wenn sie das erfahren würde. Spätestens dann würde sie noch mehr auf Abstand gehen.

Ganz toll, John. Ich hätte es ihr von Anfang an sagen sollen. Nein, Unsinn. Schließlich konnte ich nicht ahnen, dass sich zwischen uns etwas entwickelte. Oder sollte ich mich etwa so vorstellen: *Mein Name ist John Christmas, ich bin unfreiwillig verheiratet, denn meine Frau ist verschwunden und ich kann mich nicht von ihr scheiden lassen.*

Sybil. Alles was mit ihr zusammenhing, weckte in mir nur unschöne Erinnerungen. Weder wollte ich an sie denken, noch über sie sprechen. Verständlich, nach allem, was ich mit ihr erlebt hatte.

Als wir uns vor fünfeinhalb Jahren kennenlernten, schlug es heftig ein. Der Sex war toll und ich verliebte mich Hals über Kopf in sie. Überstürzt heirateten wir. Das war ihre Idee, nicht meine. Kurz vor der Heirat kam ein Ehevertrag ins Spiel, auch nicht meine Idee. Den unterschrieb sie, ohne zu zögern, was mich in meiner Überzeugung bekräftigte, sie würde mich aufrichtig lieben. So wie ich sie.

Nach zwei Monaten ließ es schlagartig nach. Der Sex, die gemeinsamen Unternehmungen, sogar ihre Freundlichkeit. Genau zu dem Zeitpunkt, als sie sich den Ehevertrag richtig durchlas und feststellte, dass sie im Falle einer Scheidung von mir keinen Penny bekäme. Dass ihr nichts gehörte, außer die zahlreichen Geschenke, die ich ihr gemacht hatte. Von denen eines besonders groß war. Das alles genügte ihr aber nicht.

Ihre Stimmung sank und wurde täglich mieser. Als ich ihr immer öfter ihre kostspieligen Wünsche abschlug, wurde sie geradezu eisig. Sie verbrachte die Woche in London, mit ihren zahlreichen Freundinnen. Ich blieb allein in Snowhill Manor. Damals lebte ich noch hier und fuhr nur gelegentlich nach London in die Firma. Für mich hatte sie keine Zeit mehr, nicht einmal, um mit mir zusammen essen zu gehen. Lächerlich, immerhin war ich ihr Ehemann. Stattdessen hielt sie sich nur noch im Yoga-Zentrum auf und machte einen Yoga-Kurs nach dem anderen.

Der gemeinsame Aufenthalt in Snowhill Manor über Weihnachten war mein letzter Versuch, unsere Ehe zu retten. Aber sie war den ganzen Tag schlecht gelaunt, telefonierte nur in ihrem Zimmer oder verschwand mit dem Handy im Wald.

Ich musste mich der traurigen Wahrheit stellen. Meine Ehe war gescheitert und das nach vier Monaten. Was viel schlimmer war: Mich beschlich der Verdacht, dass sie es von Anfang an nur auf mein Geld abgesehen hatte.

In meinem Liebeswahn wollte ich es dennoch nicht wahrhaben, bestellte ihr teuren Schmuck und schmückte das Haus, ähnlich wie Marian es heute getan hatte. Sybil fand das alles nur lächerlich und spießig. Nach Weihnachten wollte sie mit mir reden und klar Schiff machen, so drückte sie es aus. Das klang nicht gut.

In dieser düsteren Stimmung gingen wir in den Pub und betranken uns heftig.

Dass ich mich trotzdem ans Steuer setzte, war hochgradig fahrlässig. Es gab diesen Schleichweg am Fluss vorbei, den hier in der Gegend schon jeder genommen hatte, wenn er im Pub zu viel getrunken hatte. Dort lauerte mit Sicherheit keine Polizeikontrolle. Es waren auch nur ein paar Meilen, fast hätte man zu Fuß laufen können – wären wir nur zu Fuß gelaufen. Dann wäre das alles nicht passiert.

Stundenlang wälzte ich mich schlaflos herum. Das weihnachtlich geschmückte Haus, die Frau mit den roten Haaren, die nur ein Zimmer weiter schlief. Die mich an Sybil erinnerte, aber ganz anders war als sie.

Unheilvoll. Das war mein letzter Gedanke, bevor ich in

einem tiefen Schlaf versank und das Gefühl zu sinken, nahm ich mit in meine Träume.

So tief war ich noch nie getaucht. In keinem der Träume zuvor. Schwarzer Schlick am Boden. Dunkle Algen, die sich wie Arme nach mir ausstreckten und mich umschlingen wollten. Die Oberfläche schier unerreichbar.

Vor allem war sie von einer dicken Eisdecke verschlossen. Bei meinem Sprung in den Fluss hatte ich mich vom Einstiegsloch entfernt, das der Wagen ins Eis gerissen hatte und war seitlich weggetaucht. Bloß zu welcher Seite? Jetzt fand ich es nicht mehr. Die Strömung hatte mich zu weit abgetrieben und es war stockdunkel.

Wo war der verdammte Ausstieg? Meine Panik stieg. Die Atemnot sprengte meine Lungen und ließ sie fast explodieren. Die Nixe mit den roten Haaren tauchte auf, stärker denn je, und zerrte an meinen Beinen. Ihre Arme legten sich in einem Klammergriff um meinen Brustkorb. Unerbittlich zog sie mich auf den Grund. In wilder Angst schlug ich um mich, öffnete den Mund zu einem Schrei. Wasser strömte hinein und flutete meine Lunge.

Doch oben durchs dicke Eis schimmerte es silbern. Ein kleines, unübersehbares Licht. Vielleicht ein sanfter Sternenschimmer?

Da musste ich hin! Ich wehrte die Nixe ab, stieß sie von mir weg. Mit einem kräftigen Beinschlag schob ich mich nach oben. Unaufhaltsam, dem Licht entgegen, schoss ich förmlich durchs Wasser. Mein Kopf bollerte gegen die Eisdecke. Immer wieder. Die Todesangst überbordend. Mit der Faust hämmerte ich verzweifelt gegen das Eis, doch es hielt. Mir wurde schwarz vor Augen.

Ich ertrinke! Und dann … Wie durch ein Wunder

erschien das Einstiegsloch plötzlich über mir. Im letzten Moment tauchte ich nach oben und holte tief Luft.

»O Gott!«, gurgelte ich und schlug panisch um mich. Schnappte hysterisch nach Luft, bis ich begriff, dass ich nicht im Fluss ertrank. Sondern dass ich in meinem Bett lag und die Sterne silbern in mein Schlafzimmer blinkten. Ich war gerettet. Bloß wie? Bis heute wusste ich nicht, wie ich es am Ende doch geschafft hatte.

Und da war sie. »John.« Sie breitete ihre Arme aus. Noch halb im Schlaf umschlang ich sie wie ein Ertrinkender und klammerte mich an ihr fest. Mein Herz jagte, schmerzend vor Angst. Meine Lungen taten bei jedem Atemzug weh und fühlten sich an wie vernarbt.

»John«, flüsterte sie und strich mit ihrer warmen Hand über meine Stirn. »Es war nur ein Traum.« Ihre Stimme klang meilenweit entfernt.

Sie küsste meine Stirn, ganz sanft. Und meine Augen, noch sanfter. Sie stockte. »Salzig«, flüsterte sie und drückte meinen Kopf an ihre Brust. Sie hielt mich fest, bis ich wieder zu mir kam. Bis meine Atemzüge ruhiger wurden und mein Herz nicht mehr so raste.

Unablässig strich sie über mein Haar und sprach auf mich ein. »Hab keine Angst. Alles ist gut, John.« Ihr sanftes Gemurmel und ihr gleichmäßiger Herzschlag beruhigten mich. Lange lagen wir nur so da. Ihr warmer Körper spendete mir Wärme und ihre Arme hielten mich, bis ich mich aus der Umklammerung des Traumes befreien konnte. Die schweren Traumschatten verschwanden.

Mit einem tiefen Seufzer barg ich mein Gesicht in ihrem Haar und sog ihren wunderbaren Duft in mich ein. Sie roch nach Sommer und nach warmem Gras. Ihr Duft verjagte den Geruch, den dieser Traum immer mit sich brachte. Nach Schnee, nach Eis und nach Blut, das mein eigenes war. Und nach abgrundtiefer Verzweiflung.

Wie in Trance suchte mein Mund nach ihren Lippen, die so herrlich süß schmeckten. Ich wollte ihr nur nahe sein und Trost in ihr finden. Sie öffnete ihre Lippen, unsere Zungen berührten sich und spielten miteinander, zärtlich und sanft. Ich trank von ihren Lippen und sie erweckte mich wieder zum Leben.

Natürlich erregte mich das alles, doch es war eher eine sanfte Erregung wie ein leiser Windhauch tief aus meinem Inneren. Wärmend und schön. Langsam baute sich Hitze in mir auf und verstärkte sich. Unsere Körper verknoteten sich ineinander, genau wie unsere Zungen, die sich immer fester umschlangen. Meine Erregung wuchs.

Sie drängte sich an mich und unser Kuss wurde leidenschaftlicher. Ich presste mich an sie, ließ sie meine Härte spüren und sie gab diese kehligen Geräusche von sich, die mich schon öfter aus der Fassung gebracht hatten. So wie jetzt auch. Meine Hand tastete nach ihr, sie hatte ihren falschen Bauch um.

»Mit dem Bauch geht das nicht so gut«, flüsterte sie. »Er ist auch total empfindlich, nicht berühren bitte.«

»Ja, ist gut. Nein, ich berühre ihn nicht.« Ich wollte auch nicht aufs Ganze gehen, nicht wie heute Morgen, sondern sie einfach nur halten und küssen. Der Traum hatte mich mehr mitgenommen als die Tage zuvor und mir viel Kraft geraubt. Doch da war diese besondere Stimmung, die zwischen uns schwang. Diese innige Vertrautheit wollte ich auskosten und intensiver spüren. »Nur ein bisschen küssen. Und streicheln.«

»Wir könnten uns ein bisschen anfassen«, flüsterte sie. »Willst du?«

»Mmh, ja.« Ich musste lächeln. Petting wie die Teenager. Das gefiel mir.

Sie nestelte an meinen Boxershorts und ich grub mich in ihr Höschen.

Ihre Hand schloss sich fest um mich und liebkoste mich. Mit kaum wahrnehmbaren Bewegungen schob sie sich auf und ab. Kaum spürbar, aber unerbittlich. *Und so gut.* Meine Finger versanken in ihrer feuchten Mitte. Sie war so heiß. Und weich wie Butter. Immer tiefer schoben sich meine Finger in sie hinein und liebkosten sie. Sie stöhnte dumpf in meinen Mund und es dauerte nicht lange, bis sie unter meinen Berührungen ekstatisch zuckte. Ihre Hand bewegte sich schneller, ich stoppte sie.

»Noch nicht, es ist so wahnsinnig gut. Lieber du nochmal.« Stattdessen ließ ich sie immer wieder kommen, was mich mit jedem Mal selbst an den Rand der Explosion brachte. Weil ihre Küsse so gierig wurden, weil ihre Lust so unverstellt war und sie meine Berührungen so offensichtlich genoss. Und sie stieß diese Laute aus, die immer wilder wurden …

Wir küssten uns unablässig und ich streichelte sie unablässig. Es fühlte sich sanft an und unschuldig. Und so zärtlich. Ich schmeckte ihre Zunge und kostete sie völlig aus, mit allen Sinnen. Sie zitterte unter mir und wenn ich weiterginge, würde sie mitmachen und es würde ihr mit Sicherheit gefallen. Aber nicht heute. Morgen.

»Du auch, John.« Ihre Hand bewegte sich schneller und jetzt ließ ich sie gewähren. Eine enorme Welle baute sich in mir auf und spülte mich fort, stärker als ich es jemals erlebt hatte. Als ich kam, versank ich in ihren Augen, diesen wunderbaren grünen Sternen. Sie kam mit mir zusammen, heftiger als zuvor. Sie stieß einen kleinen Schrei aus, in mir zog sich alles zusammen. Ihr Blick bohrte sich in meinen und riss mich mit in die Tiefe. Auf diese Weise würde ich gern jeden Tag ertrinken. Wenn sie mich dabei halten würde.

Es war sogar schöner, als sofort mit ihr zu schlafen. Wir zögerten es hinaus und es fühlte sich richtig an. Müdigkeit stieg in mir hoch und auch ihre Bewegungen wurden matter, ihre Zunge schwerer, und ihre Hand löste sich, unerbittlich bis zum Schluss.

Ich schlang mein Bein um ihre Hüften und meine Arme um ihre Schultern und zog ihr Gesicht an meins, bis ihre Stirn meine berührte. Wir sprachen lange nicht, rangen beide nach Atem. Dann lächelten wir beide, ich strich sanft über ihre Wange.

»Es tut mir leid, dass ich heute so schroff zu dir war.« Ich zog die Decke wieder über uns.

»Ja, ich weiß.«

»Weihnachten und ich, das ist ein wenig problematisch. Sei mir nicht mehr böse, bitte.«

»Bin ich nicht. Sonst wäre ich nicht hier.«

»Danke, das ist lieb von dir.« Ich küsste ihr Haar. »Bleibst du noch ein bisschen bei mir?« Das fragte ich sie jedes Mal, wenn sie zu mir kam.

»Ja.« Ein Lächeln schwang in ihrer Stimme.

»Ich fühle mich dir so vertraut«, flüsterte ich.

»Ich mich dir auch.« Sie presste ihre Lippen auf meine.

Ich fühlte mich in ihrer Anwesenheit um Jahre verjüngt. Die ganze Bitterkeit, mein Zynismus und die innere Kälte, die mir zur zweiten Natur geworden waren, alles fiel von mir ab. Als wäre ich zu meinem jüngeren Ich zurückgekehrt.

Zum siebzehnjährigen Jungen, der seine Freundin an der Hand hält, mit ihr die ersten sexuellen Erfahrungen sammelt und sich dabei Hals über Kopf in sie verliebt.

Ich schlief ein, mit ihren Lippen an meinen.

❄

KAPITEL 23

22. Dezember

Marian

John und ich alberten am Küchentisch herum. Bis kurz vor sieben hatte ich in seinem Bett geschlafen, dann weckte mich Gabriels leises Gebrabbel und ich schlich zu ihm. Er war noch nicht hungrig, also duschte ich mich schnell ab und kleidete uns beide an. Zufällig traten John und ich gleichzeitig aus unseren Schlafzimmern und mussten schallend lachen, keiner wusste, warum. Er nahm mir Gabriel ab und wir gingen gemeinsam nach unten.

In der Küche neckte er mich und warf drei Stücke Zucker in meinen Kaffee, obwohl ich ihn schwarz trank. Dafür streute ich ein wenig Salz in seinen und prustete über seinen angeekelten Gesichtsausdruck. Mit einem Lächeln löffelte ich mein Schoko-Müsli.

»Ihr habt ja gute Laune, ihr zwei.« Mel grinste, räumte

die Tassen ab und stellte vor jeden einen frischen Kaffee hin.

»Stimmt.« Ich kicherte über Johns Miene.

»Na, warte. Das gibt Rache.« Er griff unter den Tisch und packte eine meiner Haarsträhnen, dann zog er sanft daran. Gerade, als ich den Löffel zum Mund führen wollte. Er schlug gegen meine Lippen, Milch spritzte hoch und kalte Milchtropfen rannen über mein Gesicht.

Für einen Moment war ich perplex. »Hey, was soll das?«, sagte ich empört.

Er lachte leise, Gabriel quietschte vor Freude. Ich musste auch kichern.

»John, das macht man aber nicht«, sagte Mel in gespieltem Tadel. Sie verkniff sich ein Lächeln und ging in den Nebenraum.

»Sieht ein bisschen pervers aus«, flüsterte er mir zu. »Überall dieses weiße Zeug.« Dann tupfte er mit seiner Serviette die Milch von meinen Wangen und meiner Nase.

»Oh!« Ich prustete unterdrückt. Gabriel jauchzte und schüttelte seine Flasche nach allen Seiten, so dass überall Milchtropfen herumspritzten. »Na, da hast du ihm etwas Schönes gezeigt.« Ich musste mir das Lachen verbeißen. »Nein, Schatz, mit Essen spielt man nicht. Schön trinken.«

»Genau, Buddy, spiel nicht mit deinem Essen.« John grinste breit. Gabriel nickte und setzte die Flasche wieder zum Trinken an. John spähte in Richtung der Vorratskammer, in der Mel weiter hantierte, leise vor sich hin murmelnd. »Es gibt so schöne andere Spielsachen.« Er lächelte schelmisch, dann fasste er mir an die Brust, ganz leicht nur, und strich mit dem Daumen darüber. Ein Busengrapscher? Und das am Frühstückstisch?

Mir fiel der Löffel aus der Hand. »Was tust du da?«

»Ach, nichts.« Er aß wieder weiter. »Ich bereite mich nur auf die nächste Nacht vor.« Er lachte in sein Müsli, dann hob er seinen Blick. Heftiges Verlangen stieg in mir auf, lodernd und wild, so dass ich kaum mehr atmen konnte. »Vielleicht«, fügte er hinzu und sah mir tief in die Augen.

»Ja, vielleicht.« Das Blut wallte nur so durch meinen Körper und schoss in mein Gesicht. Mir wurde heiß.

»Süß. Wenn du so verlegen wirst.« Er lächelte verschmitzt. Am liebsten hätte ich ihn an mich gezogen und geküsst. Wie letzte Nacht. »Einen Penny für deine Gedanken.« Seine Stimme klang rau.

Ich setzte zu einer Antwort an, da klingelte es. Jemand war am Tor und wollte eingelassen werden.

»Ah, da sind sie ja endlich.« Mel nahm den Hörer für die Türschließanlage ab. »Guten Morgen, meine Lieben. Kommt herein.« Sie betätigte den Türöffner, dann sagte sie an uns gewandt: »Meine Putzelfen sind im Anmarsch.«

»Oh Gott, das Putzgeschwader!« John schnappte sich seine Müslischale und die Kaffeetasse. »In der Bibliothek wird nicht geputzt, dass das klar ist. Putzfreie Zone.« Er erhob sich von seinem Stuhl.

»Schon klar, John.« Mel nickte. »Wie jedes Jahr.«

»Wer ist das?«, fragte ich, verwundert über seinen hektischen Aufbruch.

»Ach, nur ein paar Frauen aus dem Dorf.« Mel winkte ab. »John tut nur so. Sie sind total nett.«

»Klatschweiber«, flüsterte John mir zu. »Ganz schlimme. Bis später.« Er verließ fluchtartig die Küche.

Das Putzgeschwader. Ich musste über diesen Ausdruck noch lächeln, als John schon minutenlang weg war.

»Dada.« Gabriel zeigte auf die Tür, durch die John verschwunden war.

»Ja, er kommt später wieder.« Ich strich über seine Locken. Er nickte und nuckelte weiter an seiner Flasche.

Ich fühlte mich wie verzaubert von letzter Nacht, auch wenn außer heißem Petting nichts passiert war. Es war schön gewesen. Zärtlich und total aufregend. Und wenn wir erst miteinander schlafen würden … Erregung floss heiß durch meine Adern und legte sich schwer über mich. Ich konnte es kaum erwarten. Auch wenn das Ganze ungewöhnlich war, immerhin kannten wir uns erst sechs Tage. Und ich stieg einfach so in sein Bett? Ja, weil es sich natürlich anfühlte und ich mich zu ihm hingezogen fühlte. Wie von einem Magneten oder einer unsichtbaren Macht.

Zwischen uns schwang eine besondere Vertrautheit. Auch etwas anderes. Etwas Wunderbares, für das ich keine Worte fand. Es legte sich über mich wie ein sanfter Schleier, ließ mein Herz aus dem Takt geraten und heftig stolpern. Ein Glühen tief in meinem Inneren, das mit jedem Tag und mit jedem unserer Küsse stärker wurde.

In der Erinnerung spürte ich seine Lippen auf meinen und seine Hände, die über meinen Körper streichelten. Die mich überall berührten und nur meinen Bauch aussparten. Weil ich ihn darum gebeten hatte.

Wiederum quälte mich mein schlechtes Gewissen. Es war nicht in Ordnung, dass er den wahren Grund meiner Anwesenheit nicht kannte und dass er glaubte, ich wäre schwanger. Dazu war er auch noch so rücksichtsvoll … Ich sollte mit Caspar reden und ihn bitten, dass wir das endlich aufklärten.

Frauenstimmen drangen aus der Halle, gefolgt von Gelächter und Geschnatter. Die Putzfrauen waren da. Wie Mel erzählte, kamen sie jedes Jahr kurz vor Weihnachten und putzten das komplette Erdgeschoss. Es war zu viel Arbeit für sie, auch noch das Haus in Ordnung zu halten. Dafür war es einfach zu groß.

Gabriel wurde unruhig und wollte aus dem Hochstuhl klettern. Ich lenkte ihn ab. »Schau mal, was ich hier habe.« Ich nahm die große Rolle Silberfolie hervor, die ich in einem der zahlreichen Weihnachtskartons gefunden hatte. »Wir basteln Sterne, machst du mit, Gabriel?« Er stellte seine Flasche ab und sah mich erwartungsvoll an.

Ich gab ihm ein kleines Stück Silberpapier und er riss ein Fitzelchen davon ab. »Da!«

»Ja, toll, Schatz. Nicht essen!« Er nickte, vertieft in seine Arbeit, und ich schnitt schnell ein paar Sterne aus.

Eine Viertelstunde später fing er an zu quengeln und ich hob ihn aus seinem Stuhl. »Jetzt kleben wir die Sterne im Wohnzimmer ans Fenster. Ja?« Er klatschte begeistert in die Hände. Mit ihm auf dem Arm betrat ich das Wohnzimmer, wo die Frauen Staub wischten und aufräumten. Sie waren zu dritt, trugen bunte Putzkittel über ihren Jeans und Pullis, eine hatte ein lila Kopftuch an. Mel balancierte auf einer kleinen Leiter und hängte einen Vorhang auf. Da kam ich wohl eher ungelegen.

Ich machte einen Schritt rückwärts. »Sorry, ich wollte nicht stören. Wir kommen später wieder.«

Die Frau mit dem lila Kopftuch ließ ihr Staubtuch sinken. »Huch! Für einen Moment dachte ich, das wäre …«

»Ja, ich auch. Nur kurz.« Die zweite Frau, klein und grau gelockt, trat an uns heran.

»Bleiben Sie ruhig hier, Mrs Christmas«, sagte die dritte. Sie wischte sich die Hände an ihrem gelben Kittel ab und folgte der Grauhaarigen, genau wie die mit dem lila Kopftuch. »Erst wenn wir feucht wischen, brauchen wir das Zimmer für uns allein. Bis dahin ist es kein Problem.« Freundlich lächelnd umringten uns die drei und musterten Gabriel.

Mrs Christmas? Äh, nein. »Nennen Sie mich Marian«, sagte ich.

»Oh, wie nett von Ihnen. Lucinda mein Name«, sagte die Frau mit den grauen Locken.

»Gertrude.« Die Frau mit dem Kopftuch lächelte.

»Und ich bin Hannah.« Die Frau mit dem gelben Kittel machte einen kleinen Knicks. Das fand Gabriel lustig. Er zeigte auf sie und krähte.

Lucinda schmunzelte. »Wie goldig. Was für eine Freude, dass John still und heimlich Vater geworden ist.«

»Und so ein hübsches Kind.« Gertrude stützte sich auf ihren Schrubberstiel.

»Haargenau wie der kleine John«, meinte Hannah. »Er ist ihm wie aus dem Gesicht geschnitten. Oder?« Sie nickten einander bestätigend zu.

Hilfesuchend sah ich zu Mel, sie zuckte nur mit den Schultern. Am besten würde ich mich gar nicht dazu äußern.

Dann fiel einer von ihnen auf, dass ich schwanger war. Vielmehr so aussah.

»Oh, wie schön. Da ist ja ein weiteres Christmas-Baby unterwegs.« Sie hielten die Hände vor den Mund und kicherten. »Da ist John aber fleißig gewesen.«

Gegen meinen Willen musste ich lachen. »Oh ja, sehr fleißig.« Ich strich über meinen Kunstbauch und warf Mel einen weiteren fragenden Blick zu. Doch sie tat so, als hätte sie es nicht gesehen und befestigte weiter den Vorhang an der Stange.

»Gibt's heute auch 'nen Kaffee, Mel?«, fragte Lucinda. »Sonst kümmerst du dich immer besser um uns.« Sie zwinkerte mir zu.

»Entschuldigung. Du hast natürlich recht. Bin gleich wieder da.« Langsam stieg Mel von der Leiter herab und verließ zögerlich den Raum. Als wollte sie mich nicht mit den Frauen allein lassen.

»Das freut mich wirklich sehr. John ist ein so lieber Mensch. Ich kenne ihn schon, seitdem er so klein ist.« Lucinda hielt ihre Hand ungefähr einen Meter über den Boden. »Aber was damals mit ihm passierte …«

»Was sie ihm *angetan* hat«, verbesserte Gertrude.

»Das hat er nicht verdient«, schloss Hannah und fügte mit ernstem Gesicht hinzu: »Niemand hat so etwas verdient.«

Sie sprachen wohl von dieser Sybil. Ich wusste nicht, was ich dazu sagen sollte, wandte mich ab und ging mit Gabriel zum Fenster.

»Lass uns die Sterne ankleben, Gabriel.« Ich setzte ihn auf den Boden. Mit Klebestreifen befestigte ich einen Stern, dann eines seiner Kunstwerke, einen kartoffelförmigen Fetzen. »Das ist der Mond, er bewacht die Sterne.« Voller Stolz patschte er an die Fensterscheibe. »Ja, das hast du toll gemacht.«

Während sie durch den Raum huschten, aufräumten und die Sofakissen aufschüttelten, redeten sie munter weiter.

»Und auch noch ausgerechnet in der Weihnachtsnacht.«

»Ja und auf diese Art und Weise.«

Damit meinten sie bestimmt, dass Sybil sang- und klanglos verschwunden war. Ja, das war wirklich gemein von ihr.

»Fast erfroren«, murmelte Gertrude. »Das muss man sich mal vorstellen.«

»Wenn der alte Jenkins nicht zufällig die Abkürzung genommen hätte …«

»Hör bloß auf«, murmelte Hannah. »Mich gruselt es

heute noch, wenn ich nur darüber nachdenke. Da, sieh mal, Gänsehaut.« Sie hielten die Arme nebeneinander.

»Ja, ich auch.«

»Und ich erst. Schau.«

Nur langsam sickerten die Worte in meinen Verstand. *Fast erfroren?* Wovon sprachen sie?

»Sechs Wochen im Krankenhaus. Unglaublich.«

»Dass er das überhaupt überlebt hat, ist ein Wunder.«

»Ja und was für eins. Ein richtiges Weihnachtswunder. Entschuldigung, aber das wühlt mich immer so auf. So ein lieber Junge.« Lucinda schnäuzte sich trompetend in ihr Taschentuch.

Ich hatte keine Ahnung, wovon sie redeten, aber mir sträubten sich alle Nackenhaare. Ein Schauer nach dem anderen lief über meinen Rücken.

»Ich wünschte, sie würde im Gefängnis landen«, tuschelten sie weiter. »Für lange, lange Zeit.«

»Von mir aus für dreißig Jahre! Nein, für immer und ewig.«

»Oh ja! Abartig, ich kann's nicht anders nennen.«

»Ja, und wie.« Eine kleine Pause. »Am Ufer zu sitzen und zuzuschauen, wie er ertrinkt.«

Es war, als würde eine große Welle über mir zusammenschlagen. Für einen Augenblick bekam ich keine Luft mehr. Jetzt ergab alles einen Sinn. Seine schlimmen Albträume. Seine heftige Aversion gegen Weihnachten.

Das Blut rauschte förmlich durch meinen Körper und fiel in meine Füße. Sie hatte ihn nicht nur verlassen, sondern versucht, ihn umzubringen? Zumindest hatte sie tatenlos dabei zugesehen, wie er beinahe ertrank? Was um Himmels willen war vor fünf Jahren passiert?

Lucinda räusperte sich. »Wir sollten Mrs Christmas nicht mit den alten Geschichten langweilen.«

»Ja, zudem sie unschön sind und überhaupt nicht weihnachtlich.«

»Stimmt, Entschuldigung, Mrs Christmas.«

»Marian.« Das war alles, was ich hervorbrachte. Ich rappelte mich vom Boden auf und hob Gabriel auf meinen Arm. Dann stakste ich an den dreien vorbei zur Tür.

»Wenn das Wetter besser ist, könnte mein kleiner Enkel zum Spielen vorbeikommen?« Lucinda sah mich fragend an. »Natürlich nur, wenn Sie das möchten. John hat auch immer mit den Kindern aus dem Dorf gespielt.«

»Ja, sicher, das wäre schön.« Wie durch einen Nebel hörte ich mich sprechen. Meine Gedanken überschlugen sich. Ich sah John am Boden liegen. Durchnässt auf dem eiskalten gefrorenen Gras. In einer eisigen Winternacht.

Fast erfroren.

»Ich muss Gabriel ins Bett bringen. Fröhliche Weihnachten Ihnen allen.« Ich rang mir ein Lächeln ab und schaffte es irgendwie, das Wohnzimmer zu verlassen.

»Ja, sicher. Fröhliche Weihnachten, Mrs Christmas und eine leichte Geburt!« Sie winkten mir hinterher.

»Danke.« Wie benommen stieg ich mit Gabriel die Treppe hoch. Meine Beine waren schwer wie Blei.

»Marian?« Mit erschrockenem Gesicht trat Mel unten an die Treppe, in der Hand ein Tablett voller Tassen.

Ich schüttelte den Kopf und lief weiter. Oben im Zimmer legte ich Gabriel in sein Bettchen und deckte ihn zu. Er rollte sich zur Seite, seine Augen fielen zu. Wie in einem Schockzustand blieb ich stehen. Minutenlang.

Wenn ihn nicht jemand durch Zufall gefunden hätte, dann wäre er jetzt tot und ich wäre nicht hier in seinem Haus.

Wir hätten uns nie kennengelernt und uns nie geküsst. Ich hätte nie seine wunderschönen Augen gesehen und sein strahlendes Lächeln. Was er erlebt hatte, war schlimmer als alles, was ich jemals gehört hatte. Und ich hatte mit ihm wegen eines blöden Tannenbaums und Weihnachtsdeko gestritten? Vielleicht alte Wunden aufgerissen, ohne es zu wissen?

Es war doch kein Wunder, dass er mit Weihnachten nichts mehr zu tun haben wollte. Dennoch war er lieb und zärtlich zu mir, und so süß zu Gabriel.

Wir hätten uns beinahe nie kennengelernt. Er wäre jetzt tot.

Ich fiel aufs Bett und weinte bitterlich.

❄

KAPITEL 24

Marian

Ein paar Stunden später hatten die Frauen das Haus wieder verlassen. John hielt sich weiterhin in der Bibliothek auf und hörte laut Rockmusik. Ich war nach unten in die Küche gegangen, während Gabriel oben noch schlief. Alle hatten sich dort versammelt, denn Mel hatte ihnen Bescheid gesagt, dass ich nun alles wusste. Die ganze Wahrheit.

Mit betretenen Mienen standen sie um mich herum.

»Ihr habt mich die ganze Zeit belogen? Ich fasse es nicht.« Nacheinander sah ich sie an. »Und noch weniger fasse ich, was ich heute gehört habe. Dass er … dass er beinahe …« Ich konnte es nicht aussprechen. Sofort stiegen wieder Tränen in meine Augen.

»Es tut uns leid.« Mel ließ sich mir gegenüber auf einen Stuhl fallen. »Wir dachten, dass es dich zu sehr erschreckt und dass du abreist.«

»Das wollten wir aber nicht«, gestand Bailey. »Denn du tust ihm gut.«

»Ihr beide tut ihm gut«, fügte Caspar hinzu.

»Wenn ich gewusst hätte, wie dramatisch das war.« Immer wieder schüttelte ich ungläubig den Kopf. »Nein, so kann ich nicht bleiben. Ja, sicher will ich abreisen! Was denn sonst?!« Jetzt kam mir alles noch schlimmer vor. Er war fast gestorben und wir belogen ihn?

»Es geht ihm doch so viel besser durch eure Gegenwart.« Mel warf mir einen flehenden Blick zu.

»Ich habe ihn noch nie so viel lachen gehört wie in den letzten Tagen.« Bailey nickte bedächtig, dann nahm er neben Mel Platz.

Auch Caspar nahm sich einen Stuhl und setzte sich. »Ja, es ist eine eindeutige Verbesserung. Als würde alles Schlimme von ihm abfallen und er aus seiner Erstarrung erwachen. Endlich. Wir haben so lange darauf gewartet.«

»Bitte, Marian, nur noch drei Tage.« Mel beugte sich nach vorne und strich über meine Hand.

»Dann sagen wir es ihm. Am 25. Dezember. Gleich zu Mittag.« Bailey guckte lieb aus seinen großen, braunen Augen. Wie so ein Teddybär.

»Er vertraut mir. Ich habe mich Hals über Kopf in ihn verliebt.« Nein, es war viel mehr. Eine tiefe Verbundenheit, die sich so besonders anfühlte, dass ich nicht einmal darüber sprechen wollte. Nur mit ihm. »Wenn er jetzt erfährt, dass ich nicht ehrlich zu ihm war ... Das wird alles kaputtmachen?« Ich sah sie der Reihe nach fragend an. Wenn sie jetzt bedenklich schauten und damit zeigten, dass diese Lüge alles Schöne zwischen uns zerstören könnte – ich würde sofort in die Bibliothek gehen und reinen Tisch machen.

Doch sie schüttelten einhellig die Köpfe.

»Nein, das wird es nicht«, sagte Caspar bestimmt. »Er kann durchaus unterscheiden, ob jemand aus böser

Absicht lügt oder ob ein anderes Motiv dahintersteckt. Ein edleres.«

»Nein, so ist John nicht«, sagte Mel. »Das kann ich völlig ausschließen. Er wird es verstehen.«

»Nein, das wird nicht alles kaputtmachen«, sagte auch Bailey. »Da bin ich mir sicher.«

Erleichtert atmete ich auf. »Gut. Wenn ihr das meint, will ich euch das glauben. Ihr kennt ihn länger als ich. Was genau war damals passiert? Ich will es wissen. Nein, ich muss.« Auch wenn ich es nicht hören wollte. Das Wenige, was ich gehört hatte, nahm mich schon total mit.

Mel fing an: »Sie waren beide betrunken und kamen aus dem Pub. Das Auto kam von der Straße ab und stürzte in den vereisten Fluss. Sie rettete sich.«

Bailey fuhr fort: »Aber er dachte, sie wäre im Fluss untergegangen und versuchte, sie rauszuholen. Über Stunden. So dass er selbst beinahe ertrank.«

»Mein Gott, wie schrecklich«, flüsterte ich.

Caspar räusperte sich. »Ja. Sie saß am Ufer und beobachtete ihn seelenruhig bei seinen Rettungsversuchen. Er ist sich bis heute sicher, dass sie dort war. Auch wenn niemand anwesend war, der das bezeugen kann. Ich glaube ihm.«

Mels Gesicht versteinerte sich. »Dann lief sie nach Hause, nahm ihre gepackten Koffer und den Schmuck und verschwand.«

»Sie hat ihn zurückgelassen? Ohne sich um ihn zu kümmern?« Ungehemmt rannen die Tränen über mein Gesicht. Ich konnte nicht aufhören zu weinen.

Caspar nickte. »Ja, das hat sie. Jemand fand ihn morgens oben an der Straße. Seine Uhr war um drei stehengeblieben, wahrscheinlich zu dem Zeitpunkt, als er ins Wasser sprang. Er lag eine Woche im künstlichen Koma, denn seine Körpertemperatur war auf 32 Grad gesunken. Lungenriss. Schwere Lungenentzündung. In den ersten beiden Wochen sah es übel aus, dann ging es langsam aufwärts.«

»Das ist zu schlimm. Ich ertrage das nicht.« Meine Tränen strömten unaufhörlich.

»Sybil verschwand spurlos mit ihrem Yoga-Trainer, der auch ihr heimlicher Liebhaber war.« Bailey sprach betont sachlich, aber ich sah ihm an, wie sehr ihm das naheging. »Vermutlich in einen Ashram nach Indien, das meinte zumindest ihre beste Freundin. Seitdem hat niemand mehr etwas von ihr gehört.«

»Er tut mir so leid«, schluchzte ich. Ausgerechnet er, der so liebevoll und gutmütig war? Wie konnte sie ihm das antun? »Das macht mich total fertig. Wie soll ich ihm vorspielen, als wüsste ich das nicht? Ich weiß nicht, ob ich das schaffe.«

»Doch, du schaffst das«, sagte Mel. »Denn du bist stark.«

»Und das Lied? Was hat es mit *Last Christmas* auf sich?« Instinktiv spürte ich, dass es eine Rolle spielte.

Bailey räusperte sich. »Es lief im Radio, als der Wagen auf den Fluss schlitterte und in ihm versank.«

»O Gott! Ich habe es gestern gesungen, weil es mein Lieblingslied ist. *War.* Deshalb ist er so ausgerastet.« Ich schlug die Hände vors Gesicht. »Ich war noch über Stunden eingeschnappt. Obwohl er so lieb zu mir war, als wir Karten spielten, und er das über unseren Kuss sagte.« Jetzt hatte ich unser Geheimnis ausgeplaudert. Vermutlich hatten sie ohnehin gewusst, dass wir uns nachts heimlich trafen.

»Das konntest du nicht wissen. Dich trifft keine Schuld.« Caspar machte ein zerknirschtes Gesicht. »Eher uns, wir hätten dich in bestimmte Details vorher einweihen müssen.«

»Deswegen das Alkoholverbot?«, flüsterte ich. »Weil er betrunken Auto fuhr?«

»Ja. Er macht sich bis heute Vorwürfe deswegen. Wenn er nicht betrunken gewesen wäre, wäre der Unfall nicht passiert. Zumindest hätte er viel schneller begriffen, dass sie ihn im Stich gelassen hatte.«

»Deine Anwesenheit hilft ihm, über alles hinwegzukommen.« Bailey nickte ernst. »Er braucht dich hier.«

»Bitte bleib, Marian«, sagte Caspar.

»Nur noch drei Tage«, flehte Mel. »Dann hat er den schlimmen Tag überstanden, mit euch beiden an seiner Seite, und kann endlich die Vergangenheit hinter sich lassen.«

»Wenn wir es ihm jetzt sagen, kommt er nie über diesen Mist hinweg!« Bailey wischte sich mit der Hand über die Augen. »Ich wünsche es mir so sehr für ihn. Ja, auch für uns. Aber in erster Linie für ihn.« Er griff nach Mels Hand.

»Soll er es für den Rest seines Lebens mit sich herumschleppen müssen?« Caspar richtete seine Frage nicht direkt an mich, aber sie war für mich bestimmt. Zumindest fühlte es sich so an.

»Ja, das frage ich mich auch.« Mel schluckte schwer.

Die Tür der Bibliothek öffnete sich. Johns Stimme schallte durch den Gang. »Sind die Klatschtanten alle weg?« Dann murmelte er: »Oh, ich hoffe, sie sind weg, sonst haben sie das jetzt gehört.«

Mel stand zögernd auf und öffnete die Küchentür. »Ja, sie sind weg.«

»Wo stecken denn die anderen?«, fragte John.

»Hier in der Küche.«

»Haltet ihr wieder eine von euren geheimnisvollen Versammlungen ab?« Er lachte. »Ich komme auch gleich zu euch. Moment, Telefon.« Die Tür schloss sich wieder.

»Bitte, Marian.« Bailey ließ nicht locker. »Er quält sich schon seit fünf Jahren damit herum. Wir brauchen deine Hilfe. *Er* braucht deine Hilfe.«

Ich gab nach. Auch wenn es vielleicht falsch war, ihn zu belügen. Nein, es war auf alle Fälle falsch. Vielleicht würde ich ihn wegen meiner Lügen verlieren? Sybil hatte sein Vertrauen missbraucht, ich tat das auch, wenn auch aus völlig anderen Gründen. Wenn er das herausbekäme, würde es ihn mit Sicherheit verletzen und auch wütend machen. Aber noch falscher wäre es, ihn jetzt im Stich zu lassen. »Okay, noch drei Tage. Länger mache ich das auf keinen Fall mit. Am 25. Dezember sagen wir es ihm, ohne weitere Verzögerung.«

»Oh, danke!« Mel nahm mich in den Arm und küsste mich auf die Wange.

Caspar nickte ernst. »Ja, das machen wir. Dankeschön, Marian. Dein Gesicht. Wenn er sieht, dass du geweint hast …«

»Was tun?« Mel sah sich hektisch um.

»Hier!« Bailey schnappte sich eine Zwiebel aus dem Gemüsekorb und angelte ein Schneidebrett aus einer der Schubladen. Beides knallte er vor mir auf den Tisch. »Schnell, ein Messer!« Mel riss eins aus dem Messerblock und drückte es in meine Hand.

Ich fing mit Zwiebelschneiden an. Keine Sekunde zu früh, denn da trat John in die Küche.

»Was ist denn hier los?« Er machte ein betroffenes Gesicht, dann deutete er auf die Zwiebel und seine Miene hellte sich auf. »Ach so, ich dachte schon …«

»Es sind nur die Zwiebeln.« Tränenblind hackte ich ein paar Stücke ab und wischte mir mit dem Handrücken über die Wange.

»Wo ist denn Gabriel?«, fragte er. »Wir könnten ein bisschen rausgehen. Es ist so schön draußen.«

»Er hält Mittagsschlaf.« Ich lächelte unter Tränen. »Er wird bestimmt gleich wach.«

»DER SCHNEE IST NOCH SO TIEF, wir werden wieder steckenbleiben wie letztens. Ich hab's gerade überprüft.« John schloss die Haustür wieder hinter sich. »Ich habe eine bessere Idee, wie wir trotzdem an der frischen Luft sein können. Seid ihr fertig?« Er wickelte sich seinen Schal um.

»Was denn für eine Idee? Gleich.« Ich packte Gabriel in seinen Schneeanzug und zog ihm seine Mütze an.

»Moment, warte!« John verschwand kurz in der Bibliothek, dann kehrte er mit einem dunkelroten Daunenmantel zurück. »Der ist für dich.« Er legte ihn mir um die Schultern.

»Oh, er ist wunderschön. Und wie warm er hält. Danke.« Ich strich über den dicken bauschigen Stoff. Doch meine Freude währte nur kurz. Ein Mantel von ihr? Ich schluckte. Nach allem, was ich über sie wusste, wollte ich am liebsten nichts mehr von ihr tragen.

Als könnte er meine Gedanken lesen, sagte er: »Er ist neu. Den hat der Lieferdienst eben gebracht. Neue Stiefel auch.« Er stellte ein Paar schwarze Fellboots vor mir auf den Boden, diese weichen und gemütlichen, die so irre teuer waren. Solche hatte ich mir schon immer gewünscht.

»Das ist wirklich sehr lieb von dir.« Wieder schossen Tränen in meine Augen. Ich versuchte zu lächeln, aber es funktionierte nicht richtig.

»Hm, die Zwiebeln scheinen irgendwie nachzuwirken.« Er betrachtete mich nachdenklich. »Ist alles in Ordnung mit dir?«

»Ja, ich …« Ich fiel ihm um den Hals. »Dankeschön. Ich freue mich sehr darüber.« Beinahe hätte ich geheult wie ein Schlosshund. Ich presste mich so fest an ihn, dass mein

Bauch verrutschte. Es gab einen richtigen Ruck. O Gott, wenn er jetzt abfallen würde! Doch er hielt.

»Oh, was war denn das? Ich glaube, es hat mich gerade getreten.« Er lächelte und in seinen Augen blitzte der Schalk. Ob er doch irgendetwas wusste? Nein, das war unmöglich.

»Stimmt, richtig fest sogar.« Ich lachte nervös. »Das gab einen ordentlichen Rumms.«

Zum Glück wandte er sich ab, bevor er mitbekam, wie das Blut in meinen Kopf schoss. »Lass uns auf der Terrasse sitzen. Bailey hat schon den Schnee von den Fenstern weggeschaufelt und ein kleines Stück für uns freigeräumt.« Er ging durch das Wohnzimmer, öffnete die große Flügeltür und stieß sie auf. »Oder? Wenn uns kalt wird, können wir sofort reingehen. Das ist für Gabriel auch besser.«

»Ja, das ist eine gute Idee.« Ich folgte ihm mit Gabriel auf dem Arm. Endlos wellten sich die dick verschneiten Wiesen und fielen sanft hügelabwärts, so weit das Auge reichte. Riesige Bäume säumten die Fläche. Weiter entfernt standen Pappeln in einer Reihe, zwischen denen es bläulich glitzerte. War das ein kleiner Bach? Wie hübsch es aussah. Im Sommer wäre alles wunderbar grün, mit weiten Rasenflächen.

»Gefällt es dir?« Er trat neben mich und legte den Arm um meine Schulter.

»Wie in einem Märchen«, murmelte ich. »Ja, sehr. Wunderschön.«

»Mir auch. Im Sommer ist es hier auch schön.« Er lächelte vielsagend.

»Das kann ich mir gut vorstellen.« Mein Herz geriet ins Stolpern. Was meinte er damit? Mir schnürte es immer noch die Kehle zu, wenn ich an das dachte, was er erlebt hatte. Aber er lächelte und genoss den schönen Tag. Er ließ alles hinter sich, er versuchte es zumindest. Darum wollte ich seinem Beispiel folgen und das auch tun. Mit ihm den Tag genießen. Weil er es mehr als jeder andere Mensch auf der Welt verdient hatte, dass er glücklich war.

»Ich kann mir gerade auch etwas gut vorstellen. Ich habe so ein Bild im Kopf.« Seine Augen funkelten und sein Lächeln wurde noch breiter. Er zog mich näher an sich heran.

»Was denn für eins?«

Er kniff nachdenklich die Augen zusammen, dann sagte er: »Das erzähle ich dir lieber ein anderes Mal. Okay?«

»Ja, sicher.«

»Lass mich mal etwas ausprobieren. Darf ich? Gib ihn mir mal bitte.« Vorsichtig nahm er Gabriel von meinem Arm und stellte ihn vor sich auf den Boden. Er fasste ihn an beiden Händchen. »Komm, wir üben laufen, Buddy. Wenn du hier fällst, tut es gar nicht weh. Der Schnee ist ganz weich.« Dann stapften sie los. Gabriel setzte vorsichtig ein Bein vor das andere und krähte vor Stolz. John lachte. »Schau mal! Er läuft!«

»Ja.« Mein Herz wurde plötzlich weit und ein überschäumendes Glücksgefühl durchströmte mich. Wenn mich jetzt jemand fragen würde, was das Schönste war, was ich erlebt hatte, würde ich sagen: Gabriel und John.

Später setzten wir uns auf die Gartenstühle, die Bailey rausbrachte. Er stellte einen kleinen Tisch dazu und Mel brachte uns Kaffee und Plätzchen. Wir wurden dann wieder übermütig. John stopfte mir Schnee in den Nacken und ich rächte mich damit, dass ich ihm eine riesige Ladung mitten ins Gesicht warf. Wir balgten herum, auch wenn er eher vorsichtig war.

Keuchend ließ ich mich rücklings in den Schnee fallen. »Ich kann nicht mehr.«

»Hey, steh wieder auf. Es ist viel zu kalt auf dem Boden.«

»Nur kurz. Der Mantel hält total warm. Und die Stiefel erst. Wunderbar.« Mit einem Lächeln breitete ich Arme und Beine aus und bewegte sie schnell auf und ab. »Schau mal, ein Schneeengel.«

»Gute Idee.« Vorsichtig legte er sich neben mich, Gabriel im Arm. Er bewegte einen Arm und beide Beine. »Meiner ist nur halb, schade.«

»Wir können zusammen einen machen. Wenn jeder nur einen Arm und ein Bein bewegt, gibt es trotzdem den perfekten Engel.« Wir rückten nah beieinander. Genau so machten wir es. Er bewegte den rechten Arm, ich den linken. Zusammen bewegten wir die Beine. Dann lagen wir da und sahen in den wolkenlos blauen Himmel. Gabriel war inzwischen auf Johns Brust eingeschlafen.

»Es ist schön mit dir.« Er nahm meine Hand und drückte sie.

»Das wollte ich auch gerade sagen.« Wir lächelten uns an und mein Herz machte einen gewaltigen Sprung.

»Kaum zu glauben, dass wir uns erst ein paar Tage kennen.«

»Ja, das stimmt.« Ich nickte.

»Als du gekommen bist, habe ich dich gesehen. Von dort oben am Fenster.« Er deutete zum Haus.

»Ja? Du hast mich gesehen?«

»Ja, von Weitem. Dich und Gabriel, wie du dich durch den Schneesturm gekämpft hast.« Er lächelte, dann verzog er das Gesicht. »An diesem Tag war ich in keiner guten Verfassung. Genau genommen, ging es mir richtig mies. Wenn ich gewusst hätte, wie das alles wird …«

»Hättest du mich gar nicht erst reingelassen?«, scherzte ich.

Er grinste, dann wurde er ernst. »Nein. Ich wäre dir entgegengekommen und hätte nicht Bailey losgeschickt.«

Das war so schön, dass ich beinahe in Tränen ausgebrochen wäre. Ich legte meinen Kopf an seinen Hals. Eine Zeit lang sprachen wir nicht. Ich genoss das Gefühl seiner warmen Wange an meiner. Sanft strich er mir übers Gesicht und drückte einen Kuss auf meine Lippen.

»Komm, lass uns aufstehen und reingehen. Es wird zu kalt.« Er erhob sich und reichte mir seine Hand. »Darf ich dich zu einem Drink an der Bar einladen?«

Ich klopfte den Schnee von meinem Mantel ab. »Oh ja, das wäre toll. Jetzt ein heißer Glühwein mit ganz viel Rotwein oder einen Irish Coffee mit einem riesigen Whisky. Oder eine heiße Schokolade mit einem großen Schuss Minzlikör. Das wär's jetzt.« Ich geriet richtig ins Schwärmen und wurde immer begeisterter.

Ich hatte schon ewig nichts mehr getrunken. In der Schwangerschaft nicht, in den neun Monaten Stillzeit natürlich auch nicht. In den letzten Wochen hatte ich bestimmt nicht ans Feiern gedacht, sondern nur an unsere Geldprobleme. Mein letzter Drink lag Jahre zurück und ich hatte Lust auf einen ordentlichen Schuss Alkohol, fast schon egal, welcher.

John hob die Augenbrauen. »Ich dachte eher an einen Drink an der Milchbar.«

»An welcher Milchbar denn?« Ein wenig entsetzt sah ich auf meine Brüste. Hatte er etwa gerade gesagt, er wollte aus meinen Brüsten trinken? Verlegen bedeckte ich sie mit meinen Händen. »Da ist noch keine Milch drin, erst wenn das Baby da ist.«

Er riss die Augen auf und brach in schallendes Gelächter aus. Minutenlang prustete er vor Lachen. »Nein, ich meinte damit, du kannst höchstens eine Milch trinken. So als Schwangere.«

»Oh ja, natürlich.« Ich lachte ein bisschen gezwungen. Verdammt, schon wieder ein Fehler. Außerdem gab es das strikte Alkoholverbot, das bis nach Weihnachten galt. Daran hatte ich auch nicht gedacht.

»Die andere Alternative gefällt mir allerdings auch gut.« Er grinste breit, sein Blick streifte über meine Brüste.

»O Mann«, stieß ich leise hervor. Er verwirrte mich. Und sein Blick machte mich total wuschig.

»Ja?« In seiner Stimme schwang plötzlich etwas anderes. Zärtlichkeit und Begehren.

»Ich … nichts.« Meine Lippen pochten. Ich dachte an die letzte Nacht zurück und wie heftig es mit ihm gewesen war. Das Blut wogte förmlich durch meinen Körper, ließ meinen Unterleib sanft puckern und stieg mir ins Gesicht. Mir wurde heiß.

»Ich mag es, wenn du rot wirst.« Er nahm meine Hand, dann flüsterte er: »Hast du heute Nacht schon etwas vor?«

»Ich weiß nicht … und du?«

»Vielleicht.« Er lächelte spitzbübisch, zog mich an sich und küsste mich.

❄

KAPITEL 25

John

Nach dem Abendessen rührten Mel und Marian Teig an, um weitere Tonnen von Plätzchen zu backen.

Ich flüchtete in die Bibliothek und las ein bisschen, als ein Anruf über Skype kam. Ungewöhnlich, so spät am Abend.

Es war Eric, mein Hauptgeschäftsführer bei *Xendros.* Wir kannten uns schon seit Collegetagen, und als ich vor zehn Jahren die Firma gründete, hatte ich ihn eingestellt. Mittlerweile war er auch Teilhaber.

»Eric, was gibt's? Du bist noch im Büro?« Ich deutete auf seinen Anzug und die Umgebung im Hintergrund.

»Hi John, entschuldige die späte Störung. Ja, ich muss vor dem Urlaub noch ein paar Dinge organisieren. Du hast auf meine letzten E-Mails nicht geantwortet. Da dachte ich, ich rufe mal an. Alles okay bei dir?«

»Ja, sicher. Alles gut.« Ich wischte auf meinem Pad herum. »Hier ist nichts. Ich habe seit dem 19. Dezember keine E-Mails mehr von dir bekommen.«

Eric kratzte sich am Kopf und blätterte im Papierstapel neben sich. »Das kann nicht sein. Ich habe dir jeden Tag welche mit den Absatzzahlen geschickt, so wie du es wolltest. Doppelt schade.«

»Warum doppelt?«, fragte ich.

»An eine E-Mail habe ich einen lustigen Clip gehängt.« Er lächelte breit. »Total süß. Da isst ein Mädchen Risotto und …«

Ich hob die Augenbrauen. »Weihnachtszeug?«

»Nein, nur indirekt.« Er verzog das Gesicht, dann räumte er ein: »Okay, wenn du es genau wissen willst, es liegt auf Platz eins der Weihnachtswerbung, aber …«

»Also doch! Verschone mich mit lachenden Elchen oder sprechenden Backenhörnchen und Glöckchengebimmel im Hintergrund. Schick mir die E-Mail noch mal. Ohne Anhang.« Da das etwas schroff rüberkam, fügte ich hinzu: »Bitte.«

Er wirkte trotzdem eingeschnappt. »Gut. Wie du möchtest.«

»Na komm, es ist nicht böse gemeint. Du kennst meine Abneigung gegen Weihnachten.«

»Deine ausgewachsene Phobie?« Er grinste, dann wurde er ernst. »Sorry, John, ich hatte das nicht auf dem Schirm. Es ist ja schon ein Weilchen her … Entschuldigung, ausgerechnet ich sage das auch noch. Wie gedankenlos von mir.« Peinlich berührt hielt er sich die Hand vors Gesicht.

»Kein Problem.« Ich war nicht sauer. Es tat mir eher leid, dass er so schuldbewusst wirkte. Er hatte mir damals Sybil vorgestellt und deswegen immer noch ein schlechtes Gewissen. »Mach dir keine Vorwürfe, Eric.«

»Na ja, das tue ich trotzdem. Immerhin hast du sie durch mich kennengelernt und darum …« Er zuckte hilflos mit den Schultern.

»Es ist ewig her, wir sollten das endlich abhaken. Vielmehr ich.« Ich spürte Zuversicht. In diesem Moment fühlte es sich an, als könnte ich die ganze Sache in absehbarer Zeit hinter mir lassen. Die Vergangenheit abwerfen wie einen schweren Sack, den man am Rücken trug. Alles loslassen. Die Hände für etwas Neues öffnen.

»Ja? Ich freue mich, dass du das sagst.« Er betrachtete mich eingehend. Zögernd sprach er weiter: »Die letzten Jahre waren schwer für dich, stimmt's?«

»Ja, es war nicht leicht.«

»Aber jetzt wirkst du verändert. Das Landleben scheint dir richtig gut zu bekommen, du siehst viel besser aus als noch vor wenigen Tagen. Rundum entspannt. Das freut mich ehrlich.« Er klang richtig erleichtert.

Ich hatte keine Ahnung, dass er so besorgt um mich gewesen war? »Ich wusste nicht, dass man mir das an der Nasenspitze ansieht.« Ein breites Lächeln trat auf mein Gesicht.

»Oh doch, wer dich kennt, merkt es. Und wir kennen uns schon sehr lange. Wenn du länger bleiben möchtest, ist es kein Problem. Wir schaukeln den Laden auch ohne dich. Ohne dich sogar noch besser.« Er zwinkerte.

»Blödmann.« Ich grinste breit.

»Ich hab's dir schon öfter angeboten, du musst nicht jeden Tag im Büro anwesend sein. Wenn du dich dort wohl fühlst, warum verlängerst du deinen Urlaub nicht? Denk mal darüber nach. Früher hast du es auch anders geregelt. Bis bald und frohe Weihnachten. Auch wenn du das nicht magst.« Er grinste.

»Ja, bis bald. Danke, Eric. Dir auch frohe Weihnachten.« Ich kappte die Verbindung.

Eine schöne Vorstellung, die er in mir geweckt hatte. Wieder hier in Snowhill leben, ab und zu in die Stadt fahren. Die Vergangenheit hinter mir lassen und etwas Neues beginnen, mit ihr und dem Kleinen.

Die Zukunft schien plötzlich verheißungsvoll, wunderschön glitzernd wie in einem flirrenden Traum. Und mein Herz geriet für einen Schlag aus dem Takt.

❄

KAPITEL 26

John

Meine innere Uhr weckte mich Punkt drei. Zu meiner Verwunderung, ohne dass ich aus einem Albtraum hochschreckte. Wahrscheinlich, weil ich von unserem Ausflug in den Schnee ausgepowert war. Die frische Luft hatte mich müde gemacht, so dass ich meinen Albtraum glatt verschlief. Nein, Unsinn. Es war anders.

Insgesamt fühlte ich mich innerlich ruhiger. Auch tagsüber, nicht nur nachts. Es lag an Marian. Und an dem kleinen Knirps, der den ganzen Tag so drollige Sachen machte und mich zum Lachen brachte. Es war schön mit den beiden. Der Nachmittag im Schnee war traumhaft gewesen.

Noch nie hatte sich jemand über ein Geschenk so gefreut wie sie heute. Dabei waren es nur ein Mantel und ein Paar Stiefel, eher praktische Sachen. Kein teurer Pelzmantel oder sündhaft teure Manolo Blahniks. Wie ein Kind freute sie sich über kleine Dinge und wusste sie zu schätzen. Eine wunderbare und ansteckende Eigenschaft, die dazu führte, dass ich auch wieder auf Kleinigkeiten achtete und sie in vollen Zügen genoss.

Der knallblaue Himmel an einem herrlichen Wintertag bei strahlendem Sonnenschein. Mit ihr zusammen bedeutete es mehr als alle Diamanten der Welt.

Etwas anderes war auch sehr schön. Wie sie mich letzte Nacht geküsst und gestreichelt hatte. Petting wie die Siebzehnjährigen. Ein breites Grinsen stahl sich auf mein Gesicht. Auch wenn es nicht zum Äußersten gekommen war, fühlte es sich erotischer an als alles, was ich bisher getan hatte. Und das war eine Menge, vor allem in den letzten Jahren. Doch neben ihren heißen Küssen verblasste alles.

Ich hatte solche Lust auf sie. Prompt fiel mir ein Weihnachtsmann-Rutenwitz ein: Die Rute war mehr als bereit, die ungezogene Marian zu bestrafen, für all die Lügen, die sie mir über ihren Bauch erzählte. Heute würde die Bestrafung sehr streng ausfallen. John Christmas würde dieses Mal keine Gnade walten lassen und sie richtig hart rannehmen mit seiner Rute. Oh Gott, zum Glück belauschte mich keiner bei meinen Selbstgesprächen.

Ich schwang mich aus dem Bett, traf ein paar Vorkehrungen und tapste in ihr Zimmer. Gabriel lag friedlich schlafend in seinem Bettchen. Wir mussten leise sein.

»Hey, ich bin's.« Ich lupfte die Bettdecke und schlüpfte in ihr Bett. »Darf ich zu dir?« Die Frage kam etwas spät, ich lag ja schon drin.

»Mmh, komm her«, murmelte sie. »Hast du wieder geträumt? Ich habe dich gar nicht gehört. Bin bisschen k.o.«

Ich schmiegte mich an ihren schmalen Rücken und schlug die Decke wieder über uns. »Oh ja. Sehr schlimm.«

Sie tastete nach meinem Arm und strich über meinen Kopf. »Du bist gar nicht verschwitzt.«

»Hab mich schon umgezogen.« Ich grinste in mich hinein. Sie beschummelte mich, ich beschummelte sie. Ich legte meinen Arm um sie und zog sie an mich. Sie seufzte leise. Meine Hand strich vorsichtig über ihre Brust. Wiederum seufzte sie, aber richtig wach war sie nicht.

»So schön bei dir«, flüsterte ich in ihr Ohr. »So warm und weich und gemütlich.« Ich atmete an ihren Hals, denn das war eine ihrer empfindlichen Stellen. Wobei ich den Verdacht hatte, dass sich bei ihr eine empfindliche Stelle an die andere reihte. Dann presste ich mich an sie. In voller Härte. Verlangend klopfte er zwischen ihre Pobacken. Sie trug nur ein Schlafshirt und ein winziges Höschen aus dünnem Stoff. Wie praktisch.

Sie stöhnte auf. »Oh, das ist …«

»Ja?«

»Ganz schön hart.«

»Mmh, stimmt.«

Sie tastete hinter sich und griff an meinen Po, dann zuckte sie zusammen. »Was ist das denn? Du hast ja gar keine Hose an!« Jetzt war sie hellwach.

»Oh, die habe ich wohl vergessen. Schlimm?«

Sie kicherte leise. »Du kannst dich doch nicht einfach ohne Hose in mein Bett legen!«

»Nein? Oh sorry, ich gehe dann mal wieder.« Ich verbiss mir ein Lachen, denn sie klang erregt. Und ihre Hand machte schon ziemlich aufregende Sachen mit meinem stahlharten Schwanz.

»Nein, bleib gefälligst hier!« Sie packte mich fester und stöhnte auf.

»Brauchst du das noch?« Ich zupfte am schmalen Bändchen ihres Höschens.

»Warum fragst du? Eigentlich schon …«

Ich zerriss es. »Zu spät. Ich kaufe dir ein neues.« Langsam zog ich es zwischen ihren Beinen hervor.

»Oh, John!« Sie stöhnte erregt auf und warf den Kopf zurück.

»Ja? Du könntest dein Shirt ausziehen«, flüsterte ich in ihren Nacken. *Und dich umdrehen.* Das sagte ich allerdings nicht.

Wenn sie mir das mit ihrem Fake-Bauch nicht erzählen wollte, dann war das eben so. Es gab auch genügend Dinge, die sie von mir nicht wusste. Wir spielten nach ihren Regeln. Irgendwann würde sie es mir erzählen. *Bald.*

Meine Hände glitten unter ihr Shirt und ich streichelte sanft ihren Rücken. Ihre samtweiche Haut, die nach Zimt und Plätzchen duftete. Sie hatte den Bauch nicht umgebunden, denn ich konnte ungehindert von den Schultern bis zu ihrem Po wandern. Und auch dazwischen. Ich nahm ihre prallen Pobacken in meine Hände und drückte sie leicht zusammen. Was für ein süßer Apfelpo. Sie stöhnte noch lauter.

»Pst, leise. Gabriel wird sonst wach«, flüsterte ich.

»Ja.« Ihre Hand schloss sich noch enger um mich und bewegte sich schneller.

»Nicht so hastig«, murmelte ich.

»Doch, das ist total gut«, wisperte sie.

»Ja, ist es«, keuchte ich, denn sie brachte mich ganz schön ins Schwitzen. Ich legte meine Hand auf ihre. »Aber heute will ich es nicht so mit dir machen. Nicht wie letzte Nacht.«

Sie hielt inne. »Nein? Warum denn nicht?«

»Heute will ich dich ganz.« Ich hob ihr Shirt hoch und küsste ihre nackte Schulter. Kurz entschlossen zog ich es über ihren Kopf. Und meins flog hinterher. »Ich will in dir sein.«

»O Gott!«, stieß sie erregt hervor und fasste an meinen Arm.

»Mmh. Natürlich nur, wenn du das auch willst.« Meine

Hand glitt an ihrer Hüfte vorbei. Sie zog scharf den Atem ein. Aber anstatt ihren Bauch zu berühren, bog ich steil nach links unten ab und steuerte nach vorne zwischen ihre Beine. Und ob sie das wollte, so wunderbar feucht wie sie war.

»Ja, ich will das auch«, flüsterte sie.

Jetzt sprach ich es doch aus. »Wenn du dich umdrehtest, könnte ich dich küssen. Ich käme auch besser an dich heran. So ganz und gar.« Ich sehnte mich nach ihr. Nach der kompletten Marian, nicht nur nach ihrem Rücken. Ich wollte, dass sie ihre herrlichen Brüste an mich presste und ihre Beine um mich schlang.

»Ja, stimmt, aber mein Bauch … Das ist schon etwas schwierig. Und darum …« Sie türmte die Decke noch höher vor ihrem Bauch auf und bildete damit einen Abwehrwall.

»Geht es nicht. Ich verstehe schon.« Sanft strich ich über ihre Wange. Auch wenn ich bedauerte, dass sie sich nicht umdrehte. Sie wollte es nicht und ich würde sie nicht dazu überreden. »Keine Angst, ich fasse ihn nicht an. Ich bleibe ganz auf deiner Rückseite. Wir können so liegen bleiben, wenn dir das lieber ist.«

»Ja?« Sie hielt den Atem an.

»Sicher. Das geht bestimmt auch so.« Schade. Ich hätte sie gern wild und ungehemmt gehabt. Dieser Löffelchensex, seitlich liegend wie die Rentner, war nicht so mein Fall. Aber zur Not … Besser als nichts. Diese Stellung hatte ich noch nie ausprobiert, fiel mir ein. Ja, sie hatte etwas Altmodisches an sich, aber auch etwas sehr Intimes. Und ich wollte unbedingt in ihr sein, egal wie. Ob seitlich liegend, im Kopfstand an die Wand gelehnt oder in irgendwelchen Verrenkungen von der Lampe hängend. Ich hätte alles getan, wenn sie nur mit mir schlief.

Das sollte mir eigentlich zu denken geben, dieses *Ich*

tue alles, was sie will. Das tat es aber nicht. Keinerlei Alarmglocken schrillten in meinem Kopf. Alles blieb ruhig. Nur das nackte Verlangen pulsierte in meinen Adern und mein Gefühl für sie.

»Verhüten müssen wir nicht, immerhin bist du schon schwanger.« Natürlich meinte ich das nicht ernst, ich neckte sie nur. Das konnte sie allerdings nicht wissen.

Sie zuckte zusammen. »Oh! Ich … nun ja.«

»Schon klar, ich weiß.« Ich strich über ihren Rücken. »Ich bin zwar gesund, aber ich mache es nie ohne Kondom.«

Sie atmete erleichtert auf. »Oh, gut. Ich hatte achtzehn Monate keinen Sex und gesund bin ich auch. Lass uns trotzdem lieber …«

Achtzehn Monate? Schon wieder ein Fehler. Vor Lachen prustete ich in ihren Nacken und tarnte es als Kuss. »Bestimmt meinst du acht Monate«, flüsterte ich.

»Ja, sicher. Acht Monate natürlich.« Sie klang nervös.

»Keine Sorge, ich habe etwas dabei.« Ich griff nach dem Kondom, riss es auf und entrollte es. Mit Sicherheit stimmte, was ihr spontan herausgerutscht war und sie hatte wirklich anderthalb Jahre keinen Sex gehabt. Eine halbe Ewigkeit. Das erregte mich noch mehr. »Genug geredet«, raunte ich ihr zu. Ich hob ihr Bein ein bisschen an und drängte meins dazwischen.

»Oh ja, komm her!«, flüsterte sie und packte mit ihrer Hand an meinen Po.

Ganz langsam bahnte ich mir den Weg in sie hinein. Gar nicht so einfach, auch wenn sie total feucht war. Ich schwitzte noch mehr und irgendwie schaffte sie es, den Kopf nach hinten verdreht, ihre Zunge in meinen Mund zu schieben und mich zu küssen, dass mir schwindelig wurde. Dazu war sie auch noch so unerhört eng. Himmel! War das heiß. Nur millimeterweise kam ich voran.

»Oh, Baby!«, stöhnte ich. Als ich endlich in ihr war, hätte ich beinahe laut aufgeschrien, so schön fühlte es sich an.

»John«, stöhnte sie dumpf in meinen Mund.

Und dann … Sex in Slow Motion.

Über Stunden. Nur minimale Bewegungen. Ihre Hand, die meine Pobacke fest umklammert hielt und das Tempo vorgab. Sehr, sehr langsam, noch langsamer. Ich zerschmolz in ihr. Sie behielt das Tempo bei und ließ nicht zu, dass ich schneller wurde.

Wenn ich es tat, stoppte sie mich. »Nein«, flüsterte sie.

»Alles, was du willst, Liebling«, flüsterte ich. Ich war Wachs in ihren Händen. Und *Liebling* hatte ich eine Frau auch noch nie genannt.

Erst gegen Morgen, es wurde bereits hell draußen, bewegten wir uns schneller, mittlerweile zu einem Körper verschmolzen. Schweißüberströmt aneinander klebend. Als wir zusammen kamen, war die Explosion so heftig, dass wir unsere Schreie mit unseren Mündern ersticken mussten. Minutenlang zuckte sie unter mir, kam immer wieder und schloss sich dabei so himmlisch eng um mich – ich hatte das Gefühl zu sterben. Jedoch nicht auf die schreckliche Art wie in meinen Träumen, sondern auf wunderschöne Art und Weise. Wie bei einer Neugeburt.

Keuchend und verschwitzt blieben wir liegen. Wir hielten einander fest, bis sie in meinen Armen einschlief.

Himmel, was war das denn? Phänomenal. Vor allem ganz anders als mit jeder anderen Frau. Mein Herz raste und mein Blut floss wie glühende Lava durch meinen Körper. Heftigstes Begehren, immer noch oder schon wieder. Am liebsten hätte ich sie geweckt und von vorne angefangen. Aber dieses Mal hätte ich sie auf den Rücken gerollt, ob sie wollte oder nicht. Sanft küsste ich ihre Schulter. Sie antwortete mit einem leisen Seufzen.

Ich umfasste ihre Brust und schmiegte mein Gesicht an ihren Rücken. Tief atmete ich ihren Duft ein, diesen besonderen Geruch, der mich aufregte und beruhigte zugleich. War dies das Ende der schlimmen Zeit und gleichzeitig ein Neuanfang? Ich wünschte es mir.

Mit Sybil hatte ich auch Spaß im Bett. Besonders am Anfang tat sie, als wollte sie mir die Seele aus dem Leib vögeln. Es war geil mit ihr, aber nicht mehr. Genau wie mit all den anderen Frauen, von denen mir keine im Gedächtnis geblieben war.

Doch was ich mit Marian erlebte, war ganz anders. Warm, zärtlich und leidenschaftlich. Einfach unbeschreiblich. Mit ihr zu schlafen, fühlte sich an, als liebte sie meine Seele wieder in mich hinein. Als machte sie mich wieder ganz.

Ich kannte sie erst sechs Tage, aber sie hatte mich völlig auf den Kopf gestellt. Sie wirbelte Gefühle in mir auf, die ich längst für abgestorben hielt.

Was würde erst passieren, wenn sie bei mir bliebe?

Der Gedanke huschte durch meinen Kopf und er machte mir keine Angst. Der Eispalast in meinem Inneren fühlte sich ziemlich löchrig an. Kein Wunder, wir hatten ihn die ganze Nacht mit der Hitze unserer leidenschaftlichen Umarmung und unserer glühenden Zärtlichkeit beschossen.

❄

KAPITEL 27

23. DEZEMBER

JOHN

ICH WAR GERADE ein bisschen eingenickt, als Gabriel leise in seinem Bett brabbelte. Dann wurde er energischer: »Mama!« Er zog sich an den Gitterstäben hoch und sah zu uns herüber. Als er mich entdeckte, gluckste er und zeigte auf mich. Es schien ihm zu gefallen, dass ich da war.

»Muss aufstehen, er ist wach«, murmelte sie schlaftrunken. »Bin noch so müde.«

»Bleib du liegen, ich nehme ihn mit.«

»Ja? Das wäre lieb von dir.«

»Mmh, das mache ich.« Ich setzte mich auf, küsste sie lange auf ihren Mund. Behutsam zog ich die Decke über ihre wunderschönen nackten Brüste. Sie konnte ich letzte Nacht nicht liebkosen, und ich freute mich schon, das bald nachzuholen.

Sie blinzelte und lächelte. »Es war schön.«

»Ja, das war es.« Ich barg mein Gesicht an ihrem Hals und sog ihren Geruch tief in mich ein. »Ich ziehe mir nur schnell etwas an. Bin gleich wieder da und hole ihn.«

KURZ DARAUF BETRAT ich mit Gabriel auf dem Arm die Küche.

»Wo ist denn Marian?« Mel sah erstaunt von der Arbeitsfläche hoch, auf der sie Gemüse zerkleinerte.

»Sie schläft. Sie war noch müde.« In ungewohnter Verlegenheit kratzte ich mich am Kopf. Ein kleines Lächeln stahl sich auf mein Gesicht. Vielmehr ein breites Grinsen.

»Ah, verstehe.« Sie lächelte ebenfalls, dann machte sie sich am Kühlschrank zu schaffen. »Gleich kommt deine Frühstücksmilch, Gabriel.«

Nach dem Frühstück nahm ich ihn mit in die Bibliothek. Er krabbelte auf dem Boden herum und verteilte überall seine Bauklötze. Das bemerkte ich erst, als ich in Socken auf einen trat und der Schmerz mich beinahe lautstark fluchen ließ. Wenn ›Verdammte Scheiße noch mal!‹ sein fünftes Wort wäre, würde Marian mich umbringen. Also presste ich ein »Hoppsala!« hervor, das ihn zum Lachen brachte. Wir lasen ein bisschen. Ich in einem Finanzblatt, er in seinem dreiseitigen Buch.

Zwischendurch aßen wir ein paar Kekse und tranken etwas in der Küche, ich einen Kaffee, er eine zweite Milch.

Wir starteten gerade eine zweite Leserunde, Marian ruhte sich weiterhin aus, da ertönte das Signal, das einen Anruf über Skype anzeigte. Mit Gabriel auf dem Arm setzte ich mich an den Schreibtisch und nahm den Anruf entgegen. Bestimmt Eric, der gestern etwas vergessen hatte.

»Mum!« Entsetzt sah ich meiner Mutter ins Gesicht. Sie

rief mich fast nie über Skype an. Vor allem nicht an den Tagen vor Weihnachten.

»John?! Wer ist das?« Irritiert zeigte sie auf Gabriel.

Schnell kappte ich die Bildverbindung. Ich konnte sie zwar noch sehen, aber sie mich nicht mehr. Für sie war der Monitor schwarz.

Verwirrt blickte sie um sich. »Wo ist er denn? John, wo bist du? Huhu?!«

»Hoppla, die Verbindung ist weg.« Behutsam setzte ich Gabriel auf den Boden und bedeutete ihm: *Pst!* Er krabbelte davon. Ich hatte keine Lust, meiner Mutter eine ellenlange Erklärung abzugeben oder ihre neugierigen Fragen zu beantworten. Das würde vermutlich Stunden dauern.

»John, warum sehe ich dich nicht? Wer war dieses hübsche Baby auf deinem Arm?« Sie kniff die Augen zusammen, dann setzte sie ihre silberne Nickelbrille auf. Suchend drehte sie den Kopf nach allen Seiten.

Ich stellte die Verbindung wieder her. »Ah, jetzt klappt es wieder. Welches Baby?« Ich lächelte unschuldig.

»Das auf deinem Arm. Wo ist es denn?« Sie versuchte, rechts und links an mir vorbei zu sehen.

»Hier ist kein Baby. Es muss sich um eine Bildstörung handeln.«

»Ja, so etwas gibt's?« Sie rückte an ihrer Brille, dann sah sie an die Decke, als würde besagtes Baby jeden Moment von oben herab schweben wie ein Weihnachtsengel.

»Sicher«, behauptete ich. »Wenn Leute mit einem Baby skypen und wir uns die gleiche Frequenz teilen, dann kommt es zu optischen Überschneidungen und dann sieht es so aus als ob …« Auf einmal trat hinter ihrem Rücken mein Vater ins Zimmer. Splitterfasernackt. Nein, er trug ein rotes Tuch um die Hüften geschlungen. Aber es war durchsichtig. »Ich, äh, Mum!« Ich deutete auf ihn. »Schau mal hinter dich!«

»Nein, das werde ich mit Sicherheit nicht.« Sie schüttelte stur den Kopf. »Lenk jetzt nicht ab, John. Diese Geschichte mit den optischen Überschneidungen nehme ich dir nicht ab. Ich glaube, du nimmst mich ganz schön auf den Arm.«

Derweil nahm im Hintergrund das Verhängnis seinen Lauf.

»Habe ich dir schon meinen neuen Schleiertanz aufgeführt, Diane? Eins, zwei, Cha-Cha-Cha.« Dad tanzte selbstvergessen vor sich hin, bewegte sich neckisch in den Hüften, dann riss er sich das durchsichtige Tuch von den Hüften. »Tadaaa!« Was er mit diesem Tanz beabsichtigte, war nicht zu übersehen. Denn sein pfeilgerade aufgerichteter Penis – oh Gott. Er sah zum Laptop und erstarrte.

»Oops!« Mum, die sich mittlerweile doch umgedreht hatte, schlug ihre Hand vor den Mund.

»Oh Gott!« Ich stöhnte auf.

»Hilfe, wer ist das?« Dad bedeckte seine Blöße mit beiden Händen und sprang mit einem großen Satz seitlich aus dem Bild.

Mum trennte die Bildverbindung. Mein Bildschirm wurde schwarz und ich dankte Gott dafür.

»Sorry, Schatz. Bildausfall«, zwitscherte sie. Dann zischte sie: »Geh jetzt, Jeremy und zieh dir um Himmels willen eine Hose an.« Sie prustete ein bisschen. »Bist du noch da, John?«

»Ja, mehr oder weniger«, presste ich hervor.

»Ah, jetzt funktioniert es wieder. Sieh mal einer an, ein Wunder der Technik.« Sie lachte.

Ich hielt mir die Hand vor die Augen und lugte durch die Finger. »Ist er weg?« Es sah ganz danach aus. Er war verschwunden, nur sein Tuch lag am Boden.

»War etwas, Schatz?« Sie tat so, als wäre nichts passiert.

»Nein, nichts.«

»Tja, es tut mir leid, dir das sagen zu müssen, John.« Sie machte ihr Aufklärungs-Gesicht, wie damals als ich vierzehn war. »Auch ältere Menschen haben Sex. Ältere Menschen wie deine Eltern. Mit jeder Menge Spaß und raffinierter Stellu…«

»Nein, Mum! Hör sofort auf!« Ich wedelte abwehrend mit den Händen. »Themenwechsel, bitte. Wie ist das Wetter bei euch?« Ich war bestimmt nicht verklemmt, aber ich wollte mir nicht einmal ansatzweise vorstellen, dass meine Eltern Sex hatten. Und Schleiertänze. Obwohl, wenn Marian für mich einen aufführen würde, das würde mir sehr gefallen. Mmh.

»Warum denn? Ja, bei uns geht's immer noch rund.« Sie feixte. »Und du, mein Lieber«, sie kam nah an den Bildschirm heran und grinste breit, »siehst auch ganz schön zufrieden aus.«

»Was? Ich? Nein, bin ich nicht.« Doch ich konnte mir ein Lächeln nicht verkneifen.

»Oh doch. Dieses Glitzern in deinen Augen … Du grinst wie ein Honigkuchenpferd. Da ist doch etwas im Busch.« Sie machte ein Gesicht wie Miss Marple. »Ist da etwa Stroh in deinen Haaren?« Sie kicherte. Eine kleine Anspielung auf mein erstes Mal. Ich war siebzehn, kam morgens um fünf mit einem entrückten Lächeln nach Hause. Sie hatte es mir sofort angesehen und mir auf den Kopf zugesagt. Außerdem hatte ich jede Menge Stroh in den Haaren, weil es in einer Scheune stattgefunden hatte. Jahrelang zog sie mich damit auf.

»Nein, nichts ist im Busch. Da ist auch kein Stroh.« Gegen meinen Willen musste ich lachen, unwillkürlich fuhr ich mir durchs Haar.

»Und ob, John. Jede. Menge. Stroh.« Sie verschränkte

die Arme vor der Brust und nickte zufrieden. Wie ein FBI-Agent, der ein Verhör erfolgreich beendet hatte.

»Nein, ist es nicht.« Da zerrte Gabriel wieder an meinem Hosenbein und fing an zu jammern. Er streckte die Arme nach mir aus. »Ich muss aufhören, Mum.«

»Was war das für ein Geräusch? Ist da doch ein Baby? Natürlich ist da ein Baby!« Energisch hieb sie auf die Tischplatte. »Habe ich mich eben doch nicht versehen!«

»Hier ist kein Baby«, beteuerte ich. Doch da fing er an zu weinen und das konnte ich überhaupt nicht ertragen. Mit einem Seufzer hob ich ihn hoch und setzte ihn auf meinen Schoß. Sofort war er ruhig und lächelte sie an.

»O Gott! Was ist das denn für ein süßer Kerl!« Sie reagierte mit einem Zuckerschock und herzförmig aufblinkenden Pupillen.

»Keine Ahnung, ich kenne ihn kaum. Eher so flüchtig.«

Gabriel grinste breit, zeigte auf mich und sagte: »Dada.«

»Ja, kleiner Mann«, säuselte sie. »Hach, ist er nicht goldig und so hübsch. Genau wie du als Kind, John.« Sie stutzte. Ihre Gesichtszüge entgleisten. »Wie bitte? Hat er dich *Daddy* genannt? Du bist Vater geworden und erzählst uns nichts davon?«

»Ich … äh. Er ist noch so klein, er weiß nicht, was er sagt.«

»Dada«, wiederholte er und kuschelte sein Gesicht an meine Brust. Dann bot er mir auch noch seinen Schnuller an.

»Später, Buddy«, flüsterte ich. »Ich kann deinen Schnuller jetzt nicht nehmen.« Sofort bogen sich seine Mundwinkel nach unten und seine Unterlippe zitterte. »Ja okay, aber nur kurz.« Ich tat so, als würde ich an seinem Schnuller nuckeln, und er gluckste zufrieden.

»Ich glaube nicht, was ich gerade sehe«, stieß meine Mutter hervor.

Da trat mein Vater ins Bild. Zum Glück vollständig angezogen. »Na, Sportsfreund, alles klar?« Er tat so, als hätte ich eben nicht seinen Penis in voller Pracht gesehen. Das Bild hatte sich unauslöschlich in mein Gehirn eingebrannt.

»Hi Dad, wie geht's, wie steht's?« War das jetzt verfänglich? Oder unverfänglich? Nervös fügte ich hinzu: »Alles fit im Schritt?« Oh ja, *das* war verfänglich. »Ich meine, alles senkrecht?« Gott, das wurde ja immer schlimmer!

»Geht's dir gut, mein Sohn? Du wirkst irgendwie ...« Verwundert blieb er stehen, dann streckte er den Kopf neben Mum ins Bild. »Ja, was ist das denn? Ist das etwa ein Baby, John?!«

»Nein, ist es nicht. Nur eine Fata Morgana.« Es klickte. »Was war das, Mum?«

»Ich habe ein Foto gemacht«, murmelte sie. »Weil ich das wirklich nicht glaube. Buch sofort den nächsten Flug nach England, Jeremy, das muss ich mir vor Ort anschauen. Morgen Abend haben wir noch das Weihnachtsdinner mit den Leuten aus dem Golfclub. Danach halten mich keine zehn Pferde zurück. Wir sehen uns, John. Sehr bald.« Sie sah so entschlossen aus, dass mir angst und bange wurde.

»Nein, bleibt bloß weg! Hier wütet ein Schneesturm! Alle Flugzeuge stürzen ab!«

Doch sie hatte die Verbindung schon gekappt.

»Na toll, Buddy. Da hast du mir was Schönes eingebrockt.« Jetzt würden Mum und Dad an Weihnachten eintrudeln. Voraussichtlich am zweiten Weihnachtstag, schneller bekamen sie bestimmt keinen Flug. Kurz fühlte ich mich überrumpelt, wenn nicht sogar überfordert. Ich hätte Marian gern ein bisschen für mich allein gehabt, bevor ich sie ihnen vorstellte. Dennoch freute ich mich, dass sie uns besuchten. Das Haus füllte sich. Ein schöner Gedanke.

Gabriel nickte zufrieden und patschte auf die Tasten.

»Lass uns mal sehen, wo Mummy steckt.« Ich wollte gerade mit ihm aufstehen, da betrat sie den Raum. Zauberhaft anzusehen, in einem schwarzen Kleid mit lila Blümchen. Das hatte mit Sicherheit nicht Sybil gehört.

»Schau mal, was ich hier habe. Kaffee!« Triumphierend hob sie einen Becher hoch. Er war verschließbar.

»Wow, toll. Spitzenidee.« Ich verkniff mir ein Lachen.

Sie stellte ihn auf dem Schreibtisch ab. »Nicht wahr? Ohne einen einzigen Tropfen zu verschütten. Na, was macht ihr beiden?«

»Wir chatten nur ein bisschen. Bekomme ich einen Kuss?« Ich legte den Arm um sie.

Sie sah verstohlen zur Tür, dann errötete sie zart. »Ja.« Langsam beugte sie sich zu mir herab und drückte einen sanften Kuss auf meine Lippen.

»Das war höchstens ein Küsschen«, sagte ich. »Ich sprach von einem Kuss.«

»Aber wenn jemand hereinkommt …« Ihre Augen strahlten, und diese süßen Sommersprossen auf ihrer Nase tanzten.

»Ist doch egal. Küss mich.« Ich schloss die Augen und spürte ihre weichen Lippen auf meinen. Kurz drang ihre Zunge in meinen Mund und umschlang meine. Dann zog sie sich wieder zurück. »Mmh, gut. Mach weiter.«

»Später. Ich bringe Gabriel zum Mittagsschlaf ins Bett.« Sie nahm ihn auf den Arm und setzte ihn auf ihre Hüfte. Genau wie neulich ruckte der Bauch wieder so seltsam. Sie erschrak. »Huch!«

»Oh, was war das denn? Hat es sich bewegt?« Ich feixte.

»Ja, so ähnlich. Ich muss sofort Gabriel hinlegen!« Ihre Wangen verfärbten sich dunkelrot. Sie hastete mit ihm weg.

Versonnen sah ich ihr nach. Diese Bauchgeschichte mussten wir bald aus der Welt schaffen. Wobei ich sie zu nichts drängen oder sie damit konfrontieren wollte, dass ich die Wahrheit kannte. Nein, ich wünschte mir, dass sie es von sich aus erzählte. Weil sie mir vertraute.

Marian. Sie machte mich glücklich, mit ihrer bloßen Anwesenheit und ihrem Lächeln. Mit ihr zu schlafen war einfach … *BOOM.* Ich fand keine Worte für das, was sie in mir auslöste. Das pure Glück. Freude über etwas Wunderbares und Zauberhaftes, das zwischen uns schwang. Auch wenn das alles mit Liebe nichts zu tun hatte, rein gar nichts. Sondern nur mit Sex und überhaupt … *Wie lange willst du dir das noch vormachen, John, hm?* Womit sonst hatte es zu tun, wenn nicht mit Liebe? Gedankenverloren kritzelte ich auf einem Blatt herum, als ein leises Hüsteln mich zusammenfahren ließ. Caspar stand hinter mir.

»Alles in Ordnung?«, fragte er.

»Ja, sicher. Warum sollte etwas nicht in Ordnung sein?«

»Nun, morgen soll dieser komische Feiertag sein, vor dem wir uns ein wenig fürchten.«

»Fürchten? Ach so!« Ich hatte tatsächlich vergessen, dass ich Weihnachten hasste und morgen der schlimmste Tag überhaupt werden würde. »Warum? Es ist doch alles schön soweit. Es kann übrigens sein, dass meine Eltern kommen. Mel soll mehr einkaufen.«

»Oh, wie erfreulich. Ich glaube, sie hat eine ganze Rinderherde eingefroren. Das wird reichen. Sonst noch etwas?«

»Nein.« Ich kritzelte weiter auf dem Blatt herum. »Doch. Ich denke darüber nach, länger hier zu bleiben.«

Er war verblüfft. »Wie lange? Bis Mitte Januar?«

»Ja.« Ich zögerte. »Vielleicht auch noch länger. Ich muss mal sehen, wie es sich entwickelt.«

»Wie sich was entwickelt?«, fragte er.

Ich schwieg.

Er sah mir interessiert über die Schulter. Ich war selbst überrascht, was sich auf dem Blatt befand. Ich hatte eine Frau gemalt, mit wallendem Haar. Marian. Aber warum ich ihr Engelsflügel gezeichnet hatte, war mir völlig schleierhaft.

»Oho, ein Engel. Ein neuer Entwurf für Weihnachtskugeln, John?«

»Äh ja, so ungefähr.« Ich hatte seit Jahren keine Entwürfe mehr gemalt. Aus Gründen. Als Kind hatte ich es geliebt und zusammen mit Dad oft welche gezeichnet. Natürlich waren unsere Zeichnungen keine professionellen Designs, aber sie zeigten die Idee, auf deren Grundlage neue Designs entwickelt wurden.

»Sehr hübsch. Eine Engel-Serie für *Christmas Decorations*. Christbaumkugeln in Engelform. Das käme bestimmt gut an.«

❄

KAPITEL 28

Marian

Nachdem ich Gabriel ins Bett gebracht hatte, ging ich in die Küche, um etwas zu essen. Von letzter Nacht fühlte ich mich wie benommen. Ich stand regelrecht neben mir und konnte keinen klaren Gedanken fassen. Vielmehr dachte ich nur an John. Wie es sich anfühlte, als er tief in mir war. Dieser wunderbare Rauschzustand, der über Stunden anhielt und auch jetzt noch andauerte. Und wie glücklich mich das alles machte.

»Na, gut geschlafen?« Mel hantierte am Herd. Sie zerbrach Schokolade und warf sie in eine Schüssel, die im Wasserbad stand.

»Ja, danke. John hat sich um Gabriel gekümmert.« Ein Lächeln huschte über mein Gesicht. Ich ließ mich auf einen Stuhl fallen.

»Die beiden sind echt süß zusammen.« Sie schmunzelte. »Möchtest du brunchen? Wir haben alles da. Müsli, Brötchen, Obst. Ich kann dir auch Spiegeleier machen oder lieber Rührei? Oder soll ich dir etwas Suppe aufwärmen? Bin gleich hier fertig.«

»Ich weiß nicht.« Verträumt starrte ich vor mich hin. »Ich glaube, ich kann nichts essen.« Wie sollte das auch gehen, da ich einen halben Meter über dem Boden schwebte? Ich war bis über beide Ohren in ihn verliebt.

»Ah, verstehe. Na, ein bisschen essen würde dir nicht schaden.« Sie musterte mich mit einem besorgten Blick.

Ich wurde übermütig. »Du meinst, es würde dem Baby guttun?«

Sie kicherte. »Es muss schließlich noch wachsen.« Jetzt kicherten wir beide.

»Ich glaube, letzte Nacht ist es gewachsen.« Ich tätschelte den Bauch. »Gestern war er kleiner, oder?«

»Ich glaube, letzte Nacht ist etwas ganz anderes gewachsen.« Sie lachte schallend. Dann nahm sie zwei Becher Sahne aus dem Kühlschrank hervor.

»Mel! Wie kommst du denn auf diese Idee?!« Ich brach in einen verräterischen Lachanfall aus.

Sie goss die Sahne zur aufgelösten Schokolade in die Schüssel. »Da bin ich mir sicher. Und wie. Es steht dir ins Gesicht geschrieben. John grinst auch schon den ganzen Tag von einem Ohr zum anderen.« Sie nickte wissend.

»Was? Oh!« Ich wurde knallrot.

»Oh ja. Ich habe ihn schon ewig nicht mehr so gesehen.« Sie nahm den Stabmixer aus dem Schrank und hielt ihn in die Masse. »Wenn ich genau überlege, noch nie.« Sie schaltete den Mixer an, es dröhnte ohrenbetäubend. »Wow, kaum hält man das Ding rein, schon wird die Masse schaumig und steif, schau dir das mal an.«

»Was wird das denn? Sieht lecker aus.«

»Mousse au chocolat. Baileys Lieblingsnachtisch.« Sie betrachtete den Stabmixer. »Fantastisches Teil. Es geht doch nichts über einen guten Rührstab. Der hat bestimmt 100 PS. Und ist so richtig schön groß.«

Ich prustete vor Lachen. »Liegt das an mir oder klingst du heute irgendwie zweideutig?«

»Also an mir liegt's nicht.« Sie zwinkerte mir zu. »Es heißt zwar immer, die Größe ist nicht entscheidend. Aber ich persönlich halte das für Humbug.« Genüsslich schleckte sie den Löffel ab.

»Okay.« Ich dehnte das Wort sekundenlang. »Dann ist ja wohl klar, in welcher Liga Bailey spielt.«

Sie kicherte. »Die Kreisliga ist es nicht, Liebes.«

Mir tat vor Lachen schon der Bauch weh. »Hör auf, ich kann nicht mehr.« Was war mit Mel los? Solche Bemerkungen machte sie sonst nicht.

Verstohlen blickte sie zur Tür. »Schnell, nur ein Schlückchen. John ist im Arbeitszimmer.« Sie öffnete den Kühlschrank, kramte darin und zog eine Karaffe mit einer gelben Flüssigkeit hervor. »Eierlikör. Selbstgemacht. Komm!« Sie winkte mich zu sich heran und ich trat neben sie. »Ich habe schon vorgekostet. Drei bis vier Mal.« Sie grinste breit.

Das erklärte einiges. Sie nahm zwei Wassergläser aus dem Schrank und goss eines bis oben voll.

Ich wehrte ab. »Nein, nicht so viel!«

»Okay, dann nehme ich es. Obwohl der Likör fast nur aus Sahne besteht.« Das zweite Glas goss sie halb voll und wir stießen miteinander an.

»Mmh, ist der himmlisch. Cremig und süß.« Ich verdrehte genießerisch die Augen. »Ich befürchtete schon, ich darf nie mehr Alkohol in meinem Leben trinken.«

»Hier, Liebes. Greif zu.« Sie füllte mein Glas erneut. »Wenn er alle ist, setze ich neuen an. Haselnuss. Oder Zitrone.«

»Aber das Alkoholverbot …«

Sie prustete los. »Papperlapapp. Außer John hält sich keiner dran. Wir haben alle unsere Geheimverstecke. Das hast du doch letztens mitbekommen.«

Ja, als John so wütend wurde und mir danach alle ihre Spirituosen anboten. In Erinnerung daran verzog ich das Gesicht. »Puh, ganz schön stark. Wie viel Alkohol ist da drin?«

»Nicht zu knapp«, schwenkte sie plötzlich um. »Du solltest etwas essen. Wenigstens Brot mit Rührei. Komm, ich mache dir schnell etwas.« Sie schlug ein paar Eier auf, zog eine Pfanne hervor und zerließ etwas Butter.

»Bailey hat so ein Glück. Du bist immer so fürsorglich.« Der ungewohnte Alkohol stieg mir zu Kopf. Meine Knie wurden weich. Als ich an Johns Küsse dachte, noch weicher. Tief in mir pochte es sehnsüchtig. Wurde es nicht bald dunkel? Ich konnte die nächste Nacht kaum erwarten.

»John hat aber auch Glück.« Sie zwinkerte mir zu. Dann seufzte sie leise. »Es wäre so schön, wenn alle immer hier wären. Auch du, Marian, vielmehr ihr beide.«

»Ich? Wir?« Mir wurde beklommen zumute. Spätestens am zweiten Januar würde ich das Haus wieder verlassen. Zumindest hatte niemand gesagt, dass ich länger bleiben sollte. »Ich habe keine Ahnung, wie es weitergeht.«

»Es gefällt ihm so gut, dass ihr da seid. Er fragt dich bestimmt, ob du länger bleibst.« Sie stieß einen tiefen Seufzer aus. »Er hat sich das immer gewünscht. Eine große Familie mit vielen Kindern.«

»Ja?«

»Oh ja. Davon hat er immer gesprochen. Er hat es nie gemocht, ein Einzelkind zu sein. Er wollte das später ganz anders machen. Aber das kann ja noch alles kommen.« Sie zwinkerte mir zu. Ich fühlte das Blut in meinen Kopf schießen. »Genier dich nicht, Liebes. Die Liebe ist etwas Wunderschönes.«

Liebe. Das pulsierende und wunderbare Gefühl für ihn, tief in meinem Inneren, das mit jeder Sekunde wuchs. Wenn er mich berührte oder wenn er mich nur ansah. Überwältigend. Wie eine Woge, die mich umwarf und mit sich riss.

Ich schlug die Hände vors Gesicht. »Kann nicht darüber sprechen«, murmelte ich dumpf.

Sie lachte leise. »Weil es so schön ist?«

»Mmh. Dabei kennen wir uns erst ein paar Tage.« Auch wenn es sich nicht so anfühlte, sondern innig und vertraut, als kannten wir uns ewig. So hatte ich noch nie für einen Mann empfunden, nicht einmal für Gabriels Erzeuger.

»Liebe hat viele Gesichter. Ob man sie nach drei Tagen fühlt oder nach dreißig Jahren, es bleibt Liebe.«

»Ja, das stimmt.« Es war Liebe und er vertraute mir. Aber anstatt mich weiter darüber zu freuen, fiel mir ein, dass ich ihn nach Strich und Faden belog. Und dass es bald ans Tageslicht käme. Mir war auf einmal zum Heulen zumute. »Denkst du, alles geht gut?«

»Ja, das denke ich. Ich glaube fest daran.«

❄

KAPITEL 29

John

SPÄT AM ABEND saßen wir alle im Esszimmer und unterhielten uns. Es gab Kaninchenragout mit Tagliatelle, vielleicht auch Knäckebrot mit Wasser, denn ich schmeckte kaum, was ich aß. Den ganzen Tag über war ich wie auf Wolken geschwebt, die Stunden flogen förmlich an mir vorbei.

Im Esszimmer zu Abend zu essen, war meine Idee gewesen. Trotz des Weihnachtsbaums, der seinen intensiven Duft verströmte. Denn auf der einen Tischseite gab es eine breite Sitzbank anstelle von Stühlen, und ich konnte ganz nah an Marian heranrücken.

Jetzt saß sie dicht neben mir und ihre pure Gegenwart berauschte mich. Ihr zarter Duft, der zu mir herüberwehte, ihr leises Lachen. Ihr Schenkel, der sich an meinen presste. Sie rückte mir ganz schön auf die Pelle. Oder ich ihr?

Unauffällig streifte ich meinen Schuh ab und füßelte mit ihr unter dem Tisch. Mein Fuß kroch ihr Bein hoch und umschlang ihre Wade. Dann tastete ihre Hand nach meinem Knie und wanderte höher. Ich legte meine Hand auf ihre und drückte sie, um sie danach ein wenig in den Kniekehlen zu kitzeln. Sie schnappte nach Luft.

Ah, eine weitere empfindliche Stelle, gut zu wissen. Bestimmt bekamen die anderen etwas von unseren Spielchen mit. Wahrscheinlich war auch nicht zu übersehen, dass wir uns immer wieder verstohlen anlächelten. War mir völlig egal.

Elf Uhr. Ich konnte es kaum erwarten, ins Bett zu gehen, damit sie zu mir käme. So betrachtet, freute ich mich auf meinen Albtraum, damit sie in mein Bett schlüpfte. Ein sonderbarer Gedanke, aber irgendwie auch wieder nicht. Das würde ich ihr später erzählen und sie fände das bestimmt genauso seltsam-witzig wie ich.

Da klingelte das Telefon. Bailey nahm das Gespräch entgegen.

»Donovan bei Christmas. Was gibt's?« Er lauschte eine Weile, dann nickte er. »Hab's verstanden. Ist gut, wir kommen.« Er beendete das Gespräch. »John, wir müssen los. Es gab einen Unfall auf einem Waldweg. Wir müssen ein Auto aus dem Graben ziehen.«

»Mist. Kann das nicht jemand anders erledigen? Die Feuerwehr?«

»Das haben sie schon versucht. Es klappte nicht, sie sind im Schnee stecken geblieben.«

»Wer fährt denn auch mitten in der Nacht in den Wald?«, knurrte ich. Das kam mir ungelegen.

Bailey nahm den Autoschlüssel vom Haken. »Städter eben. Eine Familie mit Kindern. Sie haben sich verfahren und jetzt stecken sie fest. Wir sind die einzigen mit einem Land Rover.«

Wir hatten uns letztes Jahr den Rover zugelegt, auch wenn es sich für die zwei Wochen kaum lohnte. Bailey war versessen auf dieses Spielzeug und schwärmte mir so lange vor, wie praktisch der Wagen wäre, bis wir ihn kauften.

Praktisch war er, auch wenn ich mir gerade wünschte, wir besäßen keinen. Denn dann müsste ich jetzt nicht los. Dass Bailey nicht allein fahren konnte, war klar. Man ließ niemanden mitten in der Nacht ohne Begleitung in den Wald aufbrechen, und Caspar schied selbstredend aus. In seinen handgenähten Budapestern würde er sich vermutlich die Füße abfrieren und wäre alles andere als eine Hilfe.

»Bis später.« Mit einem Seufzer stand ich auf. Gerne hätte ich Marian zum Abschied geküsst, aber ich war mir nicht sicher, ob sie das wollte. Darum strich ich nur über ihre Hand, die auf dem Tisch lag. Obwohl dieses *bis später* auch verräterisch war.

»Ja, bis später. Passt gut auf euch auf.« Sie hob die Augen und lächelte.

Wir tuckerten durch die dunkle Nacht. »Gib mal ein bisschen Gas, Bailey. Wir frieren noch am Boden fest, wenn wir weiter so durch die Gegend schleichen.« Mürrisch schlang ich die Arme um mich und rubbelte mich warm.

Es war bitterkalt, trotz surrender Heizung. Und meine Laune befand sich im Keller. Warum konnte ich nicht in ihrem Bett liegen und mich mit ihren Haaren zudecken? Oder mit ihrem Körper.

»Lieber nicht. Sonst landen wir auch im Graben oder bleiben in einer Schneeverwehung stecken.«

»Ja, trotzdem«, murrte ich. »Ein bisschen schneller kannst du schon fahren. Ich denke, der Wagen ist so ein Schneewunder?«

»Warum so eilig? Hast du heute Nacht noch etwas vor?« Er grinste breit.

Auch ich konnte mir ein Grinsen nicht verkneifen. »Ich will nur in mein warmes Bett.« In *ihr* warmes Bett.

»Stell dir vor, ich auch.«

»Das kann man wohl kaum vergleichen«, murmelte ich.

»Vielleicht ja doch?«, sagte er.

Erstaunt sah ich ihn an. »Wie meinst du das? Läuft da etwas? Ich erfahre gar nichts mehr von deinen Abenteuern.« Bailey war ein Schürzenjäger, wie er im Buche stand. Er hatte immer irgendwelche Frauengeschichten. Hielt er sie neuerdings vor mir geheim? Seltsam.

»Ach, da gibt's nichts Neues.« Er winkte ab.

»Na, komm. Es hat doch seine Gründe, dass du beinahe jedes Wochenende verschwindest. Seit … ein paar Monaten?«

»Seit zwei Jahren. Nein, ich will dann einfach nur meine Ruhe. Erzähl du mal lieber.« Er gab mir einen kleinen Stoß. »Du bist schwer verschossen in die Kleine.«

»Was? Ich? Nun ja.« Ich stotterte herum. Darüber zu sprechen war etwas völlig anderes, als darüber nachzudenken. »Das würde ich jetzt nicht so ausdrücken.« Tja, wie sonst?

»Wie denn sonst?« Er grinste. »Wie soll es weitergehen, nach Weihnachten? Gibt es schon Pläne?«

»Ich … nein.« Sein Satz hallte in mir nach. Pläne? Konnte man nicht einfach jeden Tag genießen, ohne über die Zukunft nachzudenken? Die Zukunft mit ihr, wie sie wohl aussehen würde? *Wunderbar,* flüsterte etwas in mir. Das Gefühl, das in mir aufstieg, war heftig. Geradezu überwältigend. Wie eine Woge schlug es über mir zusammen und riss mich mit. O Gott, was war das denn?

»Ich will nicht darüber sprechen, weil ich … Es ist zu … Ich kann nicht.« Ich schnappte nach Luft.

»Uiuiui. Noch viel schlimmer, als ich dachte.« Er lachte leise. »Dich hat's ja schwer erwischt.«

»Es ist nur eine Phase«, murmelte ich. »Sie geht bestimmt vorbei.« Ich wischte mir mit der Hand übers Gesicht. Dabei wollte ich nicht, dass sie vorbeiginge. Im Gegenteil, die Vorstellung jagte mir gerade eine Höllenangst ein. Aber die andere auch!

»So eine Phase hatte ich auch mal. Es dauerte knapp dreißig Jahre, bis ich kapierte, dass sie eben nicht vorbeiging.« Er lachte wiederum.

»Äh, wie meinst du das?«, fragte ich verwirrt. Er sprach in Rätseln. Aber vielleicht lag es auch daran, dass ich gerade keinen klaren Gedanken fassen konnte. Ich sah mich rücklings nackt im Bett liegen und sie saß nackt auf mir. Ihre weichen Lippen pressten sich auf meine und ihre Haare züngelten wie Flammen über meinen Körper.

Eine weitere Vision tauchte in mir auf und das schon zum zweiten Mal. Gestern auf der Terrasse hatte ich sie auch schon gehabt. Sie, in einem weißen Sommerkleid. Mit einem riesigen Bauch, den sie vor sich hertrug. Dieses Mal wäre er sogar echt. Wir tanzten auf dem Rasen.

Und dann, im Laufe der Jahre … noch mehr Babys. Mindestens vier Stück, inklusive Gabriel. Also noch drei. Das wäre ganz schön viel Arbeit. Wie sollte man das schaffen? Ach, kein Problem mit ein paar Nannys …

»Ein paar Nannys.« Hatte ich das etwa laut ausgesprochen?

»Was hast du gerade gesagt? Nannys?« Bailey fiel vor Lachen fast vom Sitz.

»Ich meinte etwas ganz anderes«, murmelte ich.

Er lachte weiterhin schallend, dann wurde er ernst.

»Sorry, aber das war zu lustig. Hast du sie denn schon gefragt?«

Nannys? Meine Güte, was dachte ich mir für seltsames Zeug aus! »Lass mich, Bailey. Ich möchte nicht darüber reden.«

Er zuckte mit den Schultern. »Okay. Das musst du ja nicht.«

»Ob ich sie was gefragt habe?«, hakte ich nach. Was sie von Nannys hielt? Ich wurde immer verwirrter.

»Ob sie länger bleiben will. Was denn sonst?«

Länger bleiben. Ich hangelte mich von Tag zu Tag, an manchen Tagen nur von Stunde zu Stunde. Die Devise lautete: Weihnachten überstehen, dann weitersehen. Aber Marian hatte bestimmt Pläne. Der Job beschränkte sich nur auf zwei Wochen und sie musste dafür sorgen, dass es weiterging, für sie und Gabriel. Vielleicht hatte sie den nächsten Job schon zugesagt?

»Nein, das habe ich nicht«, murmelte ich.

»Dann solltest du das tun.«

Es war schon fast zwölf, als wir zu den anderen Helfern stießen. Zuvor gerieten wir in ein Funkloch und konnten sie nicht erreichen. Doch schließlich gelang es ihnen, uns zu dem abgelegenen Waldweg zu navigieren. Das Auto hing im Straßengraben, die Warnleuchten blinkten, ein paar Helfer standen tatenlos daneben. Was sollten sie auch tun, da sie mit ihren Autos nicht näher heranfahren konnten?

»Gott sei Dank, dass Sie kommen.« Die Frau sah besorgt aus. Sie deutete auf ihren Mann, der stöhnend und kreidebleich vor Schmerzen auf dem Fahrersitz kauerte. »Mein Mann wollte Hilfe holen und ist gestürzt. Ich glaube, er hat sich den Knöchel verstaucht.«

Bailey rollte vielsagend mit den Augen und verkniff sich mit Mühe eine scharfe Bemerkung. Genau wie ich. Wie blöd konnte man eigentlich sein? Der Typ war auch noch verletzt?! Na, das konnte eine lange Nacht werden.

❄

KAPITEL 30

24. DEZEMBER

JOHN

MIT DIESER EINSCHÄTZUNG lag ich richtig. Erst morgens um sechs kehrten wir nach Hause zurück, übernächtigt und mit vor Müdigkeit grauen Gesichtern. Zuerst hatten wir den Mann mitsamt Familie ins nächste Krankenhaus gebracht. Wegen der plötzlich auftretenden Glätte brauchten wir ewig für die Strecke von zwanzig Meilen. Danach fuhren wir in den Wald zurück, um das Auto aus dem Graben zu ziehen und in die nächste Ortschaft abzuschleppen. Nur um dort festzustellen, dass der Wagenschlüssel nicht steckte, weil der Mann ihn mitgenommen hatte. Warum auch immer. Also mussten wir zurück ins Krankenhaus.

»Was hat dieser Idiot noch alles getan?«, schimpfte ich. »Vielleicht noch alle Reifen zerstochen, damit wir so richtig viel Mühe haben? Er hätte noch den Wald anzünden können. Auf diese Idee kam er wohl nicht.«

»Na, komm. Er hatte halt einen Pechtag.« Bailey war nicht aus der Ruhe zu bringen. Er hatte gut reden. Auf ihn wartete auch nicht die süßeste Frau der Welt.

Als wir den Wagen abgestellt hatten, rief die Frau aus dem Krankenhaus an und bat inständig darum, dass wir ihnen das Gepäck brachten. Wegen der Geschenke, die in den Koffern wären, und die Kinder heulten eh schon wegen der Sache mit ihrem Dad. Das fiel ihr ja früh ein. Aber wir hatten ohnehin noch den Schlüssel, den wir ihr bringen mussten. Mittlerweile war es vier Uhr, und wir fuhren sie und die Kinder zu einer Pension. Der Mann musste ein paar Tage im Krankenhaus verbringen, und sie wollten in seiner Nähe bleiben. Die Pension öffnete aber erst um fünf, und wir wollten sie nicht in der Kälte stehenlassen.

Also warteten wir mit laufendem Motor vor dem Haus, bis jemand aufschloss. Ich, mit den Nerven am Ende. Bailey, in gewohnter stoischer Ruhe.

»Danke, das ist so nett von Ihnen. Wir sind Ihnen sehr dankbar.« Die Frau schüttelte uns immer wieder die Hände. »Alles, alles Gute für Sie und frohe Weihnachten. Haben Sie ein schönes Fest.«

Bailey hielt in der Auffahrt, wir stiegen beide aus. »Jetzt aber schnell ins Warme.« Er schob mich die Treppe hoch und schloss die Eingangstür auf.

Vielleicht könnte ich mich wenigstens eine Stunde zu Marian legen? Meine Hoffnung zerstob, als wir die Küche betraten. Sie saß schon da, mit blassem Gesicht und dunklen Rändern unter den Augen, Gabriel auf dem Schoß.

»Gott sei Dank!« Sie sprang auf. »Ich dachte schon, dir

ist etwas passiert.« Sie umarmte mich fest und drückte mich an sich.

»Nein, alles okay. Es lief nur einiges schief.« Ich hielt sie und Gabriel im Arm. Ihre warmen Körper trösteten mich.

»Mir ist auch nichts passiert.« Bailey grinste.

»Das ist schön.« Sie ließ mich los und drückte auch ihn kurz an sich. Der alte Charmeur grinste bis über beide Ohren.

Und so fing der 24. Dezember für mich denkbar schlecht an. Müde, übernächtigt und mit einem Gefühl des Verlustes. Denn dieser blöde Penner mit seinem Fuß hatte mir eine Nacht mit Marian gestohlen. Die konnte mir keiner zurückgeben. Dabei blieben uns nur wenige Nächte, wenn sie bald von hier fortginge …

Meine Stimmung war unterirdisch. Nicht nur, weil ich vor Müdigkeit kaum klar denken konnte und mein Kopf vor Schlafmangel schmerzte. Auch nicht, weil ich nicht mit ihr hatte schlafen können. Sondern weil es der schlimmste Tag des Jahres für mich gewesen war, in den letzten fünf Jahren. Das hatte sich zwar von Jahr zu Jahr etwas abgemildert. Dennoch war es der Tag, an dem das Schlimme passiert war.

Ich hatte die Hoffnung gehabt, ich könnte gut durch den Tag kommen, locker und leicht, mit ihr und dem Kleinen an meiner Seite. So wie gestern, als die gemeinsame Nacht mit ihr mich durch den Tag getragen hatte und ich förmlich hindurch geschwebt war, weil es so schön mit ihr gewesen war. Genau so wollte ich dem neuen Tag entgegentreten, mutig und kraftvoll, und ihm in den Arsch treten, damit ein für alle Mal die Gespenster der Vergangenheit verjagt wurden. Doch das Gegenteil war der Fall.

Ich fühlte mich klein und schwach und jämmerlich.

Wir hatten die Nacht nicht miteinander verbracht. Ich hatte mich nicht an ihren Küssen berauscht und an ihrem schönen Körper. In der Erinnerung spürte ich nicht ihre weichen Lippen auf meinen und ihren nackten Rücken an meinem Bauch. Sondern ich fühlte die klamme Kälte aus dem Wald, die tief in meine Knochen gezogen war. Fahler Schneegeruch lag in meiner Nase. Nicht ihr Duft, nach Zimt und Baby und Plätzchen. Etwas Unheilvolles zog auf. Ich spürte es. Tief in meinem Inneren zog sich alles krampfartig zusammen, eine dumpfe Leere machte sich in mir breit.

Wenn sie mich nicht so lieb anschauen würde und Gabriel nicht die Hand nach mir ausstrecken würde, hätte ich alles abgeblasen. Alle weggeschickt, mich ins Bett gelegt, die Decke über meinen Kopf gezogen, bis dieses scheiß Weihnachten vorbei wäre. Außerdem sehnte ich mich danach, mit ihr allein zu sein. Sie zu küssen, zu halten und Liebe mit ihr zu machen. Das ging aber nicht.

»Na du.« Ich nahm Gabriels Hand und schüttelte sie. Er lachte und streckte sofort die Arme nach mir aus. »Später, Kleiner.«

»Geht es dir gut?«, fragte sie.

Ich wich ihrem besorgten Blick aus. »Nicht wirklich. Ich muss mich hinlegen, wenigstens für ein paar Stunden.« Mit bleiernen Beinen stapfte ich aus der Küche und ging die Treppe hoch.

Es war der 24. Dezember. Wenn ich die letzten Tage gedacht hatte, die Traurigkeit wäre komplett verschwunden und von mir abgefallen, so hatte ich mich darin getäuscht. Irgendwie war sie wieder in mir hochgekrochen und hielt mich fest in ihren Fängen.

❄

KAPITEL 31

Marian

»Er sieht total fertig aus«, murmelte ich, als John nach oben verschwand.

»Du aber auch.« Bailey musterte mich eingehend und goss sich einen Kaffee ein.

»Ich habe kaum ein Auge zugetan.« Das war noch untertrieben. Die halbe Nacht hatte ich am Fenster gestanden und Ausschau nach John gehalten, mich wieder für zwei Minuten ins Bett gelegt, dann war ich wieder aufgestanden. So ging es immerzu. Mit meinem Herumgezappel hatte ich schließlich Gabriel geweckt. Er weinte bitterlich, wahrscheinlich weil er meine Unruhe spürte.

Das Herz schlug mir bis zum Hals, ich konnte an nichts anderes denken, als dass John in Gefahr schwebte, weil es so bitterkalt draußen war. Dass er erfrieren könnte. Immer wieder musste ich mir sagen, dass das Unsinn war, denn Bailey war bei ihm und ließ ihn nicht allein. Meine Unruhe verschwand nicht, eher verstärkte sie sich. Auch jetzt fühlte ich tief in mir eine Beklemmung, die mit jeder Minute anstieg.

Bailey nahm einen Schluck Kaffee. »Leg dich doch ein bisschen hin. Wie willst du so den Tag überstehen?«

»Ja, du hast recht«, murmelte ich. Den Tag überstehen, der für John so viel Schlimmes beinhaltete. Obwohl das Geschehene so lange her war, konnte man es spüren.

Die Stille, die alles dämpfte. Der Schatten, der alles verdunkelte. Als würde sich der Schrecken dieses Tages wie ein grauer Schleier über alles Schöne legen, ihm seine Strahlkraft rauben und es mit sich in die Tiefe zerren.

Morgen mussten wir ihm erzählen, dass ich ursprünglich nicht als Küchenhilfe hierher bestellt worden war. Sondern dass Caspar, Mel und Bailey mich als Sybil-Double engagiert hatten, um ihn aus seiner Erstarrung zu lösen. Er würde erfahren, dass ich nicht schwanger war. Das alles würde ihm mit Sicherheit nicht gefallen, dafür brauchte man kein Hellseher zu sein.

Mit Gabriel auf dem Arm schlurfte ich nach oben. Es war nicht nur die Müdigkeit, die meine Beine schwer wie Blei machte.

STUNDEN später aßen Gabriel und ich in der Küche zusammen mit Mel zu Mittag. John kam die Treppe herunter, ging wortlos vorbei und schloss mit Nachdruck die Tür der Bibliothek hinter sich. Er wollte allein sein und wir ließen ihn in Ruhe.

Tagsüber half ich Mel beim Kochen und Backen. Wir bereiteten für morgen Lachspastete und Fleischpastete vor und vieles mehr. Wir backten auch einen Weihnachtskuchen mit viel Rotwein und einen wunderbaren französischen Weihnachtskuchen, einen Bûche de Noël.

Auch jetzt herrschte eine eher gedämpfte Stimmung

und wir sprachen nicht viel. Nur Gabriel war fröhlich wie eh und je und krabbelte wie der Blitz auf dem Boden herum. Er brachte auch alle zum Lachen.

Fünf Uhr nachmittags, der Tag war fast vorüber, und es wurde schon dunkel draußen. Noch zwölf Stunden überstehen und dann … Ja, was dann? Momentan fühlte es sich nicht danach an, als würde ein geheimnisvoller Zauber wirken und diese Schwere von allen nehmen, besonders von John.

»Bring John bitte einen Kaffee und etwas zu essen, Liebes. Er hat heute noch nichts zu sich genommen.« Mel drückte mir einen Teller mit Sandwiches in die Hand und den verschließbaren Becher, über den er gestern geschmunzelt hatte.

Auf mein Klopfen antwortete er knapp. »Ja?«

»Ich bin's. Mit etwas zu essen.« Ich stellte alles auf seinem Schreibtisch ab.

»Danke.« Mit dem Rücken zu mir starrte er in den Monitor. »Seltsam. Tagelang keine E-Mails, dann so viele auf einmal. Da stimmt doch etwas nicht.«

O Gott, der E-Mail-Blocker, den Caspar installiert hatte. Hoffentlich würde John nichts davon bemerken, so kurz vor Schluss. Ich schickte ein Stoßgebet zum Himmel.

Bitte, lass ihn keinen Verdacht schöpfen. Erst morgen sollte er in Ruhe die Hintergründe für unser Verhalten erfahren. Und somit die ganze Wahrheit. Aber bitte nicht früher.

»Ich wollte dich nicht stören«, sagte ich leise. »Bin schon wieder weg.« Ich wandte mich zum Gehen, doch da drehte er sich zu mir um und griff nach meiner Hand.

»Hey, warte. Nicht so schnell.« Er zog mich zu sich heran, bis ich auf seinem Schoß landete und schlang seine Arme um mich. »Bleib noch ein bisschen. Oder hast du keine Zeit?«

»Doch, sicher.«

»Schön, dann bleib.« Wir hielten einander fest. Mein Kopf ruhte an seiner Brust und ich spürte seinen Herzschlag. Er vergrub seine Nase in meinem Haar und atmete tief ein. »Mmh, du riechst gut.«

»Du auch.« Ich schloss die Augen und ließ mich in dieses schöne Gefühl hineinfallen. Nähe, Geborgenheit, Wärme. Eine leise Zuversicht stieg in mir auf. Wir würden es schaffen, die Gespenster der Vergangenheit zu vertreiben. Ganz bestimmt.

»Sorry, heute ist nicht mein Tag.« Er seufzte.

»Ja, ich weiß.« Schnell verbesserte ich mich. »Ich wollte sagen, das merkt man.«

Er strich sachte über meine Wange. »Du siehst auch mitgenommen aus. So müde.«

Ich musste schlucken. »Ich hab mir Sorgen um dich gemacht, weil du so lange weg warst. Ich konnte nicht schlafen.«

»Musstest du nicht.« Sein warmer Atem hauchte in mein Haar. »Ich bin ja wieder zurückgekommen.«

»Ja, zum Glück.« Ich umschlang ihn noch fester.

»Autsch, meine Rippen.« Er lachte leise. »Wir könnten später ins Dorf fahren. Mel erzählte, sie veranstalten wieder diesen kleinen Weihnachtsmarkt vor der Kirche. Wie seit Jahren schon. Hast du Lust? Bevor du hier noch versauerst …«

»Ich versauere nicht. Ich mag die Ruhe und bin froh, dass ich von der vorweihnachtlichen Hektik in London nichts mitbekommen habe. Ja, ich würde gerne mit dir zum Weihnachtsmarkt gehen.«

»Gut, dann muss ich diese Flut von E-Mails noch abarbeiten. Zumindest sie kurz überfliegen. In einer Stunde? Oder eher anderthalb?« Er schob mich sanft von seinem Schoß.

»Ja, bis später.«

Leise summend verließ ich den Raum. Ich freute mich, dass er etwas mit mir unternehmen wollte. Der Tag war so bedrückend verlaufen, eine kleine Abwechslung würde uns guttun.

Als ich am Kamin vorbeiging, hatte ich diese spontane Idee. John hatte sich gestern an den Strümpfen zu schaffen gemacht und etwas hinein gesteckt. Vielleicht auch in meinen? Ich tastete ihn ab. Tatsächlich, ein kleines, weiches Päckchen steckte darin. Etwas zum Anziehen? Socken vielleicht?

Für einen Moment fühlte ich eine leise Enttäuschung, doch dann schimpfte ich mit mir selbst. Vor wenigen Tagen kannten wir uns nicht einmal. Wenn er mir Socken schenkte, war das völlig in Ordnung.

Außerdem hatte ich von ihm schon diesen wunderbaren Mantel bekommen und diese herrlich warmen Fellstiefel.

❄

KAPITEL 32

Marian

Am Abend betrachtete ich mich mit einem skeptischen Blick im großen Spiegel in meinem Schlafzimmer. Vielmehr meine schlanke Silhouette in schmalen Jeans und dickem beigen Wollpulli – bis ich mich seitlich drehte und der Bauch wie eine riesige Kugel abstand.

»Oh Mann, wie eine trächtige Seekuh«, murmelte ich. Dabei könnte ich so hübsch aussehen. Mein Haar war an den Seiten locker aufgesteckt und fiel in glänzenden Locken tief in meinen Rücken. Ich hatte ein wenig Rouge aufgelegt und schwarzen Kajalstrich aufgetragen, dazu einen Hauch Lippenstift genommen. Nicht zu viel Make-up, denn bei meinen auffälligen Haaren sah es schnell übertrieben aus.

Dieser blöde Bauch ruinierte alles. Nein, das stimmte nicht, er verwandelte mich halt zu einer hübschen Schwangeren. Viel lieber hätte ich ein sexy Kleid getragen, das meine Kurven betonte und bei dem John der Atem stockte. Ich wollte ihm doch so gern gefallen.

Als ich nach unten ging, wartete er bereits in der Eingangshalle. *Wow,* konnte ich von seinen Lippen ablesen, als ich langsam die Treppe hinabstieg. *Wow,* schoss mir bei seinem Anblick ebenfalls durch den Kopf. Sein grauer Pulli brachte seine breiten Schultern noch mehr zur Geltung, dazu trug er eine schwarze Hose. Er wirkte cool und elegant. Und sehr sexy. Ich musste aufpassen, dass ich nicht die Treppe hinunter fiel.

»Guten Abend, du siehst schön aus.« Er lächelte und ich erwiderte es.

»Danke, du auch. Wo ist denn Gabriel? Nehmen wir ihn nicht mit?«

»Nein, er bleibt bei Mel. Die Straßen könnten stellenweise glatt sein. Außerdem ist es eisig kalt draußen und stündlich wird es kälter.«

»Aber …«

»Nein, kein Aber«, sagte er bestimmt. »Glaube mir, er sollte nachts nicht unterwegs sein, sondern in seinem warmen Bett liegen.«

»Okay, gut.« Ich gab nach, auch wenn ich ihn lieber mitgenommen hätte. Wenn John meinte, es wäre zu kalt für ihn … Er hatte schließlich die letzte Nacht im Wald verbracht und musste es wissen. »Warte eben. Ich verabschiede mich kurz.«

Ich rannte in die Küche und drückte Gabriel Küsse auf die Wangen, bis er jauchzte. Zufrieden patschte er in seinem Kürbispüree, seine Nase war ganz orange.

»Viel Spaß, Marian. Nun gehe schon, Liebes.« Mel schob mich sanft zur Tür. »Wir haben alles im Griff. Bailey kann sein Bett später in mein Zimmer stellen, er schläft heute Nacht bei mir.«

»Wer? Bailey?« Ich kicherte übermütig.

Sie brach in Gelächter aus. »Nein, Gabriel natürlich. Na, Bailey vielleicht auch.« Sie zwinkerte mir zu. »Wenn es spät wird, musst du morgen nicht so früh raus. Und überhaupt … Dann seid ihr ungestört.« Sie lächelte vielsagend.

»Oh, wie lieb von dir. Dankeschön. Bis morgen, Mel!« Ich umarmte sie und rannte wieder zurück in die Halle.

John lehnte mit verschränkten Armen an der Tür. »Erstaunlich, wie flink du bist. Und das im wievielten Monat?« Um seinen Mund spielte ein kleines Lächeln.

»Was? Oh, ja. Das Laufen fiel mir immer sehr leicht. Im fünften, beinahe sechsten.« Ich zwang mich zu einem für Schwangere angemessenen Watschelgang und schob demonstrativ den Bauch ein Stück nach vorne. »Übrigens schläft Gabriel in Mels Zimmer. Ich bin heute Nacht allein.« Ich warf ihm einen verschmitzten Blick zu.

»Allein? Das bezweifle ich. Es klingt aufregend.« Er grinste breit. Wir gingen gemeinsam zur Garage, die sich separat vom Haus befand.

»Ja, das finde ich auch.« Mein Herz schlug schneller. Meine Vorfreude auf einen gemeinsamen Abend mit ihm wuchs. Und die Aussicht auf eine gemeinsame Nacht löste tief in meinem Inneren ein leises Pochen und ein sehnsüchtiges Zusammenziehen aus.

»Wo ist der Land Rover?« John sah sich überrascht in der großen Garage um. »Mist, ich hätte Bailey Bescheid geben sollen, dass wir ihn brauchen. Jetzt ist er damit unterwegs.« Neben einem großen Mercedes stand ein silberner Toyota Kombi, zu dem er jetzt ging. Er bückte sich und prüfte die Reifen. »Mit dem fährt Mel immer zum Einkaufen. Zum Glück hat sie die Winterreifen aufgezogen. Den Rover hätte ich trotzdem lieber genommen.« Für einen Moment befürchtete ich, unser Ausflug würde ausfallen, weil er so skeptisch wirkte. Doch dann sagte er mehr zu sich selbst: »Es wird schon gehen.«

• • •

Die Fahrt verlief zuerst schweigend. Er nahm meine Hand und zog sie auf sein Bein. Immer wenn es geradeaus ging, legte er seine Hand in meine. Ich war froh, dass er nicht mehr so düster wirkte wie tagsüber. Stellenweise glitzerte es silbern auf der Straße, dort wo das Mondlicht durch die Bäume schimmerte. Insgesamt wirkte die Straße aber ungefährlich, der Schnee war komplett weggeräumt.

»Wir hätten Gabriel doch mitnehmen sollen«, murmelte ich.

»Nein, auf keinen Fall.« Er drehte das Radio an. Ein Weihnachtslied erklang. *We wish you a merry Christmas.* Er seufzte und hob den Finger, um das Radio wieder abzuschalten.

»Oh, bitte, lass es an. Ich mag es so gerne. Das ist mein Lieblingslied.«

»Du magst jedes Weihnachtslied. Und jedes ist dein Lieblingslied.« Er schmunzelte.

»Stimmt.« Ich sang leise mit. »Mein allerliebstes Lieblingslied ist *Last* … äh, *Bells*.«

»*Last Bells*?« Er schmunzelte. »Das kenne ich gar nicht.«

»Ja, das gibt's noch nicht so lange«, flunkerte ich. Ganz bestimmt glaubte er mir das nicht, aber er schwieg.

Kurz darauf erreichten wir die ersten Ausläufer des Städtchens.

❄

KAPITEL 33

MARIAN

IM STÄDTCHEN WINGHAM HERRSCHTE HOCHBETRIEB. Zahlreiche Fußgänger strömten kreuz und quer über die Straßen und wir kamen nur im Schritttempo voran. Der Ort platzte schier aus allen Nähten. Wir mussten ein paar Mal im Kreis fahren, bis wir weiter entfernt vom Zentrum einen Parkplatz fanden, schräg gegenüber eines Pubs. *The lost Lamb.*

»Der Markt ist sehr beliebt, das war vor fünf Jahren noch anders.« John warf einen Seitenblick zum Pub und schloss das Auto ab. Zu Fuß liefen wir ein paar hundert Meter durch die schmalen Gassen zum Marktplatz. Von Weitem schon schallte die weihnachtliche Musik aus den Lautsprechern. Auf dem großen quadratischen Platz waren kleine Holzhäuschen in langen Reihen aufgebaut. Zahlreiche Lichterketten hingen in den Bäumen, die um den Platz standen und ihn einrahmten. Es sah so romantisch aus.

»Oh, wie hübsch!«, rief ich aus. »So etwas habe ich mal

in Deutschland gesehen. Vor vielen Jahren beim Schüleraustausch.«

»Nach diesem Vorbild haben sie es auch aufgebaut. Schön, dass es dir gefällt.« John nahm meine Hand und wir schoben uns durch das dichte Gedränge an den unzähligen Verkaufsbuden vorbei.

»Schau mal!« An einer Ecke war ein nostalgisches Karussell aufgebaut. Langsam drehte es sich im Kreis, die Pferdchen bewegten sich sanft schaukelnd auf und ab. Auf ihnen saßen kleine Kinder, mit strahlenden Augen und vor Aufregung glühenden Wangen. Hinter manchen standen die Eltern und passten auf, dass sie nicht abstürzten. »Wir hätten Gabriel doch mitnehmen sollen. Das hätte ihm gefallen.«

»Nein, er ist zu klein dafür. Nächstes Jahr kann er mitkommen.« John zog mich weiter.

Hatte ich mich gerade verhört? *Nein, hast du nicht.* Er wollte auch nächstes Jahr mit mir diesen Markt besuchen? Oh, bedeutete das etwa …? Die Vorstellung machte mich atemlos vor Freude. Am liebsten hätte ich ihn umarmt und nie mehr losgelassen.

»Was für eine herrliche Nacht.« In meinem Überschwang deutete ich in den Nachthimmel, an dem zahlreiche Sterne blinkten. »Schau mal, die Sterne. In der Weihnachtsnacht passieren die wunderbarsten Dinge.« Ich lächelte ihn an.

»Vielleicht auch die schrecklichsten?«, murmelte er. Mit einem Mal klang er so düster, dass es mich schmerzte. Vielleicht war es doch keine gute Idee, ausgerechnet am Heiligabend hierher zu kommen? Wobei es sein Vorschlag gewesen war.

»Das Wunderbare ist stärker. Immer. Geradezu unbesiegbar.« Und dann tat ich es einfach. Ihn umarmen. Ich hielt ihn ganz fest und auch er schlang seine Arme um mich. So verharrten wir eine Zeit lang, inmitten des Getümmels. Er steckte seine Nase in mein Haar und seufzte ein bisschen.

»Das tut gut«, murmelte er. »Bleib so.«

Es gab nur ihn und mich. Minutenlang standen wir da, bis immer mehr Leute an uns stießen. Wir waren eindeutig im Weg.

»Komm, lass uns weitergehen.« Er löste sich von mir und tippte mir auf die Nasenspitze. Jetzt lächelte er wieder. »Magst du gebrannte Mandeln?« Er zeigte auf einen Stand mit reichlich Süßkram. Zuckerwatte, kandierte Äpfel, Schokobananen.

»Ja, total gerne.« Kurz darauf reichte er mir eine Tüte mit Mandeln und ich fing an zu essen. »Mmh, ganz frisch. Magst du auch welche?«

»Später vielleicht.« Er nahm wieder meine Hand und wir setzten unseren Bummel fort.

»John? Das gibt's ja nicht!« Ein großer Mann mit kurzem, dunklem Haar kam uns entgegen und stoppte uns mit einer Handbewegung.

»Daniel!«, rief John überrascht. Sie fielen sich in die Arme und klopften sich auf die Schultern.

»Oh Mann! Ich habe dich ewig nicht mehr gesehen, seit … damals nicht mehr.«

»Ja, es ist auch das erste Mal, dass ich wieder in Wingham bin«, sagte John. Sie lösten sich voneinander. »Darf ich dir Marian vorstellen? Marian, das ist Daniel. Mein ältester Freund von früher.«

»Freut mich, dich kennenzulernen, Marian.« Daniel lächelte breit, wir schüttelten uns die Hände. »Kleine Korrektur: nicht nur dein ältester, sondern auch dein bester Freund. Obwohl ich ewig nichts von dir gehört habe und zurückgerufen hast du auch nie.« Er verzog ein bisschen das Gesicht, dann grinste er wieder.

»Ja, ich weiß, sorry. Ich hatte so viel um die Ohren. Und überhaupt …« John machte einen schuldbewussten Eindruck.

»Schon gut. Ich habe mitbekommen, dass du nur noch selten zu Hause bist. Zwei Wochen im Jahr. Stimmt's?«

»Ja, eventuell ändert sich das bald wieder. Mal sehen.« John warf mir einen schnellen Seitenblick zu und grinste ein bisschen.

Er wollte öfter in Snowhill Manor sein? Was hatte das alles zu bedeuten?

»Hey, was ist das denn?« Daniel zeigte begeistert auf meinen Bauch. »Das ist ja toll! Da darf man ja bald gratulieren.« Er stieß John den Ellenbogen in die Seite. »Eine Patientin mehr. Großartig!«

»Patientin? Ich verstehe nicht.« Ich sah John fragend an.

»Du musst wissen, Daniel ist Gynäkologe«, erklärte er. »Darum Patientin.«

Ach, du lieber Himmel! Nervös stopfte ich eine Handvoll Mandeln in meinen Mund. Bestimmt würde er gleich nach Einzelheiten fragen.

»Wie weit bist du denn?« Daniel betrachtete mich mit einem fachmännischen Blick. »Siebter Monat, stimmt's? Wann ist der Geburtstermin?«

»Mmh-mmh.« Ich tat so, als könnte ich mit vollem Mund nicht sprechen.

»Genau, siebter Monat«, sagte John. »Ach, das wissen wir gerade nicht so genau. Nicht wahr, Marian?«

»Mmh.« Ich nickte und kaute unaufhörlich.

»Es freut mich auf jeden Fall sehr. Du hast dir doch immer eine große Familie gewünscht.« Daniel zog John wieder an sich und sie rauften spielerisch miteinander. »Kann's nicht fassen, dass wir uns treffen!« Dann wandte er sich mir zu und legte nachdenklich die Stirn in Falten. »Irgendwie erinnerst du mich an jemanden.«

John räusperte sich. »Du meinst bestimmt Sybil.«

Mit einem Kopfschütteln winkte Daniel ab. »Ach was, Marian sieht doch ganz anders aus als Sybil. Nein, ich habe dich schon mal gesehen. Ich weiß nur gerade nicht, wo.«

»Ich … äh, keine Ahnung«, stotterte ich. Aber ich wusste es. Entweder im Fernsehen oder im Internet.

»Na, es fällt mir bestimmt noch ein!« Er lachte. »Mein Gedächtnis ist phänomenal. Gib mir ein paar Stunden und dann weiß ich es.«

»Schön, ich bin schon total gespannt«, murmelte ich. Oh Gott, hoffentlich ließ es ihn heute im Stich.

Immer mehr Leute blieben stehen, begrüßten John und unterhielten sich mit ihm. Er wurde immer gelöster und lachte viel. Es war schön, ihn so zu erleben.

Ich zupfte an seinem Arm. »Ich habe noch etwas zu erledigen. Bin gleich wieder zurück.« Als Geschenk hatte ich für ihn einen Kaschmir-Schal bestellt und in seinen Strumpf gesteckt. Ein bisschen unpersönlich vielleicht? Eben hatte ich in einem der Häuschen wunderbare Schneekugeln entdeckt, und gleich dort drüben befand sich ein Geldautomat.

Am Stand fiel mir sofort eine Schneekugel ins Auge, etwas kleiner als die anderen und wunderschön. Darüber würde er sich bestimmt freuen.

»Darf ich sie schütteln?« Ich sah den Verkäufer, einen alten Mann mit grauem Bart, fragend an.

»Sicher. Sie werden staunen.« Er schlug gegen die Kälte die Arme gegen seinen Körper. »Sie hat ein Geheimnis, das man erst auf den zweiten Blick erkennt. Eine Rarität, so etwas findet man nicht oft. Sie ist deshalb nicht ganz billig.

Das Glas ist echtes Kristallglas, kein Plastik, und sie ist schon sehr alt.«

Als ich sie schüttelte, sah ich gebannt den wirbelnden Flocken zu, und dann verstand ich, was er mit Geheimnis meinte. Ein Lächeln breitete sich auf meinem Gesicht aus. »Oh, wie wunderschön. Ich nehme sie.« Sie passte so gut. Noch besser, als ich auf den ersten Blick gedacht hatte.

»Gute Wahl, Miss.« Sorgfältig packte er sie in mehrere Lagen Folie ein und wickelte sie auch noch in Geschenkpapier. »Frohe Weihnachten!«

»Vielen Dank. Ihnen auch frohe Weihnachten.« Ich verstaute die Kugel in meiner Handtasche und kehrte zu den anderen zurück.

»Mir wird langsam kalt«, sagte Daniel gerade. »Kommt doch mit in den Pub. Es ist immer so lustig.«

John sah auf die Uhr und erschrak. »Schon so spät? Nein, wir wollten gleich nach Hause und …«

»Keine Widerrede. Ich habe dich seit fünf Jahren nicht gesehen. So schnell lasse ich dich nicht aus den Fängen.« Daniel hakte John unter und zerrte ihn förmlich durch die Gassen in Richtung des Pubs.

»Okay, aber nur eine halbe Stunde. Komm, Marian!« John nahm meine Hand und zog mich mit.

Der Pub *The lost Lamb*, vor dem auch unser Auto parkte, war brechend voll. Es duftete nach Zimt, Orangen und Kardamom. Weihnachtspunsch!

»Ich liebe Weihnachtspunsch!« Ich winkte dem Barkeeper zu. »Für mich auch einen! Einen doppelten, wenn's geht.«

»Da ist Alkohol drin. Und zwar jede Menge. Du wirst doch wohl nicht …« Vielsagend betrachtete John meinen Bauch und grinste.

»Nein, natürlich nicht.« Ich lachte verlegen. Wie peinlich. Immer wieder vergaß ich meine angebliche Schwangerschaft. Es würde mich nicht wundern, wenn er langsam Verdacht schöpfte, so oft wie ich mich schon verplappert hatte.

»Wir haben auch alkoholfreien Kinderpunsch«, sagte der Barkeeper und rückte seine Nikolausmütze zurecht. »Für Leute, die fahren müssen. Die Polizeikontrollen sind an den Festtagen streng.«

Ich unterdrückte einen tiefen Seufzer. »Na gut, dann nehme ich einen Kinderpunsch.«

John hob zwei Finger. »Für mich auch einen.«

Weihnachten im Pub ohne Alkohol. Und das mitten in England. Das versprach eine rauschende Feier zu werden. Enttäuscht nippte ich an meinem lauwarmen Kirsch-Johannisbeersaft, in dem ein paar Orangenschnitze und ein Sternanis schwammen.

»Gefällt es dir?« John legte seinen Arm um mich und zog mich eng an sich. Das kam unerwartet. Und es fühlte sich schön an.

»Ja, sehr.« Ich hatte plötzlich große Lust, ihn zu küssen. Und noch ganz andere Sachen mit ihm zu veranstalten. Alle unbekleidet.

»Lass uns trotzdem bald nach Hause fahren, okay?« Auch seine Augen funkelten verräterisch.

Ich nickte. Die Tür schwang auf und ein paar Männer in weißen Gewändern traten ein.

»Oh, jetzt geht's gleich rund. Das sind die Christmas-Singers«, erklärte John. »Sie ziehen durch die Pubs und singen.«

Sie begannen mit einem wunderschönen a cappella-Gesang. *Carol of the Bells,* ein altes Weihnachtslied. Ihr Alkoholpegel war noch gemäßigt und so sangen sie wirklich schön.

»Hey John, du hier?!« Ein großer schlaksiger Mann, etwa in Johns Alter, stürzte sich auf uns und schlug John auf die Schulter. »Was für eine Überraschung! Seht mal, wer da ist!«, schrie er in den Pub. »Johnny Christmas! Die nächste Runde geht auf mich!«

John verdrehte die Augen, konnte sich aber ein Lächeln nicht verkneifen. »Lustige Weihnachtsmann-Sprüche in drei, zwei, eins.«

»Oh, wenn der Weihnachtsmann persönlich vorbeikommt, ist Weihnachten ja gerettet!«, brüllte jemand aus dem Hintergrund.

Lautes Gelächter.

»Hast du denn auch deinen Sack dabei, Weihnachtsmann?«, grölte einer.

Noch lauteres Gelächter.

»Gleich kommt ein Rutenwitz, wetten?«, flüsterte er mir zu.

»Pack bloß deine Rute nicht aus!«, rief jemand. »Nicht vor allen Leuten!«

Schallendes Gelächter.

»Das ist Tim.« John nahm den Arm von meiner Schulter. »Wir sind zusammen zur Schule gegangen. Genau wie die anderen dreißig Leute hier im Raum.«

»Schön, dich zu sehen!« Tim hatte wohl schon ordentlich getankt, denn er sprach mit schwerer Zunge. »Menschenskind, du bist zum ersten Mal seit wie viel Jahren wieder hier? Zehn?«

»Nein, es sind nur fünf. Ebenfalls. Freue mich auch.«

»Hi Sybil.« Tim lächelte breit. »Irgendwie komisch. John und ich sind richtig alte Säcke geworden, doch du siehst zehn Jahre jünger aus als damals. Wie hast du das bloß gemacht? Ist das ein Zaubertrank in deinem Becher?« Er prustete vor Lachen.

John räusperte sich. »Das ist nicht Sybil. Darf ich dir vorstellen, Marian.«

»Oh, wow. Stimmt, jetzt wo du es sagst. Sie sieht ganz anders aus. Und hey, da ist ja ein kleines Christmas-Baby unterwegs.« Er schlug John wieder auf die Schulter. »Glückwunsch! Gut gemacht, es wird auch langsam Zeit. Ich habe schon drei, mich holst du nicht mehr ein.« Er hängte sich an Johns Hals. »Ich bin so besoffen, meine Frau schlägt mich tot, wenn ich nach Hause komme. Echt schön, dich zu sehen, alter Freund. Aber nicht wieder fünf Jahre warten, bis zum nächsten Pub-Besuch, versprochen?« Bevor John antworten konnte, stürzte er sich ins Getümmel. »Hey, da ist ja Robert! Hab dich ja ewig nicht ...«

»O Gott«, murmelte John. »Manche Dinge ändern sich nie. Beim letzten Mal war Tim auch so betrunken. Aber nicht halb so betrunken wie ich.«

Mir war beklommen zumute, wegen der Verwechslung mit Sybil. Sie war der letzte Mensch auf Erden, mit dem ich verwechselt werden wollte. Aber ich schwieg dazu.

Dann stimmten die Sänger *Last Christmas* an, in einem schönen Kanon. Es klang feierlich und anders als das Original. Trotzdem war es das Weihnachtslied, das John am wenigsten mochte. Um nicht zu sagen: hasste.

»Wir sollten gehen«, sagte er prompt. »Es ist gleich zwölf.« Er winkte der Menge zu.

»Wir bleiben in Kontakt!«, rief Daniel durch den Raum. Dann hob er die Hand und hielt die Finger an Ohr und Mund, als würde er telefonieren. »Dieses Mal wirklich. Abgemacht?«

»Ja, abgemacht. Wir sehen uns bald, versprochen.« John stieß die schwere Eingangstür nach draußen auf, kalte Luft schlug uns entgegen.

»Jetzt weiß ich es!« Daniel schlug sich an die Stirn und lachte. »Marian! Du bist das Risotto …«

O Gott! Ich schob John ein wenig schneller durch die Tür. »Bis bald! Und frohe Weihnachten!« Die Tür glitt hinter uns zu.

»Was hat er gerade gesagt? Er will Risotto essen?« John lachte. »Oh, Mann, sie sind alle so sturzbetrunken.«

»Ja, so ähnlich«, murmelte ich. »Nicht alle. Wir sind es nicht.«

❄

KAPITEL 34

Marian

Die Kirchturmuhr schlug Mitternacht, als wir den Pub verließen. Es war bitterkalt, die Straßen glitzerten silberweiß. Nebel war in der Zwischenzeit aufgekommen und mit der Feuchtigkeit hatte sich eine feine Eisschicht über alles gelegt. Es sah wunderschön aus, wie im Märchen, aber es war höllisch glatt.

»Blitzeis, so ein Mist«, murmelte John. »Pass bloß auf.«

Hand in Hand schlitterten wir zum Wagen, als die Tür des Pubs aufgestoßen wurde. »Hey, wartet!« Der Barkeeper winkte heraus. »Gut, dass ich euch noch erwische. Mein Schwager hat gerade angerufen, oben an der Landstraße sind ein paar Autos ineinander gerutscht, alles ist gesperrt. Man hängt stundenlang dort fest. Wenden geht wegen der Schneeverwehungen nicht. Also fahrt bloß nicht dort vorbei, sonst könnt ihr die kuschelige Weihnachtsnacht vergessen. Nehmt lieber die Abkürzung. Ich bin froh, dass ich euch noch Bescheid geben konnte. Fahrt vorsichtig!«

»Ja, danke.« John winkte zurück und schloss das Auto auf. »Nun gut, also die Abkürzung.«

»Es sind ja nur ein paar Meter. In einer Viertelstunde sind wir zu Hause. Oder?« Ich schaute ihn über das Wagendach an. Er wirkte angespannt und nickte.

»Verdammt, die Straße ist arschglatt.« Vorsichtig steuerte John den Wagen. Wir tuckerten mit höchstens 30 Meilen über die einsame Straße, die durch einen Wald führte. »Sorry, wir werden ewig brauchen, es ist brandgefährlich. Jetzt wünsche ich mir noch mehr, wir hätten den Rover.«

»Ja, es macht doch nichts. Wir haben Zeit.« Meine Worte hinterließen eine kleine weiße Atemfahne. »Die Heizung, kannst du sie bitte einschalten?«

»Habe ich schon, es dauert leider ein bisschen.« Er legte kurz die Hand auf mein Knie. »Ich bin froh, wenn wir gleich zu Hause sind.« Er sprach mehr zu sich selbst: »Das alles behagt mir ganz und gar nicht.«

»Oh ja, ich bin auch froh. Es ist wirklich kalt.« Ich rieb meine Hände aneinander. »Warum denn? Wir fahren langsam und nichts wird passieren. Es ist doch alles gut.« Ich beugte mich nach vorne und schaltete das Radio an. *Jingle Bells* erklang. »Stört dich das?«

Er stieß einen Seufzer aus. »Lass es ruhig an. Die vielen Weihnachtslieder haben mich anscheinend abgehärtet.«

»Gut so.« Ich lachte leise. »Oh, was ist das denn?« Ich deutete nach links, die steile Böschung hinab, wo man durch die Lücken zwischen den Bäumen einen breiten, weißen Weg erkennen konnte. Nein, das war viel breiter als ein Weg. »Ist das eine weitere Straße?«

»Nein, das ist der Fluss. Der *Arden.* Zugefroren.« Er blickte stur geradeaus.

»Es sieht wunderschön aus.« Doch kaum hatte ich das gesagt, wurde mir seltsam zumute. War das etwa der

Fluss, in den er und Sybil bei diesem Unfall stürzten? Wir fuhren die gleiche Strecke wie sie vor fünf Jahren? Das war wirklich … beängstigend.

»Ja.« John schwieg eine Weile, dann atmete er tief ein. »Marian, ich muss dir etwas erzählen. Vor fünf Jahren kam ich ebenfalls aus dem Pub und fuhr mit einer Frau an meiner Seite nach Hause. Genau genommen war sie …«

Plötzlich löste sich ein Schatten aus den Bäumen und bewegte sich flink zur Fahrbahnmitte. Riesige braune Augen tauchten im Scheinwerferlicht auf. »Ein Reh!«, schrie ich erschrocken auf und griff in einem Reflex nach Johns Arm.

»Scheiße!« Er verriss das Steuer und trat mit Wucht auf die Bremse. Das Reh huschte davon und verschwand mit einem Satz im Dickicht.

Doch der Wagen geriet ins Schleudern, immer schneller schleuderte er. In schwindelerregendem Tempo drehten wir uns um die eigene Achse und durchbrachen schlitternd die kleineren Sträucher an der Seite. Und auch die größeren, mit dickeren Ästen. Ich schrie und klammerte mich am Sitz fest.

»Die Bremsen greifen nicht!«, stieß John hervor. »Zu glatt.« Er machte hektische Lenkbewegungen, aber der Wagen reagierte nicht und fuhr stur geradeaus. Hart polterten die Äste an die Windschutzscheibe und schlugen dumpf am Seitenfenster vorbei. Bestimmt würden sie uns abbremsen und uns zum Stehen bringen. Doch der Wagen rauschte nur so durch sie hindurch. Oder die kleinen Bäume? Auch sie hielten uns nicht. Stattdessen rollten wir immer schneller abwärts und gewannen mit der zunehmenden Steigung weiter an Geschwindigkeit. Unaufhörlich näherten wir uns der steilen Böschung und rollten sie hinab. Ich hörte mich schrill aufschreien. Wir schossen geradezu über einen silbern glitzernden Grasstreifen, beschleunigten noch mehr und rollten über den weißen Eisstreifen. Wir wurden langsamer und trudelten aus. Der Wagen kam zum Stehen. Mitten auf dem zugefrorenen Fluss.

Ich hielt den Atem an. John keuchte.

»O Gott, wir sind auf den Fluss gefahren.« Vor Schreck flüsterte ich. »Zum Glück ist das Eis dick gefroren. Und zum Glück haben wir Gabriel nicht dabei.« Ich atmete ganz flach.

Stille. Nur unser beider Atemzüge waren vernehmbar. Was für ein Glück, dass wegen des harten Winters das Eis so dick war und uns trug.

Ein leises Knistern durchbrach die Stille. Direkt unter uns. Schwoll an zu einem Knirschen. Dann knackte es, leise aber unüberhörbar. »Der Fluss ist doch dick zugefroren, oder?« Ich griff nach Johns Hand. Wie versteinert saß er da und gab keinen Ton von sich. Das Knacken wurde lauter. Das konnte nur eins bedeuten. »John, das Eis. Ich glaube … es bricht.« Mir wurde übel vor Angst.

Da rief der Radiosprecher: »Ho-ho-ho! Frohe Weihnachten, ihr da draußen. Lasst es euch gutgehen, genießt den Zauber der Heiligen Nacht. Und damit ihr ihn richtig nachempfinden könnt, spiele ich euch meinen absoluten Lieblingssong!« Aus dem Radio schallten bekannte Akkorde, dann setzte eine Stimme ein: »*Last Christmas …*«

»Was?«, stieß ich hervor. Ausgerechnet dieses Lied? Ein Angstschauer lief mir den Rücken hinab. Das Knacken verstärkte sich, wurde geradezu ohrenbetäubend und setzte sich ringförmig nach allen Seiten fort.

»Nein, nein«, murmelte John. »Das glaube ich jetzt nicht.«

»Wir müssen sofort raus! Der Wagen!« Panik stieg in mir auf. Ein gewaltiger Ruck erschütterte den Wagen und ließ ihn erzittern – dann kippte er in Zeitlupe nach vorne.

»Wir gehen unter, John! Komm!« Mit fliegenden Händen zerrte ich an meinem Gurt, er klemmte zuerst und verhakte sich. Meine Finger zitterten, ich brauchte mehrere Versuche, bis ich mich abschnallen konnte. Hektisch stieß ich die Tür auf und schrie. Eiskaltes Wasser sprudelte mir entgegen und lief gluckernd in den Fußraum. »Schnell, raus hier, John!«

Mit einem Fuß geriet ich in das Loch im Eis, das sich in Sekundenschnelle vergrößerte, und trat ins Leere. Hastig zog ich ihn hervor. Wie ein Abgrund tat sich der Fluss unter dem Eisloch auf, schwarz und alles verschlingend. Wenn man hier versinken würde … Ein weiterer Schauer überlief mich. *Nichts wie weg!* Vorsichtig balancierte ich am Loch und an den aus dem Wasser ragenden Eisschollen vorbei, stolperte, rutschte weg und fiel auf die Knie. O Gott, schnell hoch! Hastig rappelte ich mich wieder auf und machte ein paar Schritte vom Wagen weg.

Doch wo blieb John? Die Fahrertür war weiterhin geschlossen. Er saß noch drin? Warum stieg er nicht aus? Er würde untergehen!

Ich schlitterte wieder zum Wagen hin, dann näherte ich mich vorsichtig seiner Tür und riss sie auf. Sofort strömte das Wasser hinein und lief über seine Füße. »Schnell, komm! Steig aus!« Ich schrie wie von Sinnen. Doch er saß nur da wie angewurzelt. Der Song lief weiter.

Er hatte einen Schock! Weil er das alles zum zweiten Mal erlebte und das war mehr, als er ertragen konnte. Ich griff an ihm vorbei und zerrte an seinem Gurt. Endlich erwischte ich den Knopf am Gurtschloss und drückte ihn. Es klickte. Das Schloss öffnete sich, der Gurt surrte weg. Inzwischen strömte das Wasser immer schneller in den Innenraum. Der Wagen sank. Unaufhaltsam.

»Bitte, John, du musst hier raus.« Ich packte ihn am Kragen und schüttelte ihn. Er reagierte nicht. Starrte an mir vorbei ins Leere. Musste ich ihm ins Gesicht schlagen, damit er zu sich kam? »John, bitte.« In meiner Verzweiflung presste ich meine Lippen auf seinen eiskalten Mund. Ich küsste ihn, so fest und so innig ich nur konnte. Meine ganze Liebe floss in diesen Kuss. Und meine Angst um ihn.

Endlich regte er sich und sah mich unverwandt an. »Marian. Du rettest mich?« Er fuhr über mein Haar und lächelte. Wir waren kurz vor dem Ertrinken, und er lächelte?

»Ja, natürlich rette ich dich.« Ein Schluchzen stieg in meine Kehle, weil ich so schreckliche Angst hatte. »Was denn sonst? Komm!« Ich zerrte an ihm, bis er endlich ausstieg. Das Wasser lief unaufhörlich in den Wagen. Um uns herum zersplitterte das Eis unter bedrohlichen Geräuschen, die Risse setzten sich schneller fort, vereinzelt ragten Eisschollen empor, spitz und gefährlich. »Tritt nicht dahin, John! Nicht in die Löcher!« Er stolperte stumm neben mir her. »Wir müssen hier weg. Los, zum Ufer!«

»Ja«, murmelte er. Hinter uns schepperte weiter das Lied, verzerrt und undeutlich, als spielte man es in der falschen Geschwindigkeit ab.

Ich schleifte ihn vom Wagen weg, der bereits zu einem Drittel im Fluss verschwunden war, der Innenraum war bis zur Rückenlehne vollgelaufen. Das Krachen wurde lauter, wir versanken bis zu den Knien im Wasser. Ich stolperte, fiel hin, dennoch ließ ich seine Hand nicht los. Er wirkte immer noch wie gelähmt. »Bitte, John. Wir müssen vom Wagen weg, der Sog reißt uns sonst mit in die Tiefe. Wir werden ertrinken. Hilf mir, alleine schaffe ich das nicht. Wir müssen nach Hause, zu Gabriel. Er braucht uns!«

Da endlich erwachte er aus seiner Erstarrung. Er schüttelte sich und sah mich an mit klarem Blick. »Ja, komm.

Steh auf, Marian.« Jetzt zog er mich hoch, packte mich fest am Arm und wir schlitterten über die Eisfläche. Je weiter wir uns vom Wagen entfernten, desto fester wurde das Eis. Halb schlitternd, halb fallend, stolperten wir zum Ufer. Keuchend, nach Atem ringend, stürzten wir auf den gefrorenen Boden. Über uns schimmerten die Sterne silbern am dunkelblauen Nachthimmel.

Ein atemberaubend schöner Anblick, der im Gegensatz zu dem Schrecklichen stand, das wir gerade erlebt hatten. Ein lautes Knacken drang vom Fluss, dann ein Gurgeln. Das Auto verschwand.

»Oh Gott, das war Rettung in letzter Minute.« Meine Lunge schmerzte vor Anstrengung, mein Herz sprang schier aus meinem Brustkorb. Die Panik lief in Wellen durch meinen Körper.

»Du hast mich gerettet«, flüsterte er. Er gab ein seltsames Geräusch von sich. Weinte er? Nein, er lachte. Leise, aber es war eindeutig ein Lachen.

»Ja. Denkst du, ich lasse dich untergehen?«

»Du hättest sterben können.«

»Nein, das hätte ich nicht.« Die Anspannung ließ nach und der Schock setzte ein. »Doch, wir hätten beide sterben können. Das sind wir aber nicht.«

Auf einmal drang oben von der Straße lautes Hupen und aufgeregtes Stimmengewirr. »Da muss jemand durchgebrochen sein! Seht doch, die Äste.« Schritte näherten sich, es krachte im Gehölz. Dann schallte eine Stimme die Böschung herab: »Hallo, ist jemand da unten?«

»Ja, wir sind hier.« John erhob sich vom Boden. Dann zog er mich hoch und schloss mich in seine Arme. Ich zitterte, nicht einmal so sehr vor Kälte, sondern vor Panik. Jetzt, da alles vorbei war, hatte ich die schlimmste Angst meines Lebens.

Kurz darauf stiegen drei Männer vorsichtig den steilen

Hang herab und kamen auf uns zu. »Verdammt, es ist spiegelglatt.«

»Ja, passt bloß auf!« John presste mich fest an sich. »Schscht. Alles ist gut.«

»Meine Güte, das hätte böse ausgehen können. Wo ist euer Wagen?« Der ältere der Männer schaute sich suchend um, dann zeigte er entsetzt auf das Loch im Fluss. »Euer Wagen ist weg?«

»Ja, wir sind eingebrochen und dann ist der Wagen gesunken.«

»Dich kenne ich doch! Bist du das etwa, Johnny Christmas?«, fragte der Ältere. Er schob seinen Hut aus der Stirn und sah John ins Gesicht.

»Ja, der bin ich.«

»Das gibt's ja nicht.« Der Mann schüttelte ungläubig den Kopf, dann stemmte er die Hände in die Hüften. »Hattest du vor Jahren nicht schon mal einen Unfall am Fluss? Einen schlimmen sogar?«

»Ja, das hatte ich.«

»Junge, da musst du einen guten Schutzengel haben.«

»Ja, den habe ich. Und was für einen.« John nahm meine Hand in seine. »Könnt ihr uns nach Hause bringen?«

»Klar, kommt mit. Bill Weathers mein Name. Das sind meine Söhne Adam und Jonah.« Er zeigte auf die beiden jüngeren Männer.

Sie murmelten ein leises »Hallo«. Auch sie starrten schockiert zum Fluss.

Zusammen stapften wir die Böschung hoch. Es war mühsam. Immer wieder rutschte jemand weg, schlug beinahe hin oder konnte sich gerade noch an den Ästen festhalten. John ließ meine Hand nicht los und half mir beim Hochklettern.

»So glatt war es hier noch nie. In über sechzig Jahren nicht.« Bill keuchte beim Aufstieg. Oben angekommen, öffnete er den Kofferraum und nahm ein paar Decken hervor. »Hier, damit ihr euch nicht erkältet.« Wir schlangen uns die Decken um und kletterten auf die Rückbank des Wagens. Eng aneinander geschmiegt saßen wir dort.

»Und es muss wirklich niemand ins Krankenhaus?«, fragte Bill.

»Nein, wir sind unverletzt.« Mit einem Lächeln legte John den Arm um mich. »Nur die Hosen nass bis zu den Knien.«

»Wenn es sonst nichts ist. Das nenne ich mal ein richtiges Weihnachtswunder.« Bill startete den Wagen und fuhr langsam los.

Wir schlichen in einer Schneckengeschwindigkeit über die Straße. Eine halbe Stunde später passierten wir das Tor und sie setzten uns vor dem Haus ab.

»Ich sehe ständig das riesige Loch in der Eisdecke vor mir. Darf gar nicht darüber nachdenken. Gruselig.« Bill ließ das Wagenfenster herunter und streckte den Kopf heraus. »Was für ein Glück ihr doch hattet. Frohe Weihnachten euch beiden.« Er hob grüßend die Hand.

»Frohe Weihnachten. Danke vielmals fürs Heimbringen.« John klopfte aufs Autodach. Sie hupten einmal kurz auf, dann tuckerten sie die Auffahrt entlang und verschwanden.

Als wir das Haus betraten, schlug uns warme Luft entgegen. Es duftete nach Plätzchen, nach Zimt und Schokolade. Alles sah so wunderschön aus. Der riesige Baum mit den glitzernden Kugeln, unter dem die Geschenke lagen. Am Kamin hingen die dickgefüllten roten Strümpfe.

Daneben stand ein Schaukelpferd aus Holz mit einer wilden Mähne.

»Das ist für Gabriel, aber pst, nichts verraten.« John legte den Finger über die Lippen.

»Gabriel.« Ich schlug die Hände vors Gesicht. Ein Schluchzen drang aus meiner Kehle. »Du hast ihn gerettet. Ich wollte ihn unbedingt mitnehmen und stell dir vor, er wäre im Wagen gesessen. Und ich hätte ihn nicht rechtzeitig …«

»Nein, nicht weinen.« Er nahm mich fest in die Arme. »Er war doch gar nicht dabei, also denk nicht weiter darüber nach. Ja?«

»Ja«, schluchzte ich und klammerte mich an ihn.

»Du hast mich gerettet«, flüsterte er mir zu. »Komm. Lass uns hochgehen.«

❄

KAPITEL 35

John

Ich nahm sie an der Hand und zog sie zur Treppe. Beim Gehen schlugen unsere nassen Hosenbeine aneinander und machten dabei leise Geräusche. *Schlupp-schlupp-schlupp.* Doch sie schaffte kaum die erste Stufe und wäre fast gestolpert. Ich stoppte sie. »Komm her.« Ich hob sie in meine Arme und trug sie die Treppe hoch in mein Zimmer.

Dort legte ich sie aufs Bett. Jetzt wirkte sie wie erstarrt, nachdem sie eben so mutig gewesen war und um mich gekämpft hatte wie eine Löwin. Vermutlich stand sie unter Schock. Lautlos weinend starrte sie an mir vorbei ins Leere. Ich streifte zuerst ihre Hose aus, dann meine und legte mich neben sie. Mit allen verfügbaren Decken deckte ich uns zu. Ihre Zähne klapperten.

»Gleich wird dir wärmer.« Ich schlang meine Arme um sie, zog sie an mich und küsste ihre Stirn. Sie zitterte am ganzen Körper. Ich rubbelte über ihre eiskalten Beine und über ihren Rücken. »Wird's besser? Hab keine Angst mehr, wir sind in Sicherheit.«

»Ja«, flüsterte sie und nickte.

Ich dachte an eben zurück, kurz bevor der Unfall geschah. Als ich ihr alles erzählen wollte und plötzlich das Reh auf die Straße sprang. Wir schlitterten die Böschung hinunter wie vor fünf Jahren, nur wenige Meter von derselben Stelle entfernt. Als der Wagen zum Stehen kam, war ich wie gelähmt, gefangen in meinen Flashbacks. Dann kam ausgerechnet noch dieses Lied? Ich konnte nur daran denken, dass Sybil mich damals zurückgelassen hatte, ohne zu zögern. Dass sie sich in Sicherheit brachte, ohne nach mir zu fragen. Nicht nur das. Sondern dass sie vom Ufer aus zusah, wie ich verzweifelt versuchte, sie zu retten und dabei fast ertrank. Es hätte sehr gut in ihren Plan gepasst, wenn ich gestorben wäre. Denn sie wollte mich ohnehin verlassen und ihre Sachen waren schon gepackt.

Alles wiederholte sich? Ich konnte es nicht fassen. In diesem Moment gab ich auf. Ich war bereit zu sterben, denn es würde mir kein zweites Mal gelingen, mich zu retten. Es hatte mich damals enorme Anstrengung gekostet und alle meine Energie. Nacht für Nacht in meinen Träumen ebenso. Ich hatte gekämpft, immer wieder, und um mein Leben gerungen. Meine Kraft war aufgebraucht.

Doch Marian war nicht Sybil. Marian blieb. Wie durch einen Nebel hörte ich ihre Stimme. Unablässig redete sie auf mich ein, aber ich verstand den Sinn ihrer Worte nicht. Da packte sie mich am Kragen, wild entschlossen, riss mich hoch und küsste mich ins Leben zurück. Ihre warmen Lippen hauchten mir ihre Energie ein, ihren Mut und ihre Liebe. Erst da begriff ich, was geschah und dass ich sofort aussteigen musste. Sie zerrte mich aus dem Auto, obwohl sie selbst Todesangst hatte. Sie stand in ihren Augen.

Wir mussten vom Wagen weg, sonst würde er uns mit in die Tiefe reißen. Das verstand ich auch, dennoch stolperte ich wie betäubt hinter ihr her. Erst als sie Gabriel erwähnte, fiel dieser seltsame Schleier von mir ab und mit ihm die Erstarrung. Von diesem Moment an war ich wieder ich selbst.

Wie glücklich ich war, als wir am Ufer nebeneinander ins Gras fielen, keuchend und halb durchnässt. Alles war anders als vor fünf Jahren. Keine bittere Verzweiflung, kein schmerzendes Herz und keine kollabierende Lunge.

Sondern mich durchströmten ein berauschendes Glücksgefühl und meine Liebe zu ihr. Warm und stark und unbesiegbar. Mit ihrem selbstlosen Einsatz brach sie den Bann, in dem ich so lange gefangen war. Ich war endlich frei.

Ich zog sie noch enger an mich. »Marian, eben wollte ich es dir erzählen. Vor fünf Jahren hatte ich an dieser Stelle schon mal einen Unfall. Mit einer Frau an meiner Seite, Sybil. Sie rettete sich, aber ich dachte, sie wäre unter dem Eis gefangen. Ich habe stundenlang nach ihr gesucht, bis meine Lunge beinahe platzte. Unzählige Male tauchte ich nach ihr, aber ich fand sie nicht. Ich war total betrunken und brachte mich dabei in Lebensgefahr, mit jedem Tauchgang wurde es gefährlicher. Zum Schluss fand ich das Einstiegsloch nicht mehr und ertrank beinahe. Nur ein Licht rettete mich, vermutlich ein Stern, der mir den Weg zeigte. Aber bis heute weiß ich nicht, wie ich durch die geschlossene Eisdecke kam, vermutlich …« Ich stockte. Plötzlich war dieses Bild in meinem Kopf.

Meine Faust, die verzweifelt ans Eis hämmerte. Die Kräfte

verließen mich, meine Schläge wurden schwächer. Plötzlich stand ein Schatten über mir, mit menschlichen Umrissen. Eine Hand griff von oben durch die dicke Eisdecke und glitt mühelos hindurch, als wäre es Butter. Eine wahnsinnige Wärme ging von der Hand aus. Sie schoss auf mich zu, packte mich am Kragen und riss mich aus dem Wasser. Das Eis, das klirrend zersprang. Wie ein Neugeborenes plumpste ich hervor und fiel aufs Eis, Blut und Wasser spuckend. Mit einem Schrei atmete ich die kalte Winterluft ein und sog sie tief in meine schmerzende Lunge.

Verwirrt schüttelte ich den Kopf. Dieser Flashback war neu. Wie seltsam.

Sie sah mich fragend an und ich sprach weiter: »Vermutlich fand ich das Einstiegsloch irgendwie doch. Ich kann mir das sonst nicht erklären.«

»O John, wie schrecklich«, flüsterte sie.

»Eine Stimme vom Ufer rief immerzu meinen Namen und ich folgte ihr, kroch zuerst auf allen vieren über die Eisschollen, rappelte mich auf und taumelte übers Eis. Bis heute habe ich den Geschmack jener Nacht in meinem Mund. Nach salzigen Tränen. Dem brackigen Flusswasser. Und nach Blut, denn mir platzten einige Lungenbläschen.«

Sie schluchzte auf.

»Ich schleppte mich ans Ufer. Dachte, sie wäre tot. Doch da war eine aufgetaute Stelle, fast noch körperwarm, und ich spürte die Anwesenheit von jemandem. Ich dachte auch, ich hätte eine Person dort gesehen. Mit einem Licht in der Hand. Einer Taschenlampe vielleicht? Auf jeden Fall seltsam leuchtend. Die Blätter raschelten noch, als wäre gerade jemand durch das Wäldchen gegangen. Da war wieder diese Stimme, die meinen Namen flüsterte. Das konnte nur Sybil sein! Spuren führten hoch zur Straße, also folgte ich ihnen.

Dort brach ich zusammen. Stundenlang lag ich in meinen nassen Sachen da und wäre beinahe erfroren. Jemand fand mich, durch puren Zufall, weil ich oben an der Straße lag. Unten am Fluss hätte mich niemand gefunden. Wenn, dann viel zu spät. Eine Woche im künstlichen Koma. Eine weitere Woche, in der es ernst um mich stand. Als ich aufwachte, trauerte ich um sie. Bis ich verstand, was man mir sagen wollte. Dass ihre Sachen weg waren, dass sie gegangen war. Ich wollte nicht glauben, dass sie mich verlassen hatte. Auf diese Weise? Sie stand am Ufer und sah zu, wie ich ertrank? Erst als ich nach sechs Wochen aus dem Krankenhaus entlassen wurde und mit eigenen Augen sah, dass sie verschwunden war, glaubte ich es.«

»Das ist furchtbar. Es tut mir so leid.« Sie strich über meine Wange. Unablässig liefen Tränen über ihr Gesicht, aber sie wirkte nicht überrascht.

»Du hast es gewusst?«

»Ja, ein bisschen«, gestand sie. »Nur nicht, wie schlimm es war.«

Gott sei Dank, dann wusste sie auch, dass ich verheiratet war. Ich war froh, dass ich dieses leidige Thema aussparen konnte und noch froher, dass sie mir deswegen nicht böse war. Sie hätte denken können, dass ich es ihr absichtlich verheimlicht hatte. Dabei wollte ich nur nicht darüber sprechen. Auch jetzt wollte ich nicht über Sybil reden, denn sie war Vergangenheit. Mit der heutigen Nacht mehr denn je.

»Ja, es war schlimm, denn ich habe sie geliebt«, gab ich zu.

Sie runzelte die Stirn und guckte so grimmig, dass ich beinahe lachen musste. Sie war eifersüchtig und das fand ich gerade sehr süß.

»Dass sie zusah, wie ich fast ertrank, war das Schlimmste. Daran hatte ich lange zu knabbern. Dass ich sie liebe, ist schon länger vorbei. Aber dass ich diese üble Sache mit mir herumgeschleppt habe, ist jetzt endgültig Vergangenheit. Wegen dir.«

»Das ist schön.« Ihre Züge entspannten sich und sie lächelte. »Vielleicht war sie es gar nicht, die am Ufer wartete.«

»Wer denn sonst?«

»Dein Schutzengel. Er hat auf dich aufgepasst und dich gerettet. Der Mann sagte es eben auch. Du hast einen guten Schutzengel.«

Wie goldig. Das passte zu ihr. Sie interpretierte in etwas so Hässliches etwas Schönes hinein und gab ihm damit eine andere Wendung. Sie drehte es zum Guten. Allein die Möglichkeit, dass jemand auf mich aufgepasst und über mich gewacht hatte … Die schlimmsten Stunden meines Lebens wurden dadurch abgemildert. Eine höhere Macht hatte mich vielleicht beschützt? Auch wenn ich das nicht glaubte, allein Marians Versuch war rührend und bewegte mich mehr, als ich im ersten Impuls zugeben wollte. Mein Schutzengel wachte über mich. Eine schöne Vorstellung.

Das seltsame Bild der Hand, die mich packte, schwirrte wieder durch meinen Kopf. Nein, das war zu schräg.

»Nur du kommst auf so einen Gedanken.« Ich küsste sie lange und zärtlich. Der Geschmack in meinem Mund, den diese Nacht auslöste, verschwand. Tod und Trauer verschwanden, auch die Verzweiflung. Denn Marian schmeckte nach Leben und nach Liebe, nach Zimt und nach Kirschsaft und ein bisschen nach Anis. »Jetzt schmecke ich nur noch dich.«

»Und ich nur dich.« Sie küsste mich wiederum.

»Du bist mein Weihnachtswunder.« Ich streichelte sie. »Ich bin so froh, dass wir beide hier sind.«

»Und du meins«, flüsterte sie. »Ja, ich auch.«

Wir küssten uns heftiger. Ich wünschte mir so sehr, dass sie ehrlich zu mir wäre und diesen verdammten Bauch ausziehen würde. Damit ich sie lieben konnte, ohne dass dieses komische Teil zwischen uns stünde. Dass alles Alte von uns abfiele, damit wir neu beginnen konnten. Vielleicht waren zwei Wunder auch zu viel verlangt für eine Nacht.

Ich schmeckte ihre weichen Lippen und ihre Zunge. Ihr betörender Geruch machte mich ganz benommen. Sie keuchte unter meinen verlangenden Küssen, denn ich gab mir Mühe, sie zum Schwitzen zu bringen, damit sie vielleicht … »Wird dir langsam warm?«

»Ja, sehr warm.« Sie lächelte spitzbübisch. Dann atmete sie tief ein. »Ich muss dir auch etwas erzählen.« Mit einem Ruck zerrte sie sich den Pulli über den Kopf, dann ihr Shirt. Sie griff hinter sich, ein ratschendes Geräusch, dann zog sie etwas hervor und ließ es neben sich aus dem Bett fallen.

»Dieser Bauch ist nicht echt. Ich bin gar nicht schwanger.« Sie sah mich mit großen Augen ängstlich an.

Ich hätte am liebsten laut gejubelt, stattdessen sagte ich: »Das finde ich jetzt nicht so furchtbar.« Meine Stimme klang belegt. Sie hatte gerade meinen größten Wunsch erfüllt. Wenn sie wüsste, was das alles nach sich ziehen würde. Ich würde sie lieben, wie sie es noch nie zuvor erlebt hatte. Die ganze Nacht lang.

»Du hast es gewusst?« Sie japste nach Luft. Damit hatte sie nicht gerechnet.

»Ja, ich weiß Bescheid. Ganz am Anfang habe ich es durch Zufall herausgefunden. Außerdem hast du ständig etwas anderes gesagt, in welchem Monat du wärst. Vierter bis neunter Monat, alles war dabei.« Wie süß, dass sie so eine schlechte Lügnerin war. Ihre Unschuld machte sie noch verführerischer.

»Bist du mir denn böse?« Sie hielt den Atem an. »Es tut mir leid, ich wollte dich nicht anlügen.«

»Nein, ich bin dir nicht böse.«

»Gott sei Dank!« Sie atmete erleichtert aus. »Ich bin so froh, dass du Bescheid weißt und dass du mir das alles nicht übel nimmst.«

»Gerade jetzt, in diesem Moment, bin ich nur froh, dass er weg ist.«

»Bist du das?«

»Ja, weil es eine Menge Dinge gibt, die ich mit dir anstellen will und dabei ist er ein bisschen hinderlich.« Ich wühlte mich durch die zahlreichen Decken. Da endlich, nackte Haut. Herrliche Brüste, rund und üppig und ihre samtweiche Haut. Ich streichelte über ihren Bauch. Er war richtig dünn und an einigen Stellen konnte ich ihre Rippen fühlen. »Du isst zu wenig, kann das sein?«, murmelte ich. »Das muss sich ändern.«

»Ja«, flüsterte sie. Dann kämpfte sie sich durch meine Decken und tastete nach mir. »Und du hast zu viel an.« Sie zerrte an meinem Pulli, also zog ich ihn aus. Mein Shirt flog hinterher und auch meine Boxershorts.

»Ho-ho-ho«, raunte ich. »Bist du schon mal vom Weihnachtsmann vernascht worden?«

Sie kicherte leise. »Nein, bisher noch nicht.«

»Dann schnall dich an, denn das wird jetzt eine sehr heiße Schlittenfahrt.« Ich alberte herum, denn ich fühlte mich mit einem Mal um fünf, nein, um hundert Jahre jünger. Oder wie ich selbst. Wir lachten beide. »Ich zeige dir auch meinen dicken Sack. Mit all den wunderbaren Geschenken darin.«

Sie prustete vor Lachen. »Oh, ich freue mich schon.«

»Sorry, der war echt grauenhaft. Sag, dass ich mit diesen blöden Witzen aufhören soll. Ich krieg die Kurve nicht mehr.« Ich lachte hilflos.

»Ich finde es lustig.« Ihre Augen glitzerten verwegen. »Und deine Rute, bekomme ich die auch zu spüren?« Sie griff zwischen meine Beine und packte mich. »Mmh, so eine riesige Rute hatte ich ja noch nie in der Hand. Außer vorgestern.« Sie lachte leise und keuchte erregt.

»Oh ja, ich lasse sie dich spüren. Aber nur, wenn du ein böses Mädchen warst. Warst du auch richtig schön ungezogen?«

»Ja, das war ich. Ich habe sehr viele böse Dinge getan.« Sie nestelte unter ihrer Decke, dann kam ihre Hand mit ihrem Höschen zum Vorschein. Sie warf es mir über. »So etwas zum Beispiel.«

»Das geht natürlich überhaupt nicht, dass du dem Weihnachtsmann dein Höschen an den Kopf wirfst. Das war sehr ungezogen, Marian Star.«

»Komm her, John Christmas. Küss mich.«

Die Albernheit verschwand und ein anderes Gefühl machte sich zwischen uns breit. Liebe, pulsierend und stark. Für einen Schlag setzte mein Herz aus. Zumindest fühlte es sich so an. Dann versank ich in ihren wunderschönen Augen und meine Lippen versanken in ihren. Ich kostete ihre herrliche Haut, bedeckte ihren Hals mit Küssen.

Als ich die Decke zurückschlug, fiel das Mondlicht sanft auf ihren nackten Körper. Sie sah wunderschön aus, geradezu überirdisch schön, mit ihrer alabasterfarbenen Haut, die hier und da Sommersprossen aufwies. Im Dekolleté. Auf den Brüsten. Und auf dem Bauch. Ich küsste jede einzelne. Eine ganz vorwitzige, die sich auf ihren Venushügel verirrt hatte, küsste ich besonders ausgiebig.

»Da sind bestimmt noch mehr«, flüsterte ich und

wanderte mit meinem Mund tief zwischen ihre Scham. Sie war so heiß und feucht und ihr Geschmack machte mich ganz benommen. Sie stöhnte unter meinen Küssen und krallte sich in meine Haare. Und als sie sich rhythmisch bewegte, sich unter meiner Zunge wand und mir entgegenkam, mit ihrem Becken, rastete ich fast aus. Nur ein wenig bohrte ich meine Zunge in sie hinein und sie schrie auf und kam unter wildesten Zuckungen.

»John!« Sie rief meinen Namen und da verlor ich völlig den Verstand. Ich robbte zu ihr hoch und stürzte mich auf sie. Ihre Lippen verschloss ich mit einem wilden Kuss. Sie schlang die Beine um mich und ich drang in sie ein. Vielleicht ein wenig ungestüm, denn sie schrie wieder auf und zuckte unter mir. »Oh, ich komme noch mal.«

»Oh Baby, ich bin verloren«, murmelte ich in ihren Mund und brachte sie gleich nochmal zum Schreien.

»Liebe mich, John.« Sie war wie entfesselt und umschlang mich, als wollte sie mich nie mehr loslassen.

Dann verfielen wir in die herrlichste Raserei, die ich je erlebt hatte. Ich war tief in ihr und mit jedem meiner Stöße gelangte ich tiefer, so kam es mir vor. Ihre unvorstellbar köstliche Enge, die sich um mich schloss. Ihre unverstellte Gier und Leidenschaft.

Keine Tabus, nicht in jener Nacht und auch nicht in denen, die folgen würden. Ich wusste es. Ich küsste jede Stelle ihres Körpers, auch die verborgenen, die ganz besonders. Endlich kostete ich ihre schönen Brüste mit den rosa Brustwarzen, ihren Bauchnabel, ihre Hüftknochen. Ich berauschte mich an ihr, bis ich mich total betrunken fühlte.

»Du bist wunderbar«, flüsterte ich ihr zu. Als sie vor mir kniete und mich mit ihrem schönen Mund verwöhnte, mich mit ihrer Zunge kitzelte und in den Wahnsinn trieb mit ihren Lippen, hatte ich nur einen Gedanken. Das wollte ich für den Rest meines Lebens, solche Nächte wie diese hier. Mit ihr zusammen. Für immer. Ich streichelte sie, bis sie glühte und ich liebte sie, bis ich mich völlig in ihr verlor.

»Auf alle viere, Baby. Willst du das für mich tun?« Ich ließ sie vor mir niederknien.

»Ja«, wisperte sie. Sie wandte mir den Rücken zu und ich kniete hinter ihr.

Was für ein Bild. Ihre endlos langen Beine, die in ihrem herrlichen Po endeten, ihre sanft gerundeten Hüften, die schmale Taille und ihr wunderschönes Haar, das sich flammendrot über ihren weißen Rücken ergoss. Mit beiden Händen fuhr ich ihre Konturen nach und streichelte sie von den Kniekehlen bis zum Nacken und wieder zurück.

»Oh, was ist das?« Meine Hand strich über eine Stelle unterhalb ihres Steißbeins. Ganz viele Sommersprossen hatten sich dort auf einem Fleck versammelt. Er war ein paar Zentimeter groß – und herzförmig. Fasziniert starrte ich ihn an.

Sie stöhnte auf. »Mein blöder Fleck. Wenn ich mal Geld habe, lasse ich ihn weglasern.«

»O nein, das wirst du nicht tun.« Ich packte sie an den Hüften und schob mich langsam in sie hinein.

»Nein? Warum nicht?« Ihre Schenkel zitterten vor Erregung. Sie stöhnte dumpf auf, als ich immer tiefer in sie eindrang.

»Weil er wunderschön ist. Versprich mir, dass er bleibt.«

»Ja, versprochen«, seufzte sie.

»Gut.« Ich griff in ihr Haar und wickelte es um meine Faust. Endlich. Seitdem ich sie zum ersten Mal sah, wollte ich das schon tun. Hart trieb ich sie zur Ekstase und darüber hinaus, bis ihre Schenkel so stark vibrierten, dass sie nicht mehr knien konnte.

Ich fiel auf den Rücken und sie ruhte sich auf mir liegend aus. Ihr flammendes Haar setzte meinen Körper in Flammen und ich brannte lichterloh, als sie mich ritt, den Kopf weit in den Nacken gelegt, meine Hände auf ihre Brüste gepresst. Sie kam, wieder und wieder, mit einem Lächeln auf ihrem schönen Gesicht. Glühende Liebe, die von ihr ausging und sich mit meiner vereinte. Die Hitze erreichte mein Innerstes, ich schmolz dahin. Ein Reißen tief in mir, als sie meinen Namen flüsterte. »John, ich liebe dich.«

»Ich liebe dich, Marian.« *Mein Engel.*

Große Brocken brachen aus dem Eispalast hervor, der mit einem Klirren in sich zusammenfiel. Ganze Stockwerke krachten ein. Am Ende stand nur noch die Außenhülle. Und auch sie brach ein. Nur ein Trümmerhaufen blieb übrig. Die letzten Reste schmolzen. Wir tauten sie hinweg mit unseren Küssen und unserer Liebe. In der Hitze unserer leidenschaftlichen Umarmung, im Kuss ihrer weichen Lippen wurde alles fortgespült.

Der Schmerz, die Angst, das Erstarren. Stattdessen Liebe, warm und pur.

Es war früh am Morgen, als ich mit ihr zusammen so gewaltig kam, dass es sich anfühlte wie Sterben. Ich schrie ihren Namen und sie meinen. Und das so laut, dass wir vermutlich das ganze Haus aufweckten. Egal, war ja mein Haus.

Schweißüberströmt kippten wir zur Seite. Ich blieb einfach in ihr drin, weil es so schön war.

»Oh Gott«, murmelte sie.

»Ja.« Zu mehr hatte ich keine Kraft. Ich brauchte ein paar Minuten, bis ich einen klaren Gedanken fassen und sprechen konnte.

Ich nahm ihre Hand. »Bleib bei mir. Für immer. Willst du das?«

Sie zögerte keine Sekunde. »Ja.«

»Gut.« Ich zog sie noch enger an mich, sie schlang ihre Arme und Beine um mich und so ineinander verknotet, schliefen wir sofort ein.

Vielleicht fielen wir auch beide in Ohnmacht.

❄

KAPITEL 36

25. Dezember

Marian

Sonnenstrahlen kitzelten in meiner Nase. Johns Bein war um meine Hüfte geschlungen, ein Arm lag um meine Schultern und einer um meine Taille. Mein Herz klopfte wie verrückt. Er schlief noch. Er sah so ruhig aus, ganz glücklich und entspannt. Und so schön mit seinen dunkelblonden Bartstoppeln und dem sinnlichen Mund.

Was für eine Nacht. Mein Körper fühlte sich schwer an, noch angefüllt von der Hitze seiner Berührungen und der Lust, die er mir bereitet hatte. Was für ein zärtlicher und leidenschaftlicher Liebhaber er war. *Und so herrlich verwegen.*

Ja, ich wollte bei ihm bleiben. Für immer. Diese Vorstellung war so wunderschön, dass ich kaum mehr atmen konnte.

»Ich liebe dich«, flüsterte ich ganz leise, damit ich ihn nicht aufweckte.

Er lächelte und schlug seine wunderschönen blauen Augen auf. »Ich liebe dich auch.« Sie fielen wieder zu.

»Du bist wach?«

»Ja, zumindest in den Momenten, in denen ich nicht ohnmächtig bin. Schlaf noch ein bisschen. Mel passt auf Gabriel auf.« Er hielt mich weiter fest. »Es ist schön hier mit dir. Frohe Weihnachten. Sobald ich aufstehen kann, muss ich sofort los und dir ein Geschenk besorgen.«

»Frohe Weihnachten.« Ich lachte leise. »Die Geschäfte sind zu. Außerdem hast du mir eins in den Strumpf getan, ich hab's gesehen.«

»Ja, aber ich meine ein richtiges Geschenk. Etwas mit Glitzer dran. Zum Anstecken. An deinen Finger.«

»Oh!«

»Ja.«

Wie süß von ihm. Ich wusste gar nicht, was ich dazu sagen sollte. Also küsste und streichelte ich ihn. Und küsste ihn ein bisschen mehr.

»Mmh, was tust du da?«, flüsterte er.

»Ein bisschen Weihnachten feiern mit dir.«

»Ich glaube, der Weihnachtsmann ist zu erschöpft, um seine Rute auszupacken.«

Ich liebkoste seine Lippen mit meinen, sanft und zärtlich. »Ja?«

»Vielleicht doch nicht so ganz«, murmelte er. »Komm näher.«

Ich kuschelte mich eng an ihn. »Ich bin so froh, dass du nicht böse bist, wegen der Bauch-Geschichte und allem.« Und wie froh ich war, ich hätte am liebsten laut gesungen vor Freude. »Sie haben es nur gut gemeint.«

»Bin dir nicht böse.« Er strich über mein Haar, dann fiel seine Hand kraftlos herab. »Kann verstehen, warum du das getan hast. Um den Job zu bekommen. Darum hast du Caspar und den anderen deine Schwangerschaft vorgespielt.«

Den anderen etwas vorgespielt? Ich erstarrte innerlich vor Schreck. Er kannte gar nicht die wahren Zusammenhänge? Dass sie mich engagiert hatten, damit er über die Sache mit Sybil hinwegkäme? Dabei dachte ich, er hätte alles herausgefunden. Er sagte doch gestern Abend: Ich weiß Bescheid. Und jetzt doch nicht?

Ich war verwirrt. »Ich … äh.«

»Ja. Wenn du willst, klären wir sie gemeinsam auf. Sie haben bestimmt Verständnis für dein Verhalten. Mach dir keine Sorgen, Liebling.«

Offensichtlich wusste er nur vom falschen Bauch, aber er kannte überhaupt nicht die ganzen Hintergründe. Das Wichtigste wusste er nicht! Ich musste schlucken.

»Sie haben es nur gut gemeint?«, murmelte er. »Was meinst du damit?«

Oh Gott, wie sollte ich ihm das schonend beibringen? Er würde denken … Ja, was wohl? *Nichts Gutes.* Mir wurde hundeelend zumute, geradezu zum Heulen. Was sollte ich tun? Mir blieb nichts anderes übrig, als ihm die Wahrheit zu sagen, auch wenn dieser Moment denkbar ungeeignet schien. Mir fielen auch gar nicht die richtigen Worte ein. In meinem Gehirn ein Knäuel an Gedanken, die alle keinen Sinn ergaben. Ich war davon ausgegangen, dass die anderen es ihm erläutern würden, ruhig und sachlich. Denn es war ihre Idee gewesen und überhaupt nicht meine. Aber jetzt waren sie nicht da und ich musste das allein übernehmen. Hoffentlich schaffte ich das.

»Marian?« Er öffnete die Augen.

Ich holte tief Luft: »Also die Sache ist die …«

In diesem Moment erschallte eine Stimme unten aus der Halle. Eine Frauenstimme. Sie klang zickig – und schrill. »Hallo? Ist denn hier niemand? Wo steckt ihr denn alle?«

»Was?« John fuhr erschrocken zusammen und ruckte in die Höhe. Kerzengerade saß er im Bett. »Nein! Unmöglich!« Er rieb sich die Augen und wischte sich übers Gesicht.

»Wer ist das?« Das ungute Gefühl in mir verstärkte sich noch.

»Das glaube ich jetzt nicht.« Er schüttelte den Kopf.

»Wer ist das?«, wiederholte ich. Sein Verhalten machte mir Angst.

»Das kann nicht sein!«, murmelte er, kreidebleich im Gesicht.

»Sag mir bitte, wer das ist, John!«

Er starrte an mir vorbei ins Leere, als würde er einen Geist sehen. »Sybil.«

»Sybil?« Meine Stimme überschlug sich. Das konnte nicht wahr sein! Nach all den Jahren kehrte sie zurück, ausgerechnet heute? Was fiel ihr ein, einfach hierher zu kommen?! Eine wahnsinnige Eifersucht erfasste mich, so stark, dass mir schlecht wurde. Sie hatte ihn beinahe umgebracht und jetzt spazierte sie seelenruhig ins Haus herein, als wäre nichts geschehen?! Dafür würde ich *sie* umbringen! Und was sagte John dazu? Nicht viel.

»Ja.« Er nickte.

»Bist du dir sicher?«

»Ja. Natürlich ist sie das. Ihre Stimme erkenne ich unter Tausenden wieder.« Sekundenlang wirkte er wie erstarrt, dann kam Bewegung in ihn. Mit einem großen Satz sprang er aus dem Bett und rannte nackt zur Tür. Als könnte er es gar nicht erwarten, sie in seine Arme zu schließen. *Er erkannte sie unter Tausenden?* Was sollte das denn bedeuten?!

»Du solltest dir lieber etwas anziehen.« Meine Stimme klang spröde.

»Oh, sicher.« Er machte kehrt und schnappte sich seine Hose von gestern Abend. Mit einem Bein schlüpfte er hinein. »Mist, pitschnass.« Er griff zu seinem roten Morgenmantel und zog ihn über. »Äh, nein, besser nicht.« Er warf den Mantel wieder ab, riss Sweater und Jogginghose aus dem Schrank und schlüpfte hinein. Dann stürzte er wortlos davon.

Weil meine Hose ebenfalls nass war, zog ich nur schnell Slip und Pulli an, warf mir seinen Morgenmantel um und rannte ihm hinterher.

Denn um nichts in der Welt wollte ich verpassen, wie ihre Begrüßung ausfallen würde.

❄

KAPITEL 37

Marian

»Sybil!«, rief John von der Galerie. Er bog um die Ecke, dann schritt er gemächlich die Stufen hinunter. Keuchend jagte ich ihm hinterher.

Unten in der Halle wartete eine Frau und sah zu uns hoch. Das war diese ominöse Sybil, die mir angeblich so ähnelte? Pah! Ja, sie war groß und schlank. Das war aber auch die einzige Ähnlichkeit zwischen uns. Ihre langen Beine steckten in einer engen schwarzen Lederhose, darüber fiel ein flauschiger eisblauer Wollpulli. Zusätzlich hatte sie noch einen schwarzen Ledermantel an. Der war eindeutig *too much.* Sie sah aus wie ein fieser Gestapo-Offizier.

Aber das Beste war: Sie hatte überhaupt keine roten Haare, sondern pornoblonde. Insgesamt wirkte sie wie eine Mischung aus Hitler und Cruella de Vil. Nein, das dachte ich nicht nur, weil ich ein wenig voreingenommen war und sie am liebsten töten wollte. Mit meinem Blick. *Verdammt, sie war wunderschön.*

»Frohe Weihnachten!«, rief sie und stöckelte auf John zu. In einer theatralischen Geste breitete sie die Arme aus. »Lass dich umarmen, mein Lieber!«

»Lass das.« Er streckte abwehrend die Hand aus und sie blieb in drei Metern Entfernung vor ihm stehen. »Deine Weihnachtswünsche kommen ein wenig spät, findest du nicht? Ungefähr fünf Jahre.«

»Ach, sei doch nicht so.« Sie winkte lässig ab. »An Weihnachten ist alles vergessen. Das Fest der Liebe, oder?« Sie lachte.

»Vergessen? Ganz bestimmt nicht«, presste er hervor. »Wie bist du überhaupt hier hereingekommen?«

Mit einem Lächeln hielt sie etwas Silbernes in die Höhe. »Mit meinem Haustürschlüssel natürlich. Wie praktisch, dass ich ihn mitnahm.«

»Trägt man das neuerdings im Ashram?« Mit einer Handbewegung zeigte er von ihrem Kopf bis zu den Füßen.

Sie warf den Kopf zurück und strich sich die Haare aus dem Gesicht. »Bin nicht mehr im Ashram. Ich lebe jetzt in New York. Mit George.«

»Ach, hast du den nächsten Dummen an Land gezogen, den du aussaugen kannst wie ein Vampir?« Zynismus schwang in Johns Stimme.

»Das habe ich jetzt überhört.« Ihre Stimme wurde schärfer.

Ich war John mittlerweile in die Halle gefolgt und verbarg mich halb hinter ihm.

»Und du? Immer noch auf dem Weihnachtstrip? Sieht herzig aus bei dir, mein Lieber.« Sie deutete auf den Baum und verzog abschätzig das Gesicht. »Da bekomme ich richtige Beklemmungen. Exakt wie vor fünf Jahren. Ist aber nicht mehr der gleiche Baum, oder?«

Ihr schrilles Gekreische hatte auch die anderen angelockt. Die Küchentür schwang auf und Mel trat hervor, mit Gabriel auf dem Arm. Gefolgt von Caspar und Bailey. Mit finsteren Mienen starrten die drei Sybil an.

»Das glaube ich jetzt nicht«, flüsterte Mel. Bailey und Caspar schwiegen mit versteinerten Gesichtern.

»Da sind ja deine alten Getreuen. In gewohnter Einigkeit. Wie süß.« Sybil lächelte spöttisch und nickte mit dem Kopf zu Gabriel. »Darf man gratulieren? Machen wir neuerdings einen auf Familie? Hübsches Baby immerhin. Hätte ich dir gar nicht zugetraut.«

»Geht dich nichts an.« John verschränkte die Arme vor der Brust. »Was willst du? Du bist doch nicht ohne Grund hier.«

»Oh, und wen haben wir denn da?« Sie lugte um John herum. »Wer ist das? Deine Freundin? Was trägt sie da für einen Morgenmantel? Der gehört doch mir!«

Ich raffte den Mantel am Hals zusammen. Aus nächster Nähe betrachtet, sah sie nicht mehr ganz so makellos aus. Ein tiefer Zug um ihren Mund ließ sie zynisch wirken. Zynisch und alt. Und in ihrem Gesicht war mit Sicherheit mehr Botox verarbeitet als bei der Oscar-Verleihung im ganzen Saal. Und ihre Augen … fischig und kalt.

»Auch das geht dich nichts an«, knurrte John. »Es ist mein Mantel. Sie kann hier anziehen, was sie will. Du hast in diesem Haus ohnehin nichts mehr zu sagen.«

»Tztztz«, machte Sybil. »Ist immer noch mein Haus, oder? Zumindest eine Hälfte davon.«

Geschockt schnappte ich nach Luft. Wie bitte? Das Haus gehörte ihr, zur Hälfte? Das konnte nicht sein! Das würde ja bedeuten, dass sie …

»Nein, ist es nicht«, sagte John bestimmt. »Es hat dir auch nie gehört.«

Gott sei Dank, ich atmete erleichtert aus. Kurz hatte ich gedacht, sie wären miteinander verheiratet gewesen. Da sie damals abgehauen war, würde das bedeuten, dass sie noch immer verheiratet waren. Was wiederum bedeuten würde, dass ich letzte Nacht mit einem verheirateten Mann geschlafen hatte. Ungefähr fünfzig Mal. Und das letzte Ergebnis meiner Affäre mit einem Mann, von dem ich nicht wusste, dass er verheiratet war, kuschelte sich in einen Pinguin-Schlafanzug gehüllt an Mel und knabberte an einem Keks.

Hatten wir überhaupt verhütet letzte Nacht? Nein, kein bisschen, fiel mir siedend heiß ein. Das war aber nicht so günstig, wenn ich so über meinen Zyklus nachdachte. Je länger ich überlegte, desto mulmiger wurde mir zumute. Es war sogar mehr als ungünstig.

»Wir haben einen Ehevertrag«, fügte John hinzu. »Darin steht, dass du bei einer Scheidung nichts bekommst.«

Ich stieß einen schrillen Schrei aus. »Was? Du bist verheiratet?«

Sybil lachte höhnisch. »Das ist ja mal putzig! Wussten Sie das etwa nicht? Bevor Sie mit anderer Frauen Ehemänner ins Bett gehen, sollten Sie sich besser informieren!«

»Ja«, sagte John knapp, ohne den Kopf in meine Richtung zu drehen. »Wollte ich dir bei passender Gelegenheit mitteilen. Es ergab sich bisher keine.«

»Du sagst mir nicht, dass du verheiratet bist? Passend wäre es zum Beispiel gewesen, bevor wir …« Miteinander schliefen letzte Nacht. Das wollte ich nicht vor allen aussprechen. Reichte es nicht, dass man das Bett miteinander teilte, damit er mir das sagte?

Er zuckte mit den Schultern. »Ich hielt es nicht für wichtig. Meine Güte, ich will mich seit Jahren scheiden lassen, aber ich habe nicht einmal ihre Adresse.« Er drehte den Kopf und sah mich zum ersten Mal wieder an, seitdem er eben aus dem Bett gesprungen war. »Außerdem dachte ich, du hast es irgendwie gewusst. Von den anderen.« Er deutete auf den Kreis der betreten blickenden Zuhörer. »Alles andere wusstest du doch auch.«

»Hast du es ihr nicht gesagt?« Bailey sah Caspar an.

»Nein, ich dachte, du hättest es ihr erzählt.« Caspar schüttelte den Kopf.

»Mein Gott«, flüsterte Mel. »Ich dachte, sie weiß es von euch beiden?«

»Irgendwie gewusst? Wie denn?« Mir fiel das Herz in die Hose. Tiefer als tief. Vor Entsetzen konnte ich kaum mehr sprechen. »Ich dachte die ganze Zeit, sie wäre deine Freundin. Und jetzt …« *Ist es passiert.* Ich schluckte.

»Nein, sie war meine Frau«, sagte John. »Wenn auch nicht für lange.«

»Hohoho!« Sybil stemmte die Hände in die Hüften und nickte im Sekundentakt. »Sie *ist* deine Frau, immer noch. Und wie sie deine Frau ist!«

»Oh Gott, das glaube ich jetzt nicht«, murmelte ich. Das mulmige Gefühl in meinem Bauch wuchs mit jeder Sekunde. Wie eine summende Biene in meinem Unterleib. Bei Gabriel hatte es sich auch so angefühlt, von Anfang an spürte ich, was los war. Nein, das war jetzt nur meine Panik. Das durfte nicht wahr sein!

»Was willst du, Sybil?«, fragte John. »Das fragte ich eben schon. Ich würde gern in Ruhe frühstücken. Mit meiner Familie.«

Mir war zum Heulen. Er hatte mir etwas derartig Wichtiges verschwiegen. Warum? *Weil er sie immer noch liebt,* flüsterte eine kleine hässliche Stimme in mein Ohr. *Und weil er immer gehofft hatte, sie käme zu ihm zurück.* Auch wenn sie aussah wie Cruella de Vil.

Sie bleckte die Zähne zu einem falschen Lächeln. »Nun,

in erster Linie wollte ich mich für das Missverständnis von vor fünf Jahren entschuldigen.«

»Was für ein Missverständnis?« Er lachte hart auf. »Dass du am Ufer gesessen hast und zusahst, wie ich ertrinke?«

Sie schrie entsetzt auf und ihr Entsetzen klang sogar echt. »John! Nein! Wie kommst du auf diese Idee?! Ich bin doch keine Mörderin! Auch wenn ich nicht die beste Ehefrau aller Zeiten war …«

»Nein, eher die lausigste.« Er stieß ein abfälliges Schnauben aus.

Sie wehrte sich vehement. »Aber so etwas tue ich nicht! Denkst du allen Ernstes, ich sehe zu, wie du ertrinkst? Nein, ich war im Schock davongelaufen!«

Er wirkte total perplex. »Das glaube ich dir nicht.«

»Doch es ist wahr! Ich konnte mich irgendwie aus dem Auto retten, trotz meiner drei Promille und lief panisch in den Wald, um nach dir zu suchen. Darin habe ich mich total verirrt. Irgendwann fand ich mich auf der Straße wieder und bin nach Hause getorkelt. Ich dachte, du liegst längst oben im Bett und schläfst deinen Rausch aus. Der Schock, der Alkohol, die lange Zeit in der Eiseskälte. Ich konnte nicht mehr klar denken, John! Ich klappte unten in meinem Zimmer regelrecht zusammen und schlief ein paar Stunden wie tot. Irgendwann weckte mich das Klingeln meines Handys. Es war Rani, der am Flughafen auf mich wartete. Er fragte, wo ich denn bliebe und ob ich einen Rückzieher machen wollte. Nein, wollte ich nicht. Da habe ich meine Sachen genommen und bin gefahren.«

»Ich glaube dir kein Wort.« Er schüttelte den Kopf.

»So war es aber!« Ungeduldig stampfte sie mit dem Fuß auf. »Meine Sachen waren gepackt, ich wollte dich auf jeden Fall verlassen. Ich dachte, du schläfst oben seelenruhig. Aber als ich dann über die Landstraße fuhr, kamen mir mehrere Krankenwagen entgegen. Auch die Polizei und die Feuerwehr. Und da hatte ich zum ersten Mal den Gedanken, dass es vielleicht schiefgegangen war und du es eventuell nicht geschafft haben könntest.«

Sie machte ein betretenes Gesicht. »Ich hatte jede Menge Alkohol im Blut und mich unerlaubt vom Unfallort entfernt. Sie würden mir bestimmt viele Fragen stellen. Und ich wollte unbedingt den Flieger erwischen. Also bin ich weitergefahren und habe nicht angehalten.« Sie verzog den Mund und stieß ein kleines Schnaufen aus. »Ja, ich weiß. Keine meiner Glanzleistungen.« Dann setzte sie wieder ihr falsches Lächeln auf. »Aber zum Glück ist alles gut ausgegangen. Ich las in der Zeitung, dass du es geschafft hattest. Glaube mir, ich habe deine Genesung intensiv verfolgt. Ich war so erleichtert, als ich las, dass du über den Berg warst.«

»Oh, deine Fürsorge rührt mich.« Er lachte spöttisch, aber ich spürte, wie sehr ihm das alles an die Nieren ging. Auch wenn sie vielleicht nicht am Ufer gewartet hatte – sie hatte eiskalt reagiert und nur an sich gedacht. An ihn verschwendete sie keinen einzigen Gedanken. Jeden der hier Anwesenden schmerzte das, nur sie nicht. »Ich glaube dir immer noch nicht. Denn ich habe gesehen, dass jemand am Ufer war, die ganze Zeit. Mit einer Taschenlampe! Die hat dich verraten!«

»Eine Taschenlampe? Sehe ich aus, als würde ich eine Taschenlampe besitzen?« Sie lachte ungläubig, dann zuckte sie gleichgültig mit den Schultern. »Wer auch immer das war … Ich war es nicht. Wer weiß, was du in deinem Rausch gesehen hast. Mensch, John. Wir haben den halben Pub leer getrunken. Erinnerst du dich nicht? Da hat man schon mal Visionen.«

»Und warum hast du dich nicht gemeldet in all den Jahren? Und auch keinen Unterhalt verlangt?«

»Ich hatte Angst«, gab sie zu. »Ich wusste, dass meine Flucht einen falschen Eindruck erwecken könnte. Zwischen den Zeilen stand es auch in der Zeitung. Indirekte Schuldzuweisungen, Verurteilungen. Wie haben sie mich in einer genannt? *Das kalte Biest vom Eisfluss.* Dann war ich auch noch verschwunden. Böse, sehr böse.« Sie schnalzte mit der Zunge. »Aber lassen wir das, Schnee von gestern. Ich habe dir gerade gesagt, wie es wirklich war. Du glaubst mir nicht. Was soll's? Umstimmen kann ich dich wohl nicht.« Sie schürzte die Lippen und setzte eine abweisende Miene auf.

»Erstens sagtest du eben. Warum bist du zweitens hier?«

»Ich habe doch diese Firmenanteile von dieser blöden Baumkugel-Klitsche. Fünfzig Prozent von diesem *Christmas*-Zeugs. Und die gehören mir, denn du hast sie mir geschenkt.« Mit einem triumphierenden Seitenblick auf mich fügte sie hinzu: »Als Morgengabe.«

Ich zuckte zusammen. *Als Morgengabe.* Ich hätte mich am liebsten übergeben. Nach der Hochzeitsnacht hatte er ihr die halbe Firma geschenkt? Und ich bekam ein Paar Socken in einem alten Weihnachtsstrumpf? Nicht nur der enorme materielle Wert dieses Geschenks tat mir weh, sondern dass man daran erkannte, wie sehr er sie geliebt hatte. Und dass sie Sex miteinander gehabt hatten. Er hatte mit ihr die gleichen wunderbaren Sachen gemacht wie mit mir. Das tat am meisten weh.

»Ja und?«, grollte er.

»Ich würde sie dir verkaufen.« Sie holte tief Luft. »Für eine Million Pfund.«

»Wie bitte?« Er lachte hart auf. »Nie im Leben. Vergiss es. Wenn es das war, dann …« Er zeigte unmissverständlich zur Tür. »Schönen Tag noch. Ach ja, hinterlasse Caspar doch deine Kontaktdaten, damit ich dir die Scheidungspapiere zusenden kann.«

»Okay, dann eben für 500.000 Pfund«, zischte sie.

»So gut läuft das Weihnachtsgeschäft auch wieder nicht. Ist eben nur einmal im Jahr.«

»Na gut, 300.000. Sofort, mit Scheck. Hab alles dabei.« Sie öffnete ihre Handtasche und zog ein Bündel Papiere hervor.

»Okay, komm mit.« Er wandte sich zum Gehen und winkte sie hinter sich her. Dann stapfte er die Treppe hoch, nach oben in sein Arbeitszimmer. Oben war auch sein Schlafzimmer. Unser Schlafzimmer. Mit einem fiesen Lächeln schritt sie an mir vorbei und folgte ihm. Hinternschwingend.

Die Beine gaben unter mir nach. Ich sank auf die unterste Treppenstufe.

Wenn er jetzt mit ihr oben bleiben würde und mit ihr … Nein, das würde er nicht tun. Er hatte mir gesagt, dass er mich liebte und mich gefragt, ob ich bei ihm bleiben würde. Eben noch. Ich zwang mich zu ruhigem Atmen. Er würde nicht mit ihr ins Bett gehen und sie sofort zurücknehmen. Was für ein Unsinn. Aber meine Nerven flatterten und mir war zum Heulen.

Da krabbelte Gabriel auf mich zu, plappernd und lachend. Ich nahm ihn hoch und er schlang seine Ärmchen um meinen Hals.

Die Minuten vergingen, sie kamen mir vor wie Jahre.

Kurz darauf kam sie die Treppe wieder herabgeschwebt, mit einem zufriedenen Grinsen im Gesicht über ihren erfolgreichen Geschäftsabschluss. Wenn sie sich da mal nicht täuschte. Ich war kein Finanzexperte, aber die Hälfte von *Christmas Decorations* war bestimmt mehr wert als schlappe 300.000 Pfund. John folgte ihr mit ausdruckslosem Gesicht, doch hinter seiner Fassade brodelte es.

»Na, dann frohe Festtage noch allerseits.« Sie winkte allen zu und stöckelte an mir vorbei. Unvermittelt blieb sie stehen.

John trat neben mich. »Gleichfalls. Du findest allein zur Tür. Nehme ich an.«

»Jaja, bemühe dich nicht. Bin so gut wie weg.« Sie machte eine affektierte Handbewegung und wandte sich mir zu. »Eins muss man Ihnen lassen, Schätzchen. So hausbacken Sie auch wirken, Ihre Haare sind echt toll.« Sie machte zwei Schritte, beugte sich zu mir herab und griff nach einer meiner Haarsträhnen. »Und auch noch ein echter Rotschopf, Kompliment. Ich musste meine immer färben, war eine mühselige Prozedur, darum bin ich irgendwann umgestiegen. Auf meine Naturfarbe.«

Pah, seit wann war pornoblond eine Naturfarbe?

»Du bist gar keine echte Rothaarige?«, murmelte John.

»Nein, mein Lieber. Aber mach dir nichts daraus, deine Kleine ist es.« Sybil drehte sich wieder zu mir. »Ist wohl in Ihrem Job auch wichtig, oder? Damit es vor der Kamera natürlich rüberkommt. Stimmt's?« Sie grinste mich an.

Vor der Kamera. Ich konnte vor Schreck nicht antworten.

»Was denn für eine Kamera?«, fragte John.

Kurz herrschte Schweigen. Sybils Blicke wanderten von mir zu John und wieder zurück.

»Sag bloß, du weißt das nicht?« Sie lachte glockenhell. »Deine Kleine ist Schauspielerin! Nicht, dass ich jemals etwas von ihr gehört hätte … Aber ihr neues Risotto-Video geht viral geradezu durch die Decke. Hab's auch schon im Fernsehen gesehen, auf allen Kanälen. Richtig süß. Macht gute Laune. Du kennst es nicht? Hier, ich zeig's dir.« Sie kramte ihr Smartphone hervor, drückte ein paar Knöpfe und hielt es ihm vors Gesicht. Meine Stimme schallte durch die Halle. »Risotto Roseletti … Ich nenne es einfach Reis.«

»Du … du bist Schauspielerin, Marian?«, fragte John mit kreidebleichem Gesicht.

»Oops!«, machte Sybil und schlug affektiert die Hand vor den Mund. »Sag bloß, du wusstest das nicht, John? Habe ich etwa ein kleines Geheimnis ausgeplaudert?« Sie lachte ein bisschen. »Meine Güte, ist doch nichts dabei. Handelt sich ja nicht um ein Stripvideo oder so. Wie dem auch sei, ich muss los.« Sie stöckelte zur großen Eingangstür und riss sie auf, dann zog sie etwas hervor und knallte es auf die Kommode. »Haustürschlüssel. Brauche ich nicht mehr! Ciao!« Die Tür fiel hinter ihr ins Schloss. Kurz darauf heulte draußen ein Automotor auf.

»Das Tor bleibt zu«, sagte John mit gepresster Stimme. »Bailey, ruf die Polizei. Sie spaziert allen Ernstes hier rein und denkt, sie kommt mit allem davon? Auch wenn ich mir nicht mehr sicher bin, ob sie am Fluss gewartet hat. Sie hat den Schmuck meiner Mutter gestohlen.«

»Ja, mache ich sofort.« Bailey schritt zur Küche.

»Die richtige Entscheidung«, sagte Caspar. »Das ist mehr als überfällig.«

Ein paar Sekunden herrschte betretenes Schweigen, dann brach der Sturm los.

»Und nun zu dir.« John wandte sich mir zu. Seine Stimme klang flach. »Du bist Schauspielerin? Beantworte bitte meine Frage.«

Ich sah ihn von unten herauf an. »Ich wollte es dir eben sagen, kurz bevor sie kam. Das heißt, letzte Nacht dachte ich, du wüsstest es längst. Weil du das mit dem Bauch gewusst hast.«

»Das mit dem Bauch weiß ich schon fast von Anfang an.« Er winkte ungeduldig ab. »Hab dich durchs Schlüsselloch … äh, ich hab's halt gesehen. Ich dachte, du hast das getan, damit Caspar dir den Job gibt. Aus Mitleid mit einer Hochschwangeren. Aber dass du eine Schauspielerin bist, nein, das wusste ich nicht.« In seinem Gesicht arbeitete es, als wüsste er nicht, wie er dies einordnen sollte.

»Doch, ich bin eine Schauspielerin.« Als ich das sagte, fühlte ich mich abgrundtief mies. Wie sich das anhörte. Es klang furchtbar, so als hätte ich nur eine Rolle gespielt und ihm etwas vorgemacht. Dabei war ich nur ich selbst gewesen. Kleinlaut fügte ich hinzu: »Aber eine sehr schlechte.«

»Oh, nein.« Er lachte bitter. Seine Miene verfinsterte sich. »Ich glaube, du bist eher eine sehr gute.«

»Wie meinst du das?« Ich stand von der Treppe auf. »Nein, so ist das nicht.«

»Polizei ist verständigt.« Bailey kehrte aus der Küche zurück. »Hab ich was verpasst?«

»Nichts, was du nicht ohnehin schon wusstest. Ist doch offensichtlich, was hier gespielt wird.« John sah von einem zum anderen. »Hier läuft doch die ganze Zeit etwas hinter meinem Rücken. Die dauernden Stromausfälle, die fehlenden E-Mails. Ihr steckt alle zusammen unter einer Decke!«

»Es tut mir leid, John.« Ich musste ihm die Wahrheit sagen. Jetzt blieb nur die Flucht nach vorn. »Ich bin nicht als Küchenhilfe engagiert worden. Nein, anders. Ich sollte eine Küchenhilfe nur spielen, den Job habe ich wegen meiner Haare bekommen. Weil ich … weil ich Sybil ähnlich sehe. Und dann ist es passiert. Ich habe mich in dich verliebt.« Meine Anspannung stieg, nur mit Mühe konnte ich die Tränen zurückhalten.

Er atmete geschockt ein. Es dauerte ein paar Sekunden, bis er sprechen konnte: »Ihr habt sie wegen ihrer roten Haare eingestellt, damit sie eine Küchenhilfe spielen soll?«

»Ja, das haben wir«, sagte Bailey.

»Ungefähr kommt das hin«, meinte Caspar. »Man könnte es noch ein wenig differenzierter ausdrücken, aber es trifft den Kern der Sache.«

»Marian ist total begabt fürs Kochen und macht das so toll. Mit diesen Gewürzen.« Mel versuchte, das Thema zu wechseln. Erfolglos natürlich.

Johns Stimme wurde schärfer. »Ihr habt ihr Geld gegeben, damit sie mich verführt und damit ich mich in sie verliebe? Das habt ihr alle miteinander ausgeheckt?«

»Nein!« Ich schluchzte auf. »Wie kannst du so etwas sagen?«

»Blödsinn, so doch nicht!«, stieß Bailey hervor. »Wir wollten nur, dass du endlich diese schreckliche Sache hinter dir lässt. War nicht mehr zum Aushalten. Wirklich nicht. Und deshalb…«

John schnitt ihm das Wort ab. »Deshalb habt ihr ein Double von Sybil engagiert? Wie geschmacklos ist das denn?« Seine Stimme schwoll an.

»Ich wusste überhaupt nicht, worum es ging.« Der Kloß in meinem Hals wurde immer dicker. »Ich kannte die wahren Hintergründe nicht und bin eher so hineingeschlittert!«

»Das stimmt.« Caspar machte eine beschwichtigende Geste. »Wenn du dich mal beruhigen würdest, John? Dass Sybil hierher kam, hat dich sicher aufgewühlt. Aber du solltest nicht an Marian auslassen, was Sybil dir angetan hat.«

»Moment!«, donnerte John. »Ich lasse an ihr nichts aus. Das sind zwei völlig verschiedene Dinge. Wobei sie sich in einem überschneiden: Ich werde nur belogen, betrogen und für dumm verkauft. Wieder einmal!«

»Aber doch nicht von mir.« Ich wollte nach seiner Hand greifen, aber er ließ es nicht zu. »John, bitte. Ich brauchte den Job und das Geld. Sehr nötig sogar.«

»Ah, verstehe.« Seine Miene verhärtete sich zusehends. »Es ging dir nur ums Geld. Die ganze Zeit.«

»Nein! Nur am Anfang! Ja, ich kam des Geldes wegen

hierher. 500 Pfund am Tag, denkst du, ich kann auf so einen Job verzichten? Wir sind hier mit dem letzten Penny angereist, Gabriel und ich. Ich hatte nicht einmal Geld für die Rückfahrkarte. Wenn du wüsstest, wie wir leben. Du hast ja keine Ahnung … Aber dann habe ich dich kennengelernt und das hat alles verändert.«

Gabriel fing an zu weinen. Mel trat auf mich zu und nahm ihn aus meinem Arm. »Ich bringe ihn in die Küche. Das ist nichts für ihn. Diese schlimme Streiterei.« Sie hastete mit ihm fort und schloss hinter sich die Tür.

Ich hätte am liebsten auch geweint. Mein Herz tat weh bei jedem seiner Worte. Wie konnte er nur so schlecht von mir denken? Auch wenn er auf den ersten Moment sauer war, er musste doch wissen, dass ich das alles nicht für Geld getan hatte.

»Marians Anwesenheit sollte etwas in dir auslösen«, sagte Bailey. »Damit du endlich aus deinem Albtraum aufwachst, wieder an etwas Schönes und Gutes glaubst und wieder du selbst wirst.«

»Ja, hat es auch. Und nun? Seid ihr alle zufrieden?« John wurde immer wütender. Er fuhr mich an: »Was sollte diese gespielte Schwangerschaft? Sollte das auch meine Erstarrung lösen und mein kaltes Herz schmelzen lassen?« Er lachte zynisch.

Mit Mühe unterdrückte ich ein Schluchzen. »Nein. Ich hatte den Bauch von der Krippenspiel-Probe noch an. Ich hatte lediglich vergessen, ihn auszuziehen.«

Caspar mischte sich ein: »Moment! Ich habe Marian gedrängt, den Bauch anzubehalten. Das unterliegt allein meiner Verantwortung. Sie hat mich mehrfach gebeten, dass man das aufklärt. Als sie hierher kam, wusste sie nicht, worum es geht. Erst nach und nach hat sie alles erfahren. Das mit deinem Unfall weiß sie erst seit drei Tagen, als die Frauen aus dem Dorf da waren. Sie hat so darüber geweint und wollte dir alles sagen. Wir mussten sie immer wieder zum Bleiben überreden.«

»Ja, mussten wir«, sagte Bailey. »Es war schwierig für sie. Sie wollte dich nicht belügen, John.«

»Sie ist wegen dir geblieben. Und für dich, um dir zu helfen. Ein bisschen auch für uns.« Caspar bedachte mich mit einem warmen Blick.

Leise sagte ich: »Ich wollte auch bei dir bleiben. Und ich wollte ehrlich zu dir sein. Wir wollten es dir heute auf jeden Fall sagen.«

Doch meine Worte drangen nicht zu ihm durch.

Er blieb eiskalt. »Was habt ihr euch bloß dabei gedacht?«

»Ja, vermutlich haben wir nicht gedacht, sondern nur gefühlt.« Bailey sah John in die Augen. »Wir waren verzweifelt. Es hat wehgetan, dabei zuzusehen, wie du dein Leben ruinierst, wegen dieser falschen Schlange. Und dich jeden Tag besoffen zu erleben oder mit irgendwelchen komischen Frauen.«

»Die keinen Deut besser sind als Sybil«, fügte Caspar hinzu. »Alles ein Kaliber. Mit Dollarzeichen in den Augen. Es war eine emotionale Vorgehensweise. Rational nicht erklärbar. Wir wollten nicht erreichen, dass ihr euch ineinander verliebt. Sondern dich wachrütteln, John. Nicht alle Frauen sind Hexen, die dich am liebsten auf dem Grund des Flusses liegen sehen.«

»Es gibt auch liebe Mädchen. Mit einem Herzen aus Gold. So wie sie.« Bailey nickte in meine Richtung.

»500 Pfund am Tag.« John sprach mit eisiger Stimme. »Gab's denn für die letzte Nacht einen Extrazuschlag? Marian?«

Seine Worte trafen wie Messerstiche in mein Herz. »Das reicht, ich gehe.« Tränenblind stolperte ich an ihm vorbei die Treppe hoch.

»Wie denn?«, rief er mir nach. »Du hast doch kein Geld für eine Fahrkarte oder war das auch gelogen?«

»Wie kannst du so etwas zu ihr sagen?« Bailey erhob seine Stimme. »Ich ertrage das alles nicht mehr! Mir platzt gleich der Kragen!«

»Warum regst du dich überhaupt so auf?«, schrie John. »Ihr wisst ja gar nicht, was gelaufen ist letzte Nacht oder etwa doch? Hat sie euch brühwarm Bericht erstattet? Gab es eine Wanze in meinem Bett? Oder hattet ihr eine Standleitung direkt in meine Matratze und wart live dabei?!« Er redete sich in Rage und jedes seiner Worte zerfetzte mein Herz.

Bailey verlor die Fassung. »Mir steht das alles bis obenhin! Ich habe es so satt! Deinen Egoismus und dass du so tust, als würde sich die ganze Welt nur um dich drehen. Andere Menschen haben auch Gefühle! Ich mache das nicht länger mit.«

»Du bist außer dir, Junge, und du neigst zu Übertreibungen«, sagte Caspar in scharfem Ton. »Genau wie dein Vater! Der kennt im Streit auch keine Grenzen. Halt jetzt besser deinen Mund!«

John lachte kalt auf. »Sag mal, wie redet ihr denn mit mir?« Er zeigte von einem zum anderen. »Du, als mein Butler. Und du, als mein Chauffeur!«

»Bin ich nicht mehr«, sagte Caspar eisig. »Auch meine Geduld hat Grenzen. Und wenn du dich so aufführst … Ich kündige! Außerdem war ich nie dein Butler, sondern immer der Butler deines Vaters.«

»Ach ja? Und warum bist du nicht bei ihm? Du wolltest ihm doch in die Karibik folgen und hast von nichts anderem mehr geschwärmt!«

Caspar holte tief Luft. »Weil er mich darum gebeten hat, bei dir zu bleiben und auf dich aufzupassen. Darum.«

»Das wird ja immer schöner!«, schrie John. »Mein

eigener Vater stellt ein Kindermädchen für mich bereit?! Ich reise sofort nach London. Bailey, mach den Wagen startklar.«

»Nach London? Vergiss es, ohne mich! Ich fahre dich nirgendwo mehr hin.« Bailey machte eine energische Geste. »Weißt du was, ich kündige auch! Ich will nicht länger getrennt von Mel sein und mich an den Wochenenden zu ihr schleichen wie ein Dieb in der Nacht! Ich will endlich bei ihr sein und mit ihr leben!«

Einen Moment herrschte Stille. Dann rief John: »Du und Mel? Hat hier eigentlich jeder ein Geheimnis vor mir?!«

»Na und?! Ist doch unsere Sache!«, brüllte Bailey. »Ich liebe sie und sie liebt mich!«

»Du bist verheiratet, du elender Lügner«, rief ich schluchzend von der Galerie. »Darin hast *du* mich belogen! Ich falle auch immer auf den gleichen Typ Mann herein.«

»Seit zehn Minuten geschieden! Aber danach fragt ja keiner!« John stapfte durch die Halle und verschwand türenknallend in einem der Zimmer.

Von draußen am Tor erklang ein lautstarkes Hupkonzert, kurz darauf schrillten Polizeisirenen. Dann wurde es still.

❄

KAPITEL 38

Marian

Den halben Tag verbrachte ich heulend in meinem Zimmer. Ich weinte, bis meine Augen dick anschwollen, während Johns harte Worte immerzu in meinem Kopf herumgeisterten. Das hatte er nicht so gemeint, oder? Er würde gleich kommen und sich entschuldigen. Doch niemand kam. Nur Mel brachte Gabriel gegen Mittag zum Schlafen und legte ihn in sein Bett.

»Es tut mir so leid«, flüsterte sie. Sie griff kurz nach meiner Hand, dann ging sie wieder.

Zum Glück. Denn ich wollte mit niemandem reden, außer mit John. Doch er ließ sich nicht blicken. Die Stunden vergingen und in mir erstarrte alles zu Eis. Ich packte unsere Sachen zusammen. Nicolas hatte ich auch Bescheid gegeben und ihn um Hilfe gebeten.

Mein Entschluss war gefallen, es gab kein Zurück mehr. Selbst wenn John jetzt auftauchte, ließe ich mich nicht mehr umstimmen. So weh es auch tat.

Jetzt war es zu spät. Die eiserne Entschlossenheit, die man mir vielleicht nicht zutraute, gewann die Oberhand. Genau wie bei der Sache mit Gabriels Erzeuger. Da hatte ich auch lange auf eine Nachricht gewartet, aber dann war etwas in meinem Inneren zugefallen, wie eine schwere eiserne Tür, und es war vorbei. Von da an trauerte ich ihm nicht einmal mehr nach. In diesem Fall würde ich mich genau so verhalten.

Da klopfte es leise. Sofort schlug mein Herz höher. *John?!* Dummes, dummes Herz. Für John würde ich vielleicht eine Ausnahme machen, wenn er sich aufrichtig entschuldigte. Denn ich hatte großen Anteil an dem, was vorgefallen war und er war zu Recht sauer auf mich.

Doch es war nur Caspar, der mit betretenem Gesicht im Türrahmen stand. »Darf ich dich kurz sprechen?«

»Ja, komm herein.« Ich ließ mich wieder aufs Bett fallen.

»Danke. Kann ich dich irgendwie zum Bleiben überreden?« Er setzte sich neben mich.

»Nein. Es geht nicht. Nicht nach allem, was er eben gesagt hat.«

»Das habe ich befürchtet. Das ist sehr schade.«

»Ja, das ist es.«

»Wo willst du denn hin? Vor allem wie? Es ist Feiertag und es fahren keine Züge.«

»Ich habe meinem Bruder eine Nachricht geschickt, dass er mich abholen soll. Er ist schon unterwegs.« Ich sah auf die Uhr. »Er muss jeden Moment eintreffen.«

»Ich hoffe trotzdem, dass sich bald alles einrenkt und dass du wiederkommst.«

»Das bezweifle ich stark. Nein, ich glaube es nicht. Die letzte Nacht war wunderschön. Heute Morgen fragte er mich, ob ich bei ihm bleibe.« Tränen schossen in meine

Augen und ich schlug die Hände vors Gesicht. »Und dann sagte er eben, ich hätte nur mit ihm geschlafen, um Geld zu bekommen? Als wäre ich … als wäre ich eine …« Ich konnte das Wort nicht aussprechen. »Das war zu schlimm.«

»Ich verstehe.« Er schluckte hörbar. »Sybil ist eine ganz und gar toxische Person. Sie hat das alles angerichtet. Wir wollten es ihm schonend beibringen, in aller Ruhe. So war es ein Schock für ihn. Deshalb ist er explodiert und hat Dinge gesagt, die er nicht so meint.«

»Nein, Caspar. *Wir* haben das angerichtet. Ich auch.« Ich verbesserte mich. »Nein, ich vor allem. Denn er hat mir vertraut. Nach dem ersten Kuss hätte ich ihm gestehen müssen, wer ich bin und warum ich herkam.«

»Ja, vermutlich hast du recht. Wir waren zu sehr auf unser Ziel fixiert, deshalb haben wir es zu lange aufgeschoben. Und jetzt ist daraus dieser Schlamassel entstanden.« Er schob mir einen dicken Umschlag hin. »Für dich, Marian. Für die zwei Wochen und noch ein bisschen mehr.«

»Nein, das kann ich nicht annehmen. Das werde ich auch nicht.« Ich schob den Umschlag zurück. »Ich habe mit dem Risotto-Spot einiges verdient. Es folgen auch weitere Aufträge. Mal sehen, wie es weitergeht, aber euer Geld nehme ich auf keinen Fall.«

»Wenn du dir etwas in den Kopf gesetzt hast, machst du es auch, oder?«

»Ja, so ist es.« Da fiel mir etwas ein. »300.000 Pfund für die Hälfte von *Christmas Decorations.* Das ist wohl ein Scherz oder?« Auch wenn mir nicht zum Lachen zumute war, musste ich ein wenig darüber schmunzeln.

»Natürlich, die Firma ist mehrere Millionen wert. Nur darum hat er länger mit ihr gesprochen. Natürlich auch, damit sie endlich die Scheidungspapiere unterzeichnet. Er will sich seit Jahren scheiden lassen.«

»Dass er verheiratet ist … Habt ihr mir das absichtlich verheimlicht?« Ich warf ihm einen prüfenden Blick zu.

»Nein, das war wirklich ein Missverständnis«, beteuerte er. »Jeder dachte, der andere hätte es dir erzählt. Wir gingen davon aus, dass du es weißt. Außerdem, John ist jetzt geschieden.«

»Ja«, flüsterte ich. Zu spät. Jetzt war *es* vermutlich schon passiert und meine Lage wäre bald schlimmer denn je.

»Zu deiner Information: Die Polizei hat Sybil in Gewahrsam genommen und verhört sie gerade. Gott sei Dank ist das endlich vorbei.« Er stieß einen abgrundtiefen Seufzer aus.

»Ja, gut so. Denkst du, sie bekommt ihre gerechte Strafe?«

»Ich weiß es nicht. Man kann ihr schwer beweisen, dass sie ihn umbringen wollte. Vielleicht wird sie wegen unterlassener Hilfeleistung belangt? Oder Fahrlässigkeit? Doch wenn sie alles abstreitet, so wie eben? Kurz hatte ich sogar das Gefühl, sie sagt die Wahrheit.«

»Ja, ich auch.«

»Wegen des gestohlenen Schmucks wird sie mit Sicherheit bestraft. Sie ist eine Diebin und dafür wandert sie ins Gefängnis.«

»Gut.« Von draußen ertönte ein Hupen. »Das ist Nicolas. Wenn John fragt, wer mich abgeholt hat, sag ihm bitte nicht, dass es mein Bruder war.«

»Hm?« Er nickte und erhob sich vom Bett. »Ich gehe schon mal nach unten. Bis gleich, Marian.«

Ich hob Gabriel aus seinem Bett und zog ihm den Schneeanzug an. Er war noch ganz verschlafen und nuckelte weiter an seinem Schnuller. Ich hängte mir die

Taschen um und ging mit ihm den Gang entlang zur Galerie.

Doch dann lief ich ein paar Schritte zurück und betrat Johns Schlafzimmer. In der Handtasche fühlte ich nach der kleinen Schneekugel, die ich ihm gekauft hatte. Wie gut, dass der Verkäufer sie so sorgsam eingepackt hatte. Sie war noch heil, obwohl ich so oft hingefallen war, bei unserem Unfall am Fluss.

Meine Gedanken überschlugen sich. Der Unfall. Als John im Auto gesessen hatte, völlig erstarrt, wir uns in letzter Sekunde retteten, und wie glücklich wir danach gewesen waren. Das zerwühlte Bett. Es roch nach Sex, betäubend und schwer. Und auch nach Liebe. Das ganze Zimmer war von diesem Geruch erfüllt.

Ich schluckte und stellte die Kugel auf seinem Nachttisch ab. Ich hatte sie für ihn gekauft und er sollte sie auch bekommen. »Frohe Weihnachten, John«, flüsterte ich.

Unten in der Halle warteten die drei. Caspar, Mel und Bailey. Mel hielt ein Taschentuch an ihre geröteten Augen und Baileys Augen wirkten glasig.

»Tut mir leid, dass ich euch das Weihnachtsfest verderbe.« Ich schloss sie alle nacheinander in die Arme.

»Unsinn. Sag so etwas nicht, Liebes. Es ist alles unsere Schuld, nicht deine. Ich hoffe ja immer noch, dass sich alles zum Guten wendet.« Mel drückte mir eine weitere Tasche in die Hand.

»Da ist hoffentlich kein Geld drin?«, fragte ich. »Wenn ja, nehme ich das nicht.«

»Nein, nur ein paar Plätzchen und die Pastete, die du so magst. Und Spielzeug für Gabriel.« Sie küsste ihn auf beide Wangen und strich ihm über sein Haar. Er lachte nicht wie sonst, sondern guckte betreten.

»Wir müssen jetzt gehen, Gabriel. Mach mal Winke mit

dem Händchen, ja?« Ich fasste seine Hand und hob sie hoch.

»Nein!« Er entriss sie mir und schüttelte energisch den Kopf. »Dada!« Dann fing er bitterlich an zu weinen. Schrill, wie eine Sirene.

»Er will nicht weg. Er will bei ihm bleiben. Gott, ist das traurig.« Jetzt heulte auch noch Mel.

»Verdammt, mir ist etwas ins Auge geflogen.« Bailey drehte sich weg und gab seltsame Geräusche von sich.

»Nicht fluchen vor dem Kleinen«, sagte Caspar. Auch er wandte mir den Rücken zu. »Ja, der Wind treibt einem die Tränen geradewegs ins Gesicht.« Dabei war die Tür nach draußen noch zu.

»Ich muss jetzt los.« Insgeheim hoffte ich immer noch, dass John auftauchen würde und irgendetwas tun würde, um zu verhindern, dass wir wegfuhren. Ich wollte doch gar nicht weg von ihm. Aber ich musste. Wie in Zeitlupe stakste ich zur Tür.

»Viel Glück! Passt auf euch auf! Alles Gute!« Sie redeten alle durcheinander. »Wir hören voneinander, ganz bestimmt.«

»Dankeschön. Euch auch alles Gute. Ja, bestimmt.« Ich stapfte die Treppe hinunter und ging zum Wagen.

Die Wagentür schwang auf und Nicolas stieg aus. »Weihnachtlicher Abholdienst, Miss Star. Melde mich hiermit wie gewünscht zur Stelle.« Mit einem breiten Grinsen schlug er die Hacken zusammen und salutierte.

»Nic!« Ich fiel ihm heulend um den Hals.

»Oh je. So schlimm?« Er klopfte mir auf den Rücken und hielt mich in seinen Armen. Ich nickte und schluchzte nur, unfähig auch nur ein Wort hervorzubringen. »Kommt ihr beiden, steigt ins Auto ein. Es ist zu kalt für den Kleinen. Lass uns fahren, Marian.«

Er verstaute unsere Sachen im Kofferraum und

schnallte Gabriel im Kindersitz auf der Rückbank an. »Setz dich.« Er schob mich zur Beifahrertür und ich fiel wie tot auf den Sitz neben ihm.

»Bleib bei mir. Für immer.« Das hatte John am Morgen noch gesagt, vor wenigen Stunden.

Und jetzt fuhr ich weg.

❄

KAPITEL 39

Marian

Mit jedem Meter, den wir zurücklegten, wurde mein Herz schwerer. Als das Tor hinter uns zuglitt, fühlte es sich an, als würde mein Herz in Stücke gerissen. »Ich will hier nicht weg«, flüsterte ich.

»Warum fährst du dann weg?«, fragte Nicolas. »Aus deinen wirren Nachrichten konnte ich nicht viel herauslesen. Nur, dass dich dieser Mr Christmas übel beschimpft hat. Ich hätte gut Lust, zurückzufahren und ihm eine reinzuhauen. Weihnachten hin oder her. Sein Name hält mich davon nicht ab. Und dass er Geld hat noch weniger!« Er gab Gas, doch die Reifen drehten durch, und er musste vom Gas runtergehen. »Mist, zu glatt.«

»Er hat mich doch nicht beschimpft!«, rief ich, das Taschentuch an die Augen gepresst. »Na ja, irgendwie schon, aber er hatte seine Gründe dafür. Immerhin habe ich ihn belogen, zusammen mit den anderen. Und das von Anfang an. Nein, du darfst ihn nicht schlagen, das lasse ich nicht zu.«

»Wenn ich dir helfen soll, musst du mir schon die gesamte Geschichte erzählen. Wir haben genug Zeit. Dauert mindestens zwei Stunden bis nach London. Bei den Straßenverhältnissen eher länger.«

Also erzählte ich ihm alles, immer wieder unterbrochen von Schluchzern.

»Herrje, Marian. Was für ein Schlamassel!«, murmelte er. Ich weinte noch lauter, er tätschelte beruhigend mein Bein. »Na, komm. Das wird schon wieder. Auch wenn ich gerade nicht wüsste, wie …«

»Ist das nicht total gemein von ihm? Dieser Satz mit dem Extrazuschlag?«

»Ja, das war schon ein bisschen fies.« Er nickte ernst, dann zuckte er mit den Schultern. »Wobei ich den Mann schon verstehen kann. Er muss sich völlig veräppelt vorkommen von euch allen. Ganz unschuldig bist du nicht an diesem Desaster.«

»Ja, ich weiß. Trotzdem …« Ich brach ab. Er hatte ja recht. Ich trug genau so die Schuld an allem, vielleicht sogar noch mehr. Doch John hatte Worte ausgesprochen, die mich tief verletzt hatten.

»Du schläfst heute Nacht bei uns im Gästezimmer«, sagte er entschieden. »In diesem Zustand lasse ich dich nicht allein. Du wirkst ja aufgelöster als damals, bei der Sache mit Gabriels Erzeuger. Außerdem freut sich Lena, dass ihr jetzt doch da seid. Sie bereitet Schmorbraten und Gemüse zu. Später kommen noch ein paar Freunde und es wird bestimmt lustig. Der Punsch ist schon angesetzt.« Mit einer aufmunternden Geste stieß er mir in die Rippen.

»Nein, lustig wird es nicht. Trotzdem danke, dass wir bei euch bleiben dürfen.« Die Vorstellung, allein mit Gabriel in meiner Wohnung zu sitzen, war auch zu schrecklich.

»Na, ist doch selbstverständlich. Ach, Schwesterchen.«

Er seufzte mitfühlend. »Bestimmt renkt es sich wieder ein.«

»Nein, ich glaube nicht«, flüsterte ich. Als ich begriff, was das bedeutete, weinte ich umso lauter.

Ja, es war schlimmer als die Sache mit Gabriels Erzeuger. Ihn hatte ich auch nicht so geliebt.

❄

KAPITEL 40

John

Ich sah von oben aus dem Arbeitszimmer zu, wie sie ins Auto stieg. Nachdem sie diesen großen und gut aussehenden Typen eine halbe Ewigkeit umarmt hatte, richtig innig und vertraut. Die Eifersucht brachte mich fast um. Am liebsten hätte ich meine Faust durch das geschlossene Fenster gedonnert.

Dann fuhr sie davon, ohne sich umzuschauen. Und mein Herz nahm sie mit.

Verdammt, es tat so weh. Ein Weihnachtsfluch gebrochen, dafür einen neuen auferlegt bekommen. Weihnachten und ich wurden keine Freunde mehr, nicht in diesem Leben. Ich sah dem Auto hinterher und versuchte, es mit Kraft meiner Gedanken zum Anhalten zu bringen. Tatsächlich, es funktionierte. Es wurde ein bisschen langsamer. Oder?

Natürlich nicht. Es fuhr einfach davon, stoppte kurz vorne am Tor. Sie stieg aus, ihre Silhouette ungewohnt schlank ohne ihren falschen Bauch, der Wind ließ ihr Haar auflodern wie eine Flamme. Sie betätigte den Schalter am Tor, es schwang auf. Sie stieg wieder ein. Auch das alles, ohne sich umzudrehen.

Und dann fuhr sie wirklich davon. Das Auto wurde immer winziger. Klein wie ein Spielzeug, dann verschwand es. Sie war weg. Für immer. Und Gabriel hatte sie auch mitgenommen. Meinen kleinen Buddy.

Ach, alles kein Problem. Würde ich mich halt wieder in meinen Eispalast zurückziehen. Siebzigster Stock, ganz oben. Weit weg von allem Gefühl. Weit weg von unserer Liebe. Ihrer Zärtlichkeit und Leidenschaft. Ihren wunderbaren Küssen und ihrem süßen Lächeln.

Doch es trug mich nicht mehr, dieses dürre Gerippe aus lächerlichen Eisstäbchen. Ich krachte durch die Decke und durchschlug alle siebzig Böden nacheinander. Im freien Fall.

Immer schneller fiel ich. Der Schmerz so stark, dass ich umkippte und der Länge nach hinschlug. Der Teppich dämpfte meinen Aufprall.

Bewegungsunfähig lag ich da. Über Stunden. Es wurde dunkel darüber, auch draußen, nicht nur in meinem Inneren. In mir herrschte nur noch Trauer und Leere. Und ein wahnsinniger Schmerz, der meine Wut auslöschte.

Wütend war ich eben gewesen. Das alles zu erfahren, ausgerechnet von Sybil, die mir ohnehin schon so viel angetan hatte. Nach dieser wunderbaren Nacht, deren Zauber noch über mir gelegen hatte. Bis sie kam und ihn zerriss, als wäre er nur ein lästiges Spinnweben. Mit einem Handstreich zerstörte sie ihn, so wie sie alles Schöne zerstörte. *Schauspielerin.* Wer wäre nicht wütend darüber an meiner Stelle?

Ich hatte allen Grund, wütend zu sein. Eine Verschwörung gegen mich, in meinem eigenen Haus. Von den Menschen, denen ich am meisten vertraute. Ja, sie hatten es nur gut gemeint. Dennoch … Dass die vier mich belogen hatten, schmerzte. Aber dass Marian gegangen war, schmerzte mich noch mehr. So sehr, dass ich kaum atmen konnte.

Es klopfte an der Tür, ich antwortete nicht. Jemand kam trotzdem herein. Bestimmt Caspar, die anderen würden sich nicht trauen, mir jetzt unter die Augen zu treten.

»Na, liegen wir mal wieder betrunken am Boden?« Er näherte sich mit schnellen Schritten. »Aber erfreulich, dass Sie angezogen sind, Sir.«

Sir? Ich musste mich verhört haben. Er würde es nicht wagen, Witze zu machen. Nicht jetzt!

»Bin nicht betrunken«, knurrte ich. »Kannst aber gleich wieder gehen, Verräter.«

Er ignorierte das und trat an mich heran. »Oho, das sieht aber übel aus.«

»Was?«

»Alle diese Tränen. In Ihrem Gesicht, Sir.« Er fuhr sich mit den Fingern über die Wangen, als würde er die Spuren meiner Tränen nachzeichnen.

»Sir? Nein, Caspar! Wie kannst du in diesem Moment …« Ich stöhnte dumpf auf. »Du schreckst auch vor nichts zurück.«

»Ach, komm. Wollte dich nur ein bisschen hochnehmen. Unser kleines Butler-Sir-Spielchen heitert dich doch immer auf.«

»Wahnsinnig witzig. Lache mich gleich tot.«

»Gib zu, ein wenig lustig fandest du es gerade. Oder?«

»Nein! Mein Herz ist gebrochen, nur zu deiner Information.« Mit dem Handrücken wischte ich mir die Tränen ab, doch unaufhörlich flossen sie weiter.

»Und was gedenkst du jetzt zu tun, außer hier herumzuliegen und dich selbst zu bemitleiden?« Er klang etwas strenger.

»Weiß nicht. Könnte mich betrinken.«

»Nein, ich dachte an etwas wirklich Kluges.«

»Könnte mir ihr Video anschauen. Sie sieht echt süß aus. Auch wenn sie eine miserable Schauspielerin ist.«

»Ja, das ist sie. Sie kann es einfach nicht.« Er sprach eindringlich. »Sie kann sich nicht verstellen. Was sie macht, ist echt. Alles.«

»Ja. Alles, was sie macht, ist echt.« Natürlich war es das. Jedes Lächeln war echt. Jeder Kuss. Und jede Berührung. »Verdammt, ich bin so ein Idiot.« Ich fasste mir an den Kopf. Mein Herz fühlte sich an, als würde es jeden Moment stehenbleiben.

»Tut mir leid, dir das sagen zu müssen. Ja, das bist du. Was die Leute so bezaubert in dem Spot, ist ihre Natürlichkeit. Nicht ihre Schauspielkunst.«

»Ihr Lächeln. Ihre Ehrlichkeit. Dass sie über sich selbst lacht.«

»Genau das. John, wir haben sie engagiert. Es war unsere Idee, nicht ihre. Wir waren die Auftraggeber. Als sie hierher kam, wurde sie in alles verwickelt, ohne es zu wollen. Sie brauchte das Geld, so dringend.«

»Ihr dünner Mantel, die abgetragenen Schuhe …«

»Ja. Sie hat sich dir gegenüber kein bisschen verstellt. Sie ist dazu einfach nicht fähig.«

»Ich weiß. Trotzdem hat es mich eben sehr wütend gemacht … Wenn alle etwas wissen, nur man selbst als Einziger nicht. Ich kam mir vor wie der größte Blödmann aller Zeiten.«

»Das tut uns allen auch sehr leid. Marian besonders. Sie hat die gesamte Schuld auf sich genommen, bevor sie fuhr. Obwohl sie selbst lange Zeit nicht wusste, warum wir sie eingestellt haben. Und was hier eigentlich gespielt wird.«

»Das habe ich inzwischen auch kapiert.« Leider zu spät.

»Man sollte immer die Motive in Betracht ziehen, warum Menschen etwas tun, das vielleicht nicht ganz richtig ist.«

»Das mit der Karibik und Dad. Ist das auch wahr?«

»Ja, das stimmt. Ich wäre schon gern mit den beiden ausgewandert. Die englischen Winter … Schau aus dem Fenster, damit ist alles gesagt.« Er stieß einen tiefen Seufzer aus. »Er hatte mich darum gebeten, bei dir zu bleiben. Wegen Sybil, die ihm auf Anhieb unsympathisch war. Als er sie kennenlernte, hatte er dir die Firma bereits überschrieben. Am liebsten hätte er es rückgängig gemacht. Dann fand auch noch diese überstürzte Hochzeit statt. Zum Glück drängte ich vorher auf einen Ehevertrag und ließ ihn aufsetzen. Denn sonst …«

»Wäre ich heute ruiniert.«

»Exakt. Mit Sicherheit würden wir uns hier nicht unterhalten, denn das wäre längst nicht mehr dein Haus.« Er ließ sich auf den Stuhl fallen und barg das Gesicht in den Händen. Die Vorstellung schien ihn wirklich mitzunehmen. Er hob den Kopf. »Du warst abgesichert, John. Und dann tust du so etwas unerhört Dummes? Schenkst ihr aus freien Stücken die halbe Firma? Dein Vater bekam einen Tobsuchtsanfall.«

»Ja, ich weiß. Nicht meine klügste Entscheidung. Aber jetzt habe ich sie wieder. Wirklich? Mir gegenüber hat er nie etwas erwähnt.«

»Ich habe ihn noch nie so schreien gehört.« Caspar verzog in Erinnerung daran das Gesicht. »Ein paar Monate später passierte dein Unfall, danach wollte er das Thema

Sybil nicht mehr erwähnen. Zumal sie dich beinahe auf dem Gewissen hatte.«

»Davon bin ich mittlerweile nicht mehr überzeugt«, murmelte ich.

»Du hast deine Meinung geändert?«, fragte er überrascht. »Sie stritt es eben entschieden ab. Ich muss zugeben, kurz habe ich ihr sogar geglaubt. Vielleicht ist sie wirklich in Panik davon gelaufen? Aber wer war dann die Gestalt am Ufer, die du gesehen hast?«

»Mein Schutzengel.« Zum ersten Mal musste ich lächeln.

Er hob erstaunt den Kopf. »Glauben wir neuerdings an übersinnliche Phänomene?«

»Ich weiß es nicht. Marian hat das gesagt.« Wieder tauchte dieses Bild in mir auf. Eine Hand, die durchs Eis glitt. So etwas gab es doch nicht! Aber vielleicht ja doch?

»Ja, das passt zu ihr.«

Wir schwiegen eine Weile. Ich überließ mich ganz dem Trost dieser kindlich rührenden Schutzengel-Idee. Je länger ich darüber nachdachte, desto besser gefiel sie mir. Marians Gesicht tauchte vor meinem inneren Auge auf. Ich spürte ihre Lippen auf meinen. »Es ist egal, wer das war. Hauptsache, ich habe überlebt.«

»Überlebt, ja. Es fragt sich nur wie. Die letzten Jahre waren sehr schwer. Nicht nur für dich, John, sondern für alle. Alle haben sich große Sorgen um dich gemacht und darum haben wir zu etwas unkonventionellen Mitteln gegriffen. Es tut mir leid. Mel und Bailey tut es auch leid, soll ich dir ausrichten.«

»Schon gut. Sag ihnen, es ist alles in Ordnung. Ist ja alles gutgegangen.«

»Na ja, nicht ganz.« Er sah mich eindringlich an. »Denn sie ist weg.«

Ja, sie war weg. Durch meine Schuld. Ein paar Minuten herrschte Stille.

»Übrigens musst du Mel schonend beibringen, dass ihr Auto im Fluss liegt. Wir hatten einen Unfall und sind die Böschung hinunter geschlittert. Und Marian hat mich gerettet.«

»Ich hab's schon gehört. Nach der Messe hat Bill Weathers es mir erzählt. Ich konnte es kaum glauben. An fast der gleichen Stelle, am gleichen Tag, nach fünf Jahren?«

»Ja, es ist wahr. Sie hat ihr Leben für mich riskiert und mich aus dem Auto gezerrt. Ohne sie wäre ich ertrunken.« Ich setzte mich entschlossen auf. »Und ich rede so einen Müll daher und lasse sie auch noch wegfahren? Ich muss sofort hinterher!« Mühsam rappelte ich mich vom Boden auf. »Wo ist mein Wagenschlüssel?«

»Weißt du denn, wo sie wohnt?«

»Nein. Mist. Aber ich fahre einfach nach London und dann …«

»John, das müssen wir zuerst herausfinden. Und überhaupt, in diesem Zustand solltest du kein Auto fahren.« Er deutete auf meine Hände. Sie zitterten wie Espenlaub. Meine Knie zitterten auch. Beinahe gaben sie wieder unter mir nach.

»Ich … Bailey. Morgen.« Nach meinem kurzen Anflug von Entschlossenheit brach wieder alles über mich herein. Dass ich sie weggejagt hatte. Dass ich alles kaputtgemacht hatte. Und vielleicht konnte man es nicht mehr reparieren? Da kam dieser Engel, rettete mich, gab mir eine zweite Chance für die Liebe und ich warf sie weg? Wie konnte ich nur so dumm sein?

»Ja, natürlich. Bailey fährt dich morgen. Jetzt legst du dich besser ins Bett. Oder möchtest du vorher etwas essen?«

»Nein, ich krieg nichts runter.«

Er legte seine Hand auf meine Schulter. »Das wird schon.«

»Wenn sie nicht zu mir zurückkommt, weiß ich nicht, was ich tun soll.«

»Dann musst du dir eben richtig Mühe geben.« Er geleitete mich aus meinem Arbeitszimmer und brachte mich zu meinem Zimmer. Als wäre ich ein Greis, den man stützen musste, damit er nicht zusammenbrach. Genau so fühlte ich mich auch.

»Ja, das tue ich. Ich lasse mir etwas einfallen«, murmelte ich. Wenn ich bloß wüsste, was.

»Der Mann, der sie abgeholt hat …«

»Ja?« Ich schrak zusammen. Wenn er jetzt sagte, dass er Gabriels Erzeuger war und sie zusammen Weihnachten verbrachten, würde ich mich von der Galerie stürzen. Vielleicht feierten sie gerade Versöhnung unterm Weihnachtsbaum?

Er lächelte. »Ist ihr Bruder Nicolas. Aber das hast du nicht von mir.«

»Ihr Bruder! Oh, danke.« Ich umarmte ihn.

Er sträubte sich zuerst. »Nun, auch in Momenten der emotionalen Überwältigung sollte ein wahrer Gentleman stets …«

»Halt die Klappe, Caspar.«

»Ja.« Er erwiderte meine Umarmung.

IM SCHLAFZIMMER LIEß ich mich ins Bett fallen. Hier fühlte sich alles noch schlimmer an, denn über allem schwebte ihr betäubender Geruch. Alles roch nach ihr. Ich grub meine Nase in ihr Kopfkissen und schnüffelte an ihrer Decke. Da lagen auch noch ihre Sachen, die sie im Pub angehabt hatte. Ihre nasse Hose. Daneben ihr Plastikbauch.

Oh Gott, ich halte das nicht aus. Ich vermisste sie so schrecklich. Wenn ich mich nicht so blöd aufgeführt hätte, wäre sie jetzt hier bei mir. Und wir könnten zusammen Weihnachten feiern wie eine glückliche Familie.

Natürlich hatte ich Grund gehabt, wütend zu sein. Es klang verdammt mies, dass sie eine Schauspielerin war, dass die anderen sie engagiert hatten. Aber mir spielte sie nichts vor, zu keiner Sekunde hatte sie das getan. Und wenn jemand einen Riecher dafür hatte, dann ich.

Sie war süß und zauberhaft und so wahnsinnig sexy. Sie sagte mir, dass sie mich liebte. Noch heute Morgen. Und jetzt war sie weg.

»Komm zurück zu mir«, flüsterte ich, in der irren Hoffnung, sie würde es irgendwie spüren.

Was war das auf dem Nachttisch? Ein Geschenk? Sie hinterließ mir ein Geschenk, obwohl ich in meiner Wut entsetzliche Sachen zu ihr gesagt hatte? Auch das war typisch für sie.

Mit zitternden Fingern riss ich die dicke Verpackung auf. Eine gläserne Schneekugel kam zum Vorschein, dunkelblau mit einem silbernen Fuß. Sie sah nostalgisch aus und ruhte schwer in meiner Hand.

Sie zeigte eine Landschaftsszene mit schneebedeckten Bäumen und sanften Hügeln. Im Hintergrund, fast mittig, befand sich ein Schloss. Silbern glitzernd, über und über mit Schneekristallen bedeckt.

Darin ein Mann, halb verborgen in einer der oberen Fensterreihen. Er wirkte ein wenig düster. Rechts unten, in Nähe der Bäume, gab es eine weitere Figur. Eine Frau, gehüllt in ein dunkelrotes Tuch.

Ich schüttelte die Kugel. Weißes Schneegestöber wirbelte auf, wunderschön anzusehen auf dem Dunkelblau. Aber was noch viel schöner war: Die Frau kämpfte sich durch das Schneetreiben auf den Mann zu und der Mann stieg aus seinem Schloss herab. Er rückte der Frau immer näher. Und sie näherte sich ihm.

Unaufhaltsam bewegten sie sich aufeinander zu, gelenkt von einer geheimnisvollen verborgenen Kraft. Und in der Mitte berührten sie sich.

❄

KAPITEL 41

26. Dezember

John

Die Nixe hielt mich mit ihren weichen Armen umfangen. Zärtlich küsste sie mich und hauchte ihren warmen Atem in meinen Mund. Ich konnte gar nicht genug von ihren heißen Lippen bekommen. Unsere Küsse wurden immer leidenschaftlicher, sie umschlang mich mit ihren Armen und Beinen. Wir verschmolzen miteinander, immer tiefer drang ich in sie ein. Sie warf den Kopf zurück und flüsterte: »John.«

»Marian!« Ich schreckte hoch, der Platz neben mir war leer. Mein erster Gedanke: Sie hatte mich verlassen. Nein, ich hatte sie weggejagt. Eine kalte Hand griff nach mir, die Kälte wucherte wie Eisblumen in mein warmes Fleisch. Ich durfte nicht zulassen, dass das so blieb.

Vielleicht ging es ihr genauso? Sie vermisste mich und sie fühlte sich so hundeelend wie ich. Ja, ganz bestimmt.

Ich liebte sie, noch gestern Morgen hatte ich es zu ihr gesagt. Und sie sagte, dass sie mich liebte. Wir gehörten zusammen und ich musste wiedergutmachen, was ich angerichtet hatte.

Fünf Uhr morgens. Ich sprang aus dem Bett. Bis um drei hatte ich wach gelegen und an ihrem Kissen geschnüffelt wie ein Baby an seinem Kuscheltier.

Nervös tigerte ich im Zimmer auf und ab. Herrgott, es musste doch etwas geben, das ich tun konnte. Nicht nur hinfahren und mich entschuldigen, sondern etwas Besonderes. Etwas, das sie so rühren würde, dass sie gar nicht anders konnte, als mir zu verzeihen. Sie liebte Weihnachten und alles, was damit zusammenhing. Ganz besonders liebte sie … *Last Christmas.* Mir kam eine Idee.

Mit schnellen Schritten ging ich ins Arbeitszimmer und fuhr den Laptop hoch. »Herrgott, das dauert ja ewig!« Endlich baute sich die Verbindung auf und ich loggte mich ins Internet ein. Jetzt noch den Namen ihres Bruders eingeben und beten, dass ich ihn fand. Da war er: Nicolas Star. Er hatte eine eigene Homepage mit zahlreichen Landschaftsbildern. Anscheinend wanderte er gern, zusammen mit einer hübschen Blondine. Ich klickte das Impressum an. Es enthielt seine Handynummer. Gott sei Dank.

Viertel nach fünf, vielleicht ein bisschen früh für einen Anruf? Ich wartete bis um sechs, dann klingelte ich ihn aus dem Bett. »Fröhliche Weihnachten, John Christmas hier. Ich brauche dringend Ihre Hilfe, Nicolas.«

»Was ist los?« Seine Stimme klang verwaschen. »Welcher Penner ruft mich um sechs Uhr morgens an? Der Weihnachtsmann? Spar dir deine blöden Scherze. Idiot!« Er stöhnte auf. »Oh Gott, mein Kopf zerspringt.« Er drückte das Gespräch weg.

Ich rief wieder an. »Nicht auflegen, bitte! Ich bin es,

Marians Weihnachtsmann! John Christmas. Sie haben sie gestern bei mir abgeholt.«

»Oh, Sie sind es«, murmelte er. »Nach dem Auflegen dachte ich, dass ich den Namen schon mal gehört habe. Sorry, mein Schädel bringt mich um. Eierpunsch«, fügte er hinzu.

»Kein Problem. Bitte hören Sie mir genau zu.«

»Okay, ich versuch's.«

Jetzt kam der schwierige Teil. Ich kramte in einer meiner Schreibtischschubladen. In der hintersten Ecke musste sie stecken, ich hatte sie selbst dort hinein getan, nach meiner Rückkehr aus dem Krankenhaus. Endlich wurde ich fündig und zog sie hervor. Die CD mit den Weihnachtssongs. Ich legte sie in den CD-Player und drückte die Fünf. *Last Christmas*. Die ersten Takte erschallten, diese an sich harmlosen Akkorde, dann die Stimme. Glöckchengebimmel.

Zuerst wurde mir schlecht, prompt tauchten die alten Ängste wieder auf. Meine Kehle schnürte sich zu, und ich musste dagegen ankämpfen, fluchtartig den Raum zu verlassen. *Es war nur ein Song*. Ich würde mich bestimmt nicht von einem albernen Lied in die Knie zwingen lassen.

Dieser Song hatte keinerlei Macht über mich. Es war reiner Zufall, dass er lief, als ich beinahe ertrank. Aber er lief auch, als sie mich rettete, und das glich es wieder aus. Dann hörte ich ihn wieder an. Und wieder. Mit jedem Mal wurde es weniger schlimm. Ich machte mir Notizen. An einer Stelle musste ich sogar lachen. Ja, das würde ihr gefallen. Ich hörte es bestimmt fünfzig Mal hintereinander an, bis es irgendwann nur noch ein Lied war. Und zwar kein schlechtes. Ich summte sogar mit.

Jemand bollerte mit der Faust an die Tür und stieß sie

im gleichen Moment auf. Bailey. Er trug einen gestreiften Schlafanzug und wirkte ein wenig verstimmt. »Bist du völlig verrückt geworden? Fünfzig Mal hintereinander *Last Christmas*, morgens um sechs? Das ist Folter.«

»Ja, muss sein. Tut mir leid. Um eins ist Abfahrt.« Stillschweigend ging ich davon aus, dass er seine Kündigung nicht so ernst gemeint hatte.

»Abfahrt? Wohin? In die Klapse?« Er stemmte die Hände in die Hüften.

»Nein, nach London. Ich muss zu Marian.«

»Ah, endlich mal eine gute Nachricht.« Sein Gesicht hellte sich auf.

»Hast du dir den Song schon mal richtig intensiv angehört? Ist gar nicht so übel.«

»Hör bloß auf!«, knurrte er. »Ich hasse das Ding. Immer schon. Seit eben noch viel mehr.« Er pikste mit dem Finger in meine Brust. »Wenn der Song noch einmal läuft, haue ich ab in den nächsten Pub! Dann kannst du sehen, wie du nach London kommst.«

»Schon gut, ich setze ab jetzt Kopfhörer auf!«

»Danke!« Er wischte sich mit der Hand über sein unrasiertes Gesicht und sah mich schuldbewusst an. »Es tut mir leid, John. Du weißt schon. Alles. Auch die Kündigung.«

»Ja, schon okay. Ich hätte sie sowieso nicht angenommen. Mir tut's auch leid. Hab euch das Leben ganz schön schwer gemacht. Komm her.« Wir umarmten uns und klopften uns auf die Schultern. »Du und Mel? Ist das wahr?«

»Ja. Seit zwei Jahren.« Er grinste schief. »Wir wollten dir nicht zusätzlichen Druck damit machen. Darum haben wir dir nichts gesagt.«

Mir fiel etwas ein. »Du hast also gar nicht das Brett in

ihrem Bett befestigt, als ich dich einmal frühmorgens aus ihrem Zimmer kommen sah?

Er lachte. »Nein. Ihre Heizung war auch nicht kaputt. Und ich musste auch nicht den verstopften Abfluss in ihrem Bad reparieren.«

»Oh Mann, ich bin so ein Idiot. Wie konnte ich nur so blind sein?«

»Du hattest Scheuklappen auf, John. Marian hat es sofort gemerkt. Gleich am ersten Tag.«

Halb drei. Wir sausten auf der Autobahn nach London.

Bailey gluckste. »Das ist urkomisch.«

»Halt den Mund«, knurrte ich. »Und hör jetzt endlich auf zu lachen.«

»Ich kann nicht glauben, was ich sehe.«

»Du redest schon wie Mum.« Oh Gott, meine Eltern waren auch noch unterwegs zu mir. Wenn ich den heutigen Tag halbwegs lebend überstand, war ich echt ein Held.

»Ja, das ist wirklich …« Er zeigte in den Rückspiegel und prustete vor Lachen.

»Na, und? Sehe aus wie immer.« Ich strich über meinen dicken Bauch. Dick deshalb, weil ein Kopfkissen in meinem Kostüm steckte. Der rote Samt war ganz verschossen, die weißen Puschel ein wenig vergilbt. Das Teil war mindestens vierzig Jahre alt, aber es war das einzige Weihnachtsmann-Kostüm, das ich finden konnte.

»Dass du so etwas freiwillig anziehst.« Er schüttelte ungläubig den Kopf. »Ich dachte nicht, dass ich das mal erlebe.«

Tja, und ich noch weniger.

»Jaja, achte lieber auf die Straße.« Ich rückte meine rote Mütze zurecht und warf mit Schwung den Plüschbommel nach hinten. Dabei tat ich nur so grimmig, innerlich starb ich tausend Tode und war mehr als aufgeregt.

An seiner Stelle würde ich es auch witzig finden, dass ich, John Christmas, der Mann der Weihnachten hasste, als Weihnachtsmann verkleidet ein Lied singen würde, das er noch mehr hasste. Wenn nicht so viel davon abhinge. Alles! Denn wenn diese verrückte Aktion keinen Eindruck auf sie machte, wusste ich nicht, was ich tun sollte.

»Haha, und der Bart!« Er kicherte in seine Hand wie ein Mädchen. Ja, der dämliche Bart. Dauernd hatte ich Haare im Mund oder in der Nase. Ich hatte schon mindestens zehn Mal geniest.

»Bete lieber, dass es funktioniert«, knurrte ich. »Anstatt so blöd zu lachen.«

»Oh ja, das wird es. Da bin ich mir sicher.« Er hob den Daumen und grinste breit. »Ich weiß zwar nicht, was du vorhast, aber in dieser Aufmachung wird es bestimmt klappen. Was genau wolltest du nochmal tun?« Er warf mir einen lauernden Blick zu.

»Siehst du noch früh genug«, murmelte ich ausweichend. Wenn er jetzt schon so lachte, würde er später vor Lachen vom Stuhl fallen. In der Karaokebar.

»Was ist das überhaupt für eine Adresse?« Er starrte irritiert auf das Navi. »Da war ich ja noch nie. Dabei kenne ich mich in London gut aus.«

Für einen Moment verschlug es ihm die Sprache, als wir unser Ziel erreichten und vor der Bar anhielten, an der groß das Schild hing: *Karaoke. Heute Xmas-Karaoke. Ab 15 Uhr.*

»Du willst wirklich Karaoke singen? Als Weihnachtsmann verkleidet?« Er prustete schon wieder los.

»Ja, ich bin fest entschlossen. Bailey, mir ist es bitterernst. Ich habe einen Haufen dummer Sachen zu ihr gesagt und sie damit vertrieben. Und ich will unbedingt, dass sie wieder zu mir zurückkommt. Sie *muss* einfach zurückkommen. Deshalb mache ich das hier.«

»Ja, schon gut. Sorry.« Er wurde ernst. »Verstehe, das ist mutig von dir, John. Komm, lass uns hineingehen. Woher weißt du überhaupt, dass sie hier ist? Noch dazu um diese Zeit?«

»Ich habe ihren Bruder eingeweiht.«

❄

KAPITEL 42

Marian

»Karaoke? Mitten am Tag? Das fragst du mich schon zum zehnten Mal für heute. Und genau wie die neun Mal davor lautet meine Antwort Nein. Ich habe keine Lust.«

Total verkatert stand Nicolas in der Tür zum Gästezimmer, in dem ich geschlafen hatte. Vielmehr die ganze Nacht geweint hatte. Leise und gedämpft von den Kissen, damit Gabriel nicht wach wurde. Meine Augen waren dick geschwollen und wund vor Tränen.

»Wieso? Ist doch ne tolle Idee«, krächzte er.

»Sei mir nicht böse, ich bin echt nicht in Stimmung. Wo ist Gabriel?« Kurz wurde ich panisch. Wie konnte ich das vergessen?

»Lena ist mit ihm spazieren. Nicht so laut, bitte!« Er hielt sich seinen Schädel.

»Ach so, stimmt. Das sagte sie eben.« Ich war vor Weinen nicht mehr denkfähig. Mein Gehirn fühlte sich an wie ein Wattebausch und über den Zustand meines

Herzens wollte ich nicht einmal nachdenken. Mir fielen nur Worte ein, die mich fast wieder zum Weinen brachten. *Gebrochen. Tödlich verwundet.*

»Ach, komm. Sei nicht so.« Nic setzte sein charmantestes Lächeln auf. »Was ist los mit dir? Du bist doch sonst nicht so ein Weihnachtsmuffel. Gestern Abend bist du auch schon um acht Uhr ins Bett gegangen. Ich musste den kompletten Eierpunsch allein vernichten.« Er fasste wieder an seinen Kopf und stöhnte leise. So sah er auch aus. Nach drei Promille und einem riesigen Kater.

»Was los mit mir ist? Ich hab's dir gestern erklärt. Ich fühle mich nicht gut.« Sofort stiegen Tränen in meine Augen.

Am liebsten hätte ich mir die Decke über den Kopf gezogen und wäre nie mehr aufgestanden. Die letzte Nacht war die schlimmste Nacht meines Lebens. Und das sollte jetzt für immer so bleiben? Ich schniefte. »Teilweise habe ich auch Schuld daran, aber was er …«

»Jaja, was der böse John alles zu dir gesagt hat. Hast du mir schon fünf Mal erzählt.« Ungeduldig schnitt er mir das Wort ab. »Ja, es war nicht nett von ihm, aber dass er vielleicht die Fassung verlor, weil ihr ihn belogen habt, könntest du auch mal in Betracht ziehen. Und dass seine schreckliche Ex plötzlich auftauchte, hat ihn bestimmt noch mehr aufgewühlt.« Auf einmal wurde er richtig cholerisch und zeigte mit dem Finger auf mich: »Du gehst trotzdem mit in die Karaokebar! Zieh dich sofort an!«

»Sag mal, spinnst du? Nein!« Ich warf eines der Kissen nach ihm. So hatte er sich mir gegenüber noch nie aufgeführt. Er musste wirklich sturzbetrunken sein, dass er in diesem Ton mit mir sprach und mir Befehle erteilte.

»Doch, du gehst mit«, wiederholte er in strengem Ton. »Ich bin der Ältere und du hörst auf mich.«

»Hast du einen Knall? Nein.« Ich zog mir die Decke über den Kopf. »Lass mich in Ruhe. Ich sterbe.« Meine Stimme klang dumpf.

Mit einem Ruck zog er mir die Decke weg und sprach in sanfterem Tonfall: »Ich bitte dich sonst nie um etwas, Marian. Nur um diese eine Sache. Weil es wichtig ist. Bitte, ich wünsche mir nur das zu Weihnachten. Dass du mich zum Karaoke begleitest. Und sonst nichts.«

»Oh, das ist so gemein!«, schnaufte ich. »Das ist Erpressung, Nic!« Jetzt machte er mir auch noch ein schlechtes Gewissen.

Bei meinem gestrigen Aufbruch hatte ich alle Geschenke liegen gelassen. Unter anderem das für ihn und Lena. Ein Gutschein für ein Wanderwochenende in Cornwall mit Übernachtung in einem Romantik-Hotel. Nur für Gabriel hatte ich ein Stofftier eingepackt. Für die beiden hatte ich nicht einmal eine lausige Pralinenschachtel gehabt. Dabei schenkten sie mir einen wunderschönen Kuschelpulli aus Angora.

»Wenn es sein muss, erpresse ich dich eben.« Er lächelte, dann griff er sich mit einem Aufstöhnen wieder an seinen Schädel.

»Ja, okay. Einverstanden. Ich komme mit.« Auch wenn ich nicht verstand, warum er in diesem desolaten Zustand überhaupt ausgehen wollte. Er sah aus wie aus dem Klo gezogen.

Andererseits war es vielleicht keine schlechte Idee. Ein wenig Ablenkung würde mir guttun. Mir schwirrten so viele Gedanken durch den Kopf, dass es mir schwindelte. Wenn mein Verdacht sich bewahrheitete, sah meine Zukunft noch komplizierter aus als vor Weihnachten. Daran würden auch keine hundert Risotto-Spots in Folge etwas ändern.

»Super! In einer halben Stunde ist Abfahrt. Zieh dir etwas Hübsches an! Und bitte«, er deutete auf meine geschwollenen Augen, »mach auch etwas mit deinem Gesicht. Etwas Wirkungsvolles.« Er grinste.

Bevor ich das andere Kissen nach ihm werfen konnte, hatte er die Tür schon zugezogen.

KAPITEL 43

John

»Oh Mann, bin ich nervös.« Mit einem beklommenen Gefühl im Magen starrte ich auf die große ovale Tanzfläche, die das Publikum von mir trennte. Die Discobeleuchtung war bereits angeschaltet, bunte Leuchtflecken tanzten auffordernd über den Boden. Verdammt, wollte ich das wirklich tun, Karaoke singen?

Momentan wäre ich lieber stillschweigend in einem Loch im Boden verschwunden. Leider tat sich keins auf.

»Nur Mut, das schaffst du schon.« Bailey klopfte mir aufmunternd auf die Schulter.

»Ich kann nicht einmal singen!« Das fiel mir etwas spät ein.

»Doch, sicher«, behauptete er. »Unter der Dusche klingst du richtig klasse. Mit viel Gefühl und so.«

»Echt?« Zweifelnd sah ich ihn an. Er nickte. Aber er hätte momentan zu allem genickt, um mir Mut zu machen.

»Sprechgesang ist auch immer gut«, relativierte er seine Aussage. »Wenn du den Ton nicht triffst, wider

Erwarten, dann rappst du einfach.« Er setzte ein zuversichtliches Lächeln auf.

»Einfach rappen? Ach ja? Habe ich auch schon tausend Mal gemacht.« Mir wurde immer mulmiger zumute. Ich ließ den Blick übers Publikum schweifen, das sich zahlreich an den Tischen versammelt hatte. »Siehst du Marian irgendwo? Ist so dunkel hier.« Die anwesenden Zuschauer waren entweder noch betrunken von gestern Abend oder schon wieder betrunken. Und sie wirkten ziemlich ungnädig. Lautstark unterhielten sie sich und leerten ihre Gläser im Akkord. Die Bedienungen kamen mit Servieren fast nicht nach. Da konnte ich mich auf etwas gefasst machen.

Verdammt, bei der schlechten Beleuchtung konnte ich meinen Text kaum erkennen. Zum Glück kannte ich ihn auswendig. Wort für Wort. Ich schob den Zettel in meine Hosentasche. Im Notfall würde ich improvisieren müssen. Und rappen. »Das wird die Blamage des Jahrtausends«, murmelte ich dumpf.

»Na, Weihnachtsmann?« Der DJ, ein großer breitschultriger Typ mit Rastalocken, grinste breit. »Legst du bald mal los? Du wolltest doch unbedingt als Erster auftreten. Dann mach das auch.« Er prustete. *Dummer Sack-Spruch in drei, zwei, eins.* »Hast du auch einen dicken Sack?« Er lachte sich schlapp.

Ich nickte. »Unvorstellbar dick.«

»Was? Oh!« Das Lachen fiel ihm aus dem Gesicht.

»Da ist sie!« Bailey deutete links an den Rand, wo Marian in der zweiten Reihe saß. Am gleichen Tisch wie ihr Bruder, der mir gerade ein verstohlenes Handzeichen machte. Ich nickte ihm zu. Selbst im Halbdunkel leuchtete ihr rotes Haar wie eine lodernde Flamme. Sie trug es offen und es fiel in wunderbaren Locken über ihre Schultern.

Zum ersten Mal sah ich sie in einem engen Kleid, schwarz, schmal, sexy, und ihr Anblick raubte mir geradezu den Atem. Sie sah wunderschön aus, auch wenn ihre Augen dick geschwollen waren. Sie hatte geweint, wegen mir. Und das nicht zu knapp. Am liebsten wäre ich zu ihr gegangen und hätte sie in meine Arme genommen.

»Sing jetzt endlich dein Lied!«, zischte Bailey. »Damit wir nach Hause fahren können.«

»Ein bisschen warte ich noch. Die dürfen ruhig vor«, bedeutete ich dem Mann am Mischpult. Ich zeigte auf ein paar Frauen mit weißen Gewändern und Engelsflügeln, die sich hinter mir aufgestellt hatten. »Und die von mir aus auch.« Ich deutete auf die Gruppe von Männern in rot-grün gestreiften Elfenkostümen daneben. Dann reichte ich mein Mikrofon an einen blonden, sturzbetrunkenen Engel.

»Na, ist der Sack doch nicht so dick, Weihnachtsmann?« Der DJ grinste.

Ich lächelte knapp. »Dafür ist die Rute umso größer.«

Er verlor ein wenig die Fassung.

Wie erwartet blamierten sich die betrunkenen Ladys mit *Jingle Bells,* was mit Sicherheit an ihrem wenig engelsgleichen Gesang lag. Sie versuchten, ihre Singerei mit Tanzen wettzumachen, doch das verschlimmerte ihre Darbietung nur noch. Irgendwann gaben sie auf und schlichen wie begossene Pudel von der Bühne. Dann sangen die Elfen ein eher lustloses *All I want for Christmas is you.* Sie wurden gnadenlos ausgebuht und mit Pappbechern beworfen, teilweise auch mit vollen.

»Na, das war nix!« Der DJ gab ihnen noch eine spöttische Bemerkung mit auf den Weg. »Meine 97-jährige Oma singt und tanzt besser als ihr alle zusammen. So, und jetzt kommt der Weihnachtsmann, der den Mund eben ganz schön weit aufgerissen hat.« Er schlug sich vor Lachen auf die Schenkel. »Von wegen große Rute und dicker Sack.«

Jemand drückte mir das Mikrofon in die Hand.

»Was soll ich machen, so ist es eben.« Meine Stimme schallte durch den Saal.

Die Zuschauer lachten. Der DJ guckte böse, Marians Kopf ruckte hoch. Sie kniff die Augen zusammen und starrte durchs Dunkel in meine Richtung. Ob sie mich erkannt hatte?

»Na, dann zeig mal, was du drauf hast.« Der DJ drückte ein paar Knöpfe an seinem Mischpult, dann startete die Musik. Die ersten Takte von *Last Christmas* erklangen. Es ging los. Meine Kehle war wie ausgetrocknet, ich räusperte mich.

Heiser krächzte ich ins Mikrofon: »Dieses Lied widme ich meiner Herzensdame, der ich sehr weh getan habe. Für dich, Marian.« Erstaunt riss sie die Augen auf und warf ihrem Bruder einen verdutzten Blick zu. Doch wenn ich gehofft hatte, sie würde sofort aufspringen und zu mir rennen, hatte ich mich getäuscht. Wie versteinert saß sie da. Wohl oder übel fing ich an zu singen:

»Last Christmas …« Ein Krächzen, meine Stimme erstarb. Kein Laut drang mehr aus meiner Kehle, nur noch ein leises Röcheln. Und wie ging gleich noch mal der Text?

Bumm. Blackout. Alles weg. Standen vor wenigen Sekunden noch meine selbstgedichteten Zeilen klar und deutlich vor mir, befand sich jetzt an dieser Stelle nur noch eine schwarze wabernde Masse. »Ich …« Verwirrt starrte ich ins Publikum.

»Los, fang an zu singen!«, rief einer aus dem Publikum. »Jetzt mach schon!«

»Noch so ein Rohrkrepierer!« Der DJ barg stöhnend das Gesicht in seinen Händen, dann murmelte er: »Wusste ich es doch. Große Klappe, nichts dahinter.«

Das Publikum wurde ungeduldig und fing an zu murren. Da flog auch schon ein Becher in meine Richtung. Daneben. Dafür traf er Bailey.

»Lass das, Freundchen! Oder du lernst mich kennen!« Wütend deutete er auf den Schuldigen, der sofort den Kopf einzog. Er zischte mir zur: »Sing jetzt, John, was ist denn los?«

Hilflos sah ich ihn an, während das Lied munter vor sich hindudelte. Mit all dem Oh-Oh und Glöckchengebimmel. Das hätte George und Andrew kein bisschen gefallen, dieser Totalausfall. »Hab den Text vergessen«, murmelte ich und röchelte ins Mikrofon: *»Last Christmas …«* Mehr fiel mir beim besten Willen nicht ein.

»Dann improvisier eben! Mach jetzt, John!« Bailey verpasste mir einen kleinen Schubs.

»Dreh dem Typen den Saft ab!«, verlangte einer der Zuschauer. »Gibt's ja nicht. Noch schlimmer als diese bescheuerten Elfen.«

»Hab zum Glück noch meinen Zettel.« Mit zitternden Händen zerrte ich ihn aus meiner Hosentasche hervor, doch er entglitt mir und trudelte zu Boden. Mitten in eine Bierpfütze. »Verdammt!« Schnell hob ich ihn wieder auf. Da löste sich vor meinen entsetzten Augen alles auf und die Worte zerliefen zu einem blauen Brei. Mist, hätte ich bloß nicht mit Füller geschrieben! »Oh nein, der Text ist weg.« Wie hypnotisiert hielt ich den nassen Zettel hoch. Wiederum flüsterte ich ins Mikro: *»Last Christmas …«*

»Das wissen wir bereits!«, murrte jemand.

Ein weiterer Zuhörer mischte sich ein. »Genau! So weit warst du eben schon, Weihnachtsmann. Schalt das Lied endlich ab, DJ!«

»Nein, das tue ich nicht, denn er wird das bis zum Schluss durchziehen. Nicht wahr, Weihnachtsmann?« Der DJ, der aus irgendeinem Grund diese Privatfehde mit mir gestartet hatte, grinste hämisch.

»Och nein! Jetzt lasst ihn in Ruhe singen!«, rief eine

Frauenstimme. »Er ist halt nervös. Schaut ihn euch an, ist er nicht süß?«

»Danke«, krächzte ich ins Mikrofon. »Und wie nervös.«

»Du sollst improvisieren!« Bailey sprach beschwörend auf mich ein. »Los, John. Es geht um alles!«

»Das ist so peinlich!«, rief jemand. »Das muss ich unbedingt filmen!« Smartphones richteten sich auf mich. Jetzt wurde meine Blamage auch noch gefilmt? Das weckte meinen sportlichen Ehrgeiz.

Verdammt, ich würde nicht kampflos aufgeben! Es ging um alles. Wenn ich nicht singen konnte, würde ich eben unsere Geschichte erzählen. Ich holte tief Luft, während im Hintergrund der Song weiterlief: »Marian, ich weiß noch, wie ich dich zum ersten Mal sah. Als du dich durch Schnee und Eis gekämpft hast. Mit Gabriel. Ich glaube, ich habe mich auf den ersten Blick in dich verliebt. Deshalb fiel ich auch die Treppe hinunter und habe mich dir sofort von meiner besten Seite gezeigt. Äh, ja.« Ich setzte ein Lächeln auf, erwiderte sie es vielleicht? Nein. Ihre Miene blieb ungerührt. »Wir hatten es nicht leicht, denn die Ereignisse der Vergangenheit haben mich misstrauisch gemacht. Und kalt.«

»Sieht man dir nicht an, Weihnachtsmann.« Wieder die Frau von eben. Sie prostete mir zu. »Ich finde dich total schnuckelig.«

Ich lächelte ihr zu. Sofort machte Marian ein grimmiges Gesicht. Oh, das sollte ich lieber unterlassen.

»Marian, glaube mir. Du hast mich tief berührt, und in meinem Herzen ist nur Platz für dich. Du hast nicht nur mein ganzes Haus auf den Kopf gestellt, sondern auch mein Herz, das von der Liebe nichts mehr wissen wollte. Du hast den Eispalast in meinem Inneren zum Schmelzen gebracht. Darum lass mich jetzt deine Tränen trocknen.

Komm zurück zu mir und bleib bei mir. Lass mich dir mein Herz schenken. Für immer.«

»Ja, weiter so«, raunte Bailey hinter mir. Die Zuschauer blieben still, zumindest warfen sie keine Getränkebecher mehr nach mir. Marian verzog immer noch keine Miene, oder? Ich konnte im Dunkeln ihr Gesicht gar nicht richtig erkennen.

In meiner Verzweiflung fing ich an zu tanzen. Die ersten Zuschauer kicherten, weil ich diesen Gangnam-Style imitierte und das überhaupt nicht zum Song passte. Mir fiel gerade nichts Besseres ein. Egal, wenn ich mich ohnehin unsterblich blamierte, kam es darauf auch nicht mehr an. Da meine Stimme weiterhin versagte, blieb ich bei meinem Sprechgesang. War das nicht die Stelle mit dem Refrain?

Ich setzte alles auf eine Karte: »Marian Christmas, wie klingt dieser Name für dich? Sag mir, Marian, willst du mich? Ich liebe dich, das meine ich auch so. Marian Christmas, sag Ja zu mir, ich bitte dich. Jetzt weiß ich, wie gemein ich zu dir war. Glaube mir, ich werde dich nie wieder so behandeln. Es tut mir alles so leid. Wenn du jetzt zu mir kommst und mich küsst, bin ich der glücklichste Mann auf der Welt. Komm her, Baby, und lass uns zusammen nach Hause fahren. Bitte, ich vermisse dich so sehr.«

»Wow, nicht schlecht!«, rief der DJ. »Gib alles, Weihnachtsmann!«

Mir wurde ein bisschen mulmig. Ich hatte ihr soeben einen Antrag gemacht, nach wie viel Tagen? Zehn? Und das vor Publikum. Na und?! Ich liebte sie! Genau genommen, hatte ich das schon gestern Morgen getan, als ich sie fragte, ob sie für immer bei mir bliebe. Dennoch war es ein Unterschied, dass ich genau diese Worte aussprach.

Falls sie noch Zweifel daran haben sollte, was ich

damit meinte: »Willst du mich heiraten, Marian? Sag Ja, Süße.« Ich versuchte in ihrem Gesicht zu lesen. Keine Reaktion. Selbst von meinem Antrag schien sie unbeeindruckt? Oh Mann, sie ließ mich ganz schön zappeln.

Ich versuchte, sie zum Lachen zu bringen: »Vielleicht warst du auch nur hinter meiner Rute her? Und wolltest auf ihrem Schweif in den Sternenhimmel reiten, mit mir zusammen? Und du hast nur meinen Körper benutzt, ungefähr fünfzig Mal hintereinander? Mir wär's recht, solange du es wieder tust.« Ich machte wieder diese Schlittenpferd-Imitation.

Die Zuschauer lachten, aber ich wurde immer nervöser. *Komm her, Baby.* Ich versuchte, sie zu hypnotisieren. War sie an diesem verdammten Stuhl festgewachsen? Sie lächelte nicht einmal.

Ich deutete auf sie: »Marian, dein schönes Gesicht in der Menge. Ich erkenne es unter Millionen, denn du bist die Eine für mich. Mein wunderschöner Engel.« Immer noch nichts? Das machte mir langsam Angst.

Doch tapfer witzelte ich weiter: »Ich war nur dein Mann für eine Nacht? Egal, es war die beste Nacht meines Lebens. Ich möchte noch viele solche Nächte mit dir verbringen, Marian! Auch wenn ich am Morgen danach wiederbelebt werden muss. Ich hoffe von dir, mit einem Kuss.«

Die Zuschauer lachten und hoben ihre Becher. »Weiter so!«, schrie einer. »Das gefällt ihr bestimmt!«

Na ja, da war ich mir nicht sicher. Mir lief der Schweiß in Strömen übers Gesicht – und das lag nicht am Bart, der unglaublich warm hielt. Das war der pure Angstschweiß.

Trotzdem gab ich nicht auf und stellte meine Frage gleich noch mal: »Marian Christmas, was sagst du dazu? Marian Christmas, hörst du mir überhaupt zu? Ich habe die wahre Liebe gefunden und sie trägt deinen Namen. Du dachtest, du kannst dich auf mich verlassen, doch ich enttäuschte dich. Glaube mir, es tut mir so leid und das wird nie wieder geschehen. Ich bin nur ein verirrter Weihnachtsmann, der seine Rute bei dir abstellen will. Und nicht nur sie – sondern auch mein Herz, das nur für dich schlägt. Für immer.« Mehr aus Verzweiflung riss ich die Arme hoch, die Zuschauer jubelten und kreischten.

»Nimm mich, wenn sie dich nicht will!«, schrie die Frau von eben wieder.

»Du bist süß, Weihnachtsmann, heirate mich«, rief eine andere.

Der Song lief immer noch, der DJ lag vor Lachen halb auf dem Mischpult, die Menge johlte. Nur Marian saß weiterhin ungerührt da, als ginge sie das alles nichts an.

»Marian, bitte!«, rief ich ihr zu. »Lass nicht zu, dass ich diese Menschen weiter mit meinem Gesang quäle und so langsam geht mir der Text aus. Aber ich könnte noch etwas anderes machen. Mich ausziehen, hier vor all den fremden Menschen. Und ich schwöre dir, ich tue es, wenn du nicht zu mir kommst und mich davon abhältst.« Ich zog den Gürtel aus, dann knöpfte ich das Oberteil auf und nahm das Kissen hervor. Das warf ich zu Boden, die Menge johlte.

Noch mehr Smartphones wurden gezückt. Sollten sie von mir aus auch meinen Striptease filmen. Mir doch egal, auch wenn ich das als seriöser Firmenboss vielleicht besser nicht tun sollte? Na und?! Dennoch würde ich mich ausziehen, ich war wild entschlossen.

Das war nämlich mein Plan B: Alle Hüllen würden fallen, nur nicht die rote Socke, die ich anstelle meiner Boxershorts trug – von mir aus auch die. Wenn ich Marian nicht zurückgewinnen konnte, hatte ich ohnehin nichts mehr zu verlieren. Offensichtlich hatte meine Aktion nicht funktioniert, denn sie kam nicht zu mir. Nein, das wollte ich einfach nicht glauben!

Als ich den Mantel fallen ließ, führte das zu einem kleinen Tumult. Ein paar Frauen hielt es nicht mehr auf ihren Stühlen. Sie kreischten durcheinander. »Oh, der ist ja richtig sexy! Ein Weihnachtsmann mit Waschbrettbauch!« Eine rief: »Nimm mich, Weihnachtsmann!« Und eine andere: »Wenn diese Marian nicht will, ich bin sofort dabei!« Marian, die wie angewurzelt dasaß, sprang ebenfalls auf. Wie eine Furie riss sie den Frauen an den Armen, so dass sie wieder auf ihre Stühle plumpsten.

»Was fällt euch ein?!«, schrie sie. Lautes Gekreische, während im Hintergrund weiter der Song lief.

Der DJ lachte. »Oh, jetzt geht's aber rund!«

Marian wurde richtig wütend: »Pfoten weg, er gehört mir!« Sie schubste eine dritte Frau, dann warf sie den Tisch um, so dass dieser den Frauen vor die Füße stürzte. Gläser klirrten, Flaschen polterten zu Boden. Im Eiltempo stürmte sie an allen vorbei über die Tanzfläche.

»Wie ein echter Quarterback!«, rief der DJ. »Ich glaube, da ist jemand fest entschlossen, als Erste beim Weihnachtsmann zu sein. Lauf, Marian!«

»John?«, rief sie und stolperte auf mich zu. Tränen liefen über ihr Gesicht und verteilten ihre schwarze Wimperntusche auf ihren Wangen, so dass sie wie ein süßer, aber trauriger Pandabär aussah.

»Marian! Komm her, Baby.« Sie fiel mir schluchzend um den Hals und ich hielt sie fest. »Gott sei Dank!«, murmelte ich. »Ich hätte sonst meine Hose ausziehen müssen. Schau her, der oberste Knopf ist schon geöffnet. Und darunter habe ich nur eine Socke an. Kannst du mir verzeihen, dass ich so gemeine Sachen zu dir gesagt habe? Bitte. Es tut mir so leid. Ich liebe dich, Marian.«

Sie weinte in meinen Armen, dann fing sie an zu

lachen. »Nur eine Socke? Ja, ich verzeihe dir. Ich liebe dich auch.« Dann küsste sie mich, salzig und süß zugleich. Es gab nur sie und mich. Und im Hintergrund lief immer noch der Song, mein – beinahe – neuer Lieblingssong. Mein Herz raste. Ein unbeschreibliches Glücksgefühl durchströmte mich.

»Und was sagst du jetzt dazu? Willst du mich heiraten, Marian?«

»Ja, ich will!« Ihre Augen leuchteten. Sie strahlte über das ganze Gesicht. Stürmisch fiel sie mir um den Hals und küsste mich, bis mir fast die Luft wegblieb.

Die Zuschauer applaudierten und johlten. Der DJ rief ins Mikro: »Gut gemacht, Weihnachtsmann!« Er hob anerkennend beide Daumen. »Die beste Vorstellung seit Langem. Nein, die Beste überhaupt! Das ist das Verrückteste, was ich jemals erlebt habe. Und – ich liebe es!«

Tosender Beifall und Gejohle im Saal.

»Das ist wunderbar. Du hast mich ganz schön schmoren lassen, Süße.« Ich hielt ihr Gesicht in meinen Händen. Immer wieder küsste ich sie auf ihre wunderschönen Lippen. »Ich hatte schon Angst, ich muss ohne dich nach Hause fahren.«

»Aber nein. Ganz bestimmt nicht.« Sie wischte sich die Wimperntusche mit dem Handrücken ab. »Beim ersten Takt von *Last Christmas* hattest du mich schon.«

»Wirklich?« Ich musste lachen. »Und warum lässt du mich so lange singen? Baby, ich bin tausend Tode gestorben!«

Sie lächelte unter Tränen. »Weil es so wunderschön war. Das hat noch nie jemand für mich gemacht.«

»Es hat dich auch noch nie jemand so geliebt.« Ich lehnte meine Stirn an ihre.

Jetzt weinte sie noch mehr. »Verzeihst du mir denn auch?«

»Ja, ist schon längst geschehen.« Ich hielt sie fest, meinen größten Schatz. »Lass uns sofort nach Hause fahren.« Ich nahm sie an der Hand und bahnte uns den Weg durch die immer noch tobende Menge. »Wir holen Gabriel ab und dann feiern wir endlich Weihnachten. Zuerst mit allen und heute Nacht nur wir zwei.«

»Oh ja, komm.« Sie presste sich an mich und lachte. »Inklusive Rutenwitze?« Ihre Augen funkelten.

»Alles was du willst, Liebling.«

❄

KAPITEL 44

Marian

Wir fuhren mit Nicolas nach Hause. Fest hielt ich Johns Hand umklammert und er hielt meine, als wollte er mich nie wieder loslassen. Es war so unbeschreiblich schön, was er für mich getan hatte.

Als ich ihn eben in der Bar erkannte, wäre ich fast vom Stuhl gefallen. Was machte er hier? Er wollte singen? In dieser Verkleidung?

Jetzt verstand ich alles, deshalb hatte mein Bruder mich so genervt! Nicolas grinste nur und zuckte mit den Schultern. Das bedeutete wohl: *Ist mir egal, wenn du sauer bist. Hauptsache, du bist hier.* Die beiden hatten das zusammen ausgeheckt.

Ja, für einen Moment war ich sauer, weil sie mich hereingelegt hatten. Aber dann war ich gespannt, was John sich ausgedacht hatte. Ich war auch so glücklich, ihn zu sehen. Am liebsten wäre ich sofort nach vorne gerannt und ihm um den Hals gefallen.

Dann setzte der Song ein und ich hätte beinahe laut

geweint. *Last Christmas*? Ausgerechnet dieses Lied hatte er ausgesucht, das Lied, das er am meisten hasste? Das berührte mich tief in meinem Herzen. Wenn ich noch winzige Reste von Wut in mir gespürt hatte, wurden sie alle weggespült.

Was sang er da? *Marian Christmas, willst du mich?* Hatte er mir gerade einen Antrag gemacht? Nach zehn Tagen?

Das war verrückter als verrückt. Ich wusste nicht, ob ich vor Glück lachen oder weinen sollte. Wie gebannt saß ich da und hörte ihm zu. Ich konnte mich nicht rühren und ich wollte auch gar nicht, dass er mit Singen aufhörte. Bis auf einmal diese blöden Weiber laut schrien und zu ihm laufen wollten. Denen zeigte ich, zu wem dieser süße und sexy Weihnachtsmann gehörte. Zu mir und zu sonst niemandem!

Wir fuhren nach Snowhill Manor zurück, an diesen wunderschönen Ort. Wo es in Zukunft noch schöner sein würde, denn jetzt stand nichts mehr zwischen uns. Keine Lügen, keine Geheimnisse, kein falscher Bauch. Es gab nur uns und unsere Liebe. Sie pochte warm und zärtlich in mir und flutete mein Herz.

»Du bist so still, alles okay mit dir?«, fragte er.

»Ja, ich bin nur gerade … überwältigt.« Mit einem Lächeln strich ich über sein stoppeliges Gesicht.

»Ich auch.« Wir saßen still beieinander, die Köpfe aneinander gelehnt, bis wir vor Nicolas' Haus stoppten. Lena wartete schon mit Gabriel auf dem Arm. Er krähte vor Vergnügen, als er John sah und rief laut: »Dada!« Als John ihn nahm, schlang er seine Arme um Johns Hals und hielt ganz still.

»Das ist ein Ding«, sagte Nicolas erstaunt. »Er scheint dich echt zu mögen.«

»Ja, er ist total vernarrt in John.«

»Umgekehrt auch, nicht wahr, Buddy.« John strich über

Gabriels Kopf, dann sagte er zu Nic: »Du hast was gut bei mir. Ihr beide. Herzlichen Dank für alles.«

Nicolas wehrte mit einem Grinsen ab. »Ach, gern geschehen. Bin froh, dass ich sie so schnell wieder los bin. Sie hat nur rumgeheult und nicht einmal vom Weihnachtspunsch …« Ich verpasste ihm einen Rippenstoß, so dass er ächzte.

John setzte Gabriel in den Kindersitz und schnallte ihn an. »Fährst du mit?«

»Ja.« Gabriel nickte eifrig und zeigte auf mich. »Mama!«

»Ja, Mama kommt auch mit.«

»Danke, Nicolas.« Ich umarmte ihn. »Für alles. Dass du immer für mich da bist und mir hilfst. Und dass du mich dazu gezwungen hast, in die Bar mitzugehen.«

»Er ist echt ein netter Kerl«, flüsterte er mir zu. »Lass ihn bloß nicht entwischen!«

Dann stiegen alle ein und Bailey trat aufs Gas. John und ich saßen eng aneinander gekuschelt auf der Rückbank. Mein Kopf ruhte an seiner Brust und wir küssten uns immer wieder. Mittlerweile war es dunkel geworden. Ich hätte ewig so fahren können.

»Es ist so schön, dass ihr beide mitkommt. Noch eine Nacht ohne dich hätte ich nicht ertragen«, murmelte er und strich über mein Haar. »Ich freue mich so.«

»Ich freue mich auch.« Ich streichelte über seine Wange. »Hast du wieder schlimm geträumt?«

»Nein, ich habe von dir geträumt, und das war sehr schön. Aber als ich aufwachte, warst du nicht da und das war schlimm.«

»Ja, es tat sehr weh.«

»Kannst du mir etwas versprechen? Dass wir ab jetzt

keine Nacht mehr getrennt voneinander sind? Egal, was wir auch tun? Wenn ich unterwegs bin, kommst du mit und wenn du weg musst, komme ich mit?«

»Ja, das verspreche ich dir.«

»Ich will nicht, dass das noch mal passiert. Und ab jetzt keine Geheimnisse mehr. Einverstanden?«

»Ja. Keine Geheimnisse mehr.«

»Wir sind da«, sagte Bailey. »Na, Mel wird heulen wie ein Schlosshund.« Er lachte leise.

Der Wagen passierte die Auffahrt. Das Tor schwang auf.

»Oh, schau mal, alles ist hell erleuchtet.« Ich zeigte auf das Haus. »Wie schön es aussieht. Mel hat die Lichterketten angeschaltet.«

»Alle fünfhundert Stück? Sie muss Stunden dafür gebraucht haben.« John grinste. »Hoffentlich fällt nicht im ganzen Bezirk der Strom aus. So wie letztens. Ach, jetzt verstehe ich erst, warum.« Er schlug sich an die Stirn und lachte. »Ihr habt das getan, damit ich den Clip nicht sehe?«

»Ja, genau deshalb«, gab ich zu. »Es tut mir leid. Der Clip ist auch total blöd. Du hast nichts verpasst.«

»Ich finde ihn süß. Am besten gefällt mir die Stelle, an der du den Löffel ableckst.« Er grinste vielsagend.

»Ach ja, tut es das? Kann mir schon denken, warum.« Ich schürzte die Lippen und er schnappte nach Luft.

Endlich erreichten wir den Eingang, neben dem bereits ein Wagen hielt.

»Hey schön, meine Eltern sind schon da. Na, sie werden Augen machen.« John lächelte breit. »Ich habe sie ewig nicht gesehen. Nur über Skype.« Er verzog ein bisschen das Gesicht, als würde ihm ein seltsamer Gedanke durch den Kopf schießen.

»Was ist?«, fragte ich. »Woran denkst du gerade?«

»Erzähle ich dir ein anderes Mal. Keine Geheimnisse mehr, haben wir abgemacht.«

Siedend heiß fiel mir das seltsame Gefühl in meinem Bauch wieder ein. Es hatte nicht nachgelassen und ich bildete es mir auch nicht ein. Es fühlte sich haargenau an wie bei Gabriel. Auch wenn es noch viel zu früh war, um darüber zu sprechen. Keine Geheimnisse, hatte er gesagt. »Ich muss dir später auch etwas erzählen. Wenn wir allein sind.«

»Ja? Bin jetzt schon gespannt.« Er sah nach vorne zu Bailey, der keine Miene verzog. Dann flüsterte er mir ins Ohr: »Hat es etwas mit unseren Rutenspielchen zu tun?«

Ich musste kichern. »Ja, indirekt.«

❄

KAPITEL 45

Marian

Als wir das Haus betraten, herrschte zuerst Stille. Dann schwang die Küchentür auf und Mel und Caspar traten vorsichtig hervor, mit fragenden Gesichtern.

»Da sind sie ja alle!«, jubelte Mel. »Oh, wie schön!« Prompt führte sie ein Taschentuch an ihre Augen.

»Ein erfreulicher Anblick, Sir.« Caspar deutete eine Verbeugung an. »Ich nehme an, Ihr Unternehmen Weihnachtsmann war ein voller Erfolg?«

John lachte. »Du kannst es auch nicht lassen, oder? Dachtest du, ich komme ohne sie zurück?«

»Nein, nicht wirklich. Ich war mir sogar sicher, dass ihr zusammen zurückkommt.« Caspar schmunzelte.

»Das hättet ihr erleben müssen! Ihr habt echt was verpasst.« Bailey feixte und schlug John auf die Schulter. »Aber es wurde gefilmt und der Clip taucht bestimmt bald im Internet auf. Dann könnt ihr es euch in Ruhe anschauen.«

»Das befürchte ich allerdings auch«, murmelte John.

»John!«, rief eine weibliche Stimme von der Galerie. Eine Frau mit einem eleganten silbergrauen Pagenkopf eilte die Treppe herunter, gefolgt von einem großen, breitschultrigen Mann mit grauen Haaren. Sie waren beide festlich angezogen. Sie trug ein schmales schwarzes Kleid, er einen dunkelblauen Anzug. Mit einem kleinen Freudenschrei schloss sie John in die Arme und hielt ihn lange fest. »So schön dich zu sehen, Schatz.« Sie küsste ihn und fuhr ihm durchs Haar.

»Hi Mum, ich freue mich auch«, murmelte John.

Dann schob sie ihn ein Stück von sich weg und lachte. »Was hast du denn da an? Ein Weihnachtsmannkostüm? Das ist ja witzig. Und da ist ja der niedliche kleine Kerl von neulich.« Sie wandte sich mir zu und strich Gabriel über die Wange. »Er ist ja so hübsch.« Sie schaute ihn verliebt an.

»Das ist Gabriel. Und das hier ist Marian.« John legte den Arm um mich. »Marian, das ist meine Mutter Diane.«

Sie küsste mich auf beide Wangen. »Wie schön. Es freut mich sehr, meine Liebe.« Sie drückte mich an sich, ich mochte ihre herzliche Art sofort.

»Ich freue mich auch.«

»Und das ist mein Dad, Jeremy.«

»Freut mich sehr, liebe Marian.« Johns Vater umarmte mich ebenfalls, als würde ich bereits zur Familie gehören. »Bekomme ich auch einen Kuss?« Er schnappte sich John und drückte ihm schallende Küsse auf beide Wangen. Er nahm ihn richtig in den Schwitzkasten und ließ ihn nicht mehr los.

»Oh Gott, Dad, hör jetzt bitte auf.« John stöhnte auf, sie lachten beide.

»Schön, dass du wieder da bist, Junge.« Er hielt ihn weiter fest.

»Äh, nein, Dad. Du verwechselst gerade etwas. Schön, dass *du* wieder da bist. Ich war die ganze Zeit da.«

»Nein, das warst du nicht. Aber jetzt bist du wieder da.« Jeremys Stimme wurde rau. Er ließ John gar nicht mehr los, bis dieser ihm auf die Schultern klopfte.

»Ja, Dad. Bin ich. Verstehe, was du meinst. Muss dir später unbedingt etwas erzählen, wegen *Christmas Decorations.* Falls du es noch nicht weißt.« Sie lösten sich voneinander.

»Worum geht's denn?« Jeremy wirkte beunruhigt. »Nein, mir hat noch niemand etwas gesagt. Wir sind erst seit einer halben Stunde da.« Er verzog das Gesicht. »Hast du die andere Hälfte etwa auch noch verschenkt? Ich hoffe nicht.«

John lachte. »Nein, im Gegenteil. Es wird dir gefallen.« Er drehte sich zu mir um, nahm mich an der Hand und zog mich ins festlich gedeckte Esszimmer. »Komm, Marian. Lass uns Weihnachten feiern. Zuerst mit allen …« Er zwinkerte mir zu. *Und heute Nacht nur wir zwei.*

»O ja, Weihnachtsmann, ich komme.« Ich lächelte ihn an. *Rutenspielchen. Sehr, sehr unartige.*

Seine Augen funkelten. *Und wie wir feiern werden. Bis du auf mir zusammenklappst.*

Ich strich über seinen Arm und zerrte ein bisschen an seinem Weihnachtsmannkostüm. *Oder bis du wieder die Kontrolle verlierst. Und dich an meinen Haaren festhalten musst, um sie zurückzugewinnen.*

»Was? Oh!« Er prustete, dann zog er mich an sich. »Das ist schön.« Wir lachten beide ausgelassen wie die Teenager.

»Frohe Weihnachten!«, rief Bailey. »Ich habe solchen Hunger!«

• • •

Es war schon weit nach Mitternacht, als wir in Johns Bett fielen und uns aneinander kuschelten. Gabriel durfte wieder bei Mel schlafen. Sie hatte ihn den ganzen Abend nicht von ihrem Schoß gelassen, außer wenn Johns Mutter ihn nehmen wollte.

»Frohe Weihnachten, Liebling. Gefällt dir dein Geschenk?« Johns Hand wanderte über das silberne Negligé, das ich trug.

»Ja, sehr. Es ist wunderschön und sieht so edel aus.« Ich berührte den seidig glänzenden Stoff, der sich kostbar anfühlte. »Ich dachte, du hättest Socken für mich gekauft.«

»Socken? Ich schenke dir doch keine Socken. Vielleicht noch selbstgehäkelte?« Er lachte. »Du siehst aus wie eine Göttin. Eine sehr verführerische Göttin. Auch wenn du es nicht lange anhaben wirst. Höchstens fünf Minuten.« Er zupfte am schmalen Träger und betrachtete mich eingehend. »Nein, eher wie ein Engel. Mmh, in meinem Bett liegt ein Weihnachtsengel. Und was für einer.«

»Gefällt dir deins auch?«

Er drehte sich um und nahm die Schneekugel vom Nachttisch. »Ja, sehr, wo hast du die bloß gefunden?«

»Auf dem Weihnachtsmarkt, bevor wir in den Pub gingen. Ich musste daran denken, was du mir erzählt hattest. Dass du allein am Fenster standest, als ich kam.«

»Sie ist wunderschön. Die hast du sehr gut ausgesucht.«

»Schüttel noch mal«, bat ich ihn.

Die Schneeflocken tanzten und wirbelten um die beiden. Der Mann rückte auf die Frau zu, die Frau rückte dem Mann näher. Unaufhaltsam bewegten sie sich aufeinander zu. Bis sie sich in der Mitte trafen und sich berührten.

»Das sind wir beide«, flüsterte ich.

»Ja. Und jetzt lass uns Weihnachten feiern.« Er zog

mich an sich und wir küssten uns. Liebe schwang zwischen uns, warm und stark.

Das Wunderbare war stärker. Immer. Geradezu unbesiegbar. Und dann spürten wir ihn beide, den wahren Zauber von Weihnachten.

❄

Epilog

Im August

John

Ich stand am Fenster meines Arbeitszimmers und hielt Gabriel im Arm, als Caspar sich mit leisen Schritten näherte und neben mich trat. Er hatte mich heute vor Gericht vertreten und mit meinem Anwalt die Verhandlung besucht, in der es um Sybil ging. Vielmehr um die Dezembernacht vor mehr als fünf Jahren.

»Na, wie ist es ausgegangen?« Ich versuchte, in seinem Gesicht zu lesen. Aber er spielte mal wieder die Sphinx.

»Nun ja, eher durchwachsen. Wegen unterlassener Hilfeleistung wurde sie leider nicht verurteilt. Sie haben ihr abgenommen, dass sie in Panik davongerannt ist.« Er bedachte mich mit einem prüfenden Blick.

»Schon möglich.« Ich zuckte mit den Schultern. Mittlerweile glaubte ich ohnehin lieber, dass mein Schutzengel auf mich aufgepasst hatte. So wie Marian es gesagt hatte.

»Ja, sie wirkte sehr überzeugend. Außerdem kamen neue Beweise auf den Tisch. Ihr Handy hatte sich automatisch ins Funknetz eingeloggt, gegen halb vier Uhr morgens. Und zwar in das von Snowhill Manor. Ab diesem Zeitpunkt war sie nicht mehr am Fluss, sondern hier im Haus. Vielmehr ihr Handy.« Er legte eine kleine Pause ein. »Theoretisch wäre es natürlich möglich, dass sie irgendwie getrickst hat und sie doch bei dir am Fluss war. Dass sie das Handy hierher brachte und zurücklief vielleicht? Was ich ihr durchaus zutrauen würde. Aber nun ja …« Er zuckte mit den Schultern.

»Sieh mal einer an. Das ist ja verblüffend.« Ich lächelte.

»Groß zu stören scheint es dich nicht, dass sie damit davonkommt? Auch wenn man nicht mit Gewissheit sagen kann, wo sie sich genau befand?«

»Nein. Ich denke, Sybil war wirklich nicht am Fluss. Außerdem gefällt mir Marians Version viel besser.« Es wäre auch eine gute Erklärung für das, was ich gesehen und gefühlt hatte. Die Hand, die mühelos durch die dicke Eisdecke glitt wie durch Butter. Die Energie, die von ihr ausging. Was ich zuerst für ein Trugbild meines Gehirns gehalten hatte, bedingt durch meine Panik und den Sauerstoffmangel, befand ich jetzt für echt. Es war wirklich so passiert. Etwas Übersinnliches hatte mich aus dem Fluss gezogen und gerettet. Marian sah es genau wie ich. *»Ein Engel, John. Ist das nicht wunderschön?«*

Nur Marian hatte ich davon in allen Einzelheiten erzählt. Die Wärme, die von dieser Hand ausging, geradezu überirdisch schön. Leuchtend und pulsierend wie Liebe in ihrer reinsten Form. Jedes Mal, wenn ich daran dachte, durchpulste es mich warm und ließ mich lächeln. Seitdem ich mich an diese Hand erinnern konnte, hatte die ehemals schwarze Nacht ihren Schrecken verloren.

»Erfreulich, das zu hören, John. Ich mag Marians Version auch viel lieber.« Caspar schmunzelte. »Zumindest wurde Sybil wegen schweren Diebstahls verurteilt, zu zwei Jahren auf Bewährung. Den Schmuck musste sie sofort aushändigen, noch im Gerichtssaal. Es war noch alles da, sonst wäre die Strafe viel härter ausgefallen und nicht zur Bewährung ausgesetzt worden.«

»Gut. Ich bin damit zufrieden. Die Sache ist ein für alle Mal abgeschlossen. Mehr wollte ich nicht.«

Er klopfte mir auf die Schulter. »Das ist die richtige

Einstellung, John. Ich gehe raus zu den anderen. Wir sehen uns später.«

»Ja, bis später, Caspar. Danke.« Ich nickte ihm zu.

Dann stellte ich Gabriel aufs Fensterbrett und zeigte auf den schwarzen Wagen, der soeben das Tor passierte. Mit Bailey am Steuer und Marian auf dem Rücksitz. »Schau mal, Mama kommt.«

»Mama!« Gabriel klatschte in seine Händchen und patschte an die Fensterscheibe.

»Ja, da ist sie wieder. Komm, wir laufen ihr entgegen!« Ich hob ihn runter und stellte ihn auf den Boden. Sofort flitzte er auf seinen kleinen Beinen los, so schnell er konnte. Und das war ganz schön schnell. Ich rannte hinterher. »Stopp, Gabriel!« Brav hielt er vor der Treppe an, und ich trug ihn hinab. »Na, freust du dich?«

»Ja!« Er zappelte aufgeregt auf meinem Arm und nickte.

Marian hatte einen Werbespot gedreht, in der Stadt. Es sollte für die nächste Zeit der letzte sein. Nach meinem glorreichen Karaoke-Auftritt waren wir ein bisschen berühmt geworden. Der verrückte Weihnachtsmann, der für das süße Risotto-Girl ein Lied sang, ihr einen Antrag machte und sie küsste. Meine Berühmtheit dauerte zum Glück nur drei Tage, aber Marian bekam danach zahlreiche Aufträge. In den letzten Monaten nahm sie allerdings keine mehr an, nur heute hatte sie eine Ausnahme gemacht.

Der Wagen hielt. Bailey stieg als Erster aus und öffnete Marian die Tür. Er deutete eine Verbeugung an und bot ihr den Arm. »Darf ich bitten, Mylady? Wir haben unser Ziel erreicht.« Er lachte, sie stimmte mit ein.

»Danke, Bailey, du bist ein Schatz.« Sie ergriff seine Hand und stieg umständlich aus dem Auto aus.

Er wandte sich uns zu. »Na, ihr zwei? Wo steckt denn meine Melly? Ah, da kommt sie.«

Schritte drangen aus der Halle, dann trat Mel aus der Tür. Bailey spurtete an mir vorbei und schloss sie in seine Arme. »Na, Maus. Geht's dir gut? Hab dich so vermisst.«

»Ja. Ich dich auch, Bailey. Auch wenn du nur ein paar Stunden weg warst.« Mel zwinkerte mir zu und zeigte auf ihren gefüllten Korb. »Hilfst du mir bitte, die Sachen rüber zu tragen, dahinten zu den Bäumen im Schatten?«

»Aber sicher.« Er nahm ihr den Korb aus der Hand. »Ihr kommt gleich nach, John?«

»Ja, machen wir.« Ich verkniff mir ein Grinsen. Kaum zu glauben, dass sie diesen ehemals wilden Schürzenjäger gebändigt hatte. Sie wickelte ihn geradezu um den kleinen Finger und er liebte es. Gemeinsam gingen sie zur Rasenfläche, wo in einiger Entfernung Tische und Stühle aufgebaut waren. Leise Musik erklang von dort.

Ich lief mit Gabriel die Treppe hinunter. Er zappelte vor lauter Vorfreude und wollte von meinem Arm.

»Hallo ihr beiden.« Marian keuchte und stützte sich mit einer Hand am Auto ab. »Puh, ist das heiß. Aber in London war es noch viel schlimmer.«

»Mama!« Gabriel flitzte auf sie zu und umklammerte aufgeregt plappernd ihre Beine.

Sie beugte sich zu ihm herab und gab ihm einen Kuss. »Du hast gemalt heute? Das schaue ich mir später an, ja?«

Er nickte. Da ertönte lautes Rufen drüben vom Rasen, Dad und Mum winkten uns zu. »Lust auf ein Fußballspiel, Gabriel?« Dad kickte ein bisschen mit dem Ball. Sofort rannte Gabriel über die Auffahrt zum Rasen.

»Wir kümmern uns um ihn, John!« Mum stellte ein großes Tablett mit Gläsern auf den Gartentisch.

»Ist gut!« Ich winkte zurück. Dann nahm ich Marian in

meine Arme und zog sie an mich. Zärtlich küsste ich sie. »Endlich. Wie geht's dir, Liebling?«

»Frag lieber nicht. Die Hitze schafft mich.« Sie presste ihre wunderschönen Lippen auf meine und lächelte mich an. Ihre Sommersprossen tanzten auf ihrer Nase und die auf den Wangen tanzten auch.

»Mmh, das fühlt sich gut an«, murmelte ich. »Willst du kurz mit rein oder sollen wir sofort zu den anderen?«

»Zuerst ins Haus, ich muss mich abkühlen und etwas trinken.«

»Na komm, lass mich dir helfen.« Ich legte den Arm um sie und schob sie ein Stückchen voran.

»Du veralberst mich doch bestimmt wieder, John.« Sie verpasste mir einen kleinen Rippenstoß.

»Aber nein, wie kommst du bloß darauf?« Ich tat unschuldig.

»Weil ich dich kenne.« Keuchend ging sie mit mir gemeinsam zur Treppe. Mit einer Hand hielt sie sich den Rücken und ächzte, denn sie schob eine gewaltige Babykugel vor sich her.

»Hm, sag mal … Kommt es mir nur so vor oder verlief deine letzte Schwangerschaft leichter als diese? Vor allem kürzer. Nur acht Tage, oder?«

Sie kicherte. »John! Ich wusste es! Wie oft willst du mich noch damit aufziehen?«

»Ach, höchstens noch ein oder zwei Mal.« Ich unterdrückte ein Lachen. »Und wie du damals die Treppe hochgerannt bist, flink wie ein Reh. Das sieht jetzt aber ein wenig anders aus. Sind nur fünf Stufen, aber die schaffst du, oder? Eins, zwei, drei …« Wir stapften im Gleichschritt die Stufen hoch.

Sie klammerte sich an meinen Arm und lachte. »Hör auf. Ich kann nicht so gut lachen, sie drückt voll auf mein

Zwerchfell. Tu nicht so, als würde ich jeden Moment zusammenklappen. Daniel meinte, ich wäre noch total fit.«

»Und in der wievielten Woche sind wir?« Wir waren inzwischen in der Halle angekommen.

»Woche vierunddreißig.« Sie antwortete wie aus der Pistole geschossen.

»Wow, fehlerlos. Lass mich trotzdem mal nachsehen, ob der Bauch echt ist. Manchmal habe ich nämlich den Verdacht, das ist nur eine Attrappe.« Ich musste lachen. Dennoch öffnete ich ein paar Knöpfe an ihrem Kleid, genau in der Körpermitte. »Tatsächlich, er ist echt.« Ich küsste ihren wunderschönen Bauch und streichelte ihn. »Geht's ihr gut? Was macht mein kleiner Engel?« Ich schloss die Knöpfe wieder.

»Ja, es geht ihr gut, aber während der Fahrt hat sie mich heftig getreten. Hier, genau unter dem Rippenbogen.« Sie fuhr mit der Hand über die Stelle und stöhnte. »Gott, bin ich froh, dass ich jetzt im Mutterschutz bin. Hätte ich bloß Arthur im Winter nicht die Zusage für diesen Spot gegeben. Zum Glück war das der letzte Job.«

»Mutterschutz? Hattest du nicht mal einen strengen Chef, der dich gezwungen hat zu arbeiten, sogar mit einem dicken Bauch? Du musstest schwere Sachen schleppen und ihn von vorn bis hinten bedienen.« Jetzt lachten wir beide. Ich nahm sie in die Arme und zog sie an mich. Wiederum küsste ich sie.

»Ja, und er hat noch viel schlimmere Dinge mit mir angestellt.« Sie lächelte verschmitzt.

»Aha?« Ich küsste sie noch ein bisschen intensiver. »Erzähl mal.«

»Er hat sich nachts in mein Bett geschlichen und mir sofort ein Christmas-Baby gemacht. Gleich in unserer ersten richtigen Liebesnacht.«

»Ja, das hat er. Ein bisschen verrückt von ihm, oder?« Ich barg mein Gesicht an ihrem Hals. Als sie mir nach ihrer Rückkehr abends erzählte, dass sie mit ziemlicher Sicherheit schwanger wäre, hatte ich sie ausgelacht. Das konnte man doch nicht spüren, nach einem Tag! Wissen konnte sie es schon mal gar nicht. Doch sie beharrte darauf. Und wirklich, kaum drei Wochen später, fand ich sie morgens sich übergebend im Bad. Ich war geschockt – für drei Sekunden. Dann hatte ich mich total darüber gefreut. Dass es ausgerechnet in dieser Nacht passiert war, das war etwas ganz Besonderes. Ein Geschenk.

»Ja, sehr verrückt. Vor allem nach acht Tagen. Das kann auch nur mir passieren.« Sie verdrehte die Augen und lachte. Ihre Sommersprossen wackelten wieder, und mein Herz wackelte ebenfalls. Vor lauter Freude über sie und alles, was geschehen war.

»Und was ist aus diesem strengen Chef geworden?«

»Ich habe ihn geheiratet. Jetzt liegt er jede Nacht in meinem Bett und macht die schönsten Sachen mit mir.«

»Oh ja, das tut er. Weil er dich liebt.« Ich küsste ihre Stirn, ihre Nase und ihren schönen Mund. »Ich liebe dich, Marian.«

»Und ich liebe dich, John.«

»Mmh, das ist schön.«

Alles war schön mit ihr. Vor allem genoss ich das wunderbare Leben mit ihr und Gabriel. Wir blieben fast die ganze Zeit hier in Snowhill Manor, nur ab und zu fuhren wir zusammen nach London. Sie, wenn sie einen Auftrag hatte, ich, wenn ich in die Firma musste, was selten vorkam. Ich leitete meine Firmen von hier aus, so wie ich es früher getan hatte. Bald wären wir zu viert und ich konnte es kaum erwarten, diesem winzigen Wesen ins Gesicht zu schauen. Ich war schon so gespannt.

»Sieh mal, Liebling.« Ich nahm das Glas Wasser, das ich auf der Kommode für sie bereitgestellt hatte. »Purer Gin, genau wie du es möchtest. Hab auch einen Schuss Wodka drunter gemischt. So wie du es gewohnt bist von deiner letzten Schwangerschaft.«

Sie trank und verschluckte sich fast vor Lachen. »Danke, lieb von dir. Wenn du jetzt noch aufhören würdest, mich zu veralbern …«

»Ja, ich höre auf. Für heute zumindest.« Ich küsste sie auf die Nase. »Lust, ein bisschen auf dem Rasen zu tanzen?« Behutsam zog ich sie hinter mir her ins Wohnzimmer, von dort nach draußen auf die Terrasse und auf die weite Rasenfläche.

Sie stöhnte auf. »Tanzen? Ich kann kaum gehen.«

»Nur die Babykugel ein bisschen hin- und herschieben. Mum hat ein kleines Sommerfest arrangiert für ein paar Freunde.«

Meine Eltern kamen öfter zu Besuch, und es machte ihnen so viel Spaß mit Gabriel. Überhaupt bekamen wir viel Besuch, von Daniel mit seiner Familie oder von Nicolas und Lena, die übers Wochenende blieben. Es war schön, dass sich das Haus wieder mit Leben füllte.

»Meine Füße bringen mich noch um.« Sie schob sich eine Haarsträhne hinters Ohr und lächelte.

»Komm, ich helfe dir.« Ich kniete mich vor sie hin und zog ihr die Schuhe aus, dann kickte ich meine von den Füßen. Barfuß tappten wir durchs Gras. Da erklangen leise Gitarrenakkorde und eine weiche Frauenstimme begann zu singen. In den Bäumen flatterten überall bunte Tücher als Sonnenschutz.

»Oh, wie schön.« Sie presste sich an mich. »Genau so habe ich mir das vorgestellt. Das muss ich dir unbedingt erzählen.«

»Ja, erzähl mir alles, mein Liebling.« Genau so hatte ich

mir das auch vorgestellt. Im Winter, der so lange zurücklag und gleichzeitig wie gestern schien. Ich schlang die Arme um sie und zog sie an mich. Dann schoben wir uns in sanften Bewegungen durchs Gras.

Stirn an Stirn. Und Mund an Mund.

ENDE

DANKSAGUNG

Dankeschön!

Zuallererst geht ein herzliches Dankeschön an meine liebe Testleserin und Korrekturleserin Sophia. Vielen lieben Dank für deine Zeit und deine Mühe. Danke für deine klugen Bemerkungen und scharfsinnigen Kommentare. Du hast den Roman damit sehr verbessert und mich ermutigt, ihn zu veröffentlichen. Dankeschön!

Ein herzliches Dankeschön auch an Céline und Christian für eure hilfreichen Tipps und Kommentare. Dankeschön für eure Hilfe und eure Geduld.

Ich bedanke mich auch bei allen Freunden, die mir mit guten Tipps und Ratschlägen geholfen haben. Dankeschön fürs Motivieren und Antreiben.

Vielen Dank an Christian Schön, Martina Oldewurtel und Kai Kemnitz! Danke für eure Hilfe und Ratschläge. Kai, ein ganz besonderer Dank geht an dich fürs Testlesen und für deine guten Ideen!

Einen besonderen Dank möchte ich den Menschen aussprechen, die mir am wichtigsten sind. Er geht an euch, meine liebe Familie. Ihr unterstützt mich jederzeit, und ihr glaubt an mich. Danke dafür, dass ihr immer für mich da seid.

♥ Ich bin glücklich und dankbar, dass es euch gibt! ♥

Liebe Leser, auch euch sage ich ein ganz herzliches Dankeschön! Danke für eure lieben E-Mails oder Kommentare bei Facebook und eure begeisterten Rezensionen, die mich bisher zu meinen Büchern erreicht haben!

Ich hoffe, »Mr Christmas is not in Love« hat euch ebenso gefallen und euch berührt. Ihr hattet hoffentlich genau so viel Spaß beim Lesen wie ich beim Schreiben.

Mit dieser Geschichte möchte ich besonders den Menschen etwas Tröstliches schreiben, die auch die dunklen Stunden des Lebens kennen, so wie John.

Und ich möchte euch damit auch etwas sagen: Einen Lichtblick gibt es immer. Vielleicht da, wo man ihn am wenigsten erwartet. In einem Moment, an dem man es am wenigsten erwartet.

Vielen Dank dafür, dass ihr mit Freude meine Geschichten lest.

Ich wünsche euch alles Liebe und ein fröhliches Weihnachtsfest!

Eure Liv

PLAYLIST MR CHRISTMAS

Für »Mr Christmas is not in Love« habe ich bei Spotify eine tolle Playlist mit wunderbaren Songs erstellt, die die Stimmung im Roman sehr treffend wiedergeben.

Ihr findet sie unter diesem Link:

https://spoti.fi/2m0ip4q

Ich wünsche euch viel Spaß beim Zuhören!

Alles Liebe
eure Liv

IMPRESSUM

Copyright © 2018 by Liv Maxx

Alle Rechte, einschließlich des vollständigen oder teilweisen Nachdrucks in jeglicher Form, sind vorbehalten. Das Werk, einschließlich seiner Teile, ist urheberrechtlich geschützt. Jede Verwertung außerhalb der engen Grenzen des Urheberrechtsgesetzes ist ohne Zustimmung des Autors unzulässig. Dies gilt insbesondere für die elektronische oder sonstige Vervielfältigung, Übersetzung, Verbreitung und öffentliche Zugänglichmachung.

Cover-/Umschlaggestaltung: Buchgewand Coverdesign | www.buch-gewand.de

Verwendete Grafiken/Fotos:
Design worlds – shutterstock.com
Rimmagraf1 – depositphotos.com
tomert – depositphotos.com
nickylarson – depositphotos.com
cajoer – depositphotos.com
AntonMatyukha – depositphotos.com
Taranukhin – depositphotos.com

pandora64 – shutterstock.com

Kontakt: Liv Maxx
c/o AutorenServices.de
König-Konrad-Str. 22
36039 Fulda

Email: Liv.Maxx@web.de
www.facebook.com/Liv.Maxx

Independently Published
ASIN: B07KV47CP8
ISBN: 9781790482146